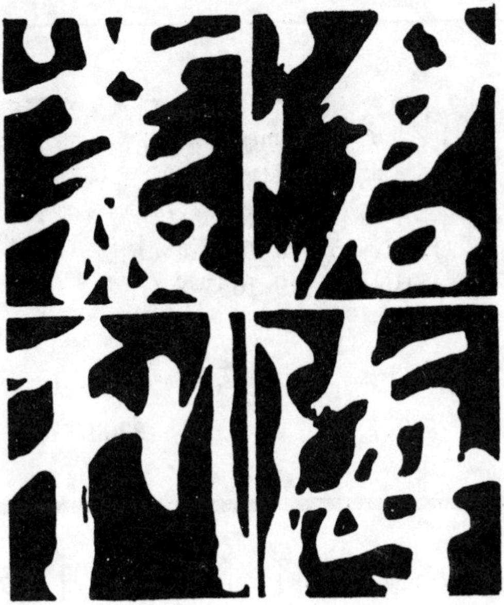

文學與政治之間

王宏志著

東大圖書公司 印行

國立中央圖書館出版品預行編目資料

文學與政治之間：魯迅·新月·文學史
／王宏志. --初版. --臺北市：東大發
行：三民總經銷，民83
面：　　公分--（滄海叢刊）
ISBN 957-19-1654-4（精裝）
ISBN 957-19-1655-2（平裝）

1. 中國文學-論文,講詞等

820.7　　　　83007571

© 文學與政治之間──魯迅·新月·文學史

著作人　王宏志
發行人　劉仲文
著作財產權人　東大圖書股份有限公司
臺北市復興北路三八六號
發行所　東大圖書股份有限公司
地　址／臺北市復興北路三八六號
郵　撥／〇一〇七一七五──〇號
印刷所　東大圖書股份有限公司
總經銷　三民書局股份有限公司
門市部　復北店／臺北市復興北路三八六號
重南店／臺北市重慶南路一段六十一號
初　版　中華民國八十三年九月
編　號　E 82068①
基本定價　柒元壹角壹分
行政院新聞局登記證局版臺業字第〇一九七號

ISBN 957-19-1654-4（精裝）

文學與政治之間

——魯迅・新月・文學史

目錄

〔代序〕文學與政治之間

——論晚清至三十年代中國文學與政治的關係

一

表面看來，文學和政治是兩個互不關涉的名詞，但長久以來，中國文學與政治卻有著千絲萬縷的關係，一方面是政治對文學的壓迫，原因在於文學往往不利於政治家箝制人民的思想：從秦始王的焚書坑儒到毛澤東的「文化大革命」，情形都是這樣。但另一方面，文學又常常給利用來宣傳政治思想——不單政治家時常這樣做，就是不少文學家也時常犯上了這「罪行」。即以中國最古老的兩部文學巨著《詩經》和《楚辭》爲例，便可以說明這兩種情況。《詩經》裏面很多本來是十分出色的言情民歌，卻被解釋爲具備了積極的政治作用，所謂的「興觀羣怨」、「厚人倫、美教化、移風俗」、「下以風刺上，上以風化下」等，這無非都是爲了更好的爲統治階級服務。至於《楚辭》，則衆所周知是屈原藉以諫楚懷王的詩篇，這就是文學家自己以文學來達到某種政治目的了。

應該指出，很多時候，評論家對於政治加諸文學的干預——或更嚴重的說，文學成為政治的附庸——的現象，並不以為有什麼不妥當的；相反來說，不少評論家自己更以政治的標準來作為評價文學的標準。杜甫的偉大，其中一個重要的原因，是在於他那悲天憫人的精神、在於他那「致君堯舜上，再使風俗淳」、更在於他「一飯未忘君」；而李後主詞風的轉變，已公認為是受了政治上挫折的打擊，他在亡國之後寫出來的作品，比前期的更出色。

我們不在這裏討論文學或文學評論受到政治影響是否正確的問題，但可以說，很多時候這似乎是無可避免的。美國左翼作家辛克萊（Upton Sinclair）有一句經常給中國左翼作家在三十年代徵引的話："All art is propaganda"（「所有藝術都是宣傳」），如果我們把宣傳理解為廣義的表達自己的意見，其實也有點道理，但魯迅評論這句話的說法，也許更是正確：

> 我——也淺薄——相信辛克萊的話。一切文藝，是宣傳，只要你一給人看。即使個人主義的作品，一寫出，就有宣傳的可能，除非你不作文、不開口。……但我以為一切文藝固是宣傳，而一切宣傳卻非全是文藝，這正如一切花皆有色（我將白也算作色），而凡顏色未必都是花一樣。革命之所以於口號、標語、佈告、電報、教科書……之外，要用文藝者，就因為它是文藝。①

① 魯迅：〈文藝與革命〉，《魯迅全集》（北京：人民文學出版社，一九八一年），卷四，頁八四。

這就是說，文學應該保持其獨特的地方，就是它的藝術性——魯迅稱之爲「技巧」。當然，作品的思想內容和表達手法，並不一定是兩個相對的因素，而可能是相輔相成的：一方面，高尚的思想內容必須借助巧妙的手法表達出來，但另一方面，只追求技巧而內容空洞的作品，也容易惹人煩厭，不可能成爲一流的文學作品；困難是怎樣在這兩方面作出取捨，或是取得一個平衡。

本來，在中國古代文學裏面，政治影響文學的可能性是很大的，主要是因爲中國的政治家與文學家的分界原來便不怎麼明顯。中國傳統的讀書人，大都抱有一種「學而優則仕」的思想，雖然他們不一定是爲了功名利祿，而是眞的可能要治國平天下，但最終的目的和願望還是要當官。結果，中國一直沒有產生以寫作爲專業的作家羣（當然這還有別的原因，其中一個很重要的因素是由於教育不普及，中國從來沒有出現過足夠的讀者羣），她的士大夫階級——也就是直接參與政治活動的人——本身大部分也是中國的文學作家，因爲他們差不多就是中國唯一的知識分子。我們可以很輕易地舉出很多例子來，例如對古文運動有極大貢獻的「唐宋八大家」，差不多每一位都是當時政壇上的重要人物。在這情形下，這些身兼政治家與文學家兩種身分的知識分子，很自然便會將政治方面的事情帶到文學裏面去，同時也會利用文學來宣傳政治思想。

可是，實際的情況又似乎不是這麼嚴重。毫無疑問，中國古典文學裏面確有很多思想性很高的作品，它們的價值也很大，例如杜甫的〈三吏〉、〈三別〉，白居易的新樂府等，都算得上是「政治詩」。不過，這些作品所表現的只是一種廣義的政治意義，裏面並沒有什麼具體的政治概念，大抵只是表現了一種悲天憫人、忠君愛國的儒家思想，也就是說，中國古典文學裏面並沒有狹義的政治作品。至於其中的原因，很可能是因爲在中國文學批評理論裏面，很早便有所謂「文、筆」之分，一般文學家在創作文學作品時，都不會寫進狹義的政治概念，而政論的文字，一般也不會被視作文學作品，結果，即使作品裏面有些所謂政治的成分，都只不過是個人的抒懷，如上面提過屈原的〈離騷〉、杜甫的〈三吏〉、〈三別〉等。當然，還有一個可能性，便是如果眞的有一些政治性過於濃烈，以致嚴重影響它的藝術性的作品，也許很早便已經被淘汰了。因此，翻開一部中國古代文學史，我們只見到一些過份講求雕琢的作品，但卻不多見枯燥沉悶、政治性濃烈的東西。

但這情形到了晚清開始有重大的改變，文學跟政治的關係變得很密切，政治家刻意利用文學來改良政治、宣傳政治，而作品裏所表現的政治思想也非常具體、非常狹窄。這種政治干預文學的情況，辛亥革命以後並沒有改變，在「五四」以後產生的「新文學」裏，政治色彩也非常強烈，且有越來越厲害的趨勢，慢慢地形成了一個主流。一九四九年以後，大陸文學界出現了完全一面倒的局面，文學創作及評論跟政治運動毫無保留地掛鈎，無論是政治家、文學家或評論家，幾乎差不多全都以政治作爲推動、創作或討論文學作品的唯一標準，這對中國文學的發展造成了極嚴重的影響。

本文會嘗試探究這個現象，除了找出這現象出現的原因外，也會討論這現象本身的發展，更重要的是要評價一下這現象對中國現代文學發展所產生的影響，這對於更深入理解中國現代文學應該會有積極的作用。不過，我們的討論只限於晚清至二十世紀三十年代全面抗戰爆發以前的一段時間，這不單是爲了篇幅的緣故，更重要的原因是全面抗戰開始以後，人們把什麼都聯繫到抗戰上去，是十分正常的，文學自然也不可能例外——在國家生死存亡的日子裏，我們不可能要求文學家躲在象牙塔裏雕字琢句，所以，這時期的文學活動一面倒地傾向政治是可以理解和接受的，我們在這裏暫時不加討論；至於四九年以後文學與政治的微妙關係，確是一個值得深究的課題，只是這問題太複雜，牽涉面太廣，不可能在這篇文章裏詳細交代，所以也只得暫時擱下，希望在將來的文章裏能深入探討。

二

不能否認，政治影響文學，在很大程度上是與一個時代的政治背景有關的。自晚清開始，人們強調文學的政治性，跟當時國家正處於極嚴峻的危難時期有密切關係。

清政府在一八四〇年的第一次鴉片戰爭中大敗後，它的腐敗和積弱開始暴露出來，在隨後的半個多世紀裏，在政治上他們嘗試了好幾次維新改革，但卻不成功；外強入侵，中國被瓜分的危機迫在眉睫，面對著這亡國滅種的惡劣形勢，很多知識分子都積極參加了救國的活動，除了在政治上提出維新改革的要求外，他們還借助文學來協助推動政治上的改革，這跟從前的情況很不相同：文學作品裏不單表現了強烈的政治意識，而且還宣揚了具體的政治理想。

在最初的階段——緊接鴉片戰爭之後的一段時間裏，儘管清政府已開始了一些維新改革運動，但一點也不徹底。這時候出現的文學作品，雖然不少已經是反映了當時政治敗壞、外強入侵的情況，例如林則徐的「苟利國家生死以，豈因禍福避趨之」②，以至姚燮的〈北風吟〉、〈哀雁〉，貝青喬的〈咄咄吟〉，金和的〈圍城紀事六詠〉和張維屏的〈三元里〉等，都是政治性很濃烈的著名愛國詩篇③，但它們在很大程度上跟從前的並沒有什麼分別，表現的仍然是一種忠君愛國、悲天憫人的感情，完全是一種個人的情懷，沒有具體的政治思想，更沒有藉著文學推動政治改革的意思。

在維新的最早階段裏，人們沒有把文學直接用作推動政治改革的工具，是可以理解的。因爲在這最早的改革過程裏，人們所願意承認的，只是西方的「船堅炮利」，因此，他們所要向西方

② 林則徐：〈赴戍登程口占示家人〉，《林則徐詩文選注》（上海：上海古籍出版社，一九七八年二月），頁二九五。

③ 關於這時期的愛國詩的討論，參龔喜平：〈論鴉片戰爭愛國詩潮的「詩史」特徵〉，收郭延禮主編：《愛國主義與近代文學》，頁二七至四四；曹振華：〈論鴉片戰爭愛國詩潮現實主義的復歸與深化〉，同上，頁四五至五七；向云：〈鴉片戰爭時期詩歌中的愛國主義〉，同上，頁五八至六七。

學習的，也只是在物質方面，即所謂的「器物」。魏源說過要「以夷之長技以制夷」，而「夷之長技有三：一戰艦，二火器，三養兵練兵之法」④，王韜也說過：「形而上者中國也，以道勝；形而下者西人也，以器勝」⑤，薛福成也說要「取西人器數之學，以衞吾堯舜禹湯文武周公之道」⑥。這樣，文學和政治是不會扯上很密切的關係的。

這情形一直維持至大概是甲午戰爭以後，人們開始認識到「中學爲體，西學爲用」並不足以救國，他們知道「中國之患，患在政治不立，而泰西所以治平者不專在格致也」⑦；例如康有爲「得西國近事滙編，李口環遊地球新錄及西書數種覽之，薄遊香港，覽西人宮室之瑰麗、道路之整潔、巡捕之嚴密，乃始知西人治國有法度，不得以古舊之夷狄視之」⑧。這時候，他們開始鼓吹「參西法以救中國」，在這種涉及到思想和法制的改革裏，文學便能發揮作用，中國文學也開始產生變化，跟政治的關係變得密切起來。

---

④ 魏源：〈「海國圖志」敍〉，《海國圖志》（臺北：成文出版社，出版日期缺），頁五至六。

⑤ 王韜：〈弢園尺牘〉，錄自郭延禮編：《愛國主義與近代文學》（濟南：山東教育出版社，一九九二年三月），頁二七至四四。

⑥ 薛福成：〈籌洋芻議〉，同上。

⑦ 梁啓超：〈變法通議・論譯書〉，同上。

⑧ 康有爲：《康南海自編年譜》（臺北：文海出版社，一九七二年一月），頁一一。

衆所周知，影響晚淸文壇最大者是梁啓超。一八九九年，他首先提出了「詩界革命」、「文界革命」兩個口號⑨，接著在一九〇二年的〈論小說與羣治之關係〉中又提出「小說界革命」的口號，三者之中，自然是以「小說界革命」的影響爲最大。

自古以來，小說地位低微，始終沒有歸入文學的正宗，但人們並沒有忽略小說的影響力。事實上，早在太平天國的時候，淸政府便曾經一反禁毀小說的做法，由官方出資印行俞萬春的《蕩寇志》，原因是該書強調了「旣是忠義，必不做強盜；旣是強盜，必不算忠義」⑩，有利於鎭壓太平天國的動亂。正如一位論者所說，雖然這只不過是一個孤立的現象，但也說明了一個重要事實：「出於政治功利的需要，士大夫這時已經願意承認小說的力量，並且按照他們自已對文學功能的理解，賦於小說以『救世』的功能」，而這更是梁啓超發動「小說界革命」能夠得到士大夫廣泛響應和贊同的重要原因⑪。

「小說界革命」迅速得到認同的另外一個原因，是在於梁啓超以前，已有不少人提出相類的意見，爲他的「革命理論」打下了基礎，其中最重要的是嚴復和夏曾佑在天津《國聞報》上發表

⑨ 梁啓超：〈夏威夷遊記〉，《飲冰室合集》專集第五册（上海：中華書局，一九三六年），頁八九及九一。
⑩ 參袁進：《中國小說的近代變革》（北京：中國社會科學出版社，一九九二年六月），頁二四至二六。
⑪ 同上，頁二六。

了〈附印說部緣起〉，說到「夫說部之興，其入人之深，行世之遠，幾幾出於經史上，而天下之人心風俗，遂不免為說部之所持」，又說：小說「本原之地，宗旨所存，則在乎使民開化」⑫，因此，這篇文章往往被視為現代中國第一篇強調小說社會功能的論文⑬。而康有為在〈「日本書目志」識語〉中的一段說話，更是梁啓超的理論的濫觴：

> 僅識字之人，有不讀「經」，無有不讀小說者。故「六經」不能教，當以小說教之；正史不能入，當以小說入之；語錄不能喻，當以小說喻之；律例不能治，當以小說治之。⑭

而梁啓超最著名、且引起最廣泛注意的文章，是〈論小說與羣治之關係〉，最廣為人徵引的是以下的一段文字：

> 欲新一國之民，不可不先新一國之小說。故欲新道德，必新小說；欲新宗教，必新小說；欲新政治，必新小說；欲新風俗，必新小說；欲新學藝，必新小說；乃至欲新人心、欲新

---

⑫ 幾道、別士：〈本館附印說部緣起〉，錄自陳平原、夏曉虹編：《二十世紀中國小說理論資料》第一卷（北京：北京大學出版社，一九八九年三月），頁一二。

⑬ 參康來新：《晚清小說理論研究》（臺北：大安出版社，一九八六年六月），頁一八五。

⑭ 康有為：〈「日本書目志」識語〉，錄自《二十世紀中國小說理論資料》第一卷，頁一三。

人格，必新小說。⑮

雖然他的重點在於要「新小說」，也就是要小說界革命，但這論點的大前提，在於小說「有不可思議之力支配人道」，這是把小說跟政治扯上關係的重要基礎。他甚至在一八九八年十月創辦《清議報》時，在創刊「規例」裏提出一個新文類：「政治小說」，並規定這是該報刊載六項內容之一，他自己也翻譯了柴四郎的小說〈佳人奇遇〉，冠以「政治小說」的標題，跟著又發表了〈譯印政治小說序〉，解釋提倡政治小說的原因：

在昔歐洲各國變革之始，其魁儒碩學、仁人志士，往往以其身之所經歷，及胸中所懷，政治之議論，一寄之於小說……往往每一書出而全國之議論為之一變。彼美、英、德、法、奧、意、日本各國政界之日進，則政治小說，為功最高焉。英名士某君曰：「小說為國民之魂。」豈不然哉！豈不然哉！⑯

我們不在這裏討論梁啓超的說法是否準確⑰，但毫無疑問，他這個理論在那時候幾乎完全得

⑮ 梁啓超：〈論小說與羣治之關係〉，《飲冰室合集》第四册之十，頁七。

⑯ 梁啓超：〈譯印政治小說序〉，同上，第二册之三，頁三五。

⑰ 陳平原便曾強調過梁啓超故意製造一個西方國家以小說立國的神話，並指出沒有必要過份認眞看待這「理解的偏差」，參陳平原：《二十世紀中國小說史第一卷（一八九七至一九一六）》（北京：北京大學出版社，一九八九年十二月），頁四。

到肯定和認同，接著出現的是很多極爲類似的文章，諸如〈論小說與社會之關係〉、〈小說與風俗之關係〉、〈論小說之勢力及其影響〉、〈論小說與改良社會之關係〉、〈小說發達足以增長人羣學問之進步〉等⑱。陳平原正確的指出：儘管「小說界革命」的口號是維新派爲配合其改良羣治的政治運動而提出的，但因爲他們的基本主張適逢其時，很快便打破了政治上黨派的局限，得到文學界有識之士的廣泛歡迎，「因此，政治傾向很不相同的『新小說』理論家，在關於小說的功能及表現特徵等理論上，並不曾勢不兩立。」⑲

將政治跟小說掛鉤，對於晚清小說的發展，造成了深遠的影響，但這些影響有正面和積極的，也有負面和破壞性的。

正面積極的影響，是透過肯定小說的政治功用而把小說地位提昇。上面說過，小說一向地位低微，不入九流，但經過梁啓超等人大聲疾呼，人們賤視小說的情況一掃而空，小說不再是君子弗爲的末道小技，而是具有救國救民、改革社會、創造世界的能力，結果，小說不單從此走進文壇（應該指出，就是康有爲、梁啓超等在不久之前還是把小說和文學分開的⑳），且成爲「文學之最上乘」。這種觀點上的改變，對中國小說發展產生了非常重要的作用。十九世紀末二十世紀

⑱ 關於這時期的小說理論資料，參陳平原、夏曉虹編：《二十世紀中國小說理論資料》，第一卷。

⑲ 陳平原：〈前言〉，同上，頁一。

⑳ 參康有爲：〈「日本書目志」識語〉，同上，頁一三；梁啓超：《譯印政治小說序》，頁三四。

初，中國小說突然出現了一個繁榮的局面，吳趼人說：「飲冰子〈小說與羣治之關係〉之說出，提倡改良小說，不數年而吾國之新著新譯之小說，幾於汗萬牛充萬棟，猶復日出不已而未有窮期也。」㉑而寅半生（鍾駿文）也說：

十年前之世界為八股世界，近則變為小說世界，蓋昔之肆力於八股者，今則闘心角智，無不以小說家自命。於是小說之書日見其多，著小說之人日見其夥，略通虛字者無不握管而著小說。㉒

這大抵已顯示了晚清小說繁榮的現象，據阿英估計，晚清小說的總數在兩千種以上㉓，而那時候還有很多專門刊登小說的雜誌出現，如《新小說》、《繡像小說》、《新新小說》、《月月小說》、《小說林》等。很明顯，如果沒有梁啓超等把小說的地位提昇，這小說大盛的局面是不可能出現的。這可以說是梁啓超的功勞，也是他的理論所帶來的積極的影響。

但負面的影響也同樣嚴重。

㉑ 〈「月月小說」序〉，同上，頁一六九。
㉒ 寅半生：〈「小說閑評」敍〉，同上，頁一八二。
㉓ 阿英：〈略談晚清小說〉，《小說三談》（上海：上海古籍出版社，一九七九年八月），頁一九七。

首先見到的是小說質素低劣。很多論者都已經討論過晚清小說在質量跟數量不協調的情況㉔；事實上，晚清時便已經有人指出過小說藝術低劣的嚴重，例如上引寅半生的〈「小說閑評」敍〉，在說出了小說大盛的情況後，馬上便慨歎「求一良小說足與前小說媲美者卒鮮」，「而拉雜成篇，徒耗目力，閱之生厭者，不知凡幾」㉕；當然，這可能有很多因素，其中一個很重要的因素是小說商品化，寅半生便指出過很多小說作者粗製濫造，爲了「博數十金」，「朝脫稿而夕印行」；而天僇生也批評過「著書與市稿者，大抵實行拜金主義」㉖，這固然是很嚴重的問題，但跟政治扯不上關係。不過，因爲過份強調政治以致影響藝術技巧的情況，在晚清也是很普遍的，這就是所謂的小說「政論化」的問題。

我們可以梁啓超自己的創作爲例。他所嘗試創作的政治小說《新中國未來記》，目的就是「專欲發表區區政見」㉗，竟然將憲政黨章、治事條略，以至演說等，直接寫進小說裏面，變成一篇政治學的論文，梁啓超自己也說過這樣的話：

㉔ 參袁進：〈量與質〉，《中國小說的近代變革》，頁四六至六四。

㉕ 寅半生：〈「小說閑評」敍〉，頁一八二。

㉖ 天僇生：〈中國歷代小說史論〉，《月月小說》一卷一期，錄自《二十世紀中國小說理論資料》，第一卷，頁二六六。

㉗ 梁啓超：〈「新中國未來記」緒言〉，錄自《二十世紀中國小說理論資料》，第一卷，頁三七。

> 此編今初成兩三回，一覆讀之，似說部非說部，似稗史非稗史，似論著非論著，不知成何種文體，自顧良自失笑。雖然，旣欲發表政見，商榷國計，則其體自不能不與尋常說部稍殊。編中往往多載法律、章程、演說、論文等，連篇累牘，毫無趣味，知無以饜讀者之望矣。㉘

這便清楚說明了他爲著急於傳達政治上的信息，甘心犧牲藝術技巧。所以，阿英說這《新中國未來記》只是一部對話體的「發表政見，商榷國計」的書，最精彩的部分是在政治的論辯，跟當時別的很多政治小說一樣，「使讀者有非小說之感」㉙；而周作人也指出過，因爲梁啓超所注重的是政治的改革，結果，《新民叢報》上的很多文學作品，「都不是正路的文學，而是來自偏路的」，而所謂「偏路」的意思，是指他「想藉著文學的感化力作手段，而達到其改良中國政治和中國社會的目的的。」㉚這種政治干預創作的情況，當然不只限於梁啓超，在當時實在是一個普遍的現象，例如王無生便說過，寫小說「宜確定宗旨，宜劃一程度，宜釐定體裁，宜選擇事實之於國事有關者」㉛，吳趼人寫《上海游驂錄》，也是「意見所及，因以小說體，一暢言之」

㉘ 同上，頁三八。
㉙ 阿英：《晚清小說史》（北京：人民文學出版社，一九八〇年八月新一版），頁七六至八〇。
㉚ 周作人：《中國新文學的源流》（北京：人文書店，一九三四年），頁九六。
㉛ 天僇生：〈論小說與改良社會之關係〉，錄自《二十世紀中國小說理論資料》，第一卷，頁二六四。

㉜，這都是主題先行的做法；而梁啓超《新中國未來記》以政治論文形式寫成的小說，在當時甚至得到一些評論家的讚許，說它第三回的「論時局兩名士舌戰」直比《鹽鐵論》，「所徵引者皆屬政治上、生計上、歷史上最新最確之學理」、「字字根於學理，據於時局」㉝；而《東歐女豪傑》第三回數千言的演說，則被評爲「讀此不啻讀一部《民約論》也」㉞。由此可見，這是當時流行的觀點，也是政治對小說創作的一個重要影響。

除了梁啓超《新中國未來記》這樣把政治思想直接寫進去的政治小說外，還有另一種流行的做法，是無論創作任何題材的小說，也總得盡量跟政治拉上一點關係，例如當時便有人倡議多寫軍事小說，「以鼓舞風雲之氣」；也有人說要多寫科學小說，「以昌師質文明」；也有人說要大力提倡歷史小說，以借古鑒今，旌善懲惡㉟；就是偵探小說，也有很大的政治作用，原因是它們可以反映出「內地讞案，動以刑求，暗無天日者，更不必論」，而「泰西各國，最尊人權，涉訟者例得請人爲辯護，故苟非證據確鑿，不能妄入人罪。此偵探學之作用所由廣也」㊱；更不要說

㉜ 我佛山人：〈「上海游驂錄」識語〉，《月月小說》第一年第八號，同上，頁二五九。

㉝ 平等閣主人：〈「新中國未來記」第三回總批〉，同上，頁三九。

㉞ 參陳平原：《二十世紀中國小說史第一卷（一八九七至一九一六）》，頁九一。

㉟ 參劉柏青：〈晚清小說理論〉，《中國近代文學論文集（一九四九至一九七九）小說卷》（北京：中國社會科學出版社，一九八三年四月），頁一二五。

㊱ 周桂生：〈「歇洛克復生偵探案」弁言〉，錄自《二十世紀中國小說理論資料》，第一卷，頁一二〇。

那些「揭發伏藏，顯其弊惡，而於時政，嚴加糾彈，或更擴充，並及風俗」㊲的譴責小說了。

這情形在晚清的翻譯活動裏也同樣可以見得到。「譯才並世數嚴林」㊳的嚴復和林紓，便把翻譯活動跟政治緊扣著，嚴復談到他翻譯《天演論》的動機時說：

> 復則客秋以來，仰觀天時，俯察人事，但覺一無可為。然終謂民智不開，則守舊、維新，兩無一可。即使朝廷今日不行一事，抑所為皆非，但令在野之人，與乎後生英俊，洞識中西實情者日多一日，則炎黃種類未必遂至淪胥，即不幸暫被羈縻亡國，亦得有復蘇之一日也所以屏萬緣，惟以譯書自課。㊴

而林紓也說過：

> 吾謂欲開民智，必立學校；學校功緩，不如立會演說；演說又不易舉，終之唯有譯書。㊵

別的翻譯家也都同樣抱有明確的政治目的，在選材方面，他們十分著重一些具備強烈政治色彩的

㊲ 魯迅：〈中國小說史略〉，《魯迅全集》，卷九，頁二八二。

㊳ 康有爲：〈琴南先生寫「萬木草堂圖」，題詩見贈，賦謝〉。

㊴ 嚴復一九〇一年致張元濟信，《嚴復集》（北京：中華書局，一九八六年一月），頁五二五。

㊵ 林紓：〈「譯林」序〉，錄自《二十世紀中國小說理論資料》，第一卷，頁二六。

東西，例如林紓在《黑奴籲天錄》的譯跋裏說到自己翻譯這本書，「非巧於敍悲以博閱者無端之眼淚，特為奴之勢逼及吾種，不能不為大衆一號」，又說：「今當變政之始，而吾書適成，人人既蠲棄故紙，勤求新學，則吾書雖俚淺，亦足為振作志氣，愛國保種之一助。」㊶另外如王韜翻譯過〈法國國歌〉和德國的〈祖國歌〉、梁啓超翻譯的〈佳人奇遇〉、吳超翻譯的《菲律賓志士獨立傳》等，都是深具政治意義的作品；而且，就跟創作一樣，一些原來不一定具有強烈政治內容或意識的小說，給譯介到中國來的時候，也或多或少的被塗上了政治色彩，例如儒勒·凡爾納（Jules Verne）的科學小說《八十日環遊世界》、《地底旅行》、《月界旅行》等，成為了開啓民智的工具㊷；翻譯狄福（D. Defoe）的《魯濱遜漂流記》，是因為「法人盧騷謂教科書中能實施教育者，首推是書」，所以把它翻譯出來，「以激勵少年」㊸；翻譯《伊索寓言》，是

㊶ 林紓：〈「黑奴籲天錄」跋〉，錄自薛綏之、張俊才編：《林紓研究資料》（福州：福建人民出版社，一九八三年六月），頁一〇四。

㊷ 參包天笑：〈「鐵世界」譯餘贅言〉，錄自孫繼林：〈凡爾納科幻小說在晚清的傳播〉，《中國近代文學研究》⑴（南昌：百花洲文藝出版社，一九九一年十月），頁二八六；魯迅：〈「月界旅行」辨言〉，《魯迅全集》，卷十，頁一五二。

㊸ 沈祖芬：〈「絕島飄流記」譯者志〉，錄自馬祖毅：《中國翻譯簡史——五四以前部分》（北京：中國對外翻譯公司，一九八四年七月），頁二九五。

因爲「如英吉利、俄羅斯、佛蘭西、呂宋諸國，莫不譯以國語，用以啓蒙」㊹；而翻譯狄更斯(Charles Dickens)的《賊史》，則因爲「狄更斯極力抉擇下等社會之積弊」，如中國有人寫這樣的東西，則「社會之受益寧有窮耶？」㊺，總之，在國家民族存亡的關頭，什麼東西都跟啓蒙救國扯上關係。

這種政治掛帥的現象，在當時也不是完全沒有惹來評論家的不滿的，特別是出現了很多質素低劣的作品後，反對的聲音也多起來。其中可以說是差不多直接批評了梁啓超的功利主義小說觀的，是南社的中堅分子黃摩西，他在《小說林》的發刊詞中有以下比較激烈的言論：

昔之視小說也太輕，而今之視小說也太重也。昔之於小說也，博奕視之，俳優視之，甚且酖毒視之，妖孽視之；言不齒於縉紳，名不列於四部(古之所謂小說家者，與今大異)。私衷酷好，而閱必背人；下筆誤徵，則羣加嗤鄙。……今也反是：出一小說，必自尸國民進化之功；評一小說，必大倡謠俗改良之旨。吠聲四應，學步載途。以音樂舞踏〔蹈〕，抒感甄挑卓之隱衷；以磁電聲光，飾牛鬼蛇神之假面。雖稗販短章，葦茆惡札，靡不上之佳謚，弁以吴詞。一若國家之法典，宗教之聖經，學校之教本，家庭社會之標準方式，無

㊹ 〈「伊娑菩喩言」敍〉，同上，頁二九三。

㊺ 林紓：〈「賊史」序〉，《林紓研究資料》，頁一〇七。

一不賜於小說者。其然，豈其然乎？㊻

他在這發刊詞裏所說的「小說者，文學之傾於美的方面之一種也」㊼，是梁啓超等人所沒有提及的，而又是他們《小說林》一班人所強調的思想，徐念慈在〈「小說林」緣起〉裏也說過「則所謂小說者，殆合理想美學、感情美學而居其最上乘者乎？」㊽

最值得注意的王國維的美學觀點。儘管他也承認藝術是用來表現人生的（「美術中以詩歌、戲曲、小說爲其頂點，以其目的在描寫人生故。」㊾），但他卻極不滿意傳統「文以載道」的文學觀，認爲這是迫使文學變成政治的附庸，哲學美術不發達的原因：

嗚呼！美術之無獨立之價值久矣。此無怪歷代詩人，多托於忠君愛國勸善懲惡之意，以自解免。而純粹美術上之著述，往往受世之迫害而無人為之昭雪者也。此亦我國哲學美術不發達之一原因也。㊿

㊻ 摩西：〈「小說林」發刊詞〉，錄自《二十世紀中國小說理論資料》，第一卷，頁二三三。

㊼ 同上，頁二三四。

㊽ 覺我（徐念慈）：〈「小說林」緣起〉，同上，頁二三五。

㊾ 王國維：〈「紅樓夢」評論〉，《王觀堂先生全集》初編第五册（臺北：大通書局，一九六六年），頁一七二四。

㊿ 王國維：〈論哲學家與美術家之天職〉，同上，頁一八三八至一八三九。

他認為：「天下有最神聖最尊貴而無與於當世之用者，哲學與美術是已」[51]，「余以為一切學問皆能以利祿勸，獨哲學與文學不然」，而在談到美的時候，他強調「唯美之為物不與吾人之利害相關係，而吾人觀美時亦不知有一己之利害」[52]。他又把政治家、實業家和文學家相比，認為他們雖然事業貴賤不一，也有久暫之別，但政治家等是「與國民以物質上之利益」，而文學家則「與國民以精神上之利益」，雖然他說二者各有職分，但他又說過「生百政治家，不如生一大文學家」[53]，所以，他希望哲學家美術家等「毋忘其天職，而失其獨立之位置」[54]。

不過，儘管黃摩西、徐念慈、王國維等提出了這樣的見解，但在晚清能夠重視文學的獨特性的，畢竟只是少數，正如一位論者所說，那時候的讀者政治熱情高漲[55]，使人們更願意接受梁啓超等的理論，結果，晚清時期的小說以至文學潮流，都由一批實際參與了政治運動、抱有具體政治概念、以文學作為達到政治目的手段的政治家所操縱和影響。

[51] 同上，頁一八三六。
[52] 王國維：〈叔本華之哲學及其教育學說〉，同上，頁一六九三。
[53] 王國維：〈教育偶感四則〉，同上，頁一八四八。
[54] 王國維：〈論哲學家與美術家之天職〉，同上，頁一八四一。
[55] 陳平原：《二十世紀中國小說史第一卷（一八九七至一九一六）》，頁九二。

三

承著晚清的餘波，五四時期的新文學、新文化運動仍然是具備了強烈的政治色彩。事實上，一些五四時期的文學家，在晚清時已開始了文學活動，並且早已認同了那時候那種以文學作爲改革社會的工具的觀點。我們可以大家最熟悉的魯迅作例子。

魯迅在日本棄醫學文的故事，是早已爲人熟知的了，而「我們的第一要著，是在改變他們的精神，而善於改變精神的是，我那時以爲當然要推文藝」56這幾句話更是經常爲人所徵引，這裏不細述了。在日本的時候，魯迅曾經與周作人合譯出版《域外小說集》，所挑選的作家大多來自被壓迫的民族，與中國當時的境況相若，魯迅說過：

> 注重的倒是在紹介、在翻譯，而尤其注重於短篇，特別是被壓迫的民族中的作者的作品。因為那時正盛行著排滿，有些青年，都引那叫喊和反抗的作者為同調的。……因為所求的作品是叫喊和反抗，勢必至於傾向了東歐，因此所看到的俄國、波蘭以及巴爾幹諸小國的東西就特別多。57

56 魯迅：〈自序〉，《魯迅全集》，卷一，頁四一七。
57 魯迅：〈我怎麼做起小說來〉，同上，卷四，頁五一一。

另外，他自己所編譯的〈斯巴達之魂〉，為的是要喚起國人的尚武精神，「世有不甘自下於巾幗之男子乎？必有擲筆而起者矣。」⑱而那著名的〈摩羅詩力說〉，更頌揚了那些「剛健不撓，抱誠守眞，不取媚於羣，以隨順舊俗；發爲雄聲，以起其國人之新生，而大其國於天下」的一班「摩羅詩人」，最後還提出「今索諸中國，爲精神界之戰士者安在？」⑲的問題。這種思想確是接近於梁啓超等功利主義的文學觀的；事實上，魯迅和周作人從沒有否認過受到梁啓超的影響，周作人便有過這樣的回憶：

《清議報》與《新民叢報》的確都讀過也很受影響，但是《新小說》的影響總是只有更大不會更小。梁任公〈論小說與羣治之關係〉當初讀了確很有影響，雖然對於小說的性質與種種後來意見稍稍改變，大抵由科學或政治的小說漸漸的轉到更純粹的文藝作品上去了。不過這只是不看重文學之直接的教訓作用，本意還沒有什麼變更，即仍主張以文學來感化社會，振興民族精神，用後來的熟語來說，可以說是屬於為人生的藝術這一派的。⑳

毫無疑問，這種「爲人生的藝術」的觀念，在新文學初期確是成爲了主流，我們還是可以魯迅爲

⑱ 魯迅：〈斯巴達之魂〉，同上，卷七，頁九。
⑲ 魯迅：〈摩羅詩力說〉，同上，卷一，頁九九至一〇〇。
⑳ 周作人：〈關於魯迅之二〉，《瓜豆集》（香港：實用書局，一九六九年四月），頁二三二。

例子。

我們知道，在民國初年，魯迅曾一度處於悲觀、絕望的境地，於是用了種種的方法，如鈔古碑，「來痲醉自已的靈魂」，但後來受了錢玄同的鼓動，終於又再執筆，寫出了第一篇小說〈狂人日記〉。從他的〈「吶喊」自序〉裏，我們可以清楚看到他從事文學創作的動機，他是爲了要喚醒一些人，全力打破中國這個絕無窗戶而萬難破毀的鐵屋子；魯迅是毫不掩飾他這「聽將令」的動機的，所以他的小說集子叫《吶喊》，爲的是「慰藉那在寂寞裏奔馳的猛士」[61]。這點在他一篇寫於晚年的文章中更說得清楚：

> 說到「為什麼」做小說罷，我仍抱著十多年前的「啓蒙主義」，以為必須是「為人生」，而且要改良這人生。我深惡先前的稱小說為「閑書」，而且將「為藝術的藝術」，看作不過是「消閑」的新式的別號。所以我的取材，多採自病態社會的不幸的人們中，意思是在揭出病苦，引起療救的注意。[62]

除了魯迅之外，不少人的觀點也很相近。「五四」時期任北大校長的蔡元培，在爲《中國新文學大系》撰寫總序時所說的話很有代表性：

---

[61] 《魯迅全集》，卷一，頁四一八至四一九。

[62] 〈我怎麼做起小說來〉，同上，卷四，頁五一二。

為怎麼改革思想，一定要牽涉到文學上？這因為文學是傳導思想的工具。⑥③

陳獨秀在〈文學革命論〉一文中，更明確地肯定了文學革命是改革政治的必要手段：

今欲革新政治，勢不得不革新盤踞於運用此政治者精神界之文學。⑥④

李大釗則以德國的「青年德意志」運動爲例，說明「各奮其穎新之筆，掊擊時政，攻排舊制，否認偶像的道德，詛咒形式的信仰，衝決一切陳腐之歷史，破壞一切固有之文明，揚佈人生復活、國家再造之聲」，他的要旨是說明「由來新文明之誕生，必有新文藝爲之先聲。」⑥⑤這跟梁啓超〈論小說與羣治之關係〉的觀點是完全一致的了。

我們還可以看看五四時期最大的文學社團：文學研究會。他們所標榜的，便是這「爲人生」的文學，由周作人執筆的成立宣言有這一段經常爲人徵引的話：

⑥③ 蔡元培：〈總序〉，《中國新文學大系．建設理論集》（上海：良友圖書公司，一九三五年十月十五日），頁九。

⑥④ 陳獨秀：〈文學革命論〉，同上，頁四六。

⑥⑤ 李大釗：〈「晨鐘」之使命——青春中華之創造〉，《晨鐘報》創刊號（一九一六年八月十五日），《李大釗文集》（北京：人民出版社，一九八四年十月），頁一八〇至一八一。

將文藝當作高興時的遊戲或失意時的消遣的時候，現在已經過去了。我們相信文學是一種工作，而且又是於人生很切要的一種工作。[66]

周作人還在別的地方說過「文學這事物，本含文字與思想兩者而成。表現思想的文字不良，固然足以阻礙文學的發達。若思想本質不良，徒有文字，也有什麼用處呢？」「所以我說，文學革命上，文字改革是第一步，思想改革是第二步，卻比第一步更為重要。」[67]文學研究會的另一位發起人耿濟之也說過「人生的藝術—文學，才能算做眞藝術—眞文學」[68]；鄭振鐸更進一步，大聲疾呼「我們需要的是血的文學，淚的文學」[69]；他更強調，「文人們必須和時代的呼號相應答，必須敏感著苦難的社會而為之寫作。文人們不是住在象牙塔裏面的，他們乃是人世間的『人物』，更較一般人深切的感到國家社會的苦痛與災難的。」[70]

在這問題上寫得最多文章的應該是茅盾，雖然他並不喜歡帶有訕笑意味的「人生派」帽子，

---

[66] 〈文學研究會宣言〉，《小說月報》十二卷一號（一九二一年一月十日），錄自賈植芳等編：《文學研究會資料》（河南：河南人民出版社，一九八五年十月），上卷，頁一。

[67] 周作人：〈思想革命〉，《中國新文學大系・建設理論集》，頁二〇一。

[68] 耿濟之：〈「前夜」序〉，《文學研究會資料》，上卷，頁七五。

[69] 西諦：〈血和淚的文學〉，《文學旬刊》第六期（一九二一年六月三十日），同上，頁七三。

[70] 鄭振鐸：〈導言〉，《中國新文學大系・文學論爭集》，頁九。

但卻不得不承認文學研究會多數會員有「爲人生的藝術」的傾向⑪，在〈文學與人生〉裏，他解釋了「文學是人生的反映」這句話的意思⑫，在〈文學與政治社會〉一文裏，他要證明「文學之趨於政治的與社會的，不是漫無原因的」⑬；在〈社會背景與創作〉中，他說「眞的文學也只是反映時代的文學」，「表現社會生活的文學是眞文學，是於人類有關係的文學，在被迫害的國裏更應該注意這社會背景」⑭，在〈「大轉變時期」何時來呢？〉中，他更說了這樣的話：

> 我們決然反對那些全然脫離人生而且濫調的中國式的唯美的文學作品。我們相信文學不僅是供給煩悶的人們去解悶、逃避現實的人們去陶醉；文學是有激勵人心的積極性的。尤其在我們這時代，我們希望文學能夠擔當喚醒民衆而給他們力量的重大責任。⑮

⑪ 茅盾：〈關於「文學研究會」〉，《現代》三卷一期（一九三三年五月一日），《文學研究會資料》，中卷，頁六九九；茅盾：〈導言〉，《中國新文學大系．小說一集》（上海：上海良友圖書公司，一九三五年五月），頁四。

⑫ 沈雁冰：〈文學與人生〉，《茅盾文藝雜論集》（上海：上海文藝出版社，一九八一年六月），頁一一〇至一一四。

⑬ 《小說月報》十三卷九期（一九二二年九月十日），同上，頁一一六至一一七。

⑭ 〈社會背景與創作〉，《小說月報》十二卷七期（一九二一年七月十日），同上，頁四九至五〇。

⑮ 雁冰：〈「大轉變時期」何時來呢？〉，《文學》第一〇三期（一九二三年十二月三十一日），同上，頁一六〇。

創作方面，文學研究會的作家還寫了很多所謂的「問題小說」，這概念是周作人首先提出來的，他還界定這種體裁爲「論及人生諸問題的小說」，⑯茅盾編選的《中國新文學大系．小說一集》，便收錄了很多探索人生問題的小說，他所寫的導言也重點分析了這些作家作品的特點，例如他認爲冰心和廬隱都嘗試爲「人生是什麼？」這個問題提供一個答案；孫俍工的作品除了寫出人生旅途上渺茫不可知的「前途」外，也有直接提出「我們應該怎樣做」的問題；葉紹鈞的作品則冷靜、客觀、寫實的描寫「灰色的卑瑣人生」；王統照則強調了人生的「美」和「愛」；落花生在「每一篇作品裏，都試要放進一個所認爲合理的人生觀」，還有徐玉諾、潘訓、彭家煌、許傑、王任叔等，寫的都是反映社會的作品⑰。

此外，在新文學運動初期，許多有關文學的討論都很重視作品的思想內容，甚至以此爲評價作品的標準，例如周作人差不多把所有中國古典小說戲曲都否定了，爲的是它們的內容屬於「非人的文學」，「妨礙人性的生長，破壞人類的平和」⑱，而錢玄同大力排斥《老殘遊記》⑲，也

---

⑯ 仲密：〈中國小說裏的男女問題〉，《每周評論》第七號（一九一九年二月二日）。

⑰ 茅盾：〈導言〉，《中國新文學大系．小說一集》，頁一八至二六。

⑱ 周作人：〈人的文學〉，《新青年》五卷六號，《中國新文學大系．建設理論集》，頁一九三至一九四。

⑲ 錢玄同：〈寄陳獨秀〉，同上，頁五一。

是因爲它的思想性不夠進步。

由此可見，在五四時期，文學跟政治的關係還是非常密切的，我們在上引的很多文字裏，不難發覺其中很多論點跟晚清時候梁啓超等維新派的功利主義文藝觀是很接近的，但另一方面，我們可以見到一個很重要的不同之處：這個時期沒有了晚清那種一面倒傾向政治的局面。在晚清時期，提倡文學改革的人，儘管具體的政治思想或許不同，但他們提出文學改革的動機，都是在於政治改革，卽使是梁啓超自己，也不能算是文學家，他們只是以政治家或思想家的身分來推行文學改革，最終還是爲了政治。例如周作人便曾經說過「他們〔梁啓超等〕最注意的是政治的改革，因而他和文學運動的關係也較爲異樣」；「梁任公是戊戌政變的重要人物，他從事於政治的改革運動，也注意到思想和文學方面」⑧⓪，都說明了晚清時期從事文學運動的人，重點是放在政治上面的。

但五四時期的情況很不同，最重要的是：儘管他們也相信文學具有改良社會、啓蒙教育的功用，但提出文學改革的一班人，絕大部分（例如除了陳獨秀、李大釗外）都不是實務的政治家，而是眞正以創作爲職業的作家或是在大學裏的教授。他們對文學具有眞正的理解，且明白及尊重它的獨立性，所以，在利用文學作爲改良社會的工具的同時，他們並沒有犧牲文學，也沒有把它

---

⑧⓪ 周作人：〈中國新文學的源流〉，頁九五至九六。

放在一個附庸的位置。在他們的文字裏，我們可以見到他們經常強調了文學的獨立性，且還肯定了個人感情在文學創作的重要性，有些地方看來的確好像跟他們強調文學的政治功能的論點有點矛盾，例如我們在上面已看過陳獨秀曾經強調改革政治，必須先改革文學的論點，而且，陳獨秀很快便把興趣轉移到政治上面，與李大釗創立中國共產黨，可是，在新文學運動的最初階段裏，他曾經說過這樣的話：

> 鄙意欲救國文浮誇空泛之病，只第六項「不作無病之呻吟」一語足矣。若專求「言之有物」，其流弊將毋同於「文以載道」之說？以文學為手段為器械，必附他物以生存。竊以為文學之作品，與應用文字作用不同。其美感與伎倆，所謂文學美術自身獨立存在之價值，是否可以輕輕抹殺，豈無研究之餘地？[81]

此外，我們在上面也提過鄭振鐸提出了「血和淚的文學」，但他卻又有以下的論調：

> 文學就是文學，不是為娛樂的目的而作之、而讀之，也不是為宣傳、敎訓的目的而作之、而讀之。作者不過把自己觀察的、感覺的情緒自然的寫出來。讀者自然的會受他的同化、受他的感動。

[81] 陳獨秀：〈通訊〉，《新青年》二卷二號（一九一六年十月一日），頁四。

如果作者以教導哲理、宣傳主義為他的目的，讀者以取得教訓、取得思想為他的目的，則文學也要有加上堅固的桎梏的危險了。……因為文學是人的情緒流洩在紙上的，是人的自然的歌潮與哭聲，自然而發的歌聲與哭聲決沒有帶傳道的作用的，優美的傳道文學可以算是文學，但決不是文學的全部。大部分的文學，純正的文學，卻是詩神的歌聲，是孩童的、匹夫匹婦的哭聲，是潺潺人生之河的水聲。⑧²

這表面上看來有點難以理解，但其實他們是很努力地爲政治功用和文學藝術二者找出一個平衡，這也是一位論者所說的在改造社會與文學獨立之間保持「張力」⑧³，周作人在一九二〇年的一次演講中的論點，最能說明「五四」時期的理論家怎樣嘗試把文學的獨立性與功利主義連繫在一起，設法找一個平衡，他一方面贊同藝術派說藝術有獨立價值，可以超越一切功利而存在，但又認爲他們「重技工而輕情思」的觀點「不甚妥當」，可是，當談到「人生派說藝術要與人生相關，不承認有與人生脫離關係的藝術」的時候，他又指出這派的流弊，「是容易講到功利裏邊去，以文藝爲倫理的工具，變成文壇上的說教」。最後，在二者之間，他取得一個妥協，提出「人生的藝術派」的理論來：

⑧² 鄭振鐸：〈新文學觀的建設〉，《文學旬刊》三十八號。
⑧³ 袁進：〈中國小說的近代變革〉，頁一七九。

正當的解說，是仍以文藝為究極的目的；但這文藝應當過了著者的情思，與人生的接觸。換一句話說，便是著者應當用藝術的方法，表現他對於人生的情思，使讀者能得到藝術的享受與人生的解釋。這樣說來，我們所要求的當然是人的藝術派的文學。[84]

在別的地方他又說：

> 「為人生的藝術」以藝術附屬人生，將藝術當作改造生活的工具而非終極，也何嘗不把藝術與人生分離呢？我以為藝術當然是人生的，因為它本是我們感情生活的表現，叫它怎能與人生分離？「為人生」——於人生有實利，當然也是藝術本有的一種作用，但並非唯一的職務。總之藝術是獨立的，卻又原來是人性的，所以既不必使它隔離人生，又不必使它服侍人生，只任它成為渾然的人生的藝術便好了。「為藝術」派以個人為藝術的工匠，「為人生」派以藝術為人生的僕役；現在卻以個人為主人，表現情思而成藝術，即為其生活之一部，初不為福利他人而作，而他人接觸這藝術，得到一種共鳴與感興，使其精神生活充實而豐富，又即以為現實生活的基本；這是人生的藝術的要點，有獨立的藝術美與無

---

[84] 周作人：〈新文學的要求〉，《北京晨報》，一九二〇年一月八日，錄自賈植芳等編：〈文學研究會資料〉，上卷，頁四九。

形的功利。㊵

雖然大部分五四作家都沒有像周作人這樣明確地說出這個論點，但其實，這種把藝術和人生緊扣在一起的方法，卻是爲不少人所奉行，例如魯迅雖然的確是利用小說來「揭出病苦，引起療救的注意」，但他卻沒有否定小說的藝術性，在「聽將令」的時候，他也只不過「不恤用了曲筆，在〈藥〉的瑜兒的墳上平空添上一個花環，在〈明天〉裏也不敍單四嫂子竟沒有做到看見兒子的夢」㊶，他自始至終都是非常重視小說的技巧的。

這種情況在標榜「爲藝術而藝術」的創造社也出現。人們一向把創造社視爲「藝術至上」的團體，這主要是因爲他們的理論文字，而說得最清楚明白的是成仿吾的〈新文學的使命〉：

他們〔藝術派〕以為文學自有它內在的意義，不能長把它打在功利主義的算盤裏，它的對象不論是美的追求，或是極端的享樂，我們專誠去追從它，總不是叫我們後悔無益之事。……至少我覺得除去一切功利的打算，專求文學的全 Perfection 與美 Beauty 有值得我們終身從事的價值之可能性。㊷

㊵ 周作人：〈自己的園地〉，《自己的園地》（北京：晨報社，一九二三年九月），頁二。

㊶ 魯迅：〈「吶喊」自序〉，《魯迅全集》，卷一，頁四一九。

㊷ 成仿吾：〈新文學的使命〉，錄自鄭振鐸編：《中國新文學大系・文學論爭集》（上海：上海良友圖書公司，一九三五年十月），頁一七九至一八〇。

這看來眞好像是摒棄了一切實用和功利的成分，專門追求文學和藝術的獨立性，而創造社成員最初的目的，便是要辦一種「純粹的文藝雜誌」⑱，可是，在實踐上，他們同樣也沒有忽視社會，且也同樣在文學裏宣傳了思想，屬於創造社創辦人之一的鄭伯奇，在總結創造社在新文學運動的第一個十年的成績時所說的話是很有道理的：

若說創造社是藝術至上主義者的一羣，那更顯得是不對。……眞正的藝術至上主義者是忘卻了一切時代的社會的關心而籠居在「象牙之塔」裏面、從事藝術生活的人們。創造社的作家，誰都沒有這樣的傾向。郭沫若的詩、成仿吾的批評，以及其他諸人的作品都顯示出他們對於時代和社會的熱烈的關心。所謂「象牙之塔」一點也沒有給他們準備著。他們依然是在社會的桎梏之下呻吟著的「時代兒」。⑲

要證明這一論點也很不困難，郁達夫的〈沈淪〉最後的感歎是「祖國呀祖國呀！我的死是你害我的！你快富起來！強起來吧！你還有許多兒女在那裏受苦呢！」⑳而郭沫若的〈女神〉據說也具有一種「英雄的基調」，這基調「正是與『五四』反帝反封建運動極爲合拍的對祖國的熱愛，

⑱ 參郭沫若：〈創造十年〉，《沫若自傳》，第二卷（香港：三聯書店，一九七八年十一月），頁三八。
⑲ 鄭伯奇：〈導言〉，《中國新文學大系・小說三集》，頁八至九。
⑳ 郁達夫：〈沈淪〉，同上，頁七一。

以及歌頌叛逆反抗和自由創造的精神」⑨，同時他也寫出了一些曾經被聞一多譏諷爲只不過是把「許多的古人拉來，叫他們講了一大堆社會主義、德謨克拉西、或是婦女解放問題」便稱爲戲或詩劇的劇本《卓文君》、《王昭君》和《聶嫈》⑩。

這跟文學研究會有點殊途同歸的味道：文學研究會的作家在理論上強調爲人生、爲社會，但他們並沒有放棄文學的藝術性和獨特性；創造社成員口裏說著要爲藝術而藝術，但卻未能忘懷社會和人生。因此，儘管他們的重點或許有些不同，但結果還是自覺或不自覺地走上周作人所說的「人生的藝術派」的路途上去；而且，這種情況並不是局限於文學研究會或創造社的成員，在「五四」時期，這具有一種普遍性，看來是時代的選擇：承接著晚清激烈的文學功利主義觀，加上國家積弱、社會混亂、人民愚昧，五四的作家們都無可避免地把文學作爲一種政治手段，可以改良社會，救助人民，這跟古代作家以抒懷爲主的政治化情況並不相同；但另一方面，我們在上面已指出過，這時期提倡文學改革的人，都是眞眞正正的作家，而不是政治家，一方面他們沒有明確的政治觀，另一方面又重視文學的藝術性，所以絕不會創作出像梁啓超《新中國未來記》那樣政治論文式的「文學作品」來，因此，相較之下，五四至二十年代末期間確是產生了一些不錯的

---

⑨ 王瑤：《中國新文學史稿》（上海：上海文藝出版社，一九八二年十一月修訂重版），頁七六。

⑩ 聞一多：〈戲劇的歧途〉，《聞一多全集》（上海：開明書店，一九四八年），第三集，丁，頁二七四。

創作，如魯迅、郁達夫的小說；郭沫若、聞一多的新詩；周作人、朱自清的散文等，這比晚清時期我們沒法說出一兩部較突出的新小說的情況，又確是明顯的進步了。

四

在中國現代史裏，一九二七年是十分重要的一年，國民黨北伐成功，建立南京政府，隨卽發動清黨，結束了第一次國共合作，這在政治上造成了很大的衝擊，在隨後的十年裏，國共爆發連場內戰，直至一九三七年全面抗日戰爭開始後，才出現第二次國共合作的局面。

文學方面，有所謂「三十年代文藝」的說法，大抵是指一九二七至一九三六年的十年。在大陸出版的文學史裏，這段時期一般被稱爲「左聯十年」或「左翼十年」，這主要是因爲在一九三〇年三月，中共在上海指揮成立「中國左翼作家聯盟」，在文藝界有計畫地發動大規模的左翼文化運動以及別的一些深具政治意義的活動，且大力排斥及攻擊任何反對的聲音，簡單地說，他們完全是以文藝來作爲推動政治運動的工具。這對中共的政治運動有極重要的幫助——就是自己沒有親身參與了這條文化界戰線的毛澤東，也充分肯定了它的影響：

在「五四」以後，中國產生了完全嶄新的文化生力軍，這就是中國共產黨人所領導的共產主義的文化思想，……由於中國政治生力軍卽中國無產階級和中國共產黨登上了中國的政治舞臺，這個文化生力軍，就以新的裝束和新的武器，聯合一切可能的同盟軍，擺開了自己的陣勢，向著帝國主義文化和封建文化展開了英勇的進攻。……二十年來，這個文化新軍的鋒芒所向，從思想到形式（文字等），無不起了極大的革命。其聲勢之浩大，威力之猛烈，簡直是所向無敵的。其動員之廣大，超過中國任何歷史時代。⑨③

這點就是很多國民黨人也完全承認，例如曾任中華民國駐聯合國首席代表的蔣廷黻便曾公開說過，二十年來國民黨握到的是軍權和政權，共產黨握到的是筆權，而結果是筆權打垮了軍權和政權⑨④。由此可見，文學在政治方面是扮演了多麼重要的角色。

當然，這在性質上跟晚清時候梁啓超等以小說作爲改良社會的工具的論調有點相像，但在程度上來說，二者卻有很大的差異。可以說，在這時候，政治跟文學的關係變得史無前例的密切，國共兩黨同樣也嘗試了利用文學來幫助推動政治活動，而得出來的結果自然便是政治干預文學的發展。此外，更重要的一點是，這「三十年代文藝」爲中共政治干預文藝開了先例，五、六十年

⑨③ 毛澤東：＜新民主主義論＞，《毛澤東選集》第二卷（北京：人民出版社，一九五二年三月），頁六九〇至六九一。

⑨④ 錄自丁淼：《中共文藝總批判》（香港：香港中國筆會，一九七〇年六月），頁三六至三七。

代大陸文壇很多問題和現象，都跟三十年代文藝有密切關係，甚至可以說是它的延續。文革期間，文藝界最嚴厲的打擊及清算對象，便是三十年代左翼文學運動的領導人，這自然是涉及了政治的因素，所以我們說，在中國現代文學與政治關係這課題上，這時期是極其重要的一個階段。

國民黨的清黨行動，對當時的文藝界造成了兩個直接的影響：第一，很多中共黨員作家，在參加過北伐後，面對嚴峻惡劣的政治環境，重新投回文藝界。可是，由於他們曾經直接參與過政治活動，思想起了很大的變化，因此，即使他們重回到文壇，但很多時候，他們寧願拋棄文學家的身分，而更願意以政治家自居，最少也把文藝看成政治的附庸。一九二九年成立的太陽社，差不多全部成員都是這樣，而原來提倡過爲藝術而藝術的創造社成員如郭沫若、成仿吾、鄭伯奇等，也正式提出了「方向轉換」，而且，無論是創造社還是太陽社的成員，在那時候絕大部分都加入了共產黨，具備所謂的「黨員作家」身分，即是說，作家與政治家的界限已不明確。這對中國文學的發展產生了很大的影響，一九二八年的「革命文學」運動，便是由這班人提出來的。

國民黨清黨帶來的第二個影響，是驅使了大批文學家投向中共。不能否認，對於很多原來沒有明確政治立場的文學家來說，這次清黨行動是難以理解的，特別是他們大都把國共合作的北伐視爲一次國民革命，是清除軍閥、統一國家的好機會，因此，他們較容易接受中共的說法，把清黨看作背叛革命的行爲，當然還有的是國民黨在這次清黨行動裏大舉拘捕和屠殺了很多共產黨員，也是惹起很多知識分子不滿的原因。一個很明顯的例子是魯迅，他原來是接近國民黨的，也曾熱烈頌揚過北伐的成功⑮，但卻給「血的遊戲」「嚇得目瞪口呆」⑯，結果，在一九三〇年，他加入了「左聯」，而在他生命的最後六年多裏，他積極支持左翼文藝運動，還寫了很多被稱爲「戰鬪的阜利通」的雜文，猛烈抨擊國民政府，據毛澤東說，魯迅就是在這時候成了「中國文化革命的偉人」⑰。

我們現在比較具體的看看有關這時期政治與文學關係的幾個現象。這裏的討論，很多時候都以上海爲中心，因爲毫無疑問，在文化以至政治來說，這時期的上海已成爲全國的重鎮。

先看一九二八至二九年間的「革命文學」論爭。我們不會在這裏討論這場論爭的內容及經過，只會集中看看所謂的「革命文學派」對文學與政治關係的看法。

其實，早在一九二六年，曾經倡議過爲藝術而藝術的創造社成員郭沫若和成仿吾，便首先提出了「革命文學」的口號，並說過「文學是革命的前驅」、「眞正的文學是只有革命文學的一種」這樣的話⑱，但眞正積極推行「革命文學」的，是後期創造社的成員李初梨、馮乃超、彭

⑮ 參魯迅：〈慶祝滬寧克服的那一邊〉，《魯迅全集》，卷八，頁一六一至一六五。
⑯ 參魯迅：〈答有恒先生〉，同上，卷三，頁四五三至四五四。
⑰ 毛澤東：〈新民主主義論〉，《毛澤東選集》第二卷，頁六九五。
⑱ 郭沫若：〈革命與文學〉，《創造月刊》一卷三期，錄自中國社會科學院文學研究所現代文學研究室編：《「革命文學」論爭資料選編》（北京：人民文學出版社，一九八一年一月），頁二至六。

康、朱鏡我等，另外就是太陽社的錢杏邨、蔣光慈等，前者是受了日本激進的「福本主義」的影響，而後者則更多的傾向於蘇聯，但二者今天都被認定爲「過左」，這過左的情緒其中的一個表現，便是在文學與政治的關係問題上。

簡單的說，革命文學派全都服膺於辛克萊那句「一切藝術都是宣傳」的話，李初梨在〈怎樣地建設革命文學〉裏，便曾把辛克萊《拜金藝術》裏的整段話抄錄下來，只是將藝術一詞改成文學，變成了：

> 一切的文學，都是宣傳。普遍地，而且不可逃避地是宣傳；有時無意識地，然而常時故意地是宣傳。[99]

他還闡釋說，文學是「生活意志的要求」、是「反映階級的實踐」，而無產階級文學則是「爲完成他主體階級的歷史的使命，不是以觀照的——表現的態度，而以無產階級的階級意識，產生出來的一種的鬥爭的文學」；他的結論是：

> 我們的作家，是「為革命而文學」，不是「為文學而革命」，我們的作品，是「由藝術的武器到武器的藝術」。[100]

---

[99] 《文化批判》第二號，同上，頁一五六。

[100] 同上，頁一六七。

類似的觀點，幾乎在革命文學派的每一篇文章中都有出現，例如成仿吾便說過文學「應該積極地成爲變革社會的手段」⑩，而郭沫若也說過「文藝是生活戰鬪的表現」⑩②。

辛克萊的話，我們在上面已簡單的談過了，那就是在廣義的角度來看，把它理解爲一切文學或藝術都會表現了作者的思想感情，這句話有一定的道理，可是，中國的革命文學家卻以狹隘的眼光來理解它，只重視宣傳，而忽略了藝術的一面，他們不是絕口不提藝術，便是故意把文學作品的藝術成分壓低，錢杏邨說過這樣的話：

藝術不是認識生活的方法，是創造生活的方法。不承認有寫實，不承認有客觀。反對寫實，提倡宣傳。否認客觀經驗，標定主義意志。除消內容，換上主張。除消形式，換上目的。⑩③

結果，革命文學派所創作出來的作品，技巧上可以說是非常拙劣——如魯迅所說，「拙劣到連報章記事都不如」⑩④，這不只限於馮乃超那被魯迅示衆的劇本⑩⑤，就是名氣最大的蔣光慈的作品，

---

⑩① 成仿吾：〈全部批判之必要〉，《創造月刊》一卷十期，同上，頁一七九。
⑩② 麥克昂：〈桌子的跳舞〉，《創造月刊》一卷十一期，同上，頁三六二。
⑩③ 錢杏邨：〈評蔣光赤「鴨綠江上」〉，《文學週報》二五九期（一九二七年一月二十三日）。
⑩④ 魯迅：〈文藝與革命〉，《魯迅全集》，卷四，頁八四。
⑩⑤ 同上。

也不外如是[106]，致令本來也是中共黨員的茅盾，也不能不作出批評：

> 我們的「新作品」卽使不是有意的走入了「標語口號文學」的絕路，至少也是無意的撞了上去了。有革命熱情而忽略於文藝的本質，或把文藝也視為宣傳工具——狹義的，——或雖無此忽略與成見而缺乏了文藝素養的人們，是會不知不覺走上了這條路的。[107]

不過，茅盾這些話絕不可能會爲革命文學派所接受，很快便有人寫文章批評他的觀點[108]，關於技巧不足的問題，儘管他們也承認這是一個毛病，但卻視之爲一個必經的階段，不應該受到批評：

> 在普羅文學初期所不可避免的毛病，就是口號標語似的。這是沒有辦法的事。因為我們現在所提的口號，都是我們要求的解放自己的口號，這些口號就足以象徵現代革命青年的苦

[106] 關於蔣光慈作品的評價，參 T. A. Hsia, "The Phenomenon of Chiang Kuang-tz'u," *The Gate of Darkness: Studies on the Leftist Literary Movement in China* (Seattle & London: University of Washington Press, 1968), pp. 55-100.

[107] 茅盾：〈從牯嶺到東京〉，《小說月報》十九卷十期，錄自《「革命文學」論爭資料選編》，頁六九一。

[108] 參克興：〈小資產階級文藝理論之謬誤——評茅盾君底〈從牯嶺到東京〉〉，同上，頁七四七至七六三；錢杏邨：《幻滅動搖的時代推動論》，同上，頁八二九至八三九。

問。……在革命的現階段，標語口號文學在事實上還不是沒有作用的，這種文學對於革命的前途是比任何種類的文藝更具有力量的。⑽

隨著「革命文學」論爭而產生的，是「中國左翼作家聯盟」。它雖說是一個作家組織，但卻具備了極強烈的政治色彩，我們可以從幾方面說明這一點。今天，我們知道左翼作家是在中共的指令下停止在「革命文學」的問題上對魯迅的攻擊，並籌組「左聯」的，由於「左聯」成員大都是共產黨員，所以裏面又設有中共的黨團，直接隸屬中共中央文化委員會，而黨團書記便是「左聯」的實際領導。應該指出，肩負起領導一個「左聯」這樣作家組織的人物，往往本身並不是出色的作家，例如在「左聯」後期最具影響力的周揚，無論在三十年代或以後，都沒有寫出過什麼文學作品來。毫無疑問，在中共心目中，領導「左聯」的，應該是政治家而不是文學家，而「左聯」的性質也可想而知了。這是從「左聯」的組織上去判定它的政治性。

從他們所發表的言論，也可以清楚看出它的政治色彩。「左聯」其中一份最重要的文件是它的「理論綱領」，這是在它的成立大會上通過的，我們只須徵引其中的一兩個段落，便可以看出「左聯」的政治立場：

⑽ 錢杏邨：〈幻滅動搖的時代推動論〉，同上，頁八二九至八三〇。

我們不能不站在無產階級的解放鬥爭的戰線上，攻破一切反動的保守的要素，而發展被壓迫的進步的要素，這是當然的結論。我們的藝術不能不呈獻給「勝利不然就死」的血腥鬪爭。

藝術如果以人類之悲喜哀樂為內容，我們的藝術不能不以無產階級在黑暗的階級社會之「中世紀」裏面所感覺的感情為內容。

因此，我們的藝術是反封建階級的，反資產階級的，又反對「穩固社會地位」的小資產階級的傾向。我們不能不援助而且從事無產階級藝術的產生。……

我們對現實社會的態度不能不支持世界無產階級的解放運動，向國際反無產階級的反動勢力鬪爭。⑩

除了這「理論綱領」外，還有很多的文件，都是強調了「左聯」這個作家組織的政治使命，而這政治使命是絕對明確的，就是為了無產階級的鬪爭，它在一九三〇年發表的「五一」紀念宣言，有一段文字界定了這組織的性質：

---

⑩〈中國左翼作家聯盟的理論綱領〉，〈左翼作家聯盟成立了〉，《大衆文藝》二卷四期（一九三〇年五月一日），《中國現代文學史資料》（東京：大安株式會社，一九六九年），第十六卷，頁一一五至一一六。

我們左翼作家聯盟，不是什麼藝術流派的結合，而是在當今「萬國的無產階級團結起來」要完成其歷史使命的革命與戰爭的時期，兩個勢力針鋒相對——兩個敵對的營壘血戰肉搏的時候，為參加偉大的革命鬭爭而結合的。對於轉變為歷史陳物的世界資本主義之反動勢力，我們徹底的站在無產階級解放旗幟下面，參加革命的鬭爭。⑾

在這樣的「理論」指導下，「左聯」發動和參加了很多政治活動，諸如遊行、示威、飛行集會、派傳單、貼標語等，這些活動跟文學毫無關係，且還往往配合了一些政治事件，毫無疑問是超出了一個文學團體應有的活動範圍；而且，爲了更好的完成這些政治活動，「左聯」大部分盟員——最少在初加盟「左聯」的時候，並沒有具備作家的資格的。

當然也不是說「左聯」完全沒有推行任何文學活動或故意低貶文藝，例如它在成立大會上便決議成立四個研究會：馬克思主義研究會、國際文化研究會、文藝大衆化研究會和漫畫研究會，都可說與文藝文化有關。可是，「左聯」所推行的文學文藝活動，都全與政治有密切關係，而且，爲了配合這政治目的，他們往往願意犧牲文學的獨立性，例如他們最著力推動的是文藝大衆化運動，要創作作品來教育羣衆——這教育羣衆自然深具政治色彩，目的是要羣衆起來推翻國民

⑾ 〈左翼作家聯盟「五一」紀念宣言〉，《五一特刊》（一九三〇年五月一日），錄自《紀念與研究》第二輯（上海：上海魯迅紀念館，一九八〇年三月），頁一一至一二。

黨的統治，可是，面對普遍教育水平很低的羣衆，「左聯」的大衆文藝肯定不可能有很高的文學性，而令問題變得更嚴重的，是那時候「左聯」的「理論家」，並不認爲有什麼不妥的地方，以下的一兩段引文便可以見到其中的問題：

> 大衆文藝的標語應該是無產文藝的通俗。通俗到不成文藝都可以。⑫
>
> 工人農人的大衆，正在需要黑麪包的時候，我們難道將一點甜餅乾送給少數人就行了嗎？⑬

除了文藝大衆化運動外，「左聯」還加入（或發動）了很多場筆戰中，這些筆戰全都是涉及到政治方面的，例如攻擊民族主義文學運動，批判「自由人」和「第三種人」等。不過，無論論爭對手是什麼人，論爭的具體內容是什麼，他們的理論基礎都是一樣的，就是文學只不過是用來爲政治服務的工具，而這政治，也只是具體而明確地限於他們所宣稱的「無產階級革命運動」。因此，當民族主義者提出「文藝的最高意義，就是民族主義」，而「民族文藝底確立，必有待於民

---

⑫ 郭沫若：〈新興大衆文藝的認識〉，《大衆文藝》二卷四期，錄自丁易編：《大衆文藝論集》（北京：北京師範大學出版部，一九五一年七月），頁四六。

⑬ 夏衍：〈所謂大衆化的問題〉，同上，頁四〇。

族國家底建立」⑭、「自由人」胡秋原要求「勿侵略文藝」⑮、「第三種人」蘇汶（杜衡）說「要死抱住文學不肯放手」、「斤斤乎藝術的價值」的時候⑯，「左聯」便覺得受到威脅，要起來批判和鬪爭了。

必須指出，利用文學作爲政治宣傳的，並不只限於共產黨，當時南京國民黨政府也採取了相類的手法，除了採取高壓手段干預文學的自由外（例如制訂了〈國民政府出版法〉（一九三〇年十二月）、〈出版法施行細則〉（一九三一年十月）、〈宣傳品審查標準〉（一九三二年十一月）等條例、查禁書刊、以至捕殺作家等），還策動具備政治性的文學運動，先有一九二九年國民黨中宣部葉楚傖提出的「三民主義文藝」，目的是要抵制「共產黨文藝運動」，然後是上面提到的民族主義文學運動，參與這運動的都是國民黨裏居要職的人，如朱應鵬是國民黨上海市政府委員、范爭波是國民黨上海市黨部委員、警備司令部偵緝隊長兼軍法處長、黃震遐是國民黨中央軍教導團軍官、王平陵是國民黨《中央日報》副刊編輯。像「左聯」的理論家一樣，他們毫無保留

⑭ 〈民族主義文藝運動宣言〉，《前鋒月刊》一卷一期，錄自北京大學等主編：《文學運動史料選》第三冊（上海：上海教育出版社，一九七九年五月），頁八一至八三。

⑮ 胡秋原：〈勿侵略文藝〉，《文化評論》第四期，錄自蘇汶編：《文藝自由論辯集》（上海：現代書局，一九三三年三月），頁一〇至一三。

⑯ 蘇汶：〈關於「文新」與胡秋原的文藝論辯〉，《現代》一卷三號，同上，頁七三。

地公開宣稱文學只是政治的附庸，是宣傳的工具，例如傅彥長便說過這樣的話：

思想不問其淺薄深奧，只要是可以利用的，就是好的。我們中國人現在所需要的思想，只不過是可以利用的民族意識！

在我們這一羣的意見，文藝作品應該是集團之下的生活表現，決不是個人有福獨享的單獨行動。……中國民衆沒有集團的力量，在國際上沒有地位，都是文藝作品所宣傳出來的結果。

起來，宣傳，我們從事文藝作品的人，請以民族意識為中心思想而上前去努力吧！⑪⑦

在這情形下，無論左翼作家還是右翼作家，所寫出來的作品都是政治掛帥的，而且還有非常具體的政治思想在內。我們可以先看看「左聯」方面的。

在差不多整個三十年代裏，左翼陣營裏最滿意的文學創作，應該算是茅盾的《子夜》，瞿秋白便說過《子夜》的出版是「中國文藝界的大事件」⑪⑧，而「左聯」的一次執委會會議還對它的

⑪⑦ 傅彥長：〈以民族意識爲中心的文藝運動〉，《前鋒月刊》一卷二期，錄自《文學運動史料選》第三册，頁八七至八八。

⑪⑧ 瞿秋白：〈「子夜」和國貨年〉，《瞿秋白文集·文學編》，卷一（北京：人民文學出版社，一九八二年），頁七一。

出版表示了祝賀⑪⑨。我們不會在這裏詳細討論《子夜》的寫作技巧——毫無疑問，相對於一九二八年革命文學派的作品，在技巧上說，《子夜》確是優勝得多，而我們上面也看過茅盾怎樣批判革命文學作家只講思想，不顧技巧，但我們也只須徵引茅盾自己講述創作這個長篇小說的動機，便可以明白這篇被譽爲三十年代最傑出的左翼作品，其實也是政治掛帥的：

我那時打算用小說的形式寫出以下的三個方面：（一）民族工業在帝國主義經濟侵略的壓迫下，在世界經濟恐慌的影響下，在農村破產的環境下，為要自保，使用更加殘酷的手段加緊對工人階級的剝削；（二）因此引起了工人階級的經濟的政治的鬪爭；（三）當時的南北大戰，農村經濟破產以及農民暴動又加深了民族工業的恐慌。這三者是互為因果的。我打算從這裏下手，給以形象的表現。這樣一部小說，當然提出了許多問題，但我所要回答的，只是一個問題，卽是回答了托派：中國並沒有走向資本主義發展的道路，中國在帝國主義的壓迫下，是更加殖民地化了。⑫⓪

⑪⑨ 汪金丁：〈有關左聯的一些回憶〉，《左聯回憶錄》（北京：中國社會科學出版社，一九八二年五月），頁一八七。
⑫⓪ 茅盾：〈「子夜」是怎樣寫成的〉，錄自孫中田、查國華編：《茅盾研究資料》（北京：中國社會科學出版社，一九八三年五月），中册，頁二八。

創作小說原來是爲了加入政治論戰，跟晚清時候梁啓超創作《新中國未來記》委實太相像，我們可以由此理解爲什麼《子夜》會受到左翼作家的吹捧，而且一直在大陸出版的文學史裏佔有崇高的地位。可是，在八十年代後期，當人們越來越厭惡以政治標準來評價文學作品的時候，便有人願意指出《子夜》原來不過是一篇「高級形式的社會文件」[121]！

至於由國民黨所推動的民族主義文藝，更是乏善可陳，即使是劉心皇的《現代中國文學史話》也不能不承認這民族主義文藝運動存有很多問題，他徵引了一首詩（朱大心的〈劃清了陣線〉），說它是「極幼稚的」，也徵引了一段論文（澤明的〈中國文藝的沒落〉），說「他力量似乎不夠，所以有人譏爲『是符咒式的理論』」[122]，他在分析民族主義文藝運動的沒落時，其中兩個因素便是與作品質素有關：

> ……（四）民族主義文藝運動本身有欠健康——……民族主義文藝運動的一個特點，便是只有理論而沒有好作品，就是有幾篇作品，也容易被人找出毛病，作為話柄，……
>
> （五）文藝月刊沒有基本的作者，也就沒有大力的支柱；它是全靠拉外邊的作家做門面

---

[121] 藍棣之：〈一分高級形式的社會文件——重評「子夜」〉，《上海文論》一九八九年四期（一九八九年七月二十日），頁四八至五三。

[122] 劉心皇：《現代中國文學史話》（臺北：正中書局，一九七一年八月），頁五一二至五一四。

的，……因之陣線不堅强，在讀者羣衆方面的影響，是比較混亂的，因拉來的作家不會照它的宗旨撰寫文章。⑫③

當然，在整個三十年代裏，不是沒有人願意提出反對的意見，強調文學的獨立性的，首先是梁實秋在革命文學論爭中堅持了文學是沒有階級性的觀點，無論是什麼階級的人，都有著一種基本的人性，而「文學就是表現這最基本的人性的藝術」，他認為「估量文學的性質與價值，是只就文學作品本身立論，不能連累到作者的階級和身分」⑫④，因此，他反對無產階級文學，也反對革命文學，原因是他根本便反對以文學作宣傳，他多次強調，文學是忠實的——忠於人性，所以，宣傳式的文字不能算是文學⑫⑤。至於文學家，梁實秋這樣說：

> 文學家所代表的是那普遍的人性，一切人類的情思，對於民衆並不是負著什麼責任與義務，更不曾負著什麼改良生活的擔子。所以文學家的創造並不受著什麼外在的拘束，文學家的心目當中並不含有固定的階級觀念，更不含有為某一階級謀利益的成見。文學家永遠不失掉他的獨立。……文學家不接受任誰的命令，除了他自己的內心的命令；文學家沒有

⑫③ 同上，頁五一六。
⑫④ 梁實秋：〈文學是有階級性的嗎？〉，《偏見集》（上海：正中書店，一九三四年七月），頁二一四。
⑫⑤ 同上，頁二一六。

任何使命，除了他自己內心對於眞善美的要求使命。[126]

這與三十年代左翼作家和理論家的觀點大相逕庭，難怪他受到猛烈的圍攻了。

除了梁實秋外，上面提到的「自由人」胡秋原，也是認爲文學藝術有其自身的價值及尊嚴，不容政治來冒瀆和破壞的，我們可以看看他所寫的一段文字：

> 藝術雖然不是「至上」，然而決不是「至下」的東西。將藝術墮落到一種政治的留聲機，那是藝術的叛徒。藝術家雖然不是神聖，然而也決不是叭兒狗。以不三不四的理論，來强姦文學，是對於藝術尊嚴不可恕的冒瀆。[127]

同樣，蘇汶也是認爲文學是不能用來作宣傳之用的，他慨歎「階級文學的觀念」來到後，文學變成了「一個人盡可夫的淫賣婦，她可以今天賣給資產階級，明天又賣給無產階級」，結果，「文學不再是文學了，變爲連環圖畫之類；而作者也不再是作者了，變爲煽動家之類。死抱住文學不放的作者們是終於只能放手了。」最後，他感慨地說：「難乎其爲作家！」[128]事實上，在那時候「難乎其爲」的還有理論家，這幾位主張文學有獨立存在的意義的理論家，都或先或後的成爲了

[126] 〈文學與革命〉，同上，頁八。

[127] 胡秋原：〈藝術非至下〉，《文化評論》創刊號，錄自《文藝自由論辯集》，頁七。

[128] 蘇汶：〈關於「文新」與胡秋原的文藝論辯〉，同上，頁七四。

左翼集團攻擊的對象。

話說回來，實際的情況也不是像蘇汶說得這樣悲觀，二十年代末三十年代初也產生了一些優秀的文學作品，香港一位文學史家司馬長風便說過，「一·二八以後上海的文壇仍酖於烏煙瘴氣的罵戰時，北方的文壇卻靜靜閃露了復甦的曙光」[129]，也就是說，比較出色的文學作品都是在北京出現，而不是在文化和政治中心的上海，他徵引了沈從文在一九四七年寫的一段文字：

> 在爭奪口號名詞是非得失過程中，南方以上海為中心，已得到了個「雜文高於一切」的成就。……然而在北方，在所謂死沉沉的大城裏，卻慢慢的生長了一羣有實力有生氣的作家。曹禺、蘆焚、卞之琳、蕭乾、林徽音、李健吾、何其芳、李廣田……是在這個時期陸續為人所熟習的，而熟習不僅是姓名，卻熟習他們用個謙虛態度產生的優秀作品！……這個發展雖若緩慢而呆笨，影響之深遠卻到目前尚有作用，一般人也可以看出的。提及這個扶育工作時，《大公報》對文學副刊的理想，朱光潛、聞一多、鄭振鐸、葉公超、朱自清諸先生主持大學文學系的態度。巴金、章靳以主持大型刊物的態度，共同作成的貢獻是不可忘的。[130]

[129] 司馬長風：《中國新文學史》，中卷（香港：昭明出版社，一九七六年三月），頁一〇。

[130] 沈從文：〈從現實學習〉，同上。

司馬長風還指出，三十年代最優秀的小說家如沈從文、李劼人、老舍等，都是「全屬於無所依傍的獨立作家。由於意志獨立，心智自由，因此能忠於感受、忠於藝術」[131]，而新詩的收穫也來自一班「獨立詩人」如孫毓棠、卞之琳、何其芳、廢名、李廣田、林徽音、方令孺、林庚、陸志韋、曹葆華等[132]。當然司馬長風的觀點也有偏頗之處，但他所列舉的作家確是在當時遠離了政治的漩渦，能夠比較忠於藝術，重視藝術的獨立性，寫出很好的作品來。

可是，相對於上海的左翼作家，他們只是沉默的一羣，在當時並沒有能夠引起廣泛的注意，而且，由於大陸的文學史在評價作家作品時都以狹隘的政治觀念作標準，這情形變得更嚴重，結果是很多出色的作家和作品都被埋沒了，就是錢鍾書和張愛玲也得待到夏志清在六十年代才發掘出來[133]，這也是政治對文學一個嚴重的影響。在這情形下，一九八八年在上海開展的「重寫文學史」顯得特別有價值，因爲他們能夠提出擺脫政治束縛，以藝術審美的標準來重新審視文學作品，這不單會扭轉很多一直以來被確立爲「公論」的作家作品評價，且還會爲很多出色的文學作家「平反」，讓讀者們知道更多優秀的文學作品，因此，雖然「重寫文學史」運動很快便因其「離經叛道」的思想而被壓下去，但其意義是重大的，影響是深遠的。

[131] 同上，頁三四。

[132] 同上，頁一七七至一七八。

[133] 夏志清：《中國現代小說史》（香港：友聯出版社，一九七九年三月），頁三三五至三九二。

五

由於篇幅關係，我們不可能在本文再繼續討論三十年代以後政治文學的關係，但毫無疑問，政治干預文學的情形，在三十年代以後只有變得越來越嚴重，先是一九三七年全面抗戰開始，在嚴峻的政治環境裏，一切都跟抗戰救亡有關，在文學上便有「抗戰文學」的出現，這原是可以理解的，但當梁實秋說了「於抗戰無關的材料，只要眞實流暢，也是好的」時，竟惹來了難以想像的圍攻，幾十年來沒有得到平反⑬④，則明顯是走到了極端的地步。一九四二年五月，毛澤東發表〈在延安文藝座談會上的講話〉，更造成了極嚴重和深遠的影響，當他規定了文藝必須爲政治服務，爲工農兵服務的時候，文藝便不可能不陷於附庸的地位，跟著出現的是大量的所謂「沿著工農兵方向前進的文學創作」，如趙樹理、周立波的小說，李季、袁水拍的詩歌等，在思想內容上據說是接近了羣衆，但可惜的是連語言和技巧也完全遷就了水平不高的大衆，我們實在沒法說出一兩篇既是「思想性」高而同時又具高藝術水平的作品。

---

⑬④ 有關的討論，可參考范志強：〈一段應該重寫的文學史——對梁實秋「與抗戰無關」論的再思考〉，《張家口師專學報》一九九一年三期，收《中國現當代文學研究（複印報刊資料）》一九九二年四期（出版日期缺），頁一七二至一七七。

一九四九年以後，政治干預的情形更加嚴重，正如一位論者所說：從四九年至文革，「極『左』的政治功利主義文學觀則已經被人爲地神聖化爲不可侵犯的最高經典和教條」[135]，關於這個神聖化的過程，這位論者闡釋說：

> 中國新文學的前期，幾乎所有的新文學的理論建設都以一種論爭的方式或在論爭中進行和完成。從「文學革命」時期白話文學理論的鼓吹到三十年代的「兩個口號」爭論甚至四十年代的「民族形式」討論，基本上都是如此。但是，從四十年代中後期以後，中國新文學的理論建設卻一反常態開始以自上而下的指示和批判乃至於大規模的羣衆政治運動的方式來完成。這種方式一變過去的民主討論空氣，取消了論爭各方的平等地位，並使文學討論帶上了濃厚的政治色彩，這樣，其結果不僅嚴重妨害了問題討論的理論深度，而且也使討論本身和今後的討論變得越來越沒有意義。[136]

這段文字不僅說出了四九年以後大陸以政治高壓來干預文學發展的情況，也點出了四九年以前不同的地方。我們在上面的討論，清楚顯示出一個事實，就是無論在那一個時期，都一直存在著

---

⑬⑤ 吳俊：《冒險的旅行》（上海：上海文藝出版社，一九九〇年二月），頁二〇九。

⑬⑥ 同上，頁二一一。

兩方不同的意見——即使是三十年代左翼文學開始大盛、左翼理論家叫囂得最厲害的時間也不例外，可是，四九年以後，正如上引的一段文字指出，任何反對的聲音也絕不容忍，文學完全一面倒的傾向政治，而且是一種劃一的政治思想，難怪大陸的所謂當代文學，「變得越來越沒有意義」！

一九九三年六月

給政治扭曲了的魯迅研究

——從一九八八年北京的「魯迅與中國現代文化名人評價問題座談會」談起

一

一九八八年四月一日，中國魯迅研究學會《魯迅研究》編輯部及北京魯迅博物館《魯迅研究動態》編輯部在北京魯迅博物館舉辦了「魯迅與中國現代文化名人評價問題學術座談會」。據報導，出席座談會的有陳漱渝、袁良駿、林志浩、王士菁、汪暉、陳平原、錢理羣、林辰、王得后及林非等，重點討論了給魯迅批評過的幾位中國現代文化名人的評價問題，其中包括林語堂、梁實秋和陳源等①。

據一篇綜合報導這次座談會內容的文章說，這次座談會是「在促進和平統一祖國大業的新的

① 參余揚：〈魯迅研究大事記（一九八八—一九八九）〉，《魯迅研究年刊（一九九〇年號）》（北京：中國和平出版社，一九九〇年十月），頁一〇〇。

形勢下」召開的，而直接的引發力量則似乎是來自全國政協委員徐鑄成在八八年初一次有關林語堂的談話，他除了給林語堂翻案，說他其實並不是魯迅筆下的「西崽」，而是一名「熱烈的愛國者」外，更重要的是說出了這樣的一句話：

以魯迅的隻字片語給人定論是「凡是論」的翻版。②

毫無疑問，能夠召開這樣的一個研討會——姑勿論與會人士的意見怎樣——本身已經是意義重大了，這代表著一種對過去的魯迅研究的反思，裏面隱含著一種懷疑的態度或精神：一方面是懷疑過去大陸學術界對一些與魯迅有過交往的人的研究及評價，正如陳漱渝所說：「長期以來，我們對非左翼的文化名人研究得很不充分，在研究中又確有簡單化的傾向。長期以來，我們對這些有著複雜傾向的作家和流派卻缺乏認眞、充分的研究。」③另一方面也就是對魯迅研究以至魯迅本身的懷疑，就像上引徐鑄成的說話一樣，究竟我們是否應該以魯迅的「隻字片語」來判定一個人的生死？魯迅的每一句說話是否都是絕對正確的金科玉律？似乎不少與會的人對徐鑄成的看

② 黃平：〈徐鑄成稱林語堂爲「熱烈的愛國者」〉，《上海聯合時報》，一九八八年一月十五日，轉錄自《魯迅研究動態》一九八八年第七期（一九八八年七月二十日），頁四八。

③ 陳漱渝：〈要好處說好，壞處說壞——在「魯迅與中國現代文化名人學術座談會上」的發言〉，《魯迅研究動態》一九八八年第七期，頁七至八。

法也有同感，例如陳丹晨便批評了過去「往往用毛澤東、魯迅對某某人的一句話來評價某某人的一生」的做法④；林志浩也說：「因爲魯迅在人們心目中有著崇高的地位，他的言論常常成爲人們評人論事的準繩。這就容易產生一種現象，把魯迅對林語堂等人的評論，有意無意地當成了『一言定終身』。」⑤因此，提出有關中國現代文化名人的評價問題，其實是有可能進一步帶出重新評價魯迅的討論，這對魯迅研究、甚至是現代中國文學研究、以至整個中國大陸的學術界也會是有所裨益的。

人物評價是一項艱巨而複雜的工作，牽涉的問題很多，很多時候，我們會討論那人物本身的行爲、言論、作品等等，這是顯然易見的。但問題在於怎樣去進行這些討論，也就是究竟以什麼標準來評價一個人的行爲、言論或作品。一般來說，前二者的評價多涉及政治方面的問題，也就是從政治或歷史的角度去審查這些言論或行爲，而討論一篇作品的時候，則除了要注意它的思想和內容外（很多時候這是具有政治性的），更似乎還須重點討論這作品的藝術性，魯迅早已經說過：「一切文藝固然是宣傳，而一切宣傳卻並非全是文藝，這正如一切花皆有色（我將白色也算作色），而凡顏色未必都是花一樣。革命之所以於口號、標語、佈告、電報、教科書……之外，

④〈陳丹晨的發言〉，同上，頁一四。

⑤林志浩：〈談魯迅與幾位文化名人的論爭〉，同上，頁一八。

要用文藝者，就因爲它是文藝。」⑥但藝術的標準卻往往跟政治評價有矛盾、甚至有衝突的地方，原因是能夠寫出藝術性很高的作品的作家，不一定能有同樣高度的政治醒覺，寫不出政治上「正確」的作品來；另一方面，也有一些作家可能是爲了配合或符合某些政治要求，而自願或被迫放棄作品的藝術性。那麼，政治與非政治之間的比重應該怎樣分配？八八年四月的研討會上，有人指出：「評論作家，就應該以他的文學創作爲準。人品絕對不能等同於文品。」⑦但也有人斥責這是「一種似是而非的謬論」，原因是「文化事業不是孤立的，是整個歷史的一部分，評價文化名人怎能不看他在歷史上代表進步還是退步呢？所謂純文學、純藝術、純美學的批評，嚴格來說是不科學的，也是不存在的。」⑧此外，也有人認爲評價歷史人物除了政治評價以外，還有文品評價、人品評價的方面，「三方面有聯繫，但又不是一回事」，一方面對於過去只「拿政治評價來代替一切，來抹殺一切」感到不滿，但也同意評價人物時「要放到當時歷史背景去考察」⑨。

這裏提出的三個觀點，各有相當的代表性。第一種強調了作家與別的歷史人物不同之處：作

⑥魯迅：〈文藝與革命〉，《魯迅全集》（北京：人民文學出版社，一九八一年），卷四，頁八四。
⑦陳平原：〈評價的標準與研究者的心態〉，《魯迅研究動態》一九八八年第七期，頁三四。
⑧袁良駿：〈關於魯迅與現代文化名人的評價問題〉，同上，頁一三至一四。
⑨〈陳丹晨的發言〉，同上，頁一四至一五。

家之爲作家，在於他們在文學上的創作；因此，評價作家時以他們的作品爲基礎，也是理所當然的了；這比較強調文學的獨立性。至於第二種觀點，強調的則是社會的歷史的批評和文學的思想性，這跟傳統的——四九年以來建立的傳統——論調是較爲接近的，雖然在語調上似乎比較溫和，態度看來也較開放，但基本還是政治掛帥的，跟上述第一種觀點可說是對抗的。介乎二者之間的，是第三種的說法。

不能否認，現代中國文學跟政治的關係是非常密切的。有誰能否定「五四運動」對現代中國文學的影響？「五四運動」本身原來就是一場政治運動！魯迅的以文學作爲改良社會的工具、鄭振鐸的「血與淚的文學」、以至聞一多的愛國詩，可全不是深具政治色彩的？更不要說二、三十年代左翼作家所提出的「革命文學」、「無產階級文學運動」了。一方面是政治影響了文學，但反過來說，文學對政治的影響可能是更大。即使是臺灣方面的學者與政治家也不得不承認他們在一九四九年失落了政權，最重要的原因是他們在文學上是早已失敗了⑩。

既然政治與現代中國文學的關係這麼密切，也這麼明顯，爲什麼在這次座談會中會有人提出評價文化人物時要除去政治的影響？應該指出，這個看法跟當時中國大陸一些年輕學者所醞釀提

⑩ 例如身爲中華民國駐聯合國首席代表的蔣廷黻曾在一九五三年在一次公開演講中說：「二十年來國民黨握到的是軍權和政權，共產黨握到的是筆權，而結果是筆權打垮了軍權和政權。」錄自丁淼：《中共文藝總批判》（香港：香港中國筆會，一九七〇年六月），頁三六至三七。

出重寫文學史的要求很有關係，二者背後有著一點共通的精神：那就是對於四九年以來那種過份強調政治的——或更具體的說，那種給政治過份干預了的——學術研究的一種反思，甚至可以說是一種反動（必須強調，「反動」一詞在這裏不含政治上的貶意）。他們有鑑於一九四九年以來在中國大陸出版的現代中國文學史「借用的仍然是政治思想界的標尺」，結果全變成「以作家爲研究對象的思想史、文化史」，甚至跟政治史沒有多大的分別，作家和作品的獨特性被忽略了，文藝觀點也沒有得到應有的重視，因此，他們提出重寫文學史的其中一個要求，便是需要以文學創作以及其藝術性爲大前提⑪。

我們不打算在這裏全面評估這次「重寫文學史」運動的理論或意義，簡單說來，這次短暫的「重寫文學史」運動提出了很多過去在中國大陸從沒有出現過的精闢見解，除了理論方面外，一些評論家抱著否定過去既定（或欽定）觀點的大膽態度，寫出重新對個別作家及作品審視探究的文章，也是非常突出的，這確是中國現代文學研究的一個突破，貢獻和影響是相當巨大深遠的。此外，他們所指出一些四九年以來中國大陸的現代文學研究的缺點和毛病，正好也是過去的魯迅研究裏經常出現的缺點和毛病，那就是政治過份的干預，結果出現的是：政治是「檢驗『眞理』的唯一標準」，而令問題變得更複雜的就是這所謂的政治的「標準」變化太大，陳平原在座談會

⑪ 關於「重寫文學史」的理論和實踐，參《上海文論》一九八八年第四期至一九八九年第六期的「『重寫文學史』專欄」。

上的一段說話很有意思：

從為「四條漢子」平反，到肯定巴金、老舍的創作成就；從為丁玲、馮雪峰翻案，到認識胡適、沈從文的價值，我們是一步步走過來了。如今到了重新評價林語堂、梁實秋、陳源這些當年的「右翼人士」的時候了。很快地他們的「歷史問題」將被妥善處理，他們的著作將重新印行，他們的文學地位也將得到承認。可我擔心，如果政治思想界發生變動，我們是否也會一個個挨著批回去？⑫

在下面，我們主要討論的就是在過去的幾十年裏，政治對魯迅研究的干預以及所造成的影響和禍害，雖然也會討論與魯迅有過交往的人物的研究和評價，但跟八八年四月的座談會不同的地方，在於本文不會個別考察這些人物的貢獻或者他們在文學史上應佔的位置，只是提出一些實例，去探究一下過去的魯迅研究的一些問題，希望一方面能爲八八年四月的座談會提供一些側面的補充，另一方面能爲以後的魯迅研究帶出一個思考的方向，此外，本文也暫時不會討論在研究魯迅的文學創作時過份強調政治性和思想性的做法。

不過，必須先說明一下的是，由於篇幅關係，本文只集中討論在中國大陸的魯迅研究所受政治的干預和影響，但這並不是說在臺灣的魯迅研究便沒有相類的問題，相反來說，在三十年代文

⑫ 陳平原：〈評價的標準與研究者的心態〉，頁三三。

學沒有解禁前，臺灣根本很難有客觀和學術性的魯迅研究，有的只是謾罵式文章，或是在資料缺乏的情況下胡亂猜想的推論，更甚的是在過去一般人偷看魯迅的著作竟會被判叛國罪，這些都是政治對學術研究的嚴重干擾，希望能在別的地方再詳細討論。

二

在八八年四月的座談會裏，很多人說魯迅不少罵人的說話給當作金科玉律，作爲打擊這些人或是給這些人下評價時的依據或標準。證諸過去幾十年的中國文學文化界的情況，這說法並不過份。我們在下面會再深入討論這種態度對魯迅研究所帶來的不良影響，首先要處理的是爲甚麼會有這情形出現？是魯迅的錯？還是別的人的錯？這現象代表了魯迅的地位的提昇，還是魯迅給人利用了？

其實，答案很簡單：魯迅的說話之所以給看成金科玉律，在於先有別一個人——毛澤東——的話給看成是金科玉律的緣故。

一九四〇年，毛澤東發表〈新民主主義論〉，裏面有一段文字涉及了魯迅：

> 在「五四」前後，中國產生了完全嶄新的文化生力軍。這就是中國共產黨人所領導的共產主義文化思想，即共產主義的宇宙觀和社會革命論。而魯迅，就是這個文化新軍的最偉大

和最英勇的旗手。魯迅是中國文化革命的主將，他不但是偉大的文學家，而且是偉大的思想家和偉大的革命家。魯迅的骨頭是最硬的，他沒有絲毫的奴顏和媚骨，這是殖民地半殖民地最可寶貴的性格。魯迅是在文化戰線上，代表全民族的大多數，向著敵人衝鋒陷陣的最正確、最勇敢、最堅決、最忠實、最熱忱的空前的民族英雄。魯迅的方向，就是中華民族新文化的方向。⑬

這段文字很重要，魯迅研究中的所謂「三家五最」、所謂「三個偉大」等，就是來自這段說話。雖然全段文字只有二百餘字，但對魯迅研究卻產生了極深遠的影響，不少討論魯迅的文章都把整段文字引錄，而毛澤東與魯迅也在很多魯迅研究的文章中相提並論，有的是探究毛澤東思想跟魯迅思想的共通之處，有的則深入發揮毛澤東的魯迅觀，有的更刻意考據二人生前的一些接觸等，不一而足。

在討論魯迅與毛澤東的關係前，我們不妨先提一下一宗發生在中國大陸魯研界的僞造資料事件，原因是它很能反映出問題的所在。

一九八二年，一位也頗著力於搜集魯迅研究材料的學者沈鵬年，發表了一篇名爲〈周作人生

⑬ 毛澤東：〈新民主主義論〉，《毛澤東選集》，卷二（北京：人民出版社，一九六六年七月），頁六六三。

前回憶錄：毛澤東到八道灣會見魯迅〉的文章，說早在「五四」時期，魯迅卽曾與毛澤東見過面⑭。這說法已爲很多人所否定，正如一位魯迅研究專家所說：這是一篇「蹩腳的『創作』」⑮。但這事件的眞正意義，卻在於這位沈鵬年的動機和心態，那就是要千方百計將魯迅與毛澤東扯在一起。應該指出，這種心態在過去大陸的魯研界中具有一定的普遍性，這並不是說大陸的魯迅專家喜歡僞造資料，而是說人們普遍會把魯迅和毛澤東的關係盡量拉得密切，就好像二人早已是「心連心」似的。下面會比較詳細討論的一個例子，是徐懋庸所說的魯迅思想就是毛澤東思想，便是這種「心連心」心態的具體表現；卽使是對魯迅理解最深的馮雪峰，也說出過「魯迅先生自己的天才，也使他從他所知道的毛主席的一些戰績中，意識到毛主席的關於馬克思列寧主義的一些非凡的活的運用和創造」一類的話⑯，而更普遍的做法，就是將毛澤東對魯迅的簡略評價奉爲「金科玉律」，結果，毛澤東對魯迅的看法，成了一個無法超脫的框架，或更嚴重的說，它成了魯迅研究裏一個絕難擺脫的障礙和樊籬。

⑭ 沈鵬年：〈周作人生前回憶錄：毛澤東到八道灣會見魯迅〉，《書林》一九八二年第一期（一九八二年二月），頁一〇至一二。

⑮ 陳漱渝：〈一篇蹩脚的「創作」——「毛澤東到八道灣會見魯迅」辟謬〉，《魯迅研究動態》一九八二年第二期（一九八二年四月十日），頁一三至一八。

⑯ 馮雪峰：《回憶魯迅》（北京：人民文學出版社，一九八一年新一版），頁一四五。

我們不是要低貶魯迅與毛澤東的關係。不能否認的事實是：魯迅在晚年對毛澤東確是開始有點認識，特別是在一九三六年的「兩個口號」論爭中，他透過剛從長征回來的馮雪峰知道毛澤東的統一戰線策略，且願意接受⑰，在一封給托洛斯基派的陳仲山的公開信裏，魯迅兩次提到毛澤東的名字，並公開表示支持⑱，在國民黨統治的三十年代上海來說，這是極爲難得的，且需要很大的勇氣。假如魯迅對毛澤東的統戰策略有所保留，便不可能這樣做，這點是我們在討論魯迅與毛澤東的關係時絕不能忽略或低貶的。另外還有的是我們今天大抵已有足夠的證據，確定魯迅曾經以一筆稿費托人購買火腿送給毛澤東，而在他所編訂出版瞿秋白的《海上述林》上卷印出來後，他也曾托馮雪峰帶了一套精裝本給毛澤東⑲。

不過，這似乎就是我們現在所知道魯迅方面涉及毛澤東的全部材料。毫無疑問，這些所謂的

---

⑰ 同上，頁一三〇至一三七；參王宏志：〈魯迅與「左聯」的解散及「兩個口號」論爭〉，《香港大學中文系系刊》第二卷（一九八七年），頁二二五至二四六，收《魯迅與「左聯」》（臺北：風雲時代出版社，一九九一年九月），頁九七至一三九。

⑱ 魯迅：〈答托洛斯基派的信〉，《魯迅全集》，卷六，頁五八八。

⑲ 參陳瓊芝：〈在兩位未謀一面的歷史偉人之間——記馮雪峰關於魯迅與毛澤東關係的一次談話〉，《中國現代文學研究叢刊》一九八〇年第三期（一九八〇年十月），頁二〇三至二〇九；朱正明：〈關於魯迅給毛主席送火腿和書信的問題〉，《魯迅研究動態》一九九〇年第二期（一九九〇年二月十二日），頁一一一至一一四。

交往，不單次數不多，且一點也不深入，說魯迅理解毛澤東思想，是一點根據也沒有的。在這裏，我們可以先徵引在三十年代中期領導上海左翼文化運動的周揚在八十年代一次訪問中的說話：

那時候只知道毛主席是位革命領袖，但對毛主席的思想不但根本不懂，在上海也看不到，特別在上海的黨組織被破壞以後，更不容易看到毛主席的東西。⑳

而在「兩個口號」問題上曾經擔當過溝通魯迅與毛澤東的橋樑的馮雪峰，說得更直截了當：

那時候（一九三六年），毛澤東同志的天才與思想才開始為黨內大多數人所認識，並逐漸為黨外廣大人們所知道，但許多最重要的著作都還沒有發表，黨內大部分同志在認識上也是以後一步一步深刻起來的，黨外的人在當時真正認識的並不多。㉑

這都說明在三十年代中期以前，毛澤東在上海幾乎可以說是沒有什麼影響力的，不單是魯迅，根本當時絕大部分在上海的人也不知道「毛澤東思想」是什麼東西。一九三六年逝世的魯迅，也再沒有進一步學習毛澤東思想或親炙毛澤東的機會。

⑳ 趙浩生：〈周揚笑談歷史功過〉，《新文學史料》第二期（一九七九年二月），頁二三二。
㉑ 馮雪峰：《回憶魯迅》，頁一四九。

但倒過來看，毛澤東對魯迅尊崇備至，卻似乎是事實。除了毛澤東自己曾幾次公開談論魯迅，給與了極高的評價外，不少人也曾撰文細說毛澤東怎樣的愛讀魯迅的作品，甚至是在兵荒馬亂的時候，也還是把《魯迅全集》帶在身旁㉒。我們不用懷疑這些話的眞實性，但這最多只能證明毛澤東是魯迅作品的愛好者。在中國及國外，愛好魯迅作品的人何只千萬，但有誰會在魯研界產生這樣巨大的影響？毛澤東撰寫過有關魯迅的文章並不多，稱得上學術性的更是一篇也沒有，正如上面說過：最廣爲人徵引、影響也最大的〈新民主主義論〉中有關魯迅的評價，也只不過二百餘字，它憑什麼來支配或指導應該具備嚴謹學術態度的魯迅研究？

衆所周知，魯迅自一九一九年發表第一篇小說〈狂人日記〉後即奠定了他在中國文壇的地位，隨後他的小說和雜文都贏得了很多讚譽，此外，他還致力協助年輕人組織社團和出版刊物，在北京「女師大事件」中支持學生，爲他贏得了「青年導師」的稱號，三十年代他領導「左聯」，在左翼文學文化運動中享有崇高的位置，這些都是不容置疑的。可是，無論如何，在魯迅生前的日子裏，他的說話可不會被看成是什麼的金科玉律，相反來說，他受到的攻擊也不少。不要說他跟梁實秋、陳源等「敵人」的論爭，以及三十年代上海不少報章對他的「圍剿」，就是左翼陣營裏對他也時有很大的不滿：在一九二八年的「革命文學」論爭中，他給創造社、太陽社的成員圍

㉒ 參史莽：〈毛澤東的魯迅觀〉，《文藝理論與批評》一九八八年第一期，頁三九，錄自《魯迅研究（複印報刊資料）》一九八八年第一期（出版日期缺），頁三。

攻，郭沫若更罵他爲「封建餘孽」、「法西斯蒂」、「二重性的反革命」㉓；他在「左聯」的成立大會上的講話，被人覺得只是老生常談㉔；到了「左聯」的後期，他跟「左聯」部分領導人不和，也是不能否認的事實，有「左聯」盟員發表文章罵他「戴著白色手套」革命㉕，廖沫沙罵他有「買辦意識」㉖，田漢說他跟楊村人「調和」㉗，徐懋庸寫信責備他破壞統一戰線㉘。

我們不是說魯迅生前並沒有參加過任何政治活動，也不是說他在生前所享的地位完全跟政治沒有關係，更不是要否定魯迅跟共產黨的關係，但上面所列舉魯迅與一些左翼人士的矛盾，便正

㉓ 杜荃〔郭沫若〕：〈文藝戰線上的封建餘孽——批評魯迅的「我的態度氣量和年紀」〉，《創造月刊》二卷一期（一九二八年八月十日），收中國社會科學院文學研究所現代文學研究室：《「革命文學」論爭資料選編》（北京：人民文學出版社，一九八一年一月），頁五七八至五七九。

㉔ 馮夏熊：〈馮雪峰談左聯〉，《新文學史料》一九八〇年第一期（一九八〇年二月二十二日），頁五。

㉕ 首甲、方萌、郭冰若、丘東平：〈對魯迅先生的「恐嚇辱罵決不是戰鬥」有言〉，《現代文化》第一卷第二期（一九三三年二月），收《中國現代文藝思想鬪爭史》上册（一）（一九七六年二月），頁二六二至二六三。

㉖ 林默〔廖沫沙〕：〈論「花邊文學」〉，《大晚報・火炬》，一九三四年七月三日，收魯迅：《魯迅全集》，卷五，頁四九一至四九四。

㉗ 紹伯〔田漢〕：〈調和——讀「社會月報」八月號〉，《大晚報・火炬》，一九三四年八月三十一日，收魯迅：《魯迅全集》，卷六，頁二〇八至二一一。

㉘ 參魯迅：〈答徐懋庸並關於抗日統一戰線問題〉，《魯迅全集》，卷六，頁五二七。

顯示了那時候魯迅在左翼陣營內的地位並不是絕對的，同時也說明了他的話在當時並沒有給人看成是金科玉律。

我們也不是要否定或低貶魯迅在現代中國文學界或思想界的地位或貢獻。事實上，早已有人曾經仔細羅列一些資料，說明在毛澤東發表〈新民主主義論〉前已有不少人給與魯迅很高的評價，因此，說「魯迅的崇高聲望是共產黨爲了政治的目的而吹捧出來的」，說毛澤東在〈新民主主義論〉裏對魯迅的評價是「神化」魯迅的濫觴等的說法便不能成立㉙，可是，假如毛澤東從未給與魯迅「三個偉大」的評價，究竟魯迅在一九四九年以後是否能歷久不衰的享受特別的厚遇？這實在是值得懷疑的。四十年代前已有崇高的評價，並不能否定毛澤東的說話的影響力。事實上，在國內中國現代文學研究中深具影響力的李何林，也隱約地承認過「神化」魯迅是自毛澤東開始的㉚。

我們先不要以一些學者爲「批判」對象，即以郭沫若爲例，除了在上面提到他在一九二八年對魯迅猛烈攻擊外，即使是在「左聯」成立以後，郭沫若對於魯迅那篇〈上海文藝界之一瞥〉中

㉙ 羅良平：〈魯迅決不是被「捧起來的」〉，《魯迅研究動態》一九八七年第九期（一九八七年九月），頁五六至五九。

㉚ 李何林：〈「敢不敢用歷史唯物主義研究魯迅？」〉，《魯迅研究動態》第四期（一九八〇年六月二十日），頁一三。

說創造社的成員是「新才子加流氓」極爲不滿㉛，憤然寫了《創造十年》來回敬魯迅，其中的〈發端〉更是措詞強硬激烈，把魯迅稱爲「偉大的『正人君子』」（不要忘記，「正人君子」一詞是魯迅用來痛罵陳源等「現代評論」派人士的），「有一手遮天，一手遮地的大本領」，在〈上海文藝界之一瞥〉中所說的是「形同捏造地自由創作」㉜；而在一九三六年的「兩個口號」論爭裏面，郭沫若自始至終都跟魯迅採取一種敵對的態度，認爲魯迅那篇著名的〈答徐懋庸並關於抗日統一戰線問題〉一文是「將徐懋庸格殺勿論，弄得怨聲載道」㉝。但四十年代以後又怎樣？一九四〇年他說過這樣的話：

魯迅生前曾經罵了我一輩子，魯迅死後我卻要恭維他一輩子。㉞

另外，據說在跟著的幾十年裏，他還「爲捍衞魯迅的旗幟作出了巨大的貢獻」。試問這改變、這

㉛ 《魯迅全集》，卷四，頁二九七。
㉜ 郭沫若：〈「創造十年」發端〉，《沫若自傳》（香港：三聯書店，一九七八年十一月），卷二，頁一六至二九。
㉝ 郭沫若：〈戲論魯迅茅盾聯〉，《今代文藝》一卷三期（一九三六年九月二十日）頁五一六。下聯爲：「茅盾向周起應請求自由，未免呼籲失門」。
㉞ 郭沫若：〈告鞭屍者〉，錄自卜慶華：《郭沫若研究札記》（長沙：湖南大學出版社，一九八六年一月），頁四四。

所謂的「對魯迅認識的眞正飛躍」又是從何而來㉟？

我們還可以徐懋庸四十年代前後的改變來說明這問題。一九三六年，徐懋庸在解散「左聯」、推行新統一戰線策略以及「兩個口號」的問題上與魯迅公開鬧翻，魯迅在一封公開信裏痛罵徐懋庸㊱，另一方面，徐懋庸也寫了公開信回擊㊲，雙方的措詞都十分激烈——「信口胡說，含血噴人，橫暴恣肆，達於極點」、「惡劣」、「糊塗得可觀」、「羅織入罪，戲弄權威」、「橫暴之甚」等等。但在四十年代中期以後，徐懋庸的態度完全改變了，他寫了不少文章讚揚魯迅，其中最諷刺的就是一篇寫於一九四九年十月，名叫〈中國人民的勝利就是魯迅精神的勝利〉的文章，稱頌魯迅一直擁護毛澤東㊳，而一九五一年，他在武漢魯迅逝世十五周年紀念會上發言，拿魯迅思想和毛澤東思想來作比較，並「證明」了二者是完全一致的㊴：這可不就是毛澤東的「功勞」？在一九三六年的「兩個口號」論爭中，魯迅曾公開支持毛澤東的統一戰線策略，卻受到徐懋庸的

㉟ 閻煥東：〈現代文壇的並峙雙峰——我看郭沫若與魯迅〉，《中國人民大學學報》一九八八年第三期，錄自《魯迅研究（複印報刊資料）》一九八八年第二期（出版日期缺），頁三九至四六。

㊱ 魯迅：〈答徐懋庸並關於抗日統一戰線問題〉，《魯迅全集》，卷六，頁五二六至五三八。

㊲ 徐懋庸：〈還答魯迅先生〉，《今代文藝》一卷三期（一九三六年八月二十六日），收《徐懋庸研究資料》（南昌：江西人民出版社，一九八五年七月），頁二四五至二五一。

㊳ 徐懋庸：〈中國人民的勝利也就是魯迅精神的勝利〉，同上，頁五二七至五二八。

㊴ 徐懋庸：〈毛澤東思想與魯迅思想〉，同上，頁五四〇至五四七。

攻擊，說他不明白政治運動㊵。

這一切都很明顯，經毛澤東下了決定性的評價（也就是所謂的「御筆親題」）後，有誰膽敢或願意站出來反對毛澤東的說法？一九八七年，有人在一份較小的學報《信陽師院學報》上發表了一篇討論魯迅小說缺點的文章，題目是〈試談「吶喊」、「彷徨」的缺陷〉㊶，這篇文章有人認爲「在我們魯研界恐怕是破天荒的，確實表現了作者的學術勇氣」㊷，這表面看來是對這篇文章的肯定，但其實已清楚暴露了中國大陸魯研界的嚴重問題：討論〈吶喊〉、〈彷徨〉的缺點爲什麼會是「破天荒」的？是〈吶喊〉、〈彷徨〉根本沒有缺陷嗎？爲什麼指出它們的缺點需要「勇氣」？這不是說明了很多問題嗎？更令人感到痛心的是這位做了「破天荒」的事情的作者，他的勇氣還只是足夠令他選擇以筆名——「夏秋冬」——來發表這篇文章㊸。另外，可以補充的是，差不多

㊵ 關於魯迅與徐懋庸的關係，參王宏志：〈敵乎友乎？——論魯迅與徐懋庸的關係〉，《東方文化》第二十四卷第二號（一九八六年），頁二四一至二六一，收《魯迅與「左聯」》，頁一四一至一八八。

㊶ 夏秋冬：〈試談「吶喊」、「彷徨」的缺陷〉，《信陽師範學院學報》一九八七年四期，頁九九至一〇五；收《魯迅研究（複印報刊資料）》一九八八年第一期（出版日期缺），頁七六至八二。

㊷ 杜一白：〈對魯迅研究現狀的若干思考〉，《魯迅研究動態》一九八八年第十期（一九八八年十月），頁三六。

㊸ 同上。

馬上便有人撰文反駁㊹。

〈試談「吶喊」、「彷徨」的缺陷〉的作者對這兩部小說集的批評，主要集中於藝術性方面，例如說它們「感性內容」貧乏單薄、人物形象完整性不足、人物性格豐富性不足等，其中語氣較重的批評是在文章的開首，作者說：

> 筆者認為，我們應該承認另一個事實：從藝術創作的角度來看，《吶喊》、《彷徨》成就巨大，但不完美，它有著自身的缺陷；並且有必要強調的是：《吶喊》、《彷徨》藝術創作上的缺陷並不是不足以影響它整體上的成功的。㊺

當然，我們不是說「夏秋冬」的觀點絕對正確，不能批評，事實上，吳作橋的反駁文章〈不應只有一把審美標尺──讀夏秋冬同志「試談『吶喊』、『彷徨』的缺陷」〉也有一些精闢的見解㊻，可是，討論一篇小說的藝術性也需要很大的勇氣，那麼，涉及政治或思想的問題便更複雜了。但

㊹ 吳作橋：〈不應只有一把審美標尺──讀夏秋冬同志「試談『吶喊』、『彷徨』的缺陷」〉，《魯迅研究動態》一九八八年第十一期（一九八八年十一月二十日），頁一三至一八。

㊺ 夏秋冬：〈試談「吶喊」、「彷徨」的缺陷〉，錄自《魯迅研究（複印報刊資料）》一九八八年第一期，頁七六。

㊻ 吳作橋：〈不應只有一把審美標尺──讀夏秋冬同志「試談『吶喊』、『彷徨』的缺陷」〉，頁一三至一八。

魯迅偏是一位政治性極強烈的作者，他的思想和政治傾向是研究魯迅時無法迴避的問題。由於篇幅關係，我們不可能全面討論這些問題，在這裏，筆者僅以魯迅在一九三〇至三一年間批判由國民黨所策動的「民族主義文藝運動」、以及在稍後跟「第三種人」的論爭中所持的立場，來討論一下在「魯迅永遠是對的」這前提下的魯迅研究的困境。

一九三〇年六月，也就在「左聯」成立後三個月，南京國民黨政府資助及推動了「民族主義文藝運動」，惹來了左翼人士的猛烈攻擊。本來，三十年代的中國，面對著帝國主義者的嚴重威脅及侵略，提出「民族主義文藝」的口號，加強人民的國家觀念及愛國情緒，原是非常正確的。但由於這次文藝運動是由國民黨所策動，目的是要打擊普羅文學，所以受到左翼作家的攻擊。身爲「左聯」領袖的魯迅，自然也寫了文章，批判「民族主義文藝運動」。在他所寫的〈「民族主義文學」的任務和運命〉中，裏面有一個觀點，明顯是受了當時中共黨內的左傾路線所影響。

蘇聯自一九一七年建國以後，一直都感到受著資本主義國家的威脅，「武裝保衞蘇聯」等口號經常在共產國際的文件中出現。中國共產黨不可能不遵從指示，黨中央所發表的宣言或通過的決議中，也常見到類似的字眼。這種對國際政治形勢的錯誤判斷，對中國帶來其中一個直接的影響，就是把日本的對華侵略看成是進攻蘇聯的前哨戰。今天，這種觀念已受到批判，認爲那時候「有些文章更多地著眼於揭露對方希冀日本借中國的東北作爲跳板去進攻蘇聯的罪惡企圖，而沒有著重說明日本帝國主義侵略中國的野心，戳穿他們出賣民族利益，甘心充當亡國奴的漢奸面

目，則反映出『左』傾路線對於『九一八』事變以後政治局勢和鬥爭任務的錯誤估計，以及這種估計所產生的消極的影響。」㊼

可是，這種左傾的觀點也反映在「左聯」對「民族主義文藝運動」的批判上，這原是可以理解的，也無可厚非——「左聯」本來就是中共為爭奪文藝界的領導權而設立的組織，它在文藝方面反映中共的政治路向，是非常自然的。在一班「左聯」的理論家所寫批判「民族主義文藝運動」的文章中——如瞿秋白的〈青年的九月〉和〈「黃人之血」及其他〉，茅盾的〈「民族主義文藝」的現形〉——都談到了日本對中國的侵略，原是為了配合全世界的資本主義國家對社會主義祖國蘇聯發動大規模的戰爭，「不但互相吞噬，而且最要緊的是吞噬這個眼中釘的蘇聯」，所以他提出要武裝保衛蘇聯㊽。魯迅也不能例外，在上面談到的那篇〈「民族主義文學」的任務和運命〉裏，他批判了「民族主義文藝運動」健將黃震遐的一篇作品《黃人之血》，裏面有幾段文字，完全把日本的對華侵略跟蘇聯掛鉤：

這劇詩的事蹟，是黃色人種的西征，主將是成吉思汗的孫子拔都元帥。所征的是歐洲，其

㊼ 唐弢主編：《中國現代文學史》（北京：人民文學出版社，一九七九年十一月），第二冊，頁三二至三三。

㊽ 《文學導報》第一卷第四期（一九三一年九月十三日），頁二至一〇。

實專在斡羅斯（俄羅斯）——這是作者的目標；……
我們的詩人卻是對著「斡羅斯」，就是現在無產者專政的第一個國度，以消滅無產階級的模範——這是「民族主義文學」的目標；……
拔都死了；在亞細亞的黃人中，現在可以擬為那時的蒙古的只有一個日本。……現在日本兵「東征」了東三省，正是「民族主義文學家」理想中的「西征」的第一步，「亞細亞勇士們張大吃人的血口」的開場。不過先得在中國咬一口。因為那時成吉思汗皇帝也像對於「斡羅斯」一樣，先使中國人變成奴才，然後趕他打仗，並非用了「友誼」，送柬帖來敦請的。㊾

當然，我們不可能要求魯迅超越時代，對國際政治形勢作出一個今天還認爲是正確的估計，但問題的癥結是，在批判了中共黨中央以及「左聯」當時的錯誤路線和策略後，魯迅始終屹立不倒。既然中共和「左聯」本身都犯了左傾的毛病，魯迅也寫了同一論調的文章，爲什麼他卻可以「獨善其身」？

我們姑且再舉出一個類似的例子，那就是魯迅在跟「第三種人」論爭的問題上所持的態度。由於篇幅關係，我們不打算詳細討論這次論爭的內容和性質，這裏要指出的一點是：儘管今天大

㊾ 魯迅：〈「民族主義文學」的任務和運命〉，《魯迅全集》，卷四，頁三一四至三一九。

部分人都同意「左聯」的這場論爭並不是一場敵我階級的鬥爭（從前可不是這樣看）⑸，但毫無疑問，魯迅以及「左聯」的理論家，在當時都是認定了世界上根本不可能有「第三種人」存在的，魯迅在〈論「第三種人」〉一文中回答「第三種人」蘇汶提出作家在政治的重壓下被迫擱筆的問題時說得很清楚：

其實，這「第三種人」的擱筆，原因並不在左翼批評的嚴酷。真實原因的所在，是在做不成這樣的「第三種人」，……

生在有階級的社會裏而要做超階級的作家，生在戰鬥的時代而要離開戰鬥而獨立，生在現在而要做給與將來的作品，這樣的人，實在也是一個心造的幻影，在現實世界上是沒有的。要做這樣的人，恰如用自己的手拔著頭髮，要離開地球一樣，他離不開，焦躁著，然而並非因為有人搖了搖頭，使他不敢拔了的緣故。⑸

這種觀點長久以來都受到中國內地的魯迅研究專家所推崇，認為是「既全面又辯證的馬克思主義

⑸ 參李旦初：〈「左聯」時期同「自由人」與「第三種人」論爭的性質質疑〉，《中國現代文學研究叢刊》一九八一年第一期（一九八一年三月），頁一至二四。

⑸ 魯迅：〈論「第三種人」〉，《魯迅全集》，卷四，頁四三九至四四〇。

的分析」[52]。但後來可出了問題，一九八二年，程中原在《新文學史料》上重刊了一篇署名「歌特」的文章〈文藝戰線上的關門主義〉[53]，經程中原考證，這位「歌特」就是張聞天，當時是中共臨時中央政治局常委兼中央宣傳部部長[54]，他這篇文章被認為是糾正當時左翼文藝界的關門主義思想一篇重要著作，程中原這樣形容這篇文章：

> 張聞天〈文藝戰線上的關門主義〉一文，理論上是正確的，策略上是對頭的，批評是切中要害的，作用是積極而顯著的。[55]

就是當時參與了左翼文藝運動的夏衍，也高度評價了這篇文章：

---

[52] 參林志浩：〈關於左聯對「自由人」與「第三種人」論爭中的幾個問題〉，《中國現代文學研究叢刊》一九八五年第二期（一九八五年五月），頁一七八。

[53] 歌特：〈文藝戰線上的關門主義〉，《鬬爭》第三十期（一九三二年十一月三日），重刊於《新文學史料》一九八二年第二期（一九八二年五月二十二日），頁一八〇至一八三。但必須指出：王健民早在一九七四年出版《中國共產黨史稿》的時候，已把歌特這篇文章全篇輯錄了。參王健民：《中國共產黨史稿》（臺北：中文圖書供應社，一九七四年九月），第二編，頁一三九至一四二。

[54] 程中原：〈「歌特」為張聞天化名考〉，收《張聞天與新文學運動》（江蘇：江蘇文藝出版社，一九八七年八月），頁三二二至三三〇。

[55] 同上，頁一七八。

「一二八」之後的形勢是迫使我們開始擺脱左傾路線最主要的原因。……而使這個轉變在黨內得到合法地位，則是在歌特一九三二年十一月於黨刊《鬥爭》上發表了〈文藝戰線上的關門主義〉之後。56

這兩篇文章，應該説是左翼真正開始擺脱極「左」路線的重要標誌。57

歌特的兩篇文章無疑是上海左翼文化運動開始擺脱左傾教條主義的一個重要標誌。58

可是，張聞天在這篇文章裏批判中國左翼文化運動的關門主義的時候，矛頭首先便指向了左翼作家對待「第三種人」的態度，張聞天不單承認世界上是有「第三種人」的存在，他更充分的肯定「第三種文學」的價值：

這種關門主義，第一，表現在「第三種人」與「第三種文學」的否認。我們的幾個領導同志，認為文學只能是資產階級的或是無產階級的，一切不是無產階級的文學，一定是資產階級的文學，其中不能有中間，即所謂第三種文學。

這當然是非常錯誤的極左的觀點。因為在中國社會中除了資產階級與無產階級的文學以

56 夏衍：〈懶尋舊夢錄〉（北京：三聯書店，一九八五年七月），頁二〇七。

57 同上，頁二一二。

58 同上，頁二一四。

外，顯然還存在著其他階級的文學，可以不是無產階級的，同時又是反對地主資產階級〔的〕革命的小資產階級的文學。這種文學不但存在著，而〔且〕是中國目前革命文學中最佔優勢的一種（甚至那些自稱無產階級文學家的文學作品，實際上也還是屬於這類文學的範圍）。排斥這種文學，罵倒這些文學家，說他們是資產階級的走狗，這實際上就是拋棄文藝界上革命的統一戰線，使幼稚到萬分的無產階級文學處於孤立，削弱了同真正擁護地主資產階級的反動文學做堅決鬪爭的力量。⑲

這與魯迅的觀點明顯是截然不同的，究竟有什麼可能同時肯定兩種截然相反的意見？如果說張聞天批評了「左聯」的關門主義，爲什麼魯迅不同樣受到批評？爲什麼魯迅的論點依然給說成是馬克思主義分析？

如果不改變「魯迅永遠是對的」的觀念，這樣的事例將只會越來越多。

三

上文已指出，由於政治的強烈干預，魯迅研究中的一個偏頗現象，就是把一些史實隱瞞或扭

⑲《新文學史料》一九八二年第二期，頁一八〇。

曲，以求符合政治上的某些需要，這一節要討論的主要是魯迅與一些在政治上早已判定了性質的人物的處理問題，舉例說，有些人早已給判定是反動的，受過嚴厲的批判，但魯迅的日記和書信中卻記錄了二人的友誼，這便給魯迅研究帶來了很多困難，在「魯迅永遠是對的」的前提下，不少學者別無選擇，只得含糊其辭，敷衍了事，更甚的索性閉上眼睛，斷章取義，實行歪曲歷史，一方面求保魯迅的「清白」，二方面始終能配合政治上的要求。在這裏，我們會以一個「個案研究」的形式，比較深入的看看中國大陸對魯迅、胡適、陳獨秀和李大釗幾個人的關係的研究，來說明這個問題。

長久以來，胡適在中國大陸一直受到攻擊，他給說成是資產階級的代表人物，大陸的「學術界」便曾經發動了一場大規模的批判胡適的運動。那時候，一分爲二的做法還沒有流行，於是「整個」胡適便給全面否定了，就是他在「五四」新文學、新文化運動的貢獻也被刻意低貶，甚或完全抹殺。相反來說，陳獨秀和李大釗——特別是後者，則成了「五四」新文學、新文化運動的領袖，而魯迅就是緊密的與陳獨秀及李大釗合作，一方面推動了「五四」新文學運動，另一方面又打擊和抗衡了胡適的改良主義，這點只要隨便翻開大陸出版的任何一本《中國現代文學史》都可以看出來，不另贅。這裏會比較深入看看的是魯迅和這幾個人在「五四」時期的交往和友誼。

不少中國大陸學者都以魯迅曾經與李大釗和陳獨秀一起負責《新青年》的編輯工作來判定魯迅接近或傾向於中共。不能否認，魯迅對於《新青年》確是出過不少力，衆所周知，他的第一篇白話小說〈狂人日記〉便是在《新青年》上發表的，另外他一些早期重要的雜文如〈我之節烈觀〉及〈我們現在怎樣做父親〉等，也是發表在這份雜誌上。另一方面，《新青年》的編輯及後來創立中國共產黨的陳獨秀，對魯迅的作品是非常重視和讚賞的。在一封給周作人的信裏，陳獨秀便說過：「魯迅兄做的小說，我實在五體投地的佩服。」他還請周作人慫恿魯迅把小說結集出版：

豫才兄做的小說實在有集攏來重印的價值，請你問他倘若以為然，可就《新潮》《新青年》剪下，自加訂正。⑩

而魯迅自已也憶述過陳獨秀催促他繼續寫小說的情形：

但是《新青年》的編輯者，卻一回一回的來催，催幾回，我就做一篇，這裏我必得紀念陳獨秀先生，他是催促我做小說最為著力的一個。⑪

此外，魯迅還參加過《新青年》的編輯工作，他後來寫的一段有關陳獨秀的描述，也顯示出他對

---

⑩ 陳獨秀一九二〇年九月二十八日給魯迅信，錄自馬蹄疾、彭定安：《魯迅和他的同時代人》（沈陽：春風文藝出版社，一九八五年七月），頁二三四。

⑪ 魯迅：〈我怎麼做起小說來〉，《魯迅全集》，卷四，頁五一二。

陳獨秀是有一定的好感的：

《新青年》每出一期，就開一次編輯會，商定下一期的稿件。其時最惹我注意的是陳獨秀和胡適之。假使將韜略比作一間倉庫吧！獨秀先生的外面豎著一面大旗，大書道：「內皆武器，來者小心！」但那門卻開著的，裏面有幾枝鎗、幾把刀，一目了然，用不著提防。㉜

對於陳獨秀的一些作品，魯迅似乎也是滿意的，在一封寄給周作人並附有《新青年》的信中，魯迅說：

《新》九の二已出，今附上，無甚可觀，惟獨秀隨感究竟爽快耳。㊸

至於《新青年》的另一位編輯李大釗，魯迅的評價還更高，他曾為李大釗的文集作前記說：

我最初看見守常先生的時候，是在獨秀先生邀去商量怎樣進行《新青年》的集會上，這樣就算認識了。不知道他其時是否是共產主義者。總之，給我的印象是很好的：誠實、謙

---

62 魯迅：〈憶劉半農君〉，同上，卷六，頁七二。

63 魯迅一九二一年八月二十五日給周作人信，同上，卷十一，頁三九一。

和、不多說話。《新青年》的同人中，雖然也有喜歡明爭暗鬪、扶植自己勢力的人，但他一直到後來，絕對的不是。⑭

此外，魯迅在廣州聽到李大釗被殺的消息後，「橢圓的臉、細細的眼睛和鬍子、藍布袍、黑馬褂，就時時出現在我的眼前，其間還隱約看見絞首臺」⑮。對於他的遺著，魯迅更是推崇備至，說「他的遺文將永住，因爲這是先驅者的遺產，革命史上的豐碑。」⑯這都可以證明魯迅對李大釗是懷有深情和敬意的。

在陳獨秀和李大釗的積極推動下，《新青年》很快便成爲宣傳馬列主義的中心，除了有「馬克思主義研究」專號（六卷五號）外，自八卷一號更開闢了「俄羅斯研究專欄」，因而引起了另一位編輯胡適的不滿，說「今《新青年》差不多成爲 *Soviet Russia* 的漢譯本」⑰。由於魯迅在這時期還積極支持《新青年》，在上面發表了不少作品，所以便有人認爲「魯迅在這場鬪爭中，與『革命的先驅者』李大釗等人『取一致的步調』，爲了維護《新青年》的正確方向，捍衞馬克

⑭ 魯迅：〈「守常全集」題記〉，同上，卷四，頁五二三。
⑮ 同上，頁五二三至五二四。
⑯ 同上，頁五二五。
⑰ 胡適一九二〇年十一月二十二日給《新青年》諸同人信，收張靜廬編：《中國現代出版史料（甲編）》（上海：中華書局，一九五四年十二月），頁一〇。

思主義在中國的傳播，作出了不可磨滅的貢獻。」⑱

但實際的情況是怎樣？

首先，關於魯迅對陳獨秀的態度。上引的幾段文字，其實都只是對陳獨秀個人而言，縱然評價很高，但絲毫沒有涉及他的思想。另一方面，魯迅卻談過他當時對李大釗提倡共產主義的態度，他說：

因為所執的業，彼此不同，在《新青年》時代，我只以他為站在同一戰線上的伙伴，卻並未留心他的文章，譬如騎兵不必注意於造橋，炮兵無須分神於馭馬，那時自以為尚非錯誤。⑲

這清楚的說明了魯迅當時並沒有留意李大釗等提倡馬列主義的工作，而且那時候更沒有覺得有什麼不妥之處的。況且，我們在前面也徵引過魯迅說他當時不知道李大釗是否一名共產主義者，可見他對李大釗的思想是不認識的。

至於魯迅對於《新青年》的編輯工作及方針問題，更是必須仔細探討的，其中最值得注意的

⑱ 〈魯迅與新青年社〉，《魯迅生平史料滙編》第三輯（天津：天津人民出版社，一九八三年四月），頁五九三。

⑲ 〈「守常全集」題記〉，《魯迅全集》，卷四，頁五二四至五二五。

是一九二二年一月三日魯迅寫給胡適的一封信。在這之前，由於胡適不滿意《新青年》的政治色彩過重，曾經寫了一封信給陳獨秀，並交魯迅等傳閱，徵求意見，在這封信裏，胡適提出了三個方案：

1.聽《新青年》流為一種有特別色彩之雜誌，而另創一個哲學文學的雜誌，篇幅不求多，而材料必求精。……

2.若要《新青年》「改變內容」，非恢復我們「不談政治」的戒約，不能做到。但此時上海同人似不便做此一著，兄似更不便，因為不願示人以弱。但北京同人正不妨如此宣言。故我主張趁兄離滬的機會，將《新青年》編輯的事，自九卷一號移到北京來。由北京同人於九卷一號內發表一個新宣言，略根據七卷一號的宣言，而注重學術思想藝文的改造，聲明不談政治。

孟和說，《新青年》既被郵局停寄，何不暫時停辦，此是第三辦法。⑦⓪

對於這三個辦法，魯迅的態度在這一封寫給胡適的回信中清楚的表明出來：

我的意思是以為三個都可以的，但如北京同人一定要辦，便可以用上兩法而第二個辦法更

⑦⓪ 錄自《中國現代出版史料（甲編）》，頁八。

為順當。㉑

換言之，魯迅支持的是「不談政治」，「注重學術思想藝文的改造」的方針。這跟中國大陸學者不斷說魯迅反對胡適，堅持以《新青年》宣揚馬列主義的說法是完全不同的。事實上，在信裏的最後一句，魯迅說得更清楚：

此後只要學術思想藝文的氣息濃厚起來——我所知道的幾個讀者，極希望《新青年》如此，——就好了。㉒

在另一封差不多同時候寫的信中，魯迅也提到：

中國的文藝學術界實有不勝寂寞之感，創作的新芽似略見吐露，但能否成長殊不可知。最近《新青年》也略傾向於社會問題，文學方面的東西減少了。㉓

這也顯出他是希望《新青年》能多點文藝方面的內容。

㉑ 魯迅一九二一年一月三日給胡適信，《魯迅全集》，卷十一，頁三七一。
㉒ 同上，頁三七一。
㉓ 魯迅一九一九年十二月十四日給青木正兒信，同上，卷十三，頁四五四。

可是，大部分大陸的學者在討論這個問題時，爲了「證明」魯迅是捍衞馬列主義的戰士，便得將上引魯迅和胡適的通信割裂，首先是不去詳細徵引胡適給魯迅的信中所提的三個方案，讀者不能知道魯迅所回應說「用上兩法而第二個辦法更爲順當」究竟所指爲何，持別是過去胡適的書信還沒有出版的時候，大部分讀者確是無法了解事實的眞相的。另一方面，部分大陸學者還更進一步的故意去斷章取義，只錄出魯迅給胡適的回信裏其中的一句：「至於發宣言說明不談政治，我卻以爲不必」，說成是「給了胡適當頭一棒」⑭，這不就是爲了遷就政治需求而歪曲歷史的典型做法嗎？

其實，魯迅不單在書信上提出附和胡適的意見，更以實際的行動來支持自己的看法。儘管從一九二〇年開始，《新青年》已大量刊登宣傳共產主義思想的文章，但它始終是維持著一種綜合雜誌的性質；在一九二二年七月一日第九卷第六號以前，《新青年》的文藝學術氣息是很重的，應該說是佔了最大量的篇幅。《新青年》正式跟中國共產黨掛鉤，是在第九卷結束，跟著停刊後的事。一九二三年六月，《新青年》改組成爲季刊，在廣州出版，成爲中國共產黨中央的理論性

⑭《魯迅與新青年社》，頁五九三。這樣的做法很普遍，參陸耀東、孫黨伯：〈論魯迅「五四」時期的思想〉，《論魯迅前期思想》（天津：天津人民出版社，一九八〇年三年），頁四一；復旦大學、上海師大、上海師院《魯迅年譜》編寫組：《魯迅年譜》（合肥：安徽人民出版社，一九七九年三月），頁一七六。

機關刊物⑮。可是，一直積極支持《新青年》的魯迅，在這時期卻再沒有在上面發表任何作品，而他和《新青年》的關係也就此告終。

另一方面，在合作編輯出版《新青年》的期間，魯迅與胡適的關係，其實是十分密切的。雖然魯迅曾經說過這樣的話：

> 適之先生的是緊緊的關著門，門上黏一條小紙條道：「內無武器，請勿疑慮」，這自然可以是真的。但有一些人——至少是我這樣的人——有時總不免要側著頭想一想。⑯

因而有人把這段說話解釋爲魯迅「對胡適的城府甚深，也流露了他的不滿與批評」⑰，（當然，這是見仁見智的，我們也可以說從這段文字中看出魯迅是多麼的多疑。）但從現存魯迅的書信看，魯迅在這時期其實是十分佩服胡適的。除了上面說過他支持胡適「不談政治」的主張外，在一九二二年八月二十一日給胡適的信中，又稱讚胡適的《五十年來中國之文學》「警辟之至，大快人心！我很希望早日印成，因爲這種歷史的提示，勝於許多空理論。」⑱甚至是在一九二四年，他

---

⑮ 參《五四時期期刊介紹》（北京：三聯書店，一九七八年十一月），第一集，上卷，頁二八。

⑯ 魯迅：〈憶劉半農君〉，《魯迅全集》，卷六，頁七二。

⑰ 〈魯迅和他的同時代人〉，頁一三四。

⑱ 魯迅一九二二年八月二十一日給胡適信，《魯迅全集》，卷十一，頁四一二至四一三。

們二人的關係還很好，魯迅曾說過胡適所作的《「水滸續集」序》的「序文很好，有益於讀者不鮮」⑲；五月二十七日，他更介紹學生李秉中去見胡適，介紹信寫得很客氣：

〔李秉中〕久恭　先生偉烈，並渴欲一瞻丰采，所以不揣冒昧，為之介紹，倘能破著作工夫，略賜教言，誠不勝其欣幸惶恐屏營之至！⑳

另一方面，胡適對魯迅也是很推崇的。他在《五十年來中國之文學》中，便說過〈狂人日記〉等幾篇短篇小說，是白話文學中「成績最大的」，又說魯迅的短篇小說，「從四年前的〈狂人日記〉到最近的〈阿Q正傳〉，雖然不多，差不多沒有不好的」㉑，對於魯迅的《中國小說史略》，更是非常讚賞：

在小說史料方面，我自己也頗有一點貢獻。但最大的成績自然是魯迅先生的《中國小說史略》，這是一部開山的創作，搜集甚勤，取材甚精，斷判也甚謹嚴，可以替我們研究文學

⑲ 魯迅一九二四年一月五日給胡適信，同上，頁四二一。
⑳ 魯迅一九二四年五月二十七日給胡適信，同上，頁四二七。
㉑ 〈五十年來中國之文學〉，《胡適文存》（臺北：遠東圖書公司，一九五三年重印），第二集卷一，頁二五九。

史的人節省無數精力。㉜

在〈「三國志演義」序〉裏，胡適也註明「曾參用周豫才先生的《小說史講義》稿本」㉝；〈百二十回本「忠義水滸傳」序〉裏也說：「魯迅先生之論，很細密周到，我很佩服，故值得詳細徵引。」㉞

事實上，魯迅和胡適在這時候的交往並不只限於小說創作及小說研究方面。單據胡適的日記，一九二二年二月二十七日至八月二十二日的半年間，二人的交往共五次；書信往還的次數更多，據統計，僅一九二一年一月至一九二四年九月間，二人的通信共二十八封；另外，一九二一年胡適曾爲魯迅的三弟周建人在商務印書館謀一職位㉟，而魯迅也曾在一九二〇年及一九二二年兩次應邀參加過胡適的《嘗試集》的刪詩討論會㊱。由此可見，在二十年代初期，魯迅和胡適實際上是相互敬重的好朋友，二人交往頻密，對新文學、新文化運動共同作出了重要的貢獻，甚至

㉜〈「白話文學史」自序〉，同上，第三集卷七，頁六二三。
㉝〈「三國志演義」序〉，同上，第二集卷二，頁四七五。
㉞同上，第三集卷五，頁四一一。
㉟《胡適來往書信選》（香港：中華書局，一九八三年十一月），上册，頁一三〇至一三一。
㊱同上，頁一二四；參胡適：〈「嘗試集」四版自序〉，《嘗試集》（上海：亞東圖書館，一九二二年十月四版》，頁三至四。

可以說，魯迅跟胡適的合作和友誼，在那個時候，是比魯迅跟陳獨秀和李大釗的還要緊密、還要深。儘管我們不能否認到了三十年代，魯迅對胡適越來越不滿，最後發展至公開批評的地步——例如批評他覲見溥儀和蔣介石以及在人權保障大同盟中的表現等㊇——但在「五四」時期，他們二人原是站在同一戰線上，是絕對肯定的。我們不能因為胡適後期的表現而否定他前期的功績，更不應因為否定胡適而否認他和魯迅的交誼。

以上是希望透過胡適與魯迅的交往這一個案，來說明一直以來因為某些政治原因而影響了學術研究的客觀性的情況。

四

在這一節裏，我們會集中討論以魯迅一言判生死所引起的問題，在一九八八年的座談會上也有人對這現象表示了強烈的不滿。

㊇ 胡適曾謁見清廢帝溥儀，後來又應蔣介石之邀相議國事，魯迅曾撰文諷刺，參魯迅：〈知難行難〉，《魯迅全集》，卷四，頁三三九至三四〇；而胡適在中國自由運動大同盟的表現，魯迅也是極為不滿的，胡適曾以同盟代表的身分探望過上海的一座監獄，回來報告說這所監獄中的囚犯自由極了。參魯迅：〈「光明所到……」〉，同上，卷五，頁六三至六四。

其實，不要以魯迅——或者任何人——的一句話來判定某人的功過生死，只不過是十分簡單顯淺的常識和道理，世界上有什麼人會有這樣大的權力，可以一言判生死？如果魯迅眞的是這樣，他跟封建時代的帝皇將相有什麼分別？或者從另一個角度來看這問題，如果有人說魯迅能一言判生死，他如果不是不明白魯迅，便是故意污衊魯迅、利用魯迅。難道中國大陸的魯迅研究專家看不出這個道理？這當然不可能，可爲什麼要待到一九八八年才有人公開的說出這話來？

我們無法肯定魯迅在開口駡人時有沒有想過他的話會變成金科玉律。筆者是極願意相信魯迅痛駡他所憎惡的人——卽使是他口中的「正人君子」的陳西瀅、或是「資本家的乏走狗」的梁實秋——的時候，並不是想要把這些人置諸死地的。如果魯迅眞的希望把一些論敵「駡死」，他也不見得怎樣偉大；一個眞正偉大的人，最起碼的是要能公私分明。從魯迅現存的文字看，我們也許可以說，最少他表面上是具備了這條件。一九三六年給徐懋庸的公開信中，他說過這樣的話：

> 例如我和茅盾、郭沫若兩位，或相識，或未嘗一面，或未衝突，或曾用筆墨相譏，但大戰鬪卻都為同一的目標，決不日夜記著個人的恩怨。⑧⑧

在別的地方也說過類似的話：

---

⑧⑧ 魯迅：〈答徐懋庸並關於抗日統一戰線問題〉，同上，卷六，頁五三七。

但讀者不察，往往以為這些是個人的事情，不加注意，或則反謂我「太兇」。我的雜感中，《華蓋集》及《續編》中文，雖大抵和個人鬪爭，但實為公仇，決非私怨，……⑧⑨

這似乎能說明他並沒有把一些個人恩怨跟家國大事混淆起來。另外，魯迅生前周圍的人，很多都回憶說過魯迅極不喜歡「青年導師」、「思想界權威」等稱號，如果我們不是說魯迅故意作僞，那麼，過份的吹捧並不一定會為魯迅所接受，周作人在五十年代談到人們對魯迅的吹捧，雖然確有點葡萄酸的味道，但卻也有一定的道理：

現在人人捧魯迅，在上海墓上新立造像，我只在照相上看見，是在高高的臺上，又坐椅上，雖是尊崇他，其實也是在挖苦他的一幅諷刺畫，卽是他生前所謂思想界的權威的紙糊高冠是也，想九泉有知不免要苦笑的吧！⑨⓪

〔魯迅〕死後隨人擺佈，說是紀念，其實有些實是戲弄，我從照片看見上海的墳頭所設塑像，那實在可以算作最大的侮弄，高坐在椅上的人豈非卽是頭戴紙冠之形象乎？假如陳西瀅輩畫這樣的一張相，作為諷刺，也很適當了。⑨①

⑧⑨ 魯迅一九三四年五月二十二日給楊霽雲信，同上，卷十二，頁四一三。
⑨⓪《周曹通信集》(香港：南天書業公司，一九七三年八月)，頁三一。
⑨① 同上，頁五二。

由於篇幅關係，本文不可能對魯迅曾經罵過的人逐一審視，以證明魯迅罵得是否對。但無法否認的一個事實，就是魯迅罵錯人絕對不是沒可能的，我們可以一件在《魯迅全集》中記錄了下來的事來證明這點，那就是所謂的「『楊樹達』君的襲來」事件。

一九二四年十一月的一個早上，一個自稱「楊樹達」的青年跑到魯迅的住所大鬧一頓，向魯迅要錢，還躺在他的床上唱起歌來。原來這青年是神經錯亂的，那天剛發病。但魯迅當時卻判定這人是假裝發瘋的，且不知什麼緣故，他猜想這人裝瘋的目的，是為了迫使他「不敢再做辯論或別樣的文章」，魯迅因而產生十分強烈的厭惡感，用了極其怨毒的字眼來咒罵他：

> 我對於這楊樹達君的納罕和相當的尊重，忽然都消失了，接著就湧起要嘔吐和沾了齷齪東西似的感情來。……
>
> 我對於他的裝瘋技術的低劣，就是其拙至於使我在先覺不出他是瘋，後來漸漸覺到有些瘋意，而又立刻露出破綻的事，尤其抱著特別的反感了。……
>
> 我愈覺得要嘔吐了。……
>
> 是的，我的確不舒服。我歷來對於中國的情形，本來多已不舒服的了，但我還沒有預料到學界或文界對於他的敵手竟至於用了瘋子來做武器，而這瘋子又是假的，而裝這假瘋子的又是青年的學生。[92]

---

[92] 魯迅：〈記「楊樹達」君的襲來〉，同上，卷七，頁四五至四七。

過了幾天，由於他讀了由楊樹達的同學所寫一篇「眞摯而悲哀」的文稿，另外還「有幾位同學極誠實地告訴」他，魯迅才知道這自稱楊樹達的原來確是神經錯亂的，很明顯，魯迅感到很慚愧，特地寫了一篇〈關於楊君襲來事件的辯正〉，公開承認自己犯錯，說自己「太易於猜疑，太易於憤怒」，除表示極大的歉意外，還希望他早日康復⑨³。這當然顯示了魯迅偉大之處——這是一種勇於認錯、勇於解剖自己的精神。但另一方面，這不是已清楚顯示出魯迅是有可能把人錯罵嗎？既然這樣，我們爲什麼還要完全相信魯迅罵人的話？任何人在一個特定的環境中都或多或少的會有視野上的局限，偉大如魯迅也不可能例外，在上述的罵楊樹達事件中，由於魯迅能有機會知道自己是罵錯了人，所以可以作出更正道歉，但假如沒有這樣的機會又怎樣？我們把他罵人的話全視作金科玉律是不是有很大的危險？況且，即使是今天看來，對與錯很多時候仍然是沒有絕對肯定的答案，正如八八年的座談會上已有人指出，能不能單以楊蔭瑜在「女師大事件」中的立場和表現，更因爲她曾給魯迅痛罵，便完全否定她，而不看她後來在蘇州爲了保護婦女，到日軍司令部抗議而壯烈犧牲的事實⑨⁴？因此，要像袁良駿在一九八八年的座談會上那樣，嘗試檢視每一個給魯迅罵過的人，把他們分門別類，說有一些當時是罵得對，今天看仍然是覺得對的，而有一些

---

⑨³ 魯迅：〈關於楊君襲來事件的辯正〉，同上，頁四九至五〇。
⑨⁴ 〈陳丹晨的發言〉，頁一五至一六。

則是今天看來是當時罵得過了頭，甚至有些是「當時就不對，今天仍不對」等等⑮，可說是吃力不討好——他的文章發表後，有不少人撰文反駁，批評這種分類方式⑯。

因此，對待魯迅罵人，一個比較合適的態度是從較人性的角度去看魯迅和對手的分歧。這首先也還是要除去神化魯迅的觀念和做法，把魯迅重帶回人間世，在這人間世，任何人都罵過人，魯迅也不能例外，比方說，他在一九二五年罵過陳源，在一九二九至三〇年罵過梁實秋，在一九三二年罵過楊村人，在「左聯」後期罵過徐懋庸、周揚等「四條漢子」……這些都是客觀的事實，在魯迅的著作中有文字可尋，證據確鑿，不容否認，但承認這事實又怎樣？魯迅罵過這些人又怎樣？有什麼了不起的地方？毫無疑問，魯迅對很多問題都有深刻獨特的見解，我們也不會完全否定瞿秋白在〈魯迅雜感選集序〉上所提的魯迅所罵過的人「簡直可以當作普通名詞讀，就是認作社會上的某種典型」的說法⑰，但這並不是說他罵過的每一句話都能超越時間和空間，可以

---

⑮ 袁良駿：〈關於魯迅與現代文化名人的評價問題〉，頁一一至一二。

⑯ 例如：史莽：〈對魯迅也應公正〉，《文藝理論與批評》一九八九年第一期，頁八五至八六，載《魯迅研究（複印報刊資料）》一九八九年第三期（出版日期缺），頁三至四；羅良平：〈有關對魯迅的評價問題〉，《重慶教育學院學報》一九九〇年一期，載《魯迅研究（複印報刊資料）》一九九〇年二期（出版日期缺），頁九至一二；劉焜煬：〈論魯迅研究指導思想（代序）〉，《魯迅思想發展新探》（廣東：廣東人民出版社，一九九〇年十一月），頁一四至一五。

⑰ 何凝：〔瞿秋白〕：〈「魯迅雜感選集」序言〉，《魯迅雜感選集》（上海：青光書局，一九三三年七月），頁一二。

永遠拿來作金科玉律，最多能做到的是從當時的歷史環境中去理解這些「罵」：爲什麼魯迅在什麼樣的環境下罵過什麼人什麼話。但重要的是，一切只能到此爲止，不應繼續提升或誇大，即所謂的「無限上綱」，這對過去中國大陸的魯迅研究以至整個文藝界早已帶來過莫大的禍害，而對魯迅本身來說，這些做法是一種極大的侮衊，原因是他本人和他的說話給隨意的扭曲利用，甚可以說：魯迅早已淪爲政治運動的工具。

自四九年以來，中國大陸屢次發動政治運動，整肅及清算的對象很多時候就是魯迅生前周圍的人，既然「魯迅永遠是對的」，那麼，一個很方便的做法便是從魯迅的著作中找尋證據，去證明某人是十惡不赦，於是，魯迅罵人的話便大派用場，就筆者所知，國外已有幾篇文章專門討論魯迅怎樣給人利用的情況，例如戈特曼（Merle Goldman）便發表過兩篇針對性很強的文章：〈政治上對魯迅的利用〉（"The Political Use of Lu Xun"）及〈「文革」期間和「文革」以後在政治上對魯迅的利用〉（"The Political Use of Lu Xun in the Cultural Revolution and After"）[98]，她的著眼點主要是放在四九年以來國內每次政治運動中涉及魯迅和魯迅生前

[98] 戈特曼：〈政治上對魯迅的利用〉（"The Political Use of Lu Xun", *China Quarterly*, No. 91 (Sept., 1982), pp. 446-463；〈文革期間和文革以後在政治上對魯迅的利用〉（"The Political Use of Lu Xun in the Cultural Revolution and After"），收李歐梵編：《魯迅及其遺產》(*Lu Xun and His Legacy*)(Berkeley: University of California Press, 1985), pp.180-196.

周圍的人的評價及命運，政治色彩和意圖很明顯，肯定不為大陸學者所認同，但只要粗略看看四九年以來魯迅生前周圍的人的遭遇，以及審視一下每次政治運動中打擊被清算對象的手法和過程，便無法否認這種以魯迅一言判生死的做法確是存在，同時也肯定是對魯迅的一種利用，甚或是隨意的扭曲，以配合當時的政治形勢及需要。

一九五五年，中共發動了建國後第一次全國性大規模文藝界整風運動，那就是批判所謂的「胡風反革命集團」，一九五七至五八年間，曾在一九五四年的《紅樓夢》事件中被點名攻擊過的馮雪峰又再次在「反右傾運動」中受到清算，胡風和馮雪峰都是魯迅晚年最信任和接近的人，在批鬥這二人的運動中，他們其中的一項嚴重罪狀便是矇騙魯迅，跟當時黨在文化界的領導人作對，甚至說魯迅那些著名的文章如〈答徐懋庸並關於抗日統一戰線問題〉等都是馮雪峰所寫的。這說法固然是有利於當時中共文化界的領導人如周揚、夏衍等，但反過來看，這豈不是把魯迅說成是一個糊裏糊塗、任人隨意擺佈的大傻瓜？信奉了馬克思主義的魯迅的判辨是非能力那裏去了？

一九六六年的「文化大革命」一下子便把四九年以來近二十年不少文藝界的「定論」推翻了，江青所推出的「三十年代文藝黑線」理論，原來的目的是要攫取文藝方面的領導權，所以周揚等人便全被打倒，魯迅一些一直被壓著的文字，特別是那些在晚年所寫的書信，得以重見天日，甚至連〈答徐懋庸並關於抗日統一戰線問題〉的手稿也刊印出來，以證明這篇文章主要是出自魯迅手筆，最少魯迅曾經對馮雪峰爲他所擬的初稿仔細審閱修改⑲。當然「四人幫」是無愛於魯迅的，重新發表魯迅這些書信和手稿，純是爲了打擊敵人，而不是出於學術上的考慮，這點相信大陸的批評家今天全都贊成吧！

這種利用魯迅以達到政治甚至個人目的的做法，在「十年浩刼」的「文化大革命」以後並沒有給糾正過來，打倒「四人幫」以後，馬上給揪出來的「狄克」，據說是一個「地地道道的投降派」⑩，證據是魯迅早在一九三六年便曾經寫過〈三月的租界〉批評他⑪，但其實更好說明這問題的是：「狄克」是張春橋的化名。同樣地，姚蓬子在三十年代的背叛罪行，在打倒「四人幫」後又再受到批判，令他罪加一等的，在於他是姚文元的父親。

以其人之道還治其人之身不錯是「大快人心事」⑫，但在學術的角度看來，卻很有問題，魯迅批評張春橋時可不知道他會夥同江青推出「三十年代文藝黑線」的棒子，而姚蓬子被國民黨拘

⑲ 阮銘、阮若瑛：〈周揚顛倒歷史的一支暗箭——評「魯迅全集」第六集的一條註釋〉，《紅旗》一九六六年第九期（一九六六年六月一日），頁三五至四四。

⑩ 任平：〈一個地地道道的老投降派〉，《人民日報》，一九七七年十月二十一日，第一版。

⑪ 《魯迅全集》，卷六，頁五一三至五一五。

⑫ 語出郭沫若〈粉粹「四人幫」〉詩：「大快人心事，揪出『四人幫』」。《沫若詩詞選》（北京：人民文學出版社，一九七七年九月），頁四〇六。不過，早些時候他還在歌頌「偉大的江青同志」！

捕叛變時也不可能想到兒子會有成爲千古罪人的一天。使人更覺得問題嚴重的是：這種利用魯迅來打擊政治對手的做法，並沒有隨著「文革」而去，也並不只限用於揭發「四人幫」的「罪行」，接著的魯迅研究中也出現了相類的情況，最明顯的就是夏衍在一九八〇年第一期的《文學評論》上發表的〈一些早該忘卻而未能忘卻的往事〉[103]。

在這篇文章的開首，夏衍解釋了他寫這篇文章的動機，那是因爲一位朋友對他說了這樣的話：

> 你們這些人不把過去親身經歷過的事情實事求是地記錄下來，立此存照，那麼，再過些年，文化大革命前後某些人憑空揑造、牽强附會，以及用嚴刑逼供出來的誣陷不實之詞，就將成為「史實」。[104]

毫無疑問，夏衍這篇文章及上引的一段話是有針對性的，在文章的開首，他談到了一九七九年二月《新文學史料》第二輯上所發表馮雪峰在一九六六年所寫的一份材料〈有關一九三六年周揚等人的行動以及魯迅提出「民族革命戰爭的大衆文學」口號〉[105]，所謂的一個朋友的說話中的「憑

[103]《文學評論》一九八〇年第一期（一九八〇年一月），頁九二至一〇一。
[104] 同上，頁九二。
[105]《新文學史料》第二輯（一九七九年二月），頁二四七至二五八。

空捏造」、「牽強附會」、「誣陷不實之詞」等，都明顯是針對馮雪峰的文章。有了這樣的動機，夏衍文章的內容是可想而知了。事實上，夏衍說得很明白，他並沒有改變一九五七年中國作家協會黨組擴大會議上批判馮雪峰時的想法，現在這篇文章跟一九五七年的所謂「爆炸性發言」是相差不遠的⑯。不過，他所沒有預料到的，是一九八〇年的政治氣候跟一九五七年不同，那是一個比較開放的年代，除了《文學評論》似乎受了一點壓力，把一篇措詞比較強烈的文章——榮太之的〈一些不想說而又不能不說的事：夏衍同志文章讀後〉——在排版後臨時抽起外⑰，不少人和刊物都發表了文章，批駁夏衍這篇文章的論點，其中一個重要的「反夏」基地，是當時剛創刊不久，還是屬於內部發行的《魯迅研究動態》，它們在這個問題上發表了很多很有分量的文章，其中包括《文學評論》不敢或不願意刊登榮太之的那篇文章⑱，另外還有葉淑穗的〈一件不容歪曲

⑯ 〈一些早該忘卻而未能忘卻的往事〉，頁九二。

⑰ 《魯迅研究動態》第三期（一九八〇年五月），頁四至五；不過，《文學評論》一九八〇年第四期上還是發表了包子衍的〈一件早已肯定而又被否定的往事——關於馮雪峰同志一九三六年到達上海的時間問題〉和余開偉：〈千秋功過，自有歷史評論——讀夏衍同志「一些早該忘卻而未能忘卻的往事」的感想〉，《文學評論》一九八〇年第四期（一九八〇年七月十五日），頁九九至一〇二及一〇二至一〇五。

⑱ 《魯迅研究動態》第三期，頁四至一六。

的事實——對夏衍同志文章的一點意見〉⑩⑨，王得后的〈讀夏衍同志文後〉⑩和周姬昌的〈問題在於不想忘卻——致夏衍同志〉⑪等，都是把矛頭直接指向夏衍的，可以說，夏衍的每一個論點差不多全都遭否定了，其中最值得注意的有兩篇文章：一是樓適夷的〈爲了忘卻，爲了團結——讀夏衍同志「一些早該忘卻而未能忘卻的往事」〉⑫，另一篇則是李何林的〈「敢不敢用歷史唯物主義研究魯迅？」〉⑬。

這兩篇文章跟上面提到榮太之、王得后、周姬昌等人的文章不同，它們主要不是作一些史實上的考證工作，樓適夷以過來人的身分來否定夏衍的說法和做法。在文章開首，他說：「凡是『憑空捏造，牽強附會，以及用嚴刑逼供製造出來的誣陷不實之詞』，或『爆炸性的發言』，決不能成爲『最後的結論』」⑭，針對性很強，原因是他馬上接著說：

---

⑩⑨ 同上，頁一六至一八。
⑩ 同上，頁一九至二〇。
⑪《魯迅研究動態》第四期（一九八〇年六月二十日），頁四至九。
⑫《魯迅研究動態》第二期（一九八〇年四月），重刊於《魯迅研究年刊一九八〇年號》（出版日期缺），頁九一至九八。
⑬《魯迅研究動態》第四期，頁九至一五。
⑭〈爲了忘卻，爲了團結——讀夏衍同志「一些早該忘卻而未能忘卻的往事」〉，頁九一。

現在，讀了夏衍同志的這篇〈往事〉首先感覺的是，大部分重複了一九五七年八月十七日夏衍同志在作協黨組擴大會那篇所謂「爆炸性的發言」中早已講過的話，並無多少新語，有的還加上一些不能自圓的說法。⑮

而談到夏衍的「爆炸性發言」時，他諷刺的說夏衍從三十年代開始，便一直是領導和實踐電影戲劇工作的，所以他的發言，「實在是極其動人的」。樓適夷這篇文章，主要是陳述和強調了馮雪峰對中共和左翼文化界的貢獻，另外就是公開透露了夏衍反對馮雪峰平反後遷葬時所得到的悼詞：

而夏衍同志卻對一位他認為「有功也有過」，「而總其一生，功大於過」的已經去世的同志和戰友，重複其一九五七年錯誤大批判的調子，不許在其〈悼詞〉中寫上「溝通魯迅與黨的關係」及「在周總理領導下工作」等符合歷史事實的文句。而且在中央批准了的〈悼詞〉宣讀以後，還要寫出像〈往事〉那樣的文章來。⑯

---

⑮ 同上。

⑯ 同上，頁九六；榮太之在他反駁夏衍〈往事〉的文章中也提過這一點，榮太之：〈一些不想說而又不能不說的事：夏衍同志文章讀後〉，頁一一五。至於馮雪峰的悼詞，參〈馮雪峰同志追悼會在京舉行〉，《人民日報》，一九七九年十一月十八日。

從這段文字看來，夏衍對馮雪峰的不滿，跟魯迅很有關係，他這篇惹來很多人攻擊的文章，也可以說是借魯迅來打擊對手，跟一九五七年清算馮雪峰時的做法是沒有兩樣的。

另一方面，李何林則從夏衍的文章看出別的東西來，他提到那時候很多人在大談反對神化魯迅的問題，說魯迅也有罵錯人的時候，如他也批評過對革命很有貢獻的周揚等，反過來卻受大右派的馮雪峰和反革命的胡風蒙騙，李何林認為這樣的做法是有問題的：

> 表面上搞別人，實質上就是搞魯迅。夏衍同志最近的一篇文章（發表在今年一期《文學評論》中的〈一些早該忘卻而未能忘卻的往事〉）我看也是這個意思。大家都看出來了，直接搞馮雪峰、胡風，間接地搞魯迅，他的文章裏有好多包含了這類意思的話。[117]

由此可見，無論我們從那個角度來看夏衍的文章，都可以見到是有政治上的動機，所以在八十年代初期，大陸學術界最有生氣的年代，夏衍受到這麼多人的批評，也是未必無因，最後他不得不寫了一篇〈關於「往事」的一點說明〉，修正自己的一些意見（不過，他所願意修正的只是有關彭柏山的部分，對馮雪峰他始終是很有成見的），另外，他還要把這篇〈往事〉從快將出版的《夏衍近作》中抽掉[118]。

---

[117] 〈「敢不敢用歷史唯物主義研究魯迅？」〉，頁一二。

[118] 〈關於「往事」的一點說明〉，《文學評論》一九八一年第一期（一九八一年一月十五日），頁一三七。

這算得上是一個可喜的現象。事實上，八十年代初期出現過的反對「神化」魯迅的討論，儘管有些人有著像李何林的看法，認爲是要「搞魯迅」，但實際上能提出反對「神化」魯迅，這已是一個很大的進步，八十年代初中期湧現的一批年輕學者像王曉明、陳思和、陳平原、王富仁、汪暉、黃子平等，都是比較能夠擺脫前人的束縛，跳出政治的框架，提出創新的意見來，另外上文提到一九八八年四月在北京舉行的「魯迅與中國現代文化名人評價問題學術座談會」以及同年六月開始在《上海文論》上開展的「重寫文學史」運動，對魯迅研究以至整個現代中國文學研究都帶來了生氣和希望。

可惜的是，這種進步的現象並不能維持得很久，一九八九年的反資產階級自由化運動又把一切推回原處，像「魯迅與中國現代文化名人評價問題學術座談會」一類的學術性研討會不見了，「重寫文學史」運動給壓下去了，又再出現的是像劉焜煬所著的《魯迅思想發展新探》的代序〈論魯迅研究的指導思想〉一類強調「堅持四項基本原則，提倡以馬列主義、毛澤東思想爲研究魯迅的指導思想」的文章，空泛而武斷，清楚說出任何學術研究「都不是爲學術而學術，而是爲當前的需要，爲現實服務的」等已被批評過屬於「左」的觀點，難怪這篇寫於一九八九年十月十日的文章無緣無故的提到《河殤》的批判，而且還把「魯迅與中國現代文化名人評價問題」的討論說成是「把他們和魯迅聯在一起，是甚麼意思呢？難道不能從中聞到一點別的什麼味道嗎？」⑲看來這篇文章才是懷有某些政治的使命（套用劉焜煬自已的說法：我們確是可以「從中聞到別的什麼味道」）吧！

但願這樣的觀點沒有半點代表性！

但願這樣的觀點能及早得以糾正！

五

在結束本文前，我會徵引許廣平所寫的三段文字，前二者主要涉及馮雪峰，第一篇是寫於馮雪峰被批判前，而第二篇則是在一九五七年八月中國作家協會黨組擴大會議馮雪峰的批判大會上的發言（據說，許廣平是一邊哭一邊發言的）[120]，而第三段關於周揚（但其實也涉及了馮雪峰）的則是在「文化大革命」期間周揚被批鬪的時候公開發表的。

（一）〈欣慰的紀念，一位朋友〉（一九三八年）：

和某某社〔原編者王士菁註：「係指未名社」〕保持相當友誼，曾在北平旁聽過先生講書的青年F〔原編者王士菁註：「這青年係馮雪峰」〕，後來在閘北和先生住在同里，而

---

[119] 劉焜煬：〈論魯迅研究指導思想（代序）〉，頁一六至一九。

[120] 〈為了忘卻，為了團結——讀夏衍同志「一些早該忘卻而未能忘卻的往事」〉，頁九四。

對門即見，每天夜飯後，他在曬臺一看，如果先生處沒有客人，他就過來談天。他為人頗硬氣，主見甚深，很活動，也很用功，研究社會科學，時向先生質疑問難，甚為相得。後來在左聯等處，他也時露頭角。對先生感情很好，但對解決社會進步的熱忱更深。自奉很刻苦，早晚奔走，輒不辭勞。曾有一時住在我們比鄰，他大約每天下午十時才回家，時常見的太太手抱小孩在門外佇候，餓久了，小孩手拿乾麵包充飢。他不管家裏人的心焦，非到相當時間不回。回來飯後已十一時了。敲門聲響，他來了。一來就忙得很，《萌芽》、《十字街頭》、《前哨》等刊物的封面、內容固然要和先生商討，要先生幫忙。甚至連題目也常是他出好指定，非做不可的。有時接受了，有時則加以拒絕。走出了，往往在晨二三時。然後先生再打起精神。做預約好的工作，直到東方發亮，還不能休息。這工作多超過先生個人能力以上，接近的人進忠告了。先生說：「有什麼法子呢？人手又少，無可推委。至於他，人很質直，是浙東人的老脾氣，沒有法子。他對我的態度，站在政治立場上，他是對的。」先生是這樣謙虛，接待一個有正義感的青年。這青年有過多的熱血，有勇猛的銳氣，幾乎樣樣事都想來一下，行不通了，立刻改變，重新再做，從來好像沒有見他灰心過。有時聽他們談話，覺得真有趣。F說：「先生，你可以這樣這樣做。」先生說：「不行，這樣我辦不到。」F又說：「先生，你可以做那樣。」先生說：「似乎也不大好。」F說：「先生，你試試看吧。」先生說：「姑且試試也可以。」於是韌的比賽，

F目的達到了。對莊嚴工作努力的人們，為了整個未來的光明，連自己的生命也置之度外的，先生除了盡其力所能及之外，還有什麼需要堅持？這時候見到的先生，在青年跟前，不是以導師出現，正像一位很要好、意氣相投的摯友一般。[121]

（二）一九五七年八月十四日中國作家協會黨組擴大會議上許廣平的發言：

那天我聽到雪峰同志講話，非常不舒服，他是找了一個死無對證、死了二十年的人，今天把一切不符合事實的情況，完全壓到魯迅頭上……

我曾經徵求意見式的表示說：在魯迅活著的時候，在那種困難環境下，他作為一個左翼作家沒有參加黨，是可以想到的，但是今天，我是應該參加黨的。馮雪峰說：你不要以為黨裏面很光明，黨外有什麼骯髒的東西，黨內同樣有。他作為一個參加黨很久的同志，向一個想參加黨的人可以起這樣一個分裂的作用，叫我不要參加黨，在那時候，我沒有什麼表示，我一個黨外的人不便多了解黨內的情況。他表示的好像黨內的人事，意見很不好，我就不敢問了。

對周揚同志，他是一貫不滿意的。使人沉痛的就是他對周揚的不滿，向魯迅身上灌

---

[121] 許廣平：《欣慰的紀念》（北京：人民文學出版社，一九五一年），頁八七至八九。

輸，希望魯迅替他出頭。可以說魯迅被蒙蔽了，也多少同意了他的意見。我舉一件事為例：有一天，魯迅寫了一封信給胡風，我就說：周起應和胡風不對，是他們的事，與你有什麼相干？魯迅跳起來（這是事實，我不能向黨隱瞞）說：你知道什麼，他們是對我！……雪峰你今天翻過來說魯迅怎樣怎樣，你豈有此理！是對魯迅的汚衊！真是天底下有你這樣的壞人，魯迅死了還要吃魯迅！

……

你從延安跑到上海來，魯迅當時正大病，你天天晚上十一、二點鐘來，一談談到兩三點，我對這是有意見的。你一直剝削魯迅的時間、身體精神、物質力量。扯一些東家長西家短，然後你出題目要魯迅寫文章、搞編排等等。我那時看魯迅一個人可憐，不能休息，勸他：你的時間要經濟些。魯迅忠心耿耿，為黨服務到死。他說：人手少，現在黨需要做工作，雪峰這樣是對的。還說你對！你這狼心狗肺的！

……你那時天天來找魯迅，表示你代表黨，魯迅也認為你是代表黨，原來你是反黨的！我們一直尊重你。魯迅死後，頭一個蕭軍冒魯迅的牌，第二個胡風冒魯迅的牌，第三個，原來你也是這樣。胡風出問題後，我從心裏打一個問題，為什麼你和胡風這樣的交情，你倒沒事兒了？……

……魯迅病了，不能執筆，你天天在那裏吵得他不能休養，魯迅是肺病，需要休養，但是魯迅沒有休養就死了。[122]

（三）〈不許周揚攻擊和汚衊魯迅〉（一九六六年）：

周揚們知道，他們這一段見不得人的歷史，對於他們進行資本主義復辟活動，是很不利的，因而總是想篡改、想翻案。他們等了二十一年，終於在一九五七年反右派鬪爭中，找到了機會。

周揚等人在反右派鬪爭中，利用他們在文藝界竊踞的領導地位，掩蓋了自己的右派政治面目，打著反對右派分子馮雪峰的幌子，玩弄了一個顚倒歷史的大陰謀。

……

在八月十四日的第十七次會議上，夏衍作了一個長篇發言。他以批判馮雪峰為名，首先提出了三十年代的文藝鬪爭歷史和兩個口號的論爭問題，打響了攻擊魯迅的第一槍。

……

夏衍還做了一個謠言，說魯迅的〈答徐懋庸並關於抗日統一戰線問題〉一文，是馮雪峰的名義寫的，接著攻擊這篇文章「不論描寫的細節和內容，都是不真實的」。

---

[122] 許廣平的這次發言，從沒有公開刊印發表過，這裏所徵引的，是筆者從一位大陸的魯迅研究專家的有關這次會議的記錄摘抄下來的。

……

這個會一直開到九月十六日，周揚在會議結束時，對這個顛倒歷史的大陰謀，作了總結。

周揚說：「馮雪峰在一九三六年對上海的地下黨組織的宗派打擊，造成了當時革命文藝事業的分裂，是嚴重破壞黨的原則和損害革命利益的行為。」

周揚在這裏表面上是駡右派分子馮雪峰，實際上是駡魯迅……。

會議一結束，周揚、林默涵、邵荃麟就伙同剛剛受過他們「批判」的右派分子馮雪峰，一起陰謀制作〈答徐懋庸並關於抗日統一戰線統一問題〉的注釋。

真相大白！周揚和馮雪峰，本來就是一丘之貉，周揚駡馮雪峰，目的是打魯迅。所以駡聲未絕，馬上就携手來從事反對魯迅的共同事業了。

馮雪峰起草，經過周揚、林默涵、邵荃麟三人精心修改定稿的顛倒歷史的注釋，最後還要送給馮雪峰看。……

周揚、林默涵、邵荃麟之流和馮雪峰之流究竟是什麼關係，不是很清楚了嗎？他們之間儘管有種種矛盾，但在反對魯迅、反對無產階級革命派這一點上，是完全一致的！[123]

---

[123] 許廣平：〈不許周揚攻擊和污衊魯迅〉，《紅旗》一九六六年十二期（一九六六年九月十七日），頁二九至三三。

在政治的重壓下，魯迅的「親密戰友」尚且如此，我們還能深責國內的魯學前輩嗎？

一九九一年十月

魯迅在廣州

——《魯迅與中共》之一章

一九二六年八月，魯迅離開他一直工作了十多年的北京南下，到厦門大學任教。本來他與厦門大學是簽有合約，擔任文科國文教授，兼國學研究院教授的①。可是，到了厦大不久，魯迅卽感到很不滿意。翌年一月，他轉到廣州中山大學任教，但也只是住了七個月左右，八月底便離開，轉赴上海。

不能否認，在魯迅與中共的問題上，廣州時期是一個很重要的階段。第一，就是在廣州期間，他開始對共產黨有點認識。一九二七年九月，他在一篇通信裏，提到自己在厦門的時候，「還只知道一個共產黨的總名，到此〔廣州〕以後，才知道其中有 CP〔Communist Party，

① 過往，人們一般相信魯迅原準備往厦門兩年，但最近有人據《兩地書》的原信，考證魯迅與許廣平在當時是相約好一年後便見面的；參彭樹鑫〈魯迅去厦門與景宋相約是「一年」抑或「兩年」後相見辨析〉，《魯迅研究動態》一九八八年三期（一九八八年四月），頁六〇至六一。

共產黨〕和CY〔Communist Youth，共產主義青年團〕之分。」②第二，魯迅眞正意識到自己與共產黨員接觸，也是在他去廣州以後。此外，他在廣州目睹了國民黨的淸黨，見到第一次國共合作的結束，對他來說，確是造成很大的影響，也是他後來轉向中共的一個重要因素。不過，中國大陸不少書籍及文章，卻往往把這點過分渲染強調，說在廣州期間，魯迅經歷了「思想上的飛躍」，在短時間裏成爲一個眞正的馬克思主義者。有的甚至說魯迅在來到廣州前，已經跟共產黨員往來頻密，不久就成了共產主義的信徒。在這裏，我們要探討一下魯迅在廣州時期與中國共產黨的關係，希望能弄淸楚一些長久以來被有意或無意掩蓋的事實。

首先，我們可看看所謂魯迅在到達廣州前即曾與中共黨員接觸的問題，這主要是以魯迅在廈門大學教書時曾經與共產黨員羅揚才有過接觸爲理由；其中包括：

一、羅揚才曾經主持邀請魯迅到廈門大學平民學校成立大會上作演講，會上並與魯迅同席；

二、羅揚才當時爲廈門大學學生會交際部部長，可能主持或參與了具書挽留魯迅的行動；

三、一九二七年一月八日，魯迅曾到廈門的中山中學演說，羅揚才是中山中學的兼課敎員，邀請魯迅之事很可能與他有關③。

② 魯迅：〈通信〉，《魯迅全集》（北京：人民文學出版社，一九八一年），卷三，頁四五〇。

③ 參汪毅夫：〈魯迅在廈門若干史實考〉，《魯迅生平史料匯編》第四輯（天津：天津人民出版社，一九八三年四月），頁一二八至一三一；衞公：〈羅揚才烈士的生平及其與魯迅的關係〉，《魯迅研究資料》第二〇輯（一九八八年七月），頁七七至八一。

羅揚才，廣東人，一九〇六年生。一九一九年隨叔父到福建漳州。一九二四年考進厦門集美大學預科文科班，開始接觸共產主義。一九二五年十一月正式加入共產黨，翌年一月任厦門中共總支委書記，後又兼任中共厦門大學支部書記、厦門市總工會委員長兼農民協會會長、中共厦門市委組織部長兼閩南特委委員等職位。一九二七年四月，國民黨清黨，羅揚才被捕，五月二十三日被槍決④。

毫無疑問，羅揚才是中共在厦門一名極爲活躍的黨員；但上面舉出有關魯迅與羅揚才在厦門的「接觸」，其實有兩個很嚴重的問題：第一，這裏開列的所謂接觸，幾乎全都只是推測，根本沒有任何文字上的具體記錄⑤。第二，這些推測似乎忽略了一個重要的事實：當時正值國共合作，不少共產黨員也加入了國民黨。羅揚才在一九二六年一月，也就是魯迅到厦門前，當選爲國民黨福建省黨部委員兼工人部長。因此，卽使我們接受魯迅與羅揚才有過緊密接觸的說法，也很

④ 關於羅揚才生平及其與共產黨之關係，參汪毅夫：〈魯迅在厦門若干史實考〉，同上注，頁一二六至一二八；衞公：〈羅揚才烈士的生平及其與魯迅的關係〉，同上注，頁七五至八一。

⑤ 例如汪毅夫的文章裏談到魯迅與羅揚才的接觸時，用的字眼是「其間的親密接觸是完全可能的」、「當時邀請魯迅到學校演說也很可能與羅揚才同志有關」，同上，頁一二九；而衞公的文章也是用上「魯迅的赴會很可能是出於他的盛情邀請」、「此事與羅揚才不無關係」等推測性的詞句，同上注，頁七八至七九。

難確定羅揚才是以甚麼身分來與魯迅聯繫的。就是一篇在大陸發表有關羅揚才與魯迅的文章，也不得不承認二人「雖比一般的師生關係密切，但還不是黨與魯迅的關係。」⑥

根據一名共產黨員徐彬如的回憶，在魯迅來到廣州以前，廣東大學（卽國立中山大學的前身）內左右派學生的鬪爭已十分激烈。一九二五年間，由中國共產主義青年團領導的學生組織新學生社，取得了較大的影響力。其中一名主要成員畢磊，爲廣東區學生運動委員會副秘書。他們與中大委員會的委員戴季陶談判，提出有關中山大學的改革條件，其中一項便是要求邀請魯迅到中大當文學系主任⑦。

由於沒有相反的資料，我們只得暫時採取這說法，也就是說，魯迅是經由廣州的共產黨員推動而獲邀請到中山大學任敎的⑧。不過，卽使這樣，我們仍然不能說他是爲了中國共產黨而到廣州去的。在這裏，我們必須先探討一下魯迅到廣州的動機。

毫無疑問，魯迅到了厦門不久，便對厦門大學很不滿意。一九二六年九月四日到達厦門，八

---

⑥ 衞公：〈羅揚才烈士的生平及其與魯迅的關係〉，同上注，頁八〇。

⑦ 徐彬如：〈回憶魯迅一九二七年在廣州的情況〉，《魯迅研究資料》第一輯（一九七六年十月），頁二一二至二一四。

⑧ 陳炳良也曾討論過這個問題，他主要反駁了郭沫若在〈墜落了一顆巨星〉中所提是由他和幾個共產黨員推薦魯迅到中大當敎授的說法，參陳炳良〈魯迅與共產主義〉，載《文學散論——香港・魯迅・現代》（香港：香江出版社，一九八七年七月），頁九八。

天後（九月十二日）便寫信給許廣平說：「倒望從速開學，而且合同的年限早滿。」⑨除了是因爲廈大的發展不如理想，且雜務衆多外⑩，最主要的是裏面有一些魯迅所不喜歡的人，其中一個是顧頡剛。在給許廣平的幾封信裏，魯迅對顧頡剛作了很嚴厲的批評：

> 看厦大的國學院，越看越不行了。顧頡剛是自稱只佩服胡適陳源兩個人的，而潘家洵陳萬里黃堅三人，皆似他所薦引。黃堅（江西人）尤善興風作浪，他曾在女師大。⑪
>
> 這人〔顧頡剛〕是陳源，我是早知道的，現在一調查，則他所薦引之人，在此竟有七人之多。……此人頗陰險，先前所謂不管外事，專看書云云的輿論，乃是全都為其所欺。他頗注意我，說我是名士派，好笑。⑫
>
> 可是本校情形實在太不見佳，顧頡剛之流已在國學院大佔勢力，周覽（鯁生）又要到這裏來做法律系主任了，從此現代評論色彩，將瀰漫厦大。⑬

---

⑨《魯迅景宋通信集——「兩地書」的原信》（長沙：湖南人民出版社，一九八四年六月），頁一一七至一一八。

⑩同上注，頁一二四至一二七。

⑪同上注，頁一三一。

⑫同上注，頁一四三。

⑬同上注，頁一四六。

既然對於厦大有這麼多不滿，辭職離去似乎是唯一的結果。可是，爲甚麼魯迅不願意回北京，或是到其他較大的城市像上海等，偏是選擇到廣州去？這是不是因爲他受到廣州的共產黨員的邀請而決意去廣州，還是另有原因？

首先，必須指出：卽使背後策動邀請魯迅到廣州中山大學任教的是一批共產黨員；但毫無疑問，出面邀請的還是廣州中山大學的委員會，而不可能是一些學生像畢磊或徐彬如等。當時中大的委員會委員長是戴季陶，副委員長是顧孟余，另外還有朱家驊也是委員，他們全都是國民黨的元老⑭。

徐彬如的回憶錄裏，沒有清楚說明究竟是甚麼時候開始醞釀或發動邀請魯迅到中大去；而魯迅的日記則記載，在一九二六年十一月十一日上午接到中山大學的聘書⑮。可是，較早的時候——十月七日——許廣平便曾經向魯迅建議不如「喬遷」到廣州去：

厦大情形，聞之令人氣短，但以後如何對付呢？念念，如該處不能久居，喬遷何處呢？廣州似乎還不至如此辦學無狀，你也有熟人，如顧某〔顧孟余〕等，如現時地位不好住，也

---

⑭ 陳炳良在討論魯迅到中大教書的問題時也曾提到「請他去中山大學的朱家驊也是國民黨元老」，參陳炳良《魯迅與共產主義》，頁一〇二。

⑮ 《魯迅全集》，卷十四，頁六二三。

願意來此間嘗試否？⑯

雖然這看來只是隨口的提議，但可會就此挑起了魯迅的興趣？事實上，在十一天後，許廣平又再在信中提起此事：

中山大學停一學期，再整頓開學。文科的郭〔郭沫若〕也停聘了，將來是甚麼人才在這學校教授，現尚未定。你如有意，來粵就事，現在設法也是機會，像顧孟余、于樹德……你都可以設法。⑰

此外，還有在十月二十二日的信中也叫魯迅「不妨試一下」⑱。跟著的一天又馬上在另一封信說：「廣州雖云複雜，但思想也較自由，可發展的機會多，現代派此處是禁止的，所以不妨來。」⑲十月二十七日，許廣平說得更直截肯定，簡直是在游說魯迅到廣州去，叫他「不妨來助中大一臂」，又說：「我希望你們來。」⑳

⑯《魯迅景宋通信集——「兩地書」的原信》，頁一五一。
⑰ 同上注，頁一六八至一六九。
⑱ 同上注，頁一七七。
⑲ 同上注，頁一七八。
⑳ 同上注，頁一八四。

據一位研究許廣平的學者說，魯迅與許廣平確立愛情的關係是早在一九二五年十月㉑。事實上，在一九二六年廈門與廣州間的通信裏，我們可以見到他們二人的感情實在是很好的了。九月三十日，魯迅給許廣平的信寫道：

聽講的學生倒多起來了，大概有許多是別科的。女生共五人。我決定目不邪視，而且將來永遠如此，直到離開廈門，和HM〔害馬，指許廣平〕相見。㉒

十月二十三日的信裏，他又說：

現在就只有我一人。但我卻可以靜坐著默念HM，所以精神上並不感到寂寞。㉓

從字裏行間不難看出魯迅是非常掛念而且很希望能夠早日見到許廣平的。既然在廈門大學也不感到滿意，而更有「我的所愛」㉔在廣州慫恿催促，魯迅接受中山大學的聘書，便是很自然的事了。這跟有沒有共產黨員從背後推動是完全無關的；不單這樣，魯迅到廣州，就是跟國民政府也

㉑ 參陳漱渝：《許廣平的一生》（天津：天津人民出版社，一九八一年五月），頁三五。
㉒ 《魯迅景宋通信集——「兩地書」的原信》，頁一四四。
㉓ 同上注，頁一八二。
㉔ 語出〈我的失戀〉，見《野草》，《魯迅全集》，卷二，頁一六九至一七〇。

沒有關係。在作出了往廣州教書的決定後，魯迅寫信給許廣平時曾明確的說，他到廣州「並非追蹤政府，卻是別有追蹤。」㉕

其實，那時候的魯迅，不單對共產黨沒有認識，而且很明顯是對國民黨有相當的好感的。在十月二十日給許廣平的信裏，他說：

研究系比狐狸壞，而國民黨則太老實，你看將來實力一大，他們轉過來來拉攏，民國便會覺得他們也並不壞。……國民黨有力時，對於異黨寬容大量，而他們一有力，則對於民黨之壓迫陷害，無所不至，但民黨復起時，卻又忘卻了。㉖

雖然這段文字在魯迅自己出版《兩地書》時是給刪去了㉗，但這正好顯示出了魯迅當時對國民黨的態度，跟後來他說國民黨壓迫文化活動、虐殺作家是完全不同的。

事實上，許廣平在北京的時候是加入了國民黨的，這點必須特別強調㉘。十月二十七日，她

㉕《魯迅景宋通信集——「兩地書」的原信》，頁二五六。
㉖同上注，頁一七二。
㉗參《魯迅全集》，卷十一，頁一六二至一六四。
㉘許廣平自己說過：「一到廣州，聽女子師範學校廖冰筠（廖仲凱的妹妹）校長說：是要我擔任『訓育』的事，這當然就應交出從北京帶去的『國民黨』關係證件了。在北京我曾加入國民黨左派。」見許廣平：《魯迅回憶錄》（北京：作家出版社，一九六一年五月），頁六七。這點陳炳良也指出過了，參陳炳良：《魯迅與共產主義》，頁一〇二。

給魯迅的信寫道：「共產書與人，在此〔廣州〕明目張膽，來此看看也好玩。」㉙這種態度不能說是支持共產黨吧！另外，在跟魯迅談到廣東女師的學生風潮時，許廣平甚至說：

> 現時背後有國民政府，自己有權有勢，處置一些反動學生，實在易如反掌，貓和耗子玩，終久是吞下去的，你可知其得意了。㉚

因此，雖然許廣平在廣州時曾經被人稱為「共產黨」㉛——這其實只是因為她支持國民黨左派——但她實際上是以身為國民黨員為榮的。

不能否認，魯迅初到廣州時，確是受到一些共產黨員的熱烈歡迎。據徐彬如的回憶，廣州的共產黨員在聽到魯迅決定到廣州的消息後，便馬上籌劃歡迎及爭取的工作，主要是由陳獨秀的兒子陳延年部署、畢磊負責公開聯繫㉜。雖然魯迅的日記中只記錄了一處畢磊的到訪——一九二七年一月三十一日：「下午……徐文雅、畢磊、陳輔國來，並贈《少年先鋒》十二本。」㉝——但

㉙《魯迅景宋通信集——「兩地書」的原信》，頁一八六。
㉚同上注，頁二〇三。
㉛參陳漱渝：《許廣平的一生》，頁四一。
㉜徐彬如：〈回憶魯迅一九二七年在廣州的情況〉，頁二一四。
㉝《魯迅全集》，卷十四，頁六四一。

徐彬如卻說：「畢磊和陳輔國幾乎每天都和他〔魯迅〕見面」㉞；而魯迅日記記錄徐彬如的到訪只有三次㉟，但他也說在廣州見過魯迅十多次㊱。此外，他們還經常拿一些共產黨的刊物送給魯迅，魯迅日記中有記載的便有《少年先鋒》和《做甚麼》（魯迅誤記爲《爲甚麼》）㊲。毫無疑問，魯迅這時候已清楚知道畢磊等人的身分，原因就在於這些刊物裏的文章。魯迅後來在《怎麼寫——夜記之一》裏，提到了畢磊：

現在還記得《做甚麼》出版後，曾經送給我五本。我覺得這團體是共產青年主持的，因為其中有「堅如」、「三石」等署名，該是畢磊，通信處也是他。他還曾將十來本《少年先鋒》送給我，而這刊物裏面則分明是共產青年所作的東西。果然，畢磊君大約確是共產黨，於四月十八日〔應為四月十五日晨〕從中山大學被捕。據我的推測，他一定早已不在這世上了，這看去很是瘦小精幹的湖南的青年。㊳

㉞ 徐彬如：〈回憶魯迅一九二七年在廣州的情況〉，頁二一六。

㉟ 那三次到訪是一月二十四日、一月三十一日及二月九日。參《魯迅全集》，卷十四，頁六四〇、六四一及六四三。

㊱ 徐彬如：〈回憶魯迅一九二七年在廣州的情況〉，頁二一六。

㊲ 《魯迅全集》，卷十四，頁六四一、六四三。

㊳ 同上注，卷四，頁二一。

這段文字雖然不能說是「寄予深切的悼念」㊴，但惋惜及愛護之情是明顯可以見到的。事實上，如果我們相信徐彬如的說話，則似乎魯迅在這時候對於跟他接觸的共產黨青年很有好感。徐彬如說：

他對代表共青團和他接近的青年特別熱情，我們和他接觸，一次比一次感到親切，很快建立了感情。……魯迅對我們的感情是很真摯的。㊵

據說，他們不單到魯迅的住所去探望他，畢磊等還經常和魯迅到陸園茶室吃茶。此外，魯迅還在畢磊和陳延年的秘書任旭安排下，秘密與陳延年見面，時間是在三月下旬㊶。陳延年當時是共產黨廣東區委員會書記，實際上是負責領導中共的廣東區委。不過，我們也不應利用這一點來強調魯迅在廣州時與共產黨的關係，原因是即使根據共產黨員的回憶，他們也說魯迅提起陳延年時，說陳是他的「老仁侄」㊷，這自然是指魯迅和陳延年父親陳獨秀早年在北京的交往而言，這次見

㊴ 徐彬如：〈回憶魯迅一九二七年在廣州的情況〉，頁二一八；彭定安、馬蹄疾：《魯迅和他的同時代人》（瀋陽：春風文藝出版社，一九八五年七月），上卷，頁四二〇。

㊵ 同上注，頁二一八。

㊶ 同上注，頁二二七。

㊷ 同上注。

面不一定有甚麼政治上的意義。

除了上面所引錄有關畢磊的一段文字外，魯迅的《怎麼寫》中還有一點很值得注意的地方。他先抄錄了廣州報章上的一段報導，說：「自魯迅先生南來後，一掃廣州文學之寂寞，先後創辦者有《做甚麼》、《這樣做》兩刊物」㊸，跟著便分析了《做甚麼》和《這樣做》這兩個刊物的性質：前者是「共產黨青年主持」，而後者「該是和《做甚麼》反對，或對立的」。魯迅說：

這裏又卽刻出了一個問題。為甚麼這麼大相反對的兩種刊物，都因我「南來」而「先後創辦」呢？這在我自己，是容易解答的：因為我新來而且灰色。㊹

這段說話很重要，實際上是點出了魯迅在來到廣州時，是同時受到了左右兩派的拉攏的；而在別人以至魯迅自己心目中，他是不帶有任何政治色彩的。魯迅到廣州後的第一項公開活動，是一月二十三日應世界語會的邀請，到桂香廟環球學會參加歡迎德國世界語學者賽耳（Zeinile）的大會，這與政治完全無關。但他第二次的公開活動，便是大陸學者經常提到的那次中山大學學生會為魯迅召開的歡迎會，原因那是由學生會主辦的，而畢磊則是學生領袖，陪同魯迅出席。不過，

㊸《魯迅全集》，卷四，頁二〇至二一。

㊹同上注，頁二一。

必須強調的是：這個歡迎會並不是由畢磊主持，而是朱家驊以特別黨部委員的身分主持的㊺。朱家驊與魯迅同在一九二六年三月被段祺瑞通緝，且更出面邀請魯迅到中大任教；魯迅在廈門時的日記中便記錄了朱家驊多次來電催促他去廣州㊻，二人這時的關係是很好的。到了廣州後，魯迅也多次到朱家驊的家吃飯㊼，而朱也往訪過魯迅㊽。因此，雖然魯迅不大喜歡朱家驊在歡迎會上對魯迅的吹捧㊾，但由此可以證明魯迅在這個時期並不完全爲共產黨員所包圍及壟斷。就是徐彬如也承認由國民黨青年部長甘乃光所支持的「『左派青年團』的人也去找魯迅，開頭魯迅對他們

㊺　許滌新：〈魯迅戰鬥在廣州〉，《魯迅生平史料匯編》第四輯，頁三三五。
㊻　《魯迅全集》，卷十四，頁六二八。
㊼　同上注，頁六四〇、六四二。
㊽　同上注，頁六四〇、六四三。
㊾　據說，在歡迎會上，朱家驊奉承魯迅爲「革命家」、「戰士」，「魯迅對他的這種別有用心的吹捧，在講演中首先來一個反擊」。參馬蹄疾：《魯迅講演考》，哈爾濱：黑龍江人民出版社，一九八一年九月，頁一二三至一二四。魯迅自己也談過這件事，但他沒有點明是反擊朱家驊，而是說「有些青年」：
　　我到中山大學的本意，原不過是教書。然而有些青年大開其歡迎會。我知道不妙，所以首先第一回演說，就聲明我不是甚麼「戰士」、「革命家」。倘若是的，就應該在北京、廈門奮鬥；但我躲到「革命後方」的廣州來了。這就是並非「戰士」的證據。（魯迅：《通信》，《魯迅全集》，卷三，頁四四六）

也很熱情」[50]，其中一個來訪的就是魯迅一月二十四日——也就是歡迎會舉行前的一天——日記裏所記的「中大學生會代表李秀然」[51]。

此外，魯迅在廣州經常看的兩份報張《廣州民國日報》及《國民新聞》[52]，都是屬於國民黨的：前者是國民黨的機關報，而後者則歸國民黨廣東省黨部直轄。一九二七年初，兩份報張都是由甘乃光任社長[53]。事實上，它們還刊登過不少有關魯迅的文章，例如《民國日報》一九二六年十一月十五日「中大聘魯迅擔任教授」的預告，便是所見到最早有關的報導[54]。此外，它們還獨家報導了魯迅在廣州的一些活動，如參加紀念孫中山先生逝世二周年大會、赴知用中學和赴夏令學術演講等，同時也在魯迅到廣州後不久卽出版了歡迎專刊[55]；而魯迅也曾在這兩份報紙上發表了幾篇文章，其中包括了重要的〈魏晉風度及文章與藥及酒之關係〉（《民國日報》副刊《現代

[50] 徐彬如：〈回憶魯迅一九二七年在廣州的情況〉，頁二一五。
[51] 《魯迅全集》，卷十四，頁六四〇。
[52] 同上注，卷四，頁二〇。
[53] 參李江：〈與魯迅有關的廣東報刊〉，《魯迅生平史料匯編》第四輯，頁四四五至四四六。
[54] 同上注，頁一八九。
[55] 〈紀念總理二周年之宣傳方法〉，《廣州民國日報》（一九二七年三月十一日），同上注，頁二〇一；〈新文學巨子魯迅先生之公開演講〉，《廣州民國日報》（一九二七年七月十六日），同上注，頁二一〇。

青年》一七三至一七八期）以及〈慶祝滬寧克復的那一邊〉（《國民新聞》副刊《新出路》十一期）。由此可以證明：魯迅抵廣州後，其實不單是受到共產黨的歡迎，國民黨也努力爭取他的合作。換言之，我們不應過分強調共產黨員在爭取魯迅的努力以及他們對魯迅的影響。

在抵達廣州的初期，魯迅似乎受了這「革命策源地」的氣氛所影響，時常談到革命的問題。我們可先看看一些例子。

爲紀念三月二十九日的黃花節，魯迅寫了一篇雜感，裏面提到他在北京所見過的中山紀念日，很是熱鬧，但在熱鬧的氣氛中他想起了革命家的偉大；跟著，他提出了革命無止境的說法：

> 以上的所謂「革命成功」，是指暫時的事而言；其實是「革命尚未成功」的。革命無止境，倘使世上真有甚麼「止於至善」，這人間世便同時變了凝固的東西了。[56]

這樣強調革命的態度，在魯迅這時候所寫的文章及演講中不斷出現。在中山大學開學儀式上的演說中，他也重複了孫中山遺囑「革命尚未成功，同志仍須努力」這一句話，還肯定了「讀書不忘革命，革命不忘讀書」的口號，更說中山大學的責任是要把人引導「向前進行到革命的地方」，

---

[56] 〈黃花節的雜感〉，《魯迅全集》，卷三，頁四一〇。

而「青年應該放責任在自己身上，向前走，把革命的偉力擴大！」㊼四月八日在黃埔軍官學校的演講「革命時代的文學」裏，他更說革命足以影響文學，「中國現在的社會情狀，只有實地的革命戰爭」，才是拯救中國之道㊽。

在這情況下，我們實在不能不同意一些大陸學者所提出的一個說法：魯迅這時候「把文學問題、青年的讀書學習以至戀愛問題如此緊密地直接聯繫革命問題，每一篇演說或雜感都具有服務於當前革命鬪爭的政治目的性，都具有鮮明地宣傳革命的強烈鼓動性，這是來廣州前不曾達到的。」㊾可是，我們能不能夠就此便帶出「革命」的概念已明確注入「工人農民得到眞正的解放」的涵義，說魯迅已經與共產黨思想完全一致，取得了無產階級的立場㊿？

我們應該仔細看看魯迅對於「革命」一詞的理解。

首先，在上面談到的〈黃花節的雜感〉裏，魯迅所提到的革命家，毫無疑問是指孫中山先生。由他所領導的革命，也毫無疑問是指推翻滿清的革命活動，與共產黨所說的無產階級革命無

㊼〈讀書與革命——三月一日在中山大學開學典禮會講〉，《廣東青年》第三期（一九二七年四月一日），錄自馬蹄疾：《魯迅講演考》，頁一七二。
㊽〈革命時代的文學〉，《魯迅全集》，卷三，頁四二三。
㊾正一：《魯迅思想發展論稿》（成都：四川人民出版社，一九八二年八月），頁一九五至一九六。
㊿同上注，頁一九六。

關。事實上，從他在黃埔軍官學校的演辭中，我們更可以淸楚知道「革命」一詞，在那時候的魯迅來說，是一個含義很廣泛的詞語，包括了一切反對舊的、要求改革、進步的活動，有時候他甚至把「革命」跟「進化」混爲一起：

其實「革命」是並不稀奇的，惟其有了它，社會才會改革，人類才會進步，能從原蟲到人類，從野蠻到文明，就因為沒有一刻不在革命。61

又說：

所以革命是並不稀奇的，凡是至今還未滅亡的民族，還都天天在努力革命。62

這觀點在上引他在中山大學開學儀式的演說中又再次出現：

本來青年原應該都是革命的，因為在科學上已經證明：人類是進步的。以前有猿人，或者在五十萬年前吧……後來才有了原人。雖然慢得很，但可見人本來是進化的前進的，前進卽革命，故青年人原來尤應該是革命的。但後來變做不革命了，這是反乎本性的墮落。63

---

61 〈革命時代的文學〉，《魯迅全集》，卷三，頁四一八。

62 同上注，頁四一八至四一九。

63 〈讀書與革命——三月一日在中山大學開學典禮會講〉，頁一七二。

這樣給「革命」的定義，跟共產主義者所說的階級鬥爭，簡直有天淵之別。因此，雖然我們承認魯迅是越來越強調實際革命行動的重要性，但卻不能說「他已經越來越看清了階級鬥爭最後還是要靠武裝革命解決問題」[64]。此外，我們還可以看看魯迅在這時候所提到的中國革命具體指些甚麼。

在〈革命時代的文學〉裏，魯迅多次談到中國當時的革命，其中一處他說：

> 中國現在的社會情狀，只有實地的革命戰爭，一首詩嚇不走孫傳芳，一炮就把孫傳芳轟走了。[65]

很明顯，魯迅以孫傳芳為例子解釋中國需要「實地的革命戰爭」，就是把中國的革命聯繫到孫傳芳上去，那所指的就是對抗軍閥的北伐活動，這跟當時的政治形勢是一致的。我們知道，一九二四年一月二十日，孫中山在廣州召開了國民黨第一次全國代表大會，確立「聯俄、容共、扶助農工」三大政策，並通過了共產黨員和社會主義青年團員以個人名義參加國民黨的決定，體現了第一次國共合作。那時候，中國的革命就是要推翻北方軍閥統治。事實上，一九二五年六月，國民黨便將國軍及黨軍改稱為國民革命軍。翌年七月，蔣介石就職為國民革命軍總司令，誓師北伐。

---

[64] 杜一白：《魯迅思想論綱》（銀川：寧夏人民出版社，一九八三年一月），頁一四八。

[65] 《魯迅全集》，卷三，頁四二三。

儘管這第一次國共合作的基礎並不穩固，但共產黨差不多最重要的黨員都全加入了國民黨。他們並不怎樣的宣揚階級革命思想，更不要說推翻國民黨了。因此，這時候的「革命」跟國共分裂後的「革命」，含義是不一樣的。

對於北伐的進展，魯迅是非常留意的。還在廈門的時候，他寫給許廣平的信中便經常談到北伐的情況。這種關心北伐進展的態度，在一篇慶祝北伐軍收復上海和南京的文章中可以看得很清楚。在這篇名爲〈慶祝滬寧克服的那一邊〉的文章中，魯迅首先便明確說出自己對於北伐軍收復南京和上海感到十分高興。他說：「滬寧的克復，在看見電報的那天，我已經一個人私自高興過兩回了。」這其實已很清楚的點出了魯迅當時並沒有反對國民黨的立場，原因是領導北伐的便正是國民黨的蔣介石。如果我們說魯迅早已預見到蔣介石會實行清黨，便不可能會寫這篇文章；必須留意的是這篇文章是在四月十日寫成的。此外，文章還提到當時是「革命」「小有勝利」的時候，這也證明魯迅心目中的「革命」是指國民黨所領導的北伐；他還勸勉人們不要「陶醉在凱歌中，肌肉鬆懈，忘卻進擊」[66]，這當然也是指整個中國的國民革命而言。況且，魯迅在文章裏說廣州是「革命的策源地」，也不可能說是共產黨的革命活動，原因是在這以前，中共在廣州並沒有甚麼重要的革命行動。相反來說，國民黨的第一次全國代表大會便是在廣州舉行，而廣州也是籌備及誓師北伐的地方，所以才配得上「革命策源地」的稱號。

此外，有人認爲魯迅在談論革命的問題時，提出了革命無止境、革命者必須堅持不懈的觀點，這「體現了馬克思主義的不斷革命論的基本精神，也可以說是魯迅的思想已初步跨上無產階級世界觀的高度的一種表現」[67]，這也是言過其實的。〈慶祝滬寧克服的那一邊〉固然具體的發揮了「革命無止境」的思想，這點在上面已討論過了。可是，雖然這篇文章中徵引了列寧的說話，但這思想應該是來自他個人的經驗，而不是因為他剛剛讀過列寧的著作而吸納了這種思想。那時候年屆四十六，有豐富人生經驗的魯迅，從客觀環境中已深深體會到「革命」的真正意義在於能夠堅持下去。在〈「自選集」自序〉中，他便說過：

> 見過辛亥革命，見過二次革命，見過袁世凱稱帝，張勳復辟，看來看去，就看得懷疑起來，於是失望、頹唐得很了。[68]

㊱ 〈慶祝滬寧克復的那一邊〉，同上注，卷八，頁一六二。有人認為這篇文章「是無可挑剔的馬列主義思想結晶」，原因是：

> 在慶祝滬寧克復的一片鑼鼓聲中，魯迅看到了正在孕育中的蔣介石反革命政變的嚴重危機。他告誡人們不要「小有勝利，便陶醉在凱歌中，肌肉鬆懈，忘卻進擊」。他嚴正指出：慶祝的「盛典」雖然很多，但是，在陰暗的角落（「黑暗的區域」）裏，「反革命者的工作也在默默地進行」，切不可等閒視之。……這些論述，不僅表現了魯迅對蔣介石反革命叛變活動的清醒認識，也是對陳獨秀右傾機會主義的當頭棒喝。（袁良駿：《魯迅思想的發展道路》，北京：北京出版社，一九八〇年二月，頁四七至四八）。

這不僅是不明白魯迅當時對革命一詞的理解，甚至可說是一種故意的誤讀。

㊲ 杜一白：《魯迅思想論綱》，頁一六二。

㊳ 《魯迅全集》，卷四，頁四五五。

這教訓使他知道革命要有眞正的成果，便必須繼續前進，永遠進擊。

事實上，這種思想在魯迅是很早便已經形成了。早在一九二三年十二月二十六日他在北京女子高等師範文藝會上所講演的「娜拉走後怎樣」中，便已強調過對敵鬭爭要「韌」、要「鍥而不舍」⑲。這點在一九二五年中給許廣平的一封信裏又重新提到：

我記得先前在學校演說時候也曾說過，要治這麻木狀態的國度，只有一法，就是「韌」，也就是「鍥而不舍」。逐漸的做一點，總不肯休，不至於比「踔厲風發」無效的。⑳

更著名的當然是一九二五年底寫成的〈論「費厄潑賴」應該緩行〉。「費厄潑賴」一詞是英文 fair play 的譯音，原是林語堂在一期《語絲》上撰文提倡的，他要求人們「對於失敗者不應再施攻擊」㉑。儘管魯迅當時跟林語堂是很要好的朋友，但卻不同意

---

⑲ 同上注，卷一，頁一六三至一六四。

⑳ 魯迅一九二五年四月十四日給許廣平信，同上注，卷十一，頁四六。

㉑ 林語堂在一九二五年十二月十四日《語絲》第五七期上發表〈插論語絲的文體——穩健、罵人、及費厄潑賴〉一文，裏面說：

「費厄潑賴」精神在中國最不易得，我們也只好努力鼓勵，中國「潑賴」的精神就很少，更談不到「費厄」，惟有時所謂不肯「下井投石」即帶有此義。罵人的人卻不可沒有這一樣條件，能罵人，也須能捱罵。且對於失敗者不應再施攻擊，因爲我們所攻擊的在於思想非在人，以今日之段祺瑞、章士釗爲例，我們便不應再攻擊其個人。（錄自《魯迅全集》，卷一，頁二七七。）

這見解。他認爲「打落水狗」是必須的，因爲「狗性總不大會改變」，「不打落水狗，反被狗咬了」。他還舉出民國革命爲例，最初寬恕了很多官僚士紳，但他們後來卻幫助袁世凱來「咬死」許多革命志士；而曾經捉住了殺害秋瑾的主謀、但後來又以爲不應「再修舊怨」而把他釋放了的王金發，最後也是被人害死，其中最賣力的就是那個殺害秋瑾的主謀⑫。由此可見，這種堅持鬪爭的思想，原來是魯迅一貫的看法，也是他從中國政治形勢的發展得出來的結論。除非我們承認魯迅早在一九二三年便已深深了解馬列主義，否則，我們只能說是巧合，而二者都是透過實際的經驗而得出來的道理罷了。

不過，話說回來，我們也應該承認這時期魯迅的思想確是起了變化。他自己也說過：「我離開廈門的時候，思想已經有些改變」⑬，其中最明顯的就是他已經放棄了早期所信奉的尼采超人論思想。這趨勢在他還沒有來廣州時便已開始了，在廈門平民學校成立會上的演講中，魯迅說：

> 因為這個學校是平民的學校，所以我就不能不來，而且不能不說幾句話。你們都是工人農民的子女，你們因為窮苦，所以失學，所以須到這樣的學校來讀書。但是，你們窮的是金錢，而不是聰明與智慧。你們貧民的子弟一樣是聰明的，你們貧民的子弟一樣是有智慧

⑫ 同上注，頁二七三。
⑬ 〈答有恒先生〉，同上注，卷三，頁四五三。

的。你們能够下決心，你們能够奮鬥，一定會成功，一定有前途。沒有甚麽人有這樣大的權力：能够叫你們永被奴役；也沒有甚麽的命運註定：要你們一輩子做窮人。⑭

這種重視平民百姓的思想，跟從前說「任個人而排衆數」、「與其抑英哲以就凡庸，曷若置衆人而希英哲」⑮是很不同了。

來到廣州以後，這種改變更爲明顯。在〈革命時代的文學〉裏，他多次提到平民的問題。例如在討論到革命成功後會出現些甚麽樣的文學時，他推想「大約是平民文學罷，因爲平民的世界，是革命的結果」⑯。此外，他還詳細的討論了當時一些以平民爲材料的作品，其實不是眞正的平民文學，「因爲平民還沒有開口。這是另外的人從旁看見平民的生活，假託平民底口吻而說的。」即使是平民所唱的山歌野曲，也不是眞正的平民之音，原因是這些平民完全受了古書及紳士思想的影響。魯迅說：

⑭ 李淑美：〈魯迅支持厦大平民學校〉，錄自馬蹄疾：《魯迅講演考》，頁一〇七至一〇八。另陳夢韶：《魯迅在厦門的五次演講》也有相近的說法，但他也主要是根據李淑美的回憶，見《魯迅生平史料滙編》，第四輯，頁九九。不過，必須強調的是李淑美的回憶是寫於幾十年後，在當時完全沒有記錄的情況下，有沒有可能差不多把整篇演講的內容重寫出來？這也是值得懷疑的。

⑮ 參魯迅：〈文化偏至論〉，《魯迅全集》，卷一，頁四六、五二。

⑯ 同上注，卷三，頁四二一。

現在的文學家都是讀書人，如果工人農民不解放，工人農民的思想，仍然是讀書人的思想，必待工人農民得到真正的解放，然後才有真正的平民文學。⑰

這樣的強調工人農民的解放，確是魯迅從前沒有表現過的。

更值得注意的是那時候他具名簽署，發表於創造社機關刊物《洪水》上的〈中國文學家對於英國智識階級及一般民衆宣言〉。

一九二七年二月二十日，魯迅在日記上記下「得成仿吾信」⑱。據說，成仿吾在信中邀請魯迅聯名簽署這份宣言⑲。據一位大陸學者考證，這份宣言起草於四月以前，但發表是在五月中旬或下旬以後⑳。具名簽署這份宣言的有四人，成仿吾第一、魯迅第二，餘下的二人是王獨清及何畏，都是創造社的成員㉑。宣言正文前附有一段說明性的文字，裏面有這樣的一句：

⑰ 同上注，頁四二一。

⑱ 同上注，卷十四，頁六四四。

⑲ 張傲卉：〈成仿吾與魯迅〉，《東北師大學報》一九八一年第六期（一九八一年十一月），頁二五。

⑳ 倪墨炎：《魯迅署名宣言與函電輯考》（北京：書目文獻出版社，一九八五年四月），頁三三；而發表這份宣言的《洪水》半月刊第三卷第三期，版權頁上原署一九二七年四月一日。

㉑ 宣言全文見同上注，頁二七至三一。

在這裏簽名的人都是本人對於無產階級革命確有信心的，所以特別鄭重。㉜不少人根據這句說話，認爲魯迅是公開宣稱他支持無產階級革命㉝，但也有人認爲這段說明文字是後來才加上去的㉞，換言之，魯迅可能事先沒有看過。這點其實不太重要，因爲宣言正文裏面也提到無產階級革命的問題，下面徵引一些例子：

我們從事於中國無產階級國民革命的文學家等今致書英國無產階級，intelligentsia 及一切工人，想對你們表示些意見和希望。……我們平時看見工人在貨物自動車上，在馬路上奔馳時，我們已經覺得將來建設新社會的是他們，但我們更看見他們底團體行動的時候，我們便更覺得他們將來的威力。不管那些向後倒退的帝國主義者向「未來的支配者」怎樣地開炮，但「未來」究竟是他們的。我們無產民衆底組織，運動意識等正在向前前進，但榨取我們底外國資本家卻天天在那兒後退。㉟

㉜ 同上注，頁二七。

㉝ 參杜一白：《魯迅思想論綱》，頁一六三、一六五；皮遠長：〈試論魯迅世界觀的轉變〉，載武漢大學中文系現代文學研究室編《論魯迅前期思想》（天津：天津人民出版社，一九八〇年三月），頁一七八至一七九。

㉞ 倪墨炎：《魯迅署名宣言與函電輯考》，頁三三。

㉟ 同上注，頁二七。

宣言也攻擊了資本主義和帝國主義，說那是「快要崩解的惡毒的資本帝國主義」，又呼籲「世界無產民衆趕快起來結合去打倒資本帝國主義」，「我們現在第一要爲了打倒資本帝國主義而團結」；宣言最後更明確的提出階級鬪爭：

總之世界底無產民衆在此階級鬪爭激烈的時候，不由得不團結起來。⑯

儘管我們可以毫無疑問地相信宣言不是出自魯迅手筆，但他願意把自己的名字放上去，這點是探討魯迅在廣州時期的思想問題時不能忽視的一個重點。

但無論如何，我們還應該可以這樣說，在國民黨清黨的前夕，魯迅基本上還是支持國民黨的。他特別留意由國民黨所領導的北伐活動，這也就是他心目中的中國革命。不過，由於中共黨員積極地與他接觸，而那時候的共產黨還是有著合法的地位，且是國民黨北伐的伙伴，加上魯迅自己在幾年前已開始閱讀有關蘇聯以及馬列主義方面的作品，所以，魯迅這時期對共產黨的認識是較前深了。不過，我們卻不能因此便說魯迅當時已是一個馬列主義者。在他轉向共產黨的路途上，一個重要的轉捩點是蔣介石在四月中突然發動的淸黨行動。

上文說過，一九二四年初，國民黨在廣州召開了第一次全國代表大會，制定「聯俄、容共、

⑯ 同上注，頁三三一。

扶助農工」三大政策，並接納中共黨員加入，開始了第一次國共合作。但很明顯，這次兩黨合作並沒有良好的基礎，似乎主要是繫在孫中山一人身上。在第一次全國代表大會後不久，國民黨內部已有不少人提出要求制裁共產黨活動。一九二五年三月十二日，孫中山逝世；八月二十日，廖仲凱在廣州國民黨中央黨部內被刺；十月二十三日，國民黨右派在北京西山舉行會議，發表反共宣言；一九二六年三月二十日更有「中山艦事件」。因此，雖然國共兩黨在一九二六年中一起誓師北伐，但實際上這次國共合作早已出現了嚴重的危機。一九二七年四月十二日，蔣介石在上海發動清黨，大舉拘捕共產黨員。國共第一次合作破裂，而共產黨的實力也大受打擊。

魯迅在廣州目睹了四月十五日的清黨行動。在這之前，他對廣州的印象大抵不錯。初來廣州不久，他給韋素園的信中說：廣州的「民情，卻比別處活潑得多」⑻。但這並不是說魯迅完全沒有甚麼憂慮，他說過：

> 廣州的人民並無力量，所以這裏可以做「革命的策源地」，也可以做反革命的策源地。⑱

此外，據說他剛到廣州後不久便說過：他「聽說廣東很革命，赤化了，所以決心到廣州來看看，來到後果然滿街都是紅標語。但仔細一看，那些標語都是用白粉寫在紅布上的，『紅中夾白』，

⑻ 魯迅一九二七年一月二十六日給韋素園信，《魯迅全集》，卷十一，頁五二七。
⑱ 〈在鐘樓上〉，同上注，卷四，頁三三。

有點可怕！」⑧⑨不過，這並不是說魯迅在到達廣州後不久，便已經覺察到國共合作出現了問題，更不應說魯迅已看出國民黨會實行淸黨，所以特別向共產黨員提出警告⑨⓪。這點我們在上面分析魯迅對革命的看法時已證明了。

那麼，究竟國民黨的淸黨行動對於魯迅造成了甚麼影響？

我們知道，在廣州也實行淸黨後，由於不少中大學生也被捕，魯迅在四月十五日當天下午便回校開了一個緊急會議⑨①。曾經參加了會議的何思源強調說：這個會議「是魯迅召集開會，不是別人召集」⑨②；此外，據一位當時負責編印校報，因而得到消息的中大學生周鼎培說：魯迅在四月十五日下午便已經回學校敎務處，發出通知召開各科系主任營救學生的緊急會議⑨③。這都可以證明魯迅當時是非常積極地嘗試去營救學生的。不過，我們卻不能因此而過分強調魯迅是努力去營救共產黨員。這裏先徵引何思源回憶魯迅在緊急大會裏的說話：

⑧⑨ 徐彬如：〈回憶魯迅一九二七年在廣州的情況〉，《魯迅生平史料滙編》第四輯，頁三二〇。

⑨⓪ 許滌新：〈魯迅戰鬪在廣州〉，同上注，頁三三五至三三六；又參杜一白：《魯迅思想論綱》，頁一四四；正一：《魯迅思想發展論稿》，頁一九三。

⑨① 《魯迅全集》，卷十四，頁六五二。

⑨② 何思源：〈回憶魯迅在中山大學情況〉，《魯迅研究資料》第三輯（一九七九年二月），頁二三五。

⑨③ 周鼎培：〈回憶中山大學「緊急會議」情況〉，同上注，頁二四一。

魯迅坐在主席座位上，朱家驊坐在魯迅的正對面。魯迅說：「學生被抓去了，學校有責任，校長不出來，現在我來召開會，請大家來說話，我們應當像是學生的家長，要對學生負責，希望學校出來擔保他們。我們也要知道為甚麼抓去他們？有甚麼罪？」……魯迅對朱家驊說：「學生被抓去了，是公開的事實。被捕的學生究竟違背了孫中山總理的三大政策的那一條政策？」……魯迅堅決說：「現在根據三大政策的活動，就是要防止新的封建統治。」……魯迅主張營救學生，他堅持說：「這麼多學生被抓去，這是一件大事，學校應該負責，我們也應該對學生負責。」⑭

從這大段引錄的談話裏，我們可以見到魯迅的立論主要有兩點：第一，被捕的都是中大的學生，學校當局自然應負責查詢及具保。換言之，魯迅之所以出面營救學生，完全是因爲他當時是中大的文學系主任兼教務主任，所以要對學生負責；這與學生的思想或行動無關。第二，被捕的學生沒有犯上甚麼嚴重的錯誤，不應該受到拘控。値得注意的是：何思源說魯迅兩次提到孫中山的三大政策。當然，這三大政策裏有「容共」的一條，但魯迅以此爲論據，其實就是說他願意從國民黨的立場去處理這件事，絲毫沒有抗拒國民黨統治或庇護共產黨員的意思。

此外，我們也不能接受許壽裳、許廣平及其他人所說魯迅因爲營救學生失敗而辭去中大的職

⑭ 何思源：〈回憶魯迅在中山大學情況〉，頁二三六至二三七。

務[95]。誠然，魯迅正式呈辭是在清黨以後（四月二十一日），不過，從魯迅幾封給朋友的信裏，我們可以見到魯迅辭職是別有原因的。四月二十日，他寫信給李霽野說：

> 我在厦門時，很受幾個「現代」派的人排擠，我離開的原因，一半也在此。但我為從北京請去的教員留面子，秘而不說。不料其中之一〔顧頡剛〕，終於在那裏也站不住，已經鑽到此地來做教授。此輩的陰險性質是不會改變的，自然不久還是排擠、營私。我在此的教務、功課，已經够多的了，那可以再加上防暗箭、淘閑氣。所以我決計於二三日內辭去一切職務，離開中大。[96]

---

[95] 最早提出這說法的是許壽裳，他所編的〈魯迅年譜〉在一九二七年四月項下寫道：「同月十五日，赴中山大學各主任緊急會議，營救被捕學生，無效，辭職。」〈魯迅年譜〉，錄自許壽裳：《我所認識的魯迅》（北京：人民文學出版社，一九五二年六月第一版，一九七八年六月新版），頁一二四。許廣平及其他大陸學者多主此說。參許廣平：〈厦門和廣州〉，載《許廣平回憶錄》，頁七〇至七一；徐彬如：〈回憶魯迅一九二七年在廣州的情況〉，頁三一一至三一二；王觀泉《魯迅年譜》（哈爾濱：黑龍江人民出版社，一九七九年三月），頁八二；袁良駿：《魯迅思想的發展道路》，頁四八。在中國大陸，持相反意見的——說魯迅不是因爲營救學生無效，而是不滿中大聘用顧頡剛而辭職的——似乎只有陳漱渝一人，參陳漱渝：〈魯迅爲甚麼辭去在中山大學的職務？〉，《魯迅研究資料》，第六輯，一九八〇年十月，頁二五四至二五八。另外陳炳良也提出過相同的意見，參陳炳良：《魯迅與共產主義》，頁一〇二。

[96] 魯迅一九二七年四月二十一日給李霽野信，《魯迅全集》，卷十一，頁五四〇。

幾天後，他寫信給孫伏園時又再說道：

我真想不到，在厦門那麼反對民黨，使兼士憤憤的顧頡剛，竟到這裏來做教授了，那麼，這裏的情形，難免要變成厦大，硬直者逐，改革者開除。而且據我看來，或者會比不上厦大，這是我新得的感覺。我已於上星期四辭去一切職務，脫離中大了。⑰

在上面，我們見過魯迅在厦門時對顧頡剛有很大的不滿，因此，不願意與他一起在廣州中大任教，是可以預料得到的了。此外，魯迅給孫伏園的這封信，由於孫將它公開發表在漢口《中央副刊》上，顧頡剛更擬提出訴訟，並寫信給魯迅，要他留在廣州答辯⑱。二人之不能相容，在這件事中清楚顯示出來。

其實，除了魯迅自己所寫的文字外，當時一些環繞著魯迅的人，不少也清楚知道魯迅辭掉中大的教職，是與顧頡剛有關的。例如當時與魯迅十分接近的學生謝玉生，在那年四月二十五日便曾致函孫伏園，談到這個問題：

迅師本月二十號，已將中大所任各職，完全辭卸矣。中大校務委員會及學生方面，現正積

⑰ 魯迅一九二七年四月二十六日給孫伏園信，同上注，頁五四二。
⑱ 參魯迅：〈辭顧頡剛教授令「候審」〉，同上注，卷四，頁三九至四十。

極挽留，但迅師去志已堅，實無挽留之可能了。迅師此次辭職之原因，就是因顧頡剛忽然本月十八日由厦來中大擔任教授的緣故。顧來迅師所以要去職者，即是表示與顧不合作的意思。原顧去歲在厦大造作謠言，誣蔑迅師；迨厦大風潮發生之後，顧又背叛林語堂先生，甘為林文慶之謀臣，伙同張星烺、張頤、黃開宗等主張開除學生，以致此項學生，至今流離失所，這是迅師極傷心的事。⑲

而魯迅的三弟周建人在一封寫於五月二十三日給周作人的信中也提及這事：

魯迅確因頡剛辭職，和季茀同辭。傅斯年乃信寄頡剛，囑其暫緩去，頡剛謂必去試試，遂到廣州。於是傅以五萬元囑頡剛到上海購古書，今日聞頡剛已到上海。但魯迅謂廣大中有頡剛之名字寫著便不教；近當在挽留中，但聞他不肯去。⑳

事實上，魯迅自己便曾清楚說過他離開中大，其實與清黨完全無關，那是在五月三十日寫給章廷謙的信：

---

⑲ 孫伏園：〈魯迅先生脫離廣東中大〉，《漢口中央日報》副刊第四八號（一九二七年五月十一日），同上注，頁四〇至四一。

⑳ 周建人一九二七年五月二十三日致周作人信，《魯迅研究資料》第十二輯（一九八三年五月），頁七七。

不過事太湊巧，當紅鼻〔顧頡剛〕到粵之時，正清黨發生之際，所以也許有人疑我之滾，和政治有關，實則我之「鼻來我走」（與鼻不兩立，大似梅毒菌，真是倒楣之至）之宣言，遠在四月初上也。然而顧傳為攻擊我起見，當有說我關於政治而走之宣傳，聞香港《工商報》，卽曾說我因「親共」而逃避云云，兄所聞之流言，或亦此類也歟。然而「管他媽的」可也。⑩

這一方面證明了魯迅並不是因爲清黨而被迫離開中大，另一方面更否定了他是「親共」的「流言」。

事實上，在清黨以後，他留在廣州的一段期間裏，魯迅是比從前沉默得多。幾個月裏只寫了幾篇短文章，也沒有怎樣的提到清黨的問題。最廣爲人徵引魯迅談清黨的文章是九月四日寫成，十月一日發表的〈答有恒先生〉，但這離開清黨差不多有五個月之久。在這之前，魯迅討論清黨而見諸文字的，是四月二十日一封寫給李霽野的信，魯迅在信裏說：

這裏現亦大討其赤，中大學生被捕者有四十餘人，別處我不知道，報上亦不大記載。其實這裏本來一點不赤，商人之勢力頗大，或者遠在北京之上。被捕者蓋大抵想赤之人而已。

⑩ 魯迅一九二七年五月三十日給章廷謙信，《魯迅全集》，卷十一，頁五四五。

也有冤枉的，這幾天放了幾個。⑩②

這段文字記述得很平淡，一點激動或憤怨之情也沒有。在跟著的幾個月裏，他的私人信件中也沒有再談清黨之事。這也證明了魯迅在清黨後馬上轉向左傾的說法是沒有根據的。

不過，我們也不能說國民黨的清黨行動對魯迅沒有造成任何影響。沉默了幾個月後，魯迅在九月間突然多產起來。由三日至二十七日，他一共寫了雜文十七篇，裏面直接或間接觸及到清黨問題的地方爲數也不少；最直接的是他給時有恒解釋爲甚麼自己近來變得沉默了：

單就近時而言，則大原因之一，是：我恐怖了。而且這種恐怖，我覺得從來沒有經驗過。⑩③

他稱這次事件爲「血的遊戲」⑩④，其中他特別不能忍受的是手段上的殘暴。在談到這次捕殺時，他說：

我尤其怕看的是勝利者的得意之筆：「用斧劈死」呀，……「亂槍刺死」呀……。我其實

⑩② 魯迅一九二七年四月二十日給李霽野信，同上注，頁五四一。
⑩③ 〈答有恒先生〉，同上注，卷三，頁四五三。
⑩④ 同上注，頁四五四。

並不是急進的改革論者，我沒有反對過死刑。但對於凌遲和滅族，我曾表示過十分的憎惡和悲痛，我以為二十世紀的人羣中是不應該有的。斧劈槍刺，自然不說是凌遲，但我們不能用一顆子彈打在他後腦上麼？結果是一樣的，對方的死亡。⑮

據說，魯迅知道在廣州時經常探訪他的畢磊是「被鐵鏈鎖住了死的」⑯。

此外魯迅更不滿意的還在於許多無辜的人在「清黨」、「討赤」的名義下被枉殺。他曾諷刺地說過：「凡爲當局所『誅』者皆有『罪』」⑰；在別的地方又說：

若在「清黨」之後呢，要說他是CP或CY，沒有證據，則可以指為「親共派」。那麼，清黨委員會自然會說他「反革命」，有罪。⑱

恐怕有一天總要不准穿破衣衫，否則便是共產黨。⑲

事實上，魯迅知道曾經有人想證明他是共產黨員，證據是他曾在陳獨秀辦的《新青年》上發表文

⑮ 同上注，頁四五三至四五四。
⑯ 彭定安、馬蹄疾：《魯迅和他的同時代人》，上卷，頁四二四。
⑰ 〈小雜感〉，《魯迅全集》，卷三，頁五三三。
⑱ 〈可惡罪〉，同上注，頁四九四。
⑲ 〈小雜感〉，同上注，頁五三二。

章⑩。魯迅把這經驗總結下來：

必須防止近於赤化的思想和文字，以及將來有趨於赤化之憂的思想和文字。例如，攻擊禮教和白話，即有趨於赤化之憂。因為共產派無視一切舊物，而白話則始於《新青年》，而《新青年》乃獨秀所辦。⑪

這一切都顯示國民黨的清黨行動對魯迅來說確是一個很大的打擊。究其原因，是他在此以前支持國民黨，而且曾寄與厚望，因而對於清黨行動產生激烈的反應。此外，還有一點是值得注意的。在這個時候，他多次提出過一個問題：越來越多人自稱參加了革命時應怎樣？在一次演講中，他說：

譬如有一個軍閥，……那軍閥從前是壓迫民黨的，後來北伐軍勢力一大，他便掛起了青天白日旗，說自己已經信仰三民主義了，是總理的信徒。這樣還不夠，他還要做總理的紀念周。這時候，真的三民主義的信徒，去呢，不去呢？⑫

⑩〈答有恒先生〉，同上注，頁四五六。
⑪〈扣絲雜感〉，同上注，頁四八五。
⑫〈魏晉風度及文章與藥及酒之關係〉，同上注，頁五一三。

在另一篇文章中又說：

給一處做文章時，我說青天白日旗插遠去，信徒一定加多。但有如大乘佛教一般，待到居士也算佛子的時候，往往戒律蕩然，不知道是佛教的弘通，還是佛教的敗壞？[113]

這些說話正好顯示他對國民黨還是諒解的。言下之意，他認爲只是其中有些人濫用了革命之名，盜竊革命的果實，以致「戒律蕩然」，但這卻不是國民黨或革命本身的錯誤。

事實上，即使是在九月所寫的十多篇雜文裏，其中部分雖然抒發了對清黨行動的不滿，但也不見得有支持共產黨的意思在內。九月底所寫的一段〈小雜感〉很有意思：

革命，反革命，不革命。

革命的被殺於反革命的。反革命的被殺於革命的。不革命的或當作革命的而被殺於反革命的，或當作反革命的而被殺於革命的，或並不當作甚麼而被殺於革命的或反革命的。

革命，革革命，革革革命，革革……。[114]

這似乎證明他看見的並不是單方面的屠殺。更重要的是一封寫於該年底的私人信件，魯迅在信裏

[113] 〈在鐘樓上〉，同上注，卷四，頁三三。
[114] 〈小雜感〉，同上注，卷三，頁五三二。

說：

時事紛紜，局外人莫名其妙（恐局中人亦莫名其妙），所以近兩月來，凡關涉政治者一概不做。⑮

這便說出了魯迅一時還不能明白政局的形勢，不願罔加評論。由此再進一步證明：一些學者說魯迅在清黨後馬上轉而左傾的說法是毫無根據的。

除此之外，似乎魯迅在這次清黨行動中另一個很深的感受，在於對青年人的幻滅。這點在幾處地方都可以看得出來：

我的一種妄想破滅了。我至今為止，時時有一種樂觀，以為壓迫，殺戮青年的，大概是老人。這種老人漸漸死去，中國總可比較地有生氣。現在我知道不然了，殺戮青年的，似乎倒大概是青年，而且對於別個的不能再造的生命和青春，更無顧惜。……但事實是事實，血的遊戲已經開頭，而角色又是青年，並且有得意之色。⑯

我一向是相信進化論的，總以為將來必勝於過去，青年必勝於老人，對於青年，我敬重之

⑮ 魯迅一九二七年十二月十九日給邵文熔信，同上注，卷十一，頁六〇四。

⑯ 〈答有恒先生〉，同上注，卷三，頁四五三至四五四。

不暇，往往給我十刀，我只還他一箭。然而後來我明白我倒是錯了。這並非唯物史觀的理論或革命文藝的作品蠱惑我的，我在廣東，就目睹了同是青年，而分成兩大陣營，或則投書告密，或則助官捕人的事實！我的思路因此轟毀，後來便時常用了懷疑的眼光去看青年，不再無條件的敬畏了。⑪⑦

一方面對於本來極有好感的國民黨感到失望，另一方面一直以來的信仰——「進化論」——被轟毀，加上他已放棄了早年的「超人論」思想，這對魯迅來說不能不算是一個很大的心理危機。對於前途，魯迅不單沒有寄與希望，且感到黑暗和悲觀。他對時有恒說：「我現在已經看不見這齣戲〔血的遊戲〕的收場」，「恐怖一去，來的是甚麼呢？我還不得而知，恐怕不見得是好東西罷！」⑪⑧對臺靜農說：「我眼前所見的依然黑暗，有些疲倦，有些頹唐，此後能否創作，尚在不可知之數。」⑪⑨在給黎錦明的小說《塵影》作題辭時，他說得更清楚：

在我自己，覺得中國現在是一個進向大時代的時代。但這所謂大，並不一定是指可以由此

---

⑪⑦〈「三閑集」序言〉，同上注，卷四，頁五。
⑪⑧〈答有恒先生〉，同上注，卷三，頁四五四、四五七。
⑪⑨魯迅一九二七年九月二十五日給臺靜農信，同上注，卷十一，頁五八〇。

得生，而也可以由此得死。⑳

這種灰暗、徬徨、無望的態度，足以證明大陸一些學者所說魯迅在一九二七年的「四一二」事件後馬上有「思想上的飛躍」、變成共產主義者的說法是錯誤的。

事實上，魯迅就是在這種悲觀絕望的心境下，於九月二十七日離開廣州，乘船赴上海，在那裏渡過生命的最後十年。在離開廣州後，他寫過這樣一句：

我抱著夢幻而來，一遇實際，便被從夢境放逐了，不過剩下些索漠。㉑

這正是魯迅「廣州之行」的眞實寫照。

一九九一年七月

⑳ 〈「塵影」題辭〉，同上注，卷三，頁五四七。

㉑ 〈在鐘樓上〉，同上注，卷四，頁三三。

新月派綜論

在中國新文學史裏，新月派佔了一個十分重要的位置，成員的活動範圍很廣，包括了文藝評論、詩歌、戲劇等方面，對中國二、三十年代的文藝界、以至政治界也產生了廣大和深遠的影響。

不過，公認是新月派重要成員的胡適和梁實秋，卻多次否定有過新月派的存在，梁實秋最服膺的就是胡適這句話：「獅子老虎永遠是獨來獨往，只有狐狸和狗才成羣結隊！」①這說法有一定的道理。較諸新文化運動後興起的一些文學團體，「新月派」在組織上言——假如它眞的是有什麼組織的話——確是鬆散得多。它根本沒有什麼章程、會員名錄，甚至比較具體的宣言或集體活動也沒有，加上他的成員各有專業，且個別跟其他文學、政治團體有聯繫，這都增加了界定上的困難，在在使人懷疑究竟有沒有「新月派」的存在。

① 梁實秋：〈憶「新月」〉，《文星》十一卷三期（一九六三年一月），頁三。

不過，在二、三十年代的北京和上海，確是有過以「新月派」爲名的團體及書刊：先有新月社，後有新月書店及《新月》月刊，最後還有《新月詩選》。這本來是取自泰戈爾詩集《新月集》的名字不斷出現，卻在外人——以至有關人士的眼中造成了一種有派有別的感覺，甚至把一些沒有以「新月派」作爲名字的組織及刊物也拉上去，把這「派」的範圍放大了，有時候牽涉的人也較多。

聚餐會、新月社、新月社俱樂部

談新月派的問題，我們可以先看看第一個冠以「新月」的團體：新月社。一九二六年六月，徐志摩爲《晨報副刊》的「劇刊」寫開場白時說：

> 我今天替劇刊鬧場，不由得不記起三年前初辦新月社時的熱心，最初是「聚餐會」，聚餐會產生新月社，又從新月社產生「七號」的俱樂部。②

從這段話，我們知道新月社成立於一九二三年，經歷三個階段：聚餐會、新月社、新月社俱樂部。

② 徐志摩：〈劇刊始業〉，《徐志摩全集》第六輯（臺北：傳記文學出版社，一九六一年一月），頁二六七。

原來，在二十年代初的北京，不少軍政人物和商賈名流，爲了聯絡感情及培植勢力，時常在一些私人俱樂部舉行周末聚餐會。這種風氣很快便傳到社會各階層去，其中尤以歐美留學回來的大學教授最爲活躍③。徐志摩那時候剛從倫敦返國，在賦閒的日子裏，便有了聚餐會的組織，繼而發展成新月社。

不過，在徐志摩心目中，眞正理想的新月社並不是什麼聚餐會或俱樂部，他說過：

> 新月社起初時只是少數人共同的一個願望，那時的新月社也只是個口頭的名稱，與現在松樹胡同七號那個新月社俱樂部可以說並沒有密切的血緣關係。④

位於松樹胡同七號的新月社俱樂部——也就是一般人心目中的新月社，與普通的俱樂部沒有多大的分別，設備相當簡單，組織也很鬆散，甚至不能確定誰是社員誰是客人，原先規定社員須每月繳社費五元也沒有辦到⑤。

活動方面，除了聚餐以外（聞一多說過每兩週聚餐一次），還有一些文化活動如年會、元宵

---

③ 梁錫華：〈新月社問題〉，《明報》月刊十五卷四期（一九八〇年四月），頁七七。

④ 〈歐遊漫錄·第一函給新月〉，《晨報副鐫》（一九二五年四月二日）。

⑤ 陳西瀅：〈關於「新月社」——覆董保中先生的一封信〉，《傳記文學》十八卷四期（一九七一年四月一日），頁二四。

燈會、古琴會、書畫會等，也排過一些戲⑥，有人還說過曾邀請梁啓超到社內講解及朗誦《桃花扇》⑦，徐志摩更在社內朗誦自己的詩作⑧。

但對於這樣的一個俱樂部，徐志摩是不滿意的，他說它最後變成「俱不樂部」⑨，又說再這樣的過日子，自己不兩年便會墮落⑩。那些年會燈會，他認為「只能算是時會點綴，社友偶爾的興致」⑪，而聚餐和躺沙發，也只會使新月社變成「古式的新世界或新式的舊世界」罷了⑫。

那麼，徐志摩理想中的新月社是怎樣的？其實，雖然徐志摩在那時候已經寫過不少新詩，但成立新月社的目的，卻原來是為了推廣戲劇活動。他在一封寫給新月社友人的信裏說：

我們當初想望的是什麼呢？當然只是書獃子的夢想！我們想做戲，我們想集合幾個人的力

---

⑥〈歐遊漫錄·第一函給新月〉。

⑦熊佛西：〈記梁任公先生二三事〉，轉錄自瞿光熙：〈新月社·新月派·新月書店〉，《中國現代文學史札記》（上海：上海文藝出版社，一九八四年一月），頁二六七至二六八。

⑧沈從文：〈談朗誦詩〉，同上，頁二六七。

⑨徐志摩：〈劇刊始業〉，《徐志摩全集》第六輯，頁二六七。

⑩錄自梁錫華：〈新月社問題〉，頁七八。

⑪〈歐遊漫錄·第一函給新月〉。

⑫同上。

量，自編戲自演，要得的請人來看，要不得的反正自己好玩。⑬

而那位被稱爲中國新戲劇開山祖的余上沅，一九二五年在美國唸書時曾組織了「中國戲劇改進社」，社員有林徽音、梁思成、梁實秋、顧一樵、瞿世英、張嘉鑄、熊佛西等，這班人後來都成爲新月派的支柱，他們當時便曾倡議過與新月社合作，訓練演員及舞臺人才，籌辦藝術劇院等⑭。由此可見，新月社最初是以戲劇爲活動重點的。事實上，除了在泰戈爾訪華時演出了泰氏的兩幕劇「契玦臘」外，他們還曾經排演過丁西林的劇本，陸小曼也演出過「尼姑思凡」⑮。

《詩鐫》、《劇刊》的集合力量

在這個階段裏，新月派的名字還沒有出現。況且，新月社的成員人數有限，沒有什麼公開活動，對社會沒有造成多大的影響。但徐志摩在一九二五年十月接手主編《北京晨報副刊》，卻對新月派起了決定性的作用。除擁有一個公開發表文章的陣地外，徐志摩還在副刊上辦了十一期的

⑬ 同上。
⑭ 《胡適來往書信選》上册（香港：中華書局，一九八三年十一月），頁三〇〇。
⑮ 陳西瀅：〈關於「新月社」——覆董保中先生的一封信〉，頁二四。

《詩鐫》，及十五期的《劇刊》，前者奠定了新月派在中國新詩史上的地位，後者則改變了不少人對中國戲劇的態度，對中國戲劇運動產生了深遠的影響。

《詩鐫》創刊於一九二六年四月一日，至六月十日停刊，專門刊登新詩的理論、創作及評論文字。對新月派來說，它最大的意義在於把一些本來與新月社、甚至與徐志摩個人沒有關係的人也納入於新月派內。

其實，這班詩人的聚會，是早在《詩鐫》出版以前便已經開始了。聞一多、朱湘、劉夢葦、饒孟侃、朱大枬和蹇先艾等時常在劉孟葦家聚會談詩，後來更提出了出版詩刊的意思，最後決定向徐志摩借《晨報副刊》的篇幅來辦一個周刊，這樣才把徐志摩拉了進去⑯。這班人大部分都沒有參加過新月社，由於這次合作，各詩人得以互相觀摩及討論詩歌問題，產生影響，寫出風格相近的作品來，後來也就給歸入在新月派內。

新月詩派提倡新詩格律，最重要的理論文字是聞一多在《詩鐫》七期上發表的〈詩的格律〉。這對他提出利用「音尺」來製造音樂效果，追求「建築的美」、「繪畫的美」及「音樂的美」。這對新月詩人起了很大的影響，就是「不受羈勒的一匹野馬」的徐志摩，也開始講求格律了⑰。而「新月派」的詩作，更因此被人稱爲「豆腐乾詩」。

⑯ 蹇先艾：〈「晨報詩刊」的終始〉，《新文學史料》第三輯（一九七九年），頁一五七。
⑰ 〈「猛虎集」序文〉，《徐志摩全集》第二輯，頁三四五。

新詩以外，新月派在戲劇方面也有很大的貢獻⑱。他們不少人（如余上沅、趙太侔）是受過正規的戲劇藝術訓練的，其他像聞一多、張嘉鑄及陳源等都對戲劇很有興趣，還在美國留學時，他們已有創造一個中國國劇運動的理想；回國後，他們在剛成立的北京藝專裏工作，還特別開設戲劇系，余上沅爲教授，趙太侔爲系主任。他們藉著「詩刊放假」，在《晨報副刊》上辦了《劇刊》。在〈「劇刊」始業〉（由徐志摩執筆）中，他們提出了要辦小劇院⑲，可見他們原是雄心萬丈的。儘管這願望沒有實現，但在中國現代戲劇運動中，他們的貢獻有兩大方面：第一是否定戲劇的功利作用，強調其藝術性。第二是他們對於國劇的建立的努力，他們相信「舊劇確有改進的可能」，而中國的國劇，就是「由中國人用中國的材料去演給中國人看的中國劇」⑳。他們在這方面發表了很多文章，後由余上沅輯錄起來，新月書店在一九二七年出版成書，名《國劇運動》。

⑱ 關於新月派和中國戲劇運動的問題，參董保中：〈新月派與現代中國戲劇〉，《文學・政治・自由》（臺北：爾雅出版社，一九七八年四月五日），頁六九至一〇〇。
⑲ 《徐志摩全集》第六輯，頁二六五至二六六。
⑳ 余上沅：〈國劇運動序〉，《國劇運動》（上海：新月書店，一九二七年），頁一。

《新月》月刊創刊及與左翼作家的對立

由於當時北京還在軍閥統治下，政治形勢惡劣，造成了一場大規模的作家南遷，新月派的成員也紛紛南下，在上海又聚攏起來，開辦新月書店，還出版了《新月》月刊，成爲二十年代末、三十年代初其中一個最重要的刊物，同時也是新月派成「派」的主要力量。

新月書店大約是在一九二七年夏成立的，採合股經營的形式，梁實秋曾任它的總編輯，主要任務是發行《新月》月刊，另外還出版了一百多種書，作譯者大都是新月派的成員。據說，新月書店出版的圖書，當時是享有免予審查的待遇㉑。

至於《新月》月刊，可以看成是新月派的機關刊物，一九二八年三月十日創刊，一九三三年六月一日四卷七期後停刊，採用編輯委員制，徐志摩、聞一多、饒孟侃、梁實秋、葉公超、潘公旦、胡適、羅隆基、余上沅及邵洵美等都曾任過月刊主編。

由於新月派成員的專業範圍很廣泛，反映在《新月》月刊上，就是它的內容龐雜，是一本綜合性的刊物。新月派雖以詩名，但在《新月》月刊中，詩作並不多，每期約只有四首，而儘管在

㉑ 參瞿光熙：〈新月社・新月派・新月書店〉，頁二七三。

最初的階段裏，它主要還是一本文藝氣息較重的雜誌，但其實自創刊不久，《新月》月刊即具有一定的政治色彩，以致與當時在上海的左翼作家爆發了一場論戰。

《新月》月刊的創刊，正值左翼作家在上海提出「革命文學」口號的時候。一九二七年四月，國民黨清黨以後，不少曾經投身政治的左派人士，如成仿吾、錢杏邨、楊村人和蔣光慈等，重新回到文學界去。最初是他們自己陣營內的混戰，創造社和太陽社的成員互相攻擊；但不久他們便把矛頭指向剛從廣州到來的魯迅。在《新月》月刊創刊後，他們感到眞正的敵人是新月派的作家，於是又集中火力攻擊了這批所謂的「資產階級買辦作家」。可以說，左翼陣營內停止對魯迅的攻擊，甚至拉攏他過來，一起籌組「中國左翼作家聯盟」，新月派對他們的威脅是一個很重要因素。

惹來左翼的瘋狂攻擊，首先是《新月》月刊的代發刊詞〈「新月」的態度〉，這篇由徐志摩執筆的文章，表現了他們對當時文藝界混亂情況的不滿。他點出了十三個派別來加以批判，冀求以兩大原則——「不妨害健康」、「不折辱尊嚴」來規範文學界。早已有人指出，在這十三個流派中，最少有五個——攻擊派、偏激派、熱狂派、標語派及主義派——是直接牽涉到左翼的革命文學的㉒。

㉒ 董保中：〈現代中國作家文學的論爭〉，《文學・政治・自由》，頁三二至三三。

跟著，梁實秋又發表了一連串有關文學與人性、以及文學的階級性等問題的論文。他指出：文學的內容是「理性指導下的健康的常態的普通的人性」，他否定文學和人性是具有階級性的，「資產階級文學」和「無產階級文學」等口號都只是實際革命家製造出來的口號標語。他甚至清楚指出，「在文學上講，革命文學這個名詞根本就不能成立。」以文學作革命的工具，只會減低文學的價值。此外，梁實秋也反對「大衆文藝」的口號，他認爲「大衆就沒有文學，文學就不是大多數的。」㉓

在這個情形下，新月派受到上海左翼作家的圍攻，是無可避免的了。先有彭康對〈「新月」的態度〉的駁詰，認爲新月派對於文壇的不滿，是因爲他們自己的尊嚴和健康受到損害㉔；跟著是馮乃超對梁實秋〈文學與革命〉一文的攻擊，其中強調一切藝術的本質都是宣傳和鼓動㉕；最後更有魯迅的挺身而出，爲馮乃超等辯護，寫了〈文學和出汗〉、〈「硬譯」與「文學的階級性」〉以及〈「喪家的資本家的乏走狗」〉等。他從馬列主義的階級論出發，強調在階級社會裏，任何人都不能免掉所屬的階級性，因此，「無產者就因爲是無產階級，所以要做無產文學。」

㉓ 參梁實秋：《偏見集》（南京：正中書店，一九三四年七月），頁一至七六。

㉔ 彭康：〈什麼是「健康」與「尊嚴」？——「新月的態度」底批評〉，《文學運動史料選》第三冊（上海：上海教育出版社，一九七五年五月），頁二〇至二八。

㉕ 馮乃超：〈冷靜的頭腦——評駁梁實秋的「文學與革命」〉，同上，頁二九至四五。

㉖夾雜在這些「理論」中，自然還有不少謾罵和人身攻擊，例如彭康罵徐志摩是小丑，魯迅罵梁實秋是「喪家的資本家的乏走狗」等。

不過，在這場論爭中，梁實秋可以說是「獨力作戰」。在最初幾期的《新月》月刊裏，文藝氣息仍然很濃厚，主要是一些創作及文藝評論。但在二卷六、七期合刊裏，《新月》的編者刊了一篇宣言，說他們的編輯方針有所改變，多談政治。結果，月刊上便陸續出現了〈我對黨務的「盡情批評」〉、〈新文化運動與國民黨〉、〈論中國的共產——爲共產問題忠告國民黨〉等文章。《新月》月刊更曾一度爲當局扣留。不過，正如一些論者所說，新月派對國民政府的批評態度基本上是同情的和有建設性的，是要當國民政府的諍友。這與跟左翼作家的論戰不同，因爲後者是在意識形態上的基本分歧㉗。

一九三一年，《新月》月刊曾經有意移往北平出版，其中的原因是新月派的主要支柱陸續離開上海，到北平、南京、青島、漢口等大城市敎書。有人認爲這是中國現代史的一個反諷：由於國民政府在南京定都後，全國政治經濟形勢穩定，大多數身爲敎授的新月派成員不再聚居上海，

㉖ 同上，頁六〇至七七。

㉗ 董保中：《文學・政治・自由》，頁三四；侯健：〈梁實秋與新月及其思想與主張〉，《從文學革命到革命文學》（臺北：中外文學月刋社，一九七四年十二月），頁一四五至一四六。

將上海留給了左翼作家，使上海成爲左翼文化運動的中心㉘。

新月派的沒落與餘響

不過，《新月》月刊終沒有搬離上海，對新月派來說，最致命的打擊是徐志摩在一九三一年十一月空難喪生。一直以來，徐志摩是新月派的靈魂，自新月社開始，以至《晨報副刊》上的《詩鐫》和《劇刊》，還有新月書店及《新月》月刊，都是以徐志摩爲中心點的。一九三一年一月，他還創辦了《詩刊》，發掘了不少新詩人，如卞之琳、方瑋德及陳夢家等，他們都是後期新月派的生力軍，陳夢家在一九三一年還遵奉徐志摩的意思編選了《新月詩選》，總結了新月派在新詩方面的成就。不過，徐志摩逝世後，《詩刊》拖延了近一年後才勉強由邵洵美在一九三二年七月出版第四期的〈徐志摩紀念專號〉，跟著便停刊了；再後一年（一九三三年六月），《新月》月刊也停刊，新月書店在同年九月也併給商務印書館，結束營業。新月派到此算是告終。不過，值得一提的還有葉公超所主編、余上沅發行的《學文》月刊。它是《新月》及《詩刊》的後繼刊物，一九三五年五月在北平創刊，四期後停刊。它以新詩爲主，每一期均以新詩排

㉘ 董保中：《文學·政治·自由》，頁四〇。

在最前面，然後才到理論、小說、戲劇和散文等㉙。當時便有人說它是「最嚴謹最不市儈化的刊物」㉚。

一九九〇年六月

㉙ 關於《學文》月刊，可參看葉公超：〈我與「學文」〉，《葉公超散文集》(臺北：洪範書店，一九七九年九月)，頁一九九至二〇三。

㉚ 儲安平：〈一年來中國出版界〉，《讀書顧問》一九三五年一卷四期，錄自瞿光熙：《中國現代文學史札記》，頁二七五。

新月詩派的形成及歷史

——新月詩派研究之一

一、引言

自一九一七年胡適提出了「詩國革命」的口號，並在一九二〇年出版了中國第一部新詩集《嘗試集》後，中國的白話文學，便開始了新的一頁，可是，早期的白話詩成就並不高。直到二十年代中期以後，中國新詩壇出現了一批年輕詩人，他們走在一起討論和朗誦作品，創作態度嚴謹，更提出詩歌格律理論，引起廣泛的重視和摹倣。在中國新詩史上，他們稱爲「新月詩派」。早在四十年代初出版的新文學史，已有這樣的說法：「二十年代的四大詩人中，有三人是屬於新月詩派的。」①由此可見，他們的地位實在很重要。但儘管如此，環繞著新月派的不少問題，仍

① 李一鳴：《中國新文學史講話》（上海：世界書局，一九四三年十一月），頁六四。

似乎沒有較一致的看法，本文希望對新月詩派的形成及發展的有關資料作一整理，從而增加對新月詩派的理解。

二、正名：新月派、新月詩派、格律詩派

「新月派」的名稱，一直以來引起過不少問題。就是經過半個世紀多後，還有人在爭論著一個最基本的問題：究竟有沒有過「新月」一派的存在？

否定新月派存在的人，大都徵引梁實秋下面的一段說話：

> 《新月》不過是近數十年來無數的刊物中之一，在三、四年的銷行之後便停刊了，並沒有什麼特別值得稱述的。不過辦這雜誌的一伙人，常被人稱為「新月派」，好像是一個有組織的團體，好像是有什麼共同的主張，其實這不是事實……胡適之先生曾不止一次的述說：「獅子老虎永遠是獨來獨往的，只有狐狸和狗才成羣結隊！」辦《新月》雜誌的一伙人，不屑於變狐變狗。「新月派」這一頂帽子是自命為左派的人所製造的，後來也就常被其他的人所使用。②

---

② 梁實秋：〈憶「新月」〉，《文星》十一卷三期（一九六三年一月一日），頁三。

梁實秋這篇〈憶「新月」〉，最初在一九六三年發表。一九八〇年七月二日，他在一次訪問中，更斬釘截鐵地說：「新月根本沒有派。」③梁實秋一向被人認爲是新月派的重要成員，他的說話應該是很有權威性的。不過，我們能不能因此便說梁實秋完全否定「新月派」的存在？我們可以看看〈憶「新月」〉裏另一段文字：

志摩和一多的詩，有人稱為新月派，也有人謚為「豆腐乾式」，他們是比較注重「形式」，尤其是學繪畫的聞一多，他不知道除了形式還有什麼美。他們都有意模仿做外國詩，當時是新詩的一大進步。有人常把朱湘也列入新月派，事實上朱湘與新月毫無關係。④

在這裏，雖然梁實秋沒有正式承認新月派的名稱，但顯然也沒有否定它的意思。一方面他用「他們」來概括那些被人稱爲新月派的詩人，也談到他們這一派的主張，另一方面還討論了朱湘是否也應列入新月派之內。這其中的原因是什麼？梁實秋是否在同一篇文章裏自相矛盾？梁實秋實際的態度又是怎樣？

其實，仔細分析上引的兩段文字，可以帶出一個很重要的概念。在第一段文字裏，梁實秋一直談論的，只限於《新月》月刊，也就是說，在這段否定新月派存在的文字裏，梁實秋所針對的

③ 林淸玄：〈揭開歷史的「新月」〉，《中國時報》一九八〇年七月二十四日，第八版。
④ 〈憶「新月」〉，頁六。

只是《新月》月刊；換言之，他不贊成以《新月》月刊來劃出一個「新月派」。但另一方面，在第二段文字裏，梁實秋是集中討論徐志摩和聞一多的詩，很明顯，在新詩發展的範疇裏，他是願意接受新月派的名稱的。這二者互不矛盾，因爲前一段是指廣義的新月派，後一段文字則專指新月詩派。梁實秋不贊成一個廣義的新月派，但願意接受一個範圍較狹的新月詩派。在這裏，我們可以探討一下《新月》月刊的性質。

《新月》月刊在創刊初期，幾乎是純文藝的雜誌，但卻不是只刊登詩作或詩論，其他還有小說（如沈從文的〈阿麗思中國遊記〉〔連載於《新月》創刊號至一卷八號〕）、文學批評（如胡適的〈元稹白居易的文學主張〉〔《新月》一卷二號〕）、文學理論（如梁實秋的〈文學的紀律〉〔《新月》創刊號〕）、劇本（如徐志摩、陸小曼的〈卞昆岡〉〔《新月》一卷二及三號〕）；此外中間還有如潘光旦的〈德日民族性相肖說〉（一卷三號）、羅隆基的〈美國未行考試制度以前之吏治〉（一卷八號）之類帶有社會性的論文。不過，自二卷六、七期合刊起，《新月》的風格有所改變，政治色彩加重，較多的是像羅隆基的〈我對黨務的「盡情批評」〉（二卷八期）、青松的〈怎樣解決中國的政治問題〉（二卷十二號）一類的文章，《新月》月刊遂變成一綜合性雜誌⑤。

⑤《新月》月刊二卷六、七期合刊裏的一篇〈敬告讀者〉說：「創辦的時候，興趣趨向於文藝的佔大多數，所以《新月》月刊也就幾乎成爲一種純文藝雜誌。可是我們並沒有這樣的規定……不過大致上我們以前主要的努力是在文藝方面，現在我們的編輯方針要略微有點改變了……現在就把我們談政治的由來及今後談論的計畫，略爲讀者諸君告。」（《新月》月刊二卷六、七期，一九二九年九月）。

由此卽產生了廣義的「新月派」，這包括了在《新月》月刊上發表各類作品的人，成就是多方面的，單就文學而言，也可分成下列數點：

㈠格律詩的提倡和外國詩體的介紹和試驗，這是新詩方面的。

㈡推行國劇運動，提倡建立中國新戲劇，介紹外國話劇。這是戲劇方面的。

㈢建立文學批評理論，介紹如白璧德的新人文主義等思想。這是文學批評方面的。

此外，政治方面如提倡自由主義，爭取民主及人權等，廣義的「新月派」，也出了相當的力量。

侯健就分析過新月派的人的身分，他說：

在民國以來的歷史裏，新月曾扮演過不同的角色，恰可以從它的成員看出來：徐志摩、聞一多、饒孟侃、潘光旦、梁實秋、葉公超、胡適、余上沅、邵洵美、羅隆基，此外還有劉英士、陳源和他的夫人凌叔華，以及沈從文等。其中徐、聞、饒、邵是詩人，余上沅是中國新戲劇的開山人物之一，梁、葉和陳都是專攻文學的，潘、羅與劉是社會科學家，胡適則是「有歷史癖」的哲學家，卻又與趣廣泛到一切人文與社會科學。除了沈從文是土生土長的小說家以外……⑥

⑥ 侯健：〈梁實秋與新月及其思想與主張〉，《從文學革命到革命文學》（臺北：中外文學月刊社，一九七四年十二月），頁一四〇。

可見新月派是包羅著各色不同的人等，他們各有自己的特長和主張，假如勉強以《新月》月刊把他們貫串起來，歸成一派，的確可能是有問題的⑦。實秋〈憶「新月」〉裏所指的，也是這廣義的新月派。他說：

新月一伙人，除了共同願意辦一個刊物之外，並沒有多少相同的地方，相反的，各有各的思想路數，各有各的研究範圍，各有各的生活方式，各有各的職業技能。⑧

這說法大體上是對的，因此，當梁實秋說根本沒有一個新月派存在時，只要他指的是廣義的新月派，便是可以接受的了。

但「新月詩派」的名稱，卻是應該得到肯定的，簡單而言，新月詩派是一羣在二十年代中期

⑦ 另一方面，董保中曾以「新月社」作博士論文研究題目，所討論是廣義的新月派，但他不是單以《新月》月刊把這班人貫串起來，也不計較各人的「研究範圍」和「職業技能」。他論文的主題是圍繞著新月派中人追求規範、秩序和形式的情況：在文學理論上有梁實秋介紹白璧德的新人文主義；在新詩上有聞一多的格律理論，政治方面有羅隆基的政治主張，而〈「新月」的態度〉一文也可以證明徐志摩也是重視規範和秩序的。董保中：〈秩序和形式的追求：新月社及現代中國的文學活動，一九二八至一九三五〉（一九七一）；董保中：〈新月社．新月派．新月沒有了〉，《聯合報》一九八〇年九月二十五至二十七日，筆者基本上也贊同這個看法。

⑧ 〈憶「新月」〉，頁四。

以後，在北京及上海聚集一起的詩人；他們的主張相若、風格相近，大都認爲新詩應講求格律規範，還很注意向外國文學借鏡，重視詩體實驗。這羣詩人的作品和理論，主要是發表在他們主編和創辦的報刊及雜誌，其中最重要的有《北京晨報》的副刊《詩鐫》、上海的《新月》月刊和《詩刊》。由於當時先有新月社，再有《新月》月刊，且有新月書店負責出版及發行詩集書籍，後來更有《新月詩選》，這些都與「新月詩派」的名稱有或多或少的關係，因而產生了不少問題，這在下文將有詳細的討論。

不過，對於新月詩派的名稱，還有人提出異議。梁錫華在一篇文章裏討論到朱自清在《中國新文學大系》第八集《詩集》導言上的說法，朱自清說：

若要强立名目，這十年來的詩壇就不妨分為三派：自由詩派、格律詩派、象徵詩派。⑨

梁錫華認爲朱自清「用格律詩派一詞而不用新月派，這很能顯出他的卓識。」⑩但實際情形是不是這樣？這是不是說朱自清否定新月詩派的名稱？

雖然朱自清這篇序言是寫於一九三五年八月十一日，而新月詩派的名稱在當時已很流行，但這並不表示朱自清反對新月詩派的名稱。原因有二：第一是時間的問題。負責主編《新文學大

⑨《中國新文學大系》(八)〈導言〉（上海：良友圖書印刷公司，一九三五年），頁八。
⑩梁錫華：〈關於新月派〉，《明報》月刊十五卷五期（一九八〇年五月），頁八九。

系》的趙家璧，在《大系》第一集《建設理論集》的〈前言〉上說：

為事實上便利計，就先把民六至民十六的第一個十年間，關於新文學理論的發生、宣傳、爭執，以及小說、散文、詩、戲劇諸方面所嘗試得來的成績，替他整理、保存、評價。⑪

由此可見，《大系》所收集的是一九一七至一九二七這十年間的文學成果。朱自清所說的「十年來的詩壇」，也是指這段時間。事實上，從一九一七至一九二七年間，新月詩派之名還沒有成立，《新月》月刊創刊於一九二八年三月，《新月詩選》更是遲至一九三一年九月才出版。因此，朱自清根本不可能，也不應該以新月派來概括一九二七年以前詩壇的格律派，此其一。

第二是內容上的問題。朱自清在〈導言〉中討論到的格律詩人，除了聞一多和徐志摩外，還有劉半農和陸志韋，二人都不是新月詩人，所以，朱自清是沒有理由不顧其他提倡格律的人，而只用新月派。他故意用格律詩派，並不是因爲他認爲「新月詩派」一詞有什麼不妥當的地方，而是由於在那裏根本並不適用。

梁錫華還說：

在講論現代詩發展時，不管用格律詩派、格律派、新格律派或白話格律派，都比用新月派

---

⑪《中國新文學大系》㈠，頁一。

來得高明和合理。⑫

其實，新月詩派和格律詩派根本是兩個內涵不同的名詞。雖然新月詩派詩人旣有提出格律理論，也寫出了大量格律詩，但並不就是說新月詩派和格律詩派兩個名詞可以等同。這可分兩方面來說，單從格律方面而言，格律詩派所包含的比新月詩派的廣得多，原因是新月詩人所提出和試驗的格律理論，只是其中的一種格律理論；也就是說，在這方面，新月詩派只能說是格律詩派的一部分，除了新月派的一套理論外，格律派中還可以有其他人提出其他的理論。這情形在中國新詩中其實是很明顯的，陸志韋和劉半農等雖然理論各不相同，且不屬於新月派，但卻同可被稱爲格律派。

但另一方面，假如不單從格律方面著眼，而是拿整個新月詩派所包含的意義來跟格律派相比，則前者又有很多地方是超出後者的範圍的。簡單來說，他們理想中的「建築的美」、「音樂的美」和「繪畫的美」，他們嘗試引進外國詩體，以至詩歌的思想內容等，都很有特色。同時，新月詩派在中國新詩發展史上所佔的地位，它的出現和衰落，也是有特別的意義，不是從另一個層面上分類的「格律派」一詞所能包含，也絕不可能把它從中國新詩史上刪去。

⑫ 〈關於新月派〉，頁八九。

三、新月社

關於新月派的歷史，不少人主張從新月社算起⑬。所以，在討論新月詩派和新月社的關係前，必須先研究一下新月社本身的歷史和性質。

首先是「新月」這名稱的來源。雖然葉公超說這個名稱「並不曾正式討論過，只是徐志摩一時的靈感」⑭，不過，根據陳源和梁實秋的說法，「新月」一詞的靈感，是套自印度詩人泰戈爾的詩集《新月集》的⑮。泰戈爾曾在一九二四年訪問中國，但早在一九一三年，他已憑詩集《吉檀迦利》獲得諾貝爾文學獎，所以很早便受到中國文學界的重視⑯。

⑬ 如薛綏之說：「『新月派』的歷史，應從新月社算起。」薛綏之：〈關於「新月派」〉，《中國現代文藝資料叢刊》第三輯（一九六三年十一月），頁二三八；吳奔星也說：「『新月詩派』因『新月社』而得名。」吳奔星：〈試論新月詩派〉，《文學評論》一九八〇年二期（一九八〇年三月十五日），頁八五。

⑭ 葉公超（周錦筆記）：〈關於新月〉，《聯合報》一九八〇年八月六日，第八版。

⑮ 陳西瀅：〈關於「新月社」——覆董保中先生的一封信〉，《傳記文學》十八卷四期（一九七一年四月一日），頁二三；梁實秋：〈憶「新月」〉，頁三。

⑯ 例如鄭振鐸在一九一八年便開始讀《新月集》。他在一九二三年八月二十二日說：「我對於泰戈爾詩最初發生濃厚的興趣，是在第一次讀《新月集》的時候，那時離現在將近五年。」鄭振鐸：〈「新月集」譯者序〉，頁一；而許地山更在較早時翻譯了《吉檀迦利》的幾首詩。

泰戈爾來華，是應北京講學社的邀請的。講學社名義上是蔡元培、汪大燮、林長民等發起，由梁啓超任主持人，蔣方震當總幹事，但特別熱衷於邀請泰戈爾來華的，倒是徐志摩。

泰戈爾在四月十二日乘「熱田丸」抵上海。梁啓超、徐志摩、林長民等除了熱烈歡迎外，林徽音和徐志摩還在五月八日上演了泰戈爾的兩幕劇「契玦臘」。泰氏在中國的演講，全由徐志摩任翻譯。陳源對當時的情形有這樣的記述：

那時泰戈爾戴印度黑絨帽，穿白色長衣，道貌岸然，志摩也戴同樣帽，著長衫，是一個弟子模樣。⑰

他的結論是：

他（徐志摩）那時對泰戈爾極崇拜，等於狂熱。社以新月為名，也是當然的了。⑱

這是「新月」二字的由來，但它究竟是在什麼是時候成立的？

在二十年代初期的北京，不少軍政人物和商賈名流，爲了聯絡感情和培植勢力，時常在一些私人俱樂部舉行周末聚餐會。這種風氣很快便流傳到社會各階層去，其中尤以歐美留學回來的大

---

⑰ 〈關於「新月社」——覆董保中先生的一封信〉，頁二四。

⑱ 同上。

學教授最爲活躍⑲。徐志摩從倫敦返國後，在賦閒的日子裏，便有了聚餐會的組織，繼而發展成新月社。

徐志摩在一九二六年六月寫的〈劇刊始業〉說：

我今天替劇刊鬧場，不由的不記起三年前初辦新月社時的熱心，最初是「聚餐會」，從聚餐會產生新月社，又從新月社產生「七號」的俱樂部。⑳

可是這新月社是從聚餐會演變而來的，成立於一九二三年。

但陳源對該社的成立日期，卻有不同的說法：

新月社的成立是在Tagore訪華以後。泰戈爾是在一九二四年來遊中國的。㉑

換言之，陳源認爲新月社是在一九二四年五月以後才成立的，時間上比徐志摩說的約遲了一年。不過，只要再看他們二人的補充，情況便會清楚了。陳源說：

泰戈爾來華以前，志摩便有成立「新月社」的提議，只是房子找不合適，所以在泰走後，

⑲ 梁錫華：〈新月社問題〉，《明報》月刊十五卷四期（一九八〇年四月），頁七七。
⑳《徐志摩全集》第六輯（臺北：傳記文學出版社，一九六一年一月三十一日），頁二六七。
㉑〈關於「新月社」〉，頁二三。

方才成立。㉒

而徐志摩在一封寫於一九二五年三月十四日給新月社朋友的信說：

> 新月社起初時只是少數人共同的一個願望，那時的新月社也只是個口頭的名稱，與現在松樹胡同七號那個新月社俱樂部可以說並沒有密切的血緣關係。㉓

從上引兩段文字，可以見到一個事實：徐志摩與陳源心目中的新月社根本是兩回事。徐志摩的新月社，只是個「口頭的名稱」，也就是陳源所謂「成立『新月社』的提議」；但陳源心中的新月社，卻是跟徐志摩心目中的那「口頭的名稱」的「新月社」「沒有怎樣密切的血緣關係」的「新月社俱樂部」。

因此，徐、陳二人談到「新月社」成立的日期時，也就有了差別。既然陳源所謂的新月社是從徐志摩的新月社所演變出來的俱樂部，成立日期也自然是來得晚，也就是泰戈爾離去後的事。

所以，在討論新月社時，我們應該分辨清楚新月社的兩個意義：一是外界所認識的新月社俱樂部(即松樹胡同七號)，一是徐志摩理想中的新月社。

㉒ 同上。

㉓ 〈歐遊漫錄·第一函給新月〉，《晨報副鐫》一九二五年四月二日。

那麼，這兩個新月社又有什麼分別？徐志摩在那封〈致新月社朋友〉的信說：

我們當初想望的是什麼呢？當然只是書獃子們的夢想！我們想做戲，我們想集合幾個人的力量，自編戲自演，要得的請人來看，要不得的反正自己好玩。㉔

這點其實一直是給忽略了：雖然徐志摩在那時候已經寫過不少新詩，且在早一年已出版了第一本詩集《志摩的詩》，但成立新月社的目的，與新詩根本全無關係，而原來是爲了推廣戲劇活動的㉕。被稱爲中國新戲劇開山祖師之一的新月社成員余上沅，一九二五年一月十八日在美國寫了一封信給胡適。這封信主要討論推廣戲劇藝術的問題。余上沅說：

世界各國都有劇本，中國似乎獨無，這是一件大恥。如今新月社諸先生投袂而起，其精神不可不令人佩服……。

近來在美國的戲劇同志，已經組織了一個中華戲劇改進社，社員有林徽音、梁思成、梁實秋、顧一樵、瞿世英、張嘉鑄、熊佛西、熊正瑾等十餘人，分頭用功，希望將來有一些貢

㉔ 同上。

㉕ 董保中曾經很詳細及精采的分析過新月派和中國戲劇運動的關係，但並沒有提新月社所扮演的角色。董保中：〈新月派與現代中國戲劇〉，《中外文學》六卷五期（一九七七年十月一日），頁二八至五二。

獻。國內擬邀請新月社諸先生加入，將來彼此合作，積極訓練演員，及舞臺上各項專門人才。同時向人募款，依次添置各項器具。一到時機成熟，便大募股本，建築「北京藝術劇院」。㉖

由此可以證明「新月社」其實是一個戲劇團體，同時也解釋了爲什麼徐志摩等人爲以詩聞名的泰戈爾慶祝生日時，選擇了上演他的兩幕劇。另外，據徐志摩說：一九二四年底「也曾忙了兩三個星期想排演〔丁〕西林先生的幾個戲，也不知怎的始終沒有排成。」㉗

儘管徐志摩說過新月社跟新月社俱樂部沒有怎樣密切的血緣關係，但二者其實是不應該完全分割的。雖然新月社俱樂部後來確實是變成跟普通俱樂部沒有多大分別，但最初的時候，成立俱樂部的目的並不是爲了玩樂的，而實在是新月社的延續。徐志摩自己也說過：俱樂部是由新月社「產生」的㉘，且還肩負起「露稜角」的責任：

俱樂部已經在那兒，只要大家盡一分子的力量，事情就好辦。問題是在我們這一羣人，在這新月的名義下結成一體，寬緊不論，究竟想做些什麼？我們幾個創始人得承認在這兩個

㉖《胡適來往書信選》上册（香港：中華書局，一九八三年十一月），頁三〇〇。
㉗《歐遊漫錄‧第一函給新月》。
㉘《徐志摩全集》第六輯，頁二六七。

月內我們並沒有露我們的稜角。在現今的社會裏，做事不是平庸便是下流，做人不是懦夫便是鄉愿。這露稜角（在有稜角可露的）幾乎是我們對人對己兩負的一種義務。有一個要得的俱樂部，有舒服的沙發躺，有可口的飯菜吃，有相當的書報看，也就不壞；但這躺沙發絕不是我們結社的宗旨，吃好菜也不是我們的目的。……假如我們的設備只是書畫琴棋外加茶酒，假如我們擧措的目標，是有產有業階級的先生太太們的娛樂消遣，那我們新月社豈不變了一個古式的新世界或新式的舊世界了嗎？㉙

他還擧出羅剎蒂兄妹、蕭伯納夫婦等例子，說明「幾個愛做夢的人，一點子創作的能力，一點子不服輸的傻氣，合在一起，什麼朝代推不翻，什麼事業做不成？」可見無論是新月社還是新月社俱樂部，最初都是包含了徐志摩的理想，跟一般人結社玩樂很不相同。

不過，徐志摩認爲新月社俱樂部最後是變成「俱不樂部」㉚。原因自然是不能達到「露稜角」的目標，與普通的俱樂部沒有分別，位於松樹胡同七號的房子是由黃子美找來的，他並兼任總管事，開辦費由徐志摩的父親徐申如和黃子美墊付，但一直沒有償還㉛。關於這俱樂部的情

㉙《歐遊漫錄·第一函給新月》。
㉚〈劇刊始業〉，《徐志摩全集》第六輯，頁二六七。
㉛《歐遊漫錄·第一函給新月》。

形，陳源說：

新月社是一棟花園平房，有一間大房是可以開會等用，一間小飯廳，可以用來請客，可以擺下一個圓桌，有一個大師父，做的菜很好，有一個聽差，招待來客，裏面有一間不大不小的房，是志摩的睡房及書房，他在此寫信、做文章、也會客。㉜

可見新月社俱樂部的設備是相當簡單的。陳源說社內時常空無一人，組織很鬆散，原先主張社員每月繳社費五元，也沒有完全辦到㉝。雖然有過社員的名册，但陳源從來沒有看過，也從不知道誰是社員誰是客人，原因是：

新月社是志摩的朋友團體，人員大都在變動。聚餐時常常有自他處來的人，只要志摩遇見即邀請來參加。㉞

㉜ 〈關於「新月社」〉，頁二四。

㉝ 陳源說：「總之社月費全不像外國的俱樂部，沒有一個幹事負責辦理，一月交五元，也許起先有這主張，以後恐難做到。（叔華說黃子美最初曾收費。）」同上。另外，徐志摩在〈歐遊漫錄·第一函給新月〉中也說：「經常費當然單靠社員的月費，照現在社員的名單計算，假如社員一個個都能按月交費，收支勉強可以相抵，但實際上社費不易收齊。」

㉞ 同上。

活動方面，陳源清楚記得的有聚餐（其中一次的餘興是劉寶全唱大鼓），陸小曼排演「尼姑思凡」等，卻沒有什麼正式的討論會。《徐志摩全集》的年譜還說裏面有打彈子的桌子。當然，徐志摩對這些活動並不滿意，就是一些文化活動如年會、元宵燈會、古琴會、書畫會等，徐志摩也認爲「只能算是時會點綴，社友偶爾的興致，絕不是眞正新月社的淸光，絕不是我們想像中的稜角」㉟。最後，徐志摩起了脫離新月社的念頭。他在一封一九二五年三月寫給陸小曼的信裏說：

假如我新月社的生活繼續下去，要不了兩年，徐志摩不墮落也墮落了。我的筆尖再也沒有光芒，我的心再沒有新鮮的跳動，那我就完了。㊱

由此可知徐志摩對這新月社俱樂部是多麼的不滿意。

從上面的分析，即可知道無論是新月社還是新月社俱樂部，與新月詩派是扯不上什麼關係的。新月社本來的重點是戲劇，從新月社演變出來的俱樂部，最後只是個組織鬆散、玩樂性質的會社，二者均沒有什麼大規模及較具影響的文化活動，因此根本不可能在中國新文學史上佔什麼位置。所以，儘管不少新月社社員如徐志摩、林徽音等都屬於新月詩派，但他們之所以被稱爲新

㉟ 〈歐遊漫錄·第一函給新月〉。
㊱ 轉錄自梁錫華：〈新月社的問題〉，頁七八。

月派詩人，並不是因爲他們參加過新月社或新月俱樂部；不少沒有參加新月社的如陳夢家、方瑋德等，也算是新月派，而參加了新月社的如林長民、林語堂等，卻不就屬於新月派。況且，新月社成立於一九二三年，新月社俱樂部成立於一九二四年，但隨後的幾年內，新月派之名還沒有確立，可見新月派的名稱，並不是來自新月社。

四、《晨報詩鐫》

「新月詩派」成「派」的一個里程碑，是徐志摩接手主編《北京晨報副鐫》及在副鐫上出版《詩鐫》。

《北京晨報》的前身是《晨鐘報》，創刊於一九一六年八月十五日，最初由李大釗任總編輯，但不到兩個月即被解僱。一九一八年八月，《晨鐘報》因報導段祺瑞向日本借款的消息而被封，同年十二月，改組爲《晨報》繼續出版，一九一九年二月七日起，《晨報》改組了第七版的副刊，增加「自由論壇」和「譯叢」兩欄，爲新文學發展作出了重要的貢獻。

徐志摩自一九二二年十月返國後，即開始在《晨報副刊》上發表作品。據統計，一九二三年徐在《晨報副刊》上只發表了八篇文章，一九二四年已增至二十篇㊲。從一九二五年十月一日，

㊲ 薛綏之：〈關於「新月派」〉，頁二三九。

他更接手主編這副刊，還邀約了趙元任、余上沅、蕭友梅、郁達夫等撰稿，使副刊的實力更雄厚㊳。

此外，在徐志摩接手主編《晨報副刊》後，一班詩人如聞一多、朱湘、饒孟侃、朱大枬、劉夢葦和蹇先艾等，都在《晨報副刊》上發表一些詩作。據蹇先艾的回憶，這班詩人經常都在劉夢葦的小屋聚會，傳閱和朗誦新作，也討論了新詩的創作問題，劉夢葦更提出創辦一份詩刊的意見。值得注意的是：直到目前為止，那位被認為是新月詩派靈魂的徐志摩，根本還是局外人，完全不知道這醞釀期的事。最後為了解決經費以及省卻向段祺瑞政府呈報的麻煩，由聞一多及蹇先艾出面，向徐志摩借《晨報副刊》的篇幅來出一個周刊㊴。

跟著便是徐志摩在〈詩刊弁言〉記錄了的一次集會：

我在早兩三天前才知道聞一多的家是一羣新詩人的樂窩，他們常常會面，彼此互相批評作品，討論學理。上星期六我也去了。……我寫那幾間房子因為它們不僅是一多自己習藝的

㊳ 該天《晨副》刋出啓事：「本刋從十月一日起改訂今式，以期閱讀兩便。總目錄內容，分為講演、譯述、論著、文藝、詩歌、雜纂等，歸徐志摩君主編。」另外，關於徐志摩編《晨副》的目的及方法，參徐志摩：〈我為什麼來辦我想怎麼辦〉，《晨報副刋》，一九二五年十月一日。

㊴ 蹇先艾：〈「晨報詩刋」的始終〉，《新文學史料》第三輯（一九七九年五月），頁一五七。

背景，它們也就是我們這詩刊的背景。㊵

顯然，徐志摩是不知道《詩鐫》的眞正背景，他完全沒有提到在劉夢葦家的聚會！而且，在參加聞一多家的聚會後五天《詩鐫》便出版了，可見醞釀和實際籌備工作早已是開始了。

據蹇先艾的回憶：在聞一多家的那次集會中，他們制定了輪流主編的制度，由參加的人每人主編兩期，他們還約定每兩周聚會一次，目的主要是交稿㊶。《詩鐫》的第一、二期是由徐志摩主編，第三、四期由聞一多主編，饒孟侃只編了第五期，從第六期起便取消了輪流主編制，全交徐志摩負責，也不再舉行聚會，只將稿件直接寄給徐志摩。

《晨報詩鐫》在一九二六年四月一日創刊後，每逢星期四出版。徐志摩對辦《詩鐫》的目的，有簡要精確的說明：

> 我們幾個朋友總想借副刊的地位，每星期發行一次詩刊，專載創作的新詩與關於詩或詩學的批評及研究文章。㊷

雖然《詩鐫》的壽命很短促（共出了十一期，一九二六年六月十日停刊），但它在新月詩派

㊵《徐志摩全集》第六輯，頁二五一至二五二。
㊶〈「晨報詩刊」的始終〉，頁一五八。
㊷「詩刊弁言」，《徐志摩全集》第六輯，頁二五一。

的發展上，還是佔了極重要的位置。它共發表了的新詩創作八十三首，譯詩兩首，英文詩一首，有關新詩的評論及理論文字共十七篇。《詩鐫》最大的貢獻，在於集合了這羣新詩人。由於這次合作，各詩人得以互相觀摩及討論詩歌的問題，因而產生影響，導致近似的風格的產生；這也就是新月詩派風格的形成。以徐志摩爲例，他自己就說過：

在這集子〔《猛虎集》〕裏初期的洶湧性雖已消滅，但大部分還是情感的無關闌的泛濫，什麼詩的藝術或技巧都談不到，這問題一直到民國十五年，我和一多今甫一羣朋友在《晨報副鐫》刊行《詩刊》時，方才討論到；一多不僅是詩人，他也是最有興味探討詩的理論和藝術的一個人，我想這五、六年來，我們幾個寫詩的朋友，多少都受到《死水》的作者的影響。我的筆本來是不受羈勒的一匹野馬，看到了一多嚴謹的作品，我方才憬悟到我自己的野性。㊸

徐志摩後期的作品越來越講求格律，顯然是受了聞一多的影響，這點徐志摩自己也承認了。假如沒有《詩鐫》，這班詩人也許沒有機會走在一起寫詩和討論作品。結果，他們只會各自發展自己的風格，而不可能有氣息相近的詩風了。

此外，《晨報詩鐫》對於新月詩派的形成另一大貢獻，是發表在上面的詩論。

㊸〈「猛虎集」序文〉，《徐志摩全集》第二輯，頁三四四至三四五。

在《詩鐫》創刊以前，新詩格律的問題還沒有人好好的討論，更不用說有什麼解決的辦法。但只出了十一期的《詩鐫》，卻刊登了聞一多和饒孟侃幾篇重要的文字，討論新詩的格律和音節等問題。這包括了饒孟侃的〈新詩的音節〉(《詩鐫》第四期)、〈再論新詩的音節〉(第六期)和〈情緒與格律〉(第九期)。最重要的當然是聞一多那篇刊登在一九二六年五月十三日《詩鐫》第七期上的〈詩的格律〉。這篇文章強調了新詩格律的重要性，並指出具體的創作方法，在新詩史上佔了極重要的位置。另一方面，這篇文章對新月詩派的發展，也起了很大的影響，新月詩人在創作新詩時，都奉這篇理論文字爲圭臬，並朝著它所指的方向嘗試；結果，新月詩派詩風最大的特色，就在於講求格律，新月詩人的詩作，更得到「豆腐乾詩」的稱號㊹。

《詩鐫》停刊後，新月詩人的合作暫告一段落，但他們各人仍繼續創作，也保持了緊密的聯繫；不到兩年，他們又再合作起來，創辦了《新月》月刊，稍後還出版了《詩刊》。

㊹ 梁錫華說：「《詩鐫》詩人除徐志摩外，根本上沒有一個新月社社員，後人把新月的帽子不由分說往這班詩人頭上扣並稱他們爲新月派是不合理的。」〈關於新月派〉，頁八九。這論點很有問題。第一，從上面的分析，我們已證明了《晨報詩鐫》跟新月詩派有很密切的關係，且對該詩派的發展有很大的影響；第二，梁錫華在這裏顯然是以新月社來作標準。他的意思是：誰參加了新月社，誰就是新月詩派；沒有參加過新月社的，就是在《詩鐫》上發表詩作或詩論，也不是新月詩派的。我們在上文討論新月社時，已清楚否定了這個觀點，原因是新月社無論在性質或貢獻方面，都不可能在新月詩派的發展佔什麼位置。

五、《新月》月刊

關於新月詩派之名，有人認爲應該從《新月》月刊而來。相信是第一篇研究新月詩派的文章：石靈的〈新月詩派〉有這樣的說法：

可是新月詩派這名詞，還不是由於新月社，而是由於《新月》月刊，因為在《新月》的第一期〈我們的態度〉那篇文章裏，他們告白了《新月》月刊的出版，既非因書店叫新月，也不為他們有過新月社的組織。同時新月社沒有詩，《新月》月刊才有詩。可見新月詩派的得名，係由《新月》月刊了。㊺

《晨報詩鐫》創辦於北京，但《新月》和後來的《詩刊》，卻是在上海出版的。這一班人自京遷滬，是有著政治因素在內的。梁實秋的〈憶「新月」〉對當時的情形有詳細的記載：原來，自一九二六年七月開始，國民革命軍由廣州出師北伐，十月已攻克武昌。翌年初，北伐軍迫近南京，北方局勢混亂，軍閥政府毫無作爲，政治敗壞，於是造成一次大規模的作家南遷，曾經在京合作過的一班人又在上海相遇。一九二六年春，聞一多和饒孟侃離開了北京，趙太侔也隨著在夏

㊺ 《文學》八卷一號（一九三七年一月一日），頁一二五。

天離開了，徐志摩在十月攜同新婚妻子陸小曼往上海，胡適在往美國講學後，於一九二七年五月回到上海，與徐志摩一起任教於光華大學。此外，聞一多在安頓了家人回故鄉後，也獨自來到上海，經潘光旦及張禹九的介紹，在吳淞國立政治大學找到了教席；梁實秋和余上沅就在這時候帶同妻子家人來到上海，陳源夫婦也在七月時到達。

根據梁實秋的記述，首先是胡適倡議每星期聚餐一次，聚餐多在胡適家裏，由胡適的太太做菜，也有時候在徐志摩的家舉行。後來胡適建議聚餐後作專題講話，總題目是「中國往那裏走？」，每次都講到深夜；後來又再提議辦刊物，主要由余上沅奔走，先創辦新月書店，然後才出版《新月》月刊㊻。

新月書店是採取合股經營的形式，邀集股本約二千元，大股一百元，小股（半股）五十元，最先是余上沅在法租界環龍路環龍別墅四號租下一幢房子作辦事處，後來由於擴展業務，便在四馬路租了一間舖面，梁實秋擔任書店的總編輯㊼。不過，新月書店對新月詩派的歷史並沒有產生多大的影響。起初，它最主要的任務是發行《新月》月刊。籌議創辦《新月》是在一九二七年六月，最熱心的是徐志摩和余上沅，參與其事的還有潘光旦、聞一多、饒孟侃、劉英士和梁實秋。關於雜誌的名稱，徐志摩說：

㊻ 林清玄：〈揭開歷史的「新月」〉，第八版。

㊼ 梁實秋：〈憶「新月」〉，頁三。

我們捨不得「新月」這名字，因為它雖則不是一個怎樣強有力的象徵，但它那纖弱的一彎分明暗示著、懷抱著未來的圓滿。㊽

《新月》採用編輯委員制㊾，定爲每月一期，每十二期爲一卷，但只有第一卷能按期出版，一九二九年七月十日出過二卷五號後，八月卻沒有出版，只在九月十日出版二卷六、七號合刊；

㊽ 〈新月的態度〉，《徐志摩全集》第六輯，頁二七七。

㊾ 關於《新月》月刊的編輯制度，似乎出過一些問題。梁實秋在〈憶「新月」〉說：「後來上沅又傳出了消息，說是刊物決定由胡適之任社長，徐志摩任編輯，我們在光旦家裏集議提出了異議，覺得事情不應該這樣的由一二人獨斷獨行，應該更民主化，由大家商定，我們把這意見告訴了上沅，志摩是何等明達的人，他立刻接受了我們的意見。《新月》創刊時，編輯人是由五個人共同負責，胡先生不列名。志摩是一團熱心，不大講究什麼辦事手續，可是他一團和氣，沒有人能對他發脾氣。胡先生事實上是個領袖人物，但是他從不以領袖自居。」這似有爲賢者諱之嫌，徐志摩相信沒有什麼問題，但胡適看來卻不很滿意。下引是胡適給徐志摩的一封信：

志摩兄：

新月書店的事，我仔細想過。現在決定主意，對於董事會提出下列幾件請求：

(1)請准我辭去董事之職。

(2)請准我辭去書稿審查委員會委員之職。

(3)我前次招來的三股——江冬秀、張慰慈、胡思杜——請退還給我，由我還給原主。

(4)我自己的一股，也請諸公准予退還，我最感激，情願不取官利紅制。

及至三卷三期起，乾脆不署出版日期。雖然還照舊計算卷數，但實際上已成不定期刊物，最後在出過四卷七期（一九三三年六月一日）後，《新月》便停刊了㊿。

《新月》是一份綜合性的刊物，詩作並不很多，每期只約有四首，初期在這裏投稿的詩人，大都是《晨報詩鐫》的一班人。不過，其中劉夢葦和楊子惠在一九二六年逝世，不再有新作，朱湘則因爲在《詩鐫》時期與徐志摩及聞一多鬧翻，不肯再在他們主編的雜誌上發表作品；此外，蹇先艾這時已不作詩而改寫小說了。因此，餘下的只有徐志摩、聞一多、饒孟侃和余上沅等。不過，他們確是《新月》詩欄的主力分子。在《新月》首五期上，除上列幾位外，只有王味辛、聞

(5)我的《白話文學史》已排好三百五十頁，尚未做完，故未付印，請諸公准我取回紙版，另行出版，由我算還排版與打紙版之費用。如有已登廣告或他種費用，應由我補償的，我也願出。

右五項，千萬請你提出下次董事會。

我現在決計脫離新月書店，很覺得對不起諸位同事的朋友，但我已仔細想過，我是一個窮書生，一百塊錢是件大事，代人投資三百元更是大事，我不敢把這點錢付託給素不相識的人的手裏，所以早點脫離，這是我唯一的理由，要請諸公原諒。

胡適　十七年一月廿八日

（《胡適來往書信選》上册，頁四六〇至四六一）

㊿ 有關各期《新月》月刊的出版日期，參看王錦泉：〈「新月」月刊出版日期考〉，《活頁文史叢刊》七五期，頁一至一一。

家駟、謝炳炎三人的詩各一首。

但《新月》月刊後期卻發掘了不少新詩人。例如陳夢家由二卷九期起開始發表新詩，沈祖牟自二卷十一期開始，其他如方瑋德、儲安平、卞之琳、孫洵侯、臧克家和林徽音等，都是經由《新月》發掘出來的。

這班新人可說是新月派後期的詩人，他們在新月詩派的發展和繼承上，作出了很大的貢獻，成就也很高，其中如陳夢家、孫毓棠、卞之琳和臧克家等，後來都很有名。當聞一多停止創作新詩後（自一九二八年十月十日的一卷八期後，他便沒有在《新月》上發表新詩），他們更形重要。徐志摩也談過這些人給他的影響：

> 最近這幾年生活不僅是平凡，簡直是到了枯窘的深處，跟著詩句的產量，也僅「向瘦小裏耗」，要不是去年在中大認識了夢家和瑋德兩個年輕的詩人，他們對於詩的熱情在無形中又鼓動了我奄奄的詩心。[51]

這是他們對徐志摩個人的影響；另外，就是在整個新月詩派來說，他們也很重要。他們集中在新月體系的刊物上發表作品，重視格律，寫出了大量的「豆腐乾詩」，也就是進一步的給新月詩派的作品一個定型。此外，陳夢家和方瑋德等提出創辦另一份詩刊，以及陳夢家編選《新月詩

---

[51] 〈「猛虎集」序文〉，《徐志摩全集》第二輯，頁三四五至三四六。

選》，對新月詩派的發展也極為重要。

但是，《新月》月刊畢竟只是一份綜合性刊物，發表詩作的篇幅不多，於是，徐志摩便在一九三一年一月創辦《詩刊》。

六、《詩刊》

《詩刊》的創辦，初議於一九三〇年秋。陳夢家說：

> 十九年的秋天，我帶了令孺九姑和瑋德的願望到上海告訴他〔徐志摩〕，我們再想辦一個《詩刊》。他樂極了，馬上發信去四處收稿。[52]

《詩刊》就是在方令孺、方瑋德和陳夢家的發起下創辦的，它是一份純粹刊登詩作和討論新詩的月刊，在性質和內容上與《晨報詩鐫》是完全一樣的。事實上，徐志摩一直堅持《詩刊》的前身就是《晨報詩鐫》。在《新月》月刊三卷二期的〈預告〉及《詩刊》創刊號的〈序語〉上，他強調這一點事實：

---

[52] 〈紀念志摩〉，《新月》月刊四卷五期。

四年前我們在北京《晨報》出過十一期的《詩刊》。……我們幾個《詩刊》的舊友想多約幾個對詩有興味的新友再來一次集合的工作，出一個不定期的《詩刊》。⑬我們在《新月》月刊的〈預告〉中曾經提到前五年載在北京《晨報副鐫》上的十一期《詩刊》。那刊物，我們得認是現在這份的前身。⑭

這清楚證明了《晨報詩鐫》和《詩刊》的緊密關係。⑮

《新月》的〈預告〉上還羅列了約定的撰稿人，包括朱湘、聞一多、孫大雨、饒孟侃、胡適、邵洵美、朱維基、方令孺、謝婉瑩、方瑋德、徐志摩、陳夢家、梁鎮、沈從文和梁實秋，這也可視作新月詩派的陣容，其中只有胡適及謝婉瑩是例外。

《詩刊》第一期的編選工作，由孫大雨、邵洵美及徐志摩負責，刊登了十八首詩作，包括了聞一多那首「三年不鳴，一鳴驚人」的〈奇蹟〉和朱湘的〈美麗〉，此外還有梁實秋的論文〈新詩的格調及其他〉。

《詩刊》第二期在三個月後出版，篇幅加大了，共刊登了二十七首新詩和梁宗岱的文章〈論

---

⑬《新月》月刊三卷二期（一九三一年二月十日再版）。

⑭《詩刊》創刊號（一九三一年一月二十日），頁一。

⑮這駁斥了蹇先艾謂《詩鐫》與《詩刊》毫無關係的說法。蹇先艾：〈「晨報詩刊」的始終〉，頁一五八。

詩〉。到了第三期，更是如日中天，刊登新詩四十首，全刊厚達百多頁。在該期的〈敍言〉上，徐志摩談到約定了孫大雨、胡適、聞一多、梁實秋、梁宗岱等，在下一期發表詩藝的論文，且說有意在將來出版詩論的專號，還列出了論文的題材：

㈠作者各人寫詩的經驗；
㈡詩的格律與體裁的研究；
㈢詩的題材的研究；
㈣新詩與舊詩、詞、曲的關係的研究；
㈤詩與散文；
㈥怎樣研究西洋詩；
㈦新詩詞藻的研究；
㈧詩的節奏與散文的節奏。[56]

這計畫本來很不錯，從中可以見到徐志摩有意大大發展《詩刊》，令它成爲最有分量的新詩刊物。事實上，直到那時候爲止，這《詩刊》已比以前任何一種詩刊的篇幅更大，性質更純粹，可是徐志摩就在這一年的十一月在空難中逝世。《詩刊》頓失領袖，出版受阻延。第四期拖至翌年

---

[56] 〈序語〉，《詩刊》第三期（一九三一年七月），頁二至三。

（一九三二）七月才出版，跟第三期相差一年。在這份改由邵洵美主編的第四期上，除刊登了徐志摩的兩首遺作外，還有超過十首爲紀念和哀悼徐志摩而作的新詩。不過，在出過第四期後，《詩刊》即停刊了。這完全是因爲在徐志摩死後，他們羣龍無首，無法再維持《詩刊》的出版。

七、《新月詩選》

在《詩刊》出了第三期的時候，陳夢家——相信是在徐志摩的授意下——編選了《新月詩選》。他的編選工作，在一九三一年七月開始，八月完成，由新月書店發行，一九三一年九月初版，一九三三年再版。

《新月詩選》收有十八位詩人的詩作共八十首。這十八位詩人是徐志摩、聞一多、饒孟侃、孫大雨、朱湘、邵洵美、方令孺、林徽音、陳夢家、方瑋德、梁鎭、卞之琳、俞大綱、沈祖牟、沈從文、楊子惠、朱大枬和劉夢葦。所選錄的詩的來源，主要是從十一期的《詩鐫》，首三卷的《新月》月刊以及首三期的《詩刊》，另外還有的是《死水》、《志摩的詩》、《翡冷翠的一夜》、《猛虎集》、《夢家詩集》及《草莽集》[57]。

---

[57] 陳夢家：〈「新月詩選」序言〉，《新月詩選》（上海：新月書店，一九三一年九月），頁二〇。

雖然《新月詩選》選詩方面，有著一些局限㊽，但它的出版卻是很有意義的。那時候，新月詩派的勢力可說是如日中天，雖然劉夢葦、楊子惠、朱大枬已經去世，但新加入的如陳夢家、方瑋德等又更見活躍，聞一多更爲了《詩刊》而再次提筆，朱湘也重來投稿；此外，他們還同時出版了兩份刊物。陳夢家在這時候編選《新月詩選》，是總結了新月詩派的成就，也有界定新月詩派的含義。

事實上，「新月詩派」的名稱，極有可能是在《新月詩選》的出版後才出現的。就筆者所見，最早有「新月詩派」一詞出現，是穆木天在一九三四年五月二十三日至六月六日所寫的〈徐志摩論——他的思想和藝術〉㊾。

㊽ 例如《新月詩選》較多選收與徐志摩關係密切的詩人，也可能忽略了一些早期的詩人等，參王宏志：〈新月詩派研究〉（香港大學中文系碩士論文，一九八二），頁八六至九二。

㊾ 該文說：「而代表中間的，則是『新月』詩派的最大的詩人徐志摩了。」《文學》三卷一號（一九三四年七月一日），頁一三。不過，順便一提，在《新月詩選》出版以前，「新月派」一詞已有人使用了。魯迅發表在一九三〇年四月《萌芽月刊》第四期的〈對於左翼作家聯盟的意見〉以及一九三一年十二月十一日出版的《十字街頭》第一期的〈知難行難〉，都有「新月派」一詞的出現。不過，這都是提廣義的新月派而言，而不是指新月詩派，因爲裏面分別提到「新月派諸文學家」以及「新月派的羅隆基博士」。

八、新月詩派的後繼刊物

在徐志摩死後，《詩刊》只能再出一期，《新月》月刊也維持不久，再出了七期後即停刊。但新月的一些詩人仍繼續寫詩，還有所謂後繼刊物的出現，較重要的是《學文》和《詩篇》。《學文》月刊在一九三四年五月一日在北平創刊，由葉公超主編，余上沅作發起人。此外，還有一個《學文》月刊發行部，編輯所設在北平西郊清華園。

《學文》的主編葉公超，在四十多年後談到辦《學文》的原因：

當初一起辦《新月》的一伙朋友，如胡適、徐志摩、饒孟侃、聞一多等人，由於《新月》雜誌和新月書店因種種的原因已告停辦，彼此都覺得非常可惜。民國二十二年底，大伙在胡適家聚會聊天，談到在《新月》時期合作無間的朋友，為什麼不能繼續同心協力創辦一份新雜誌的問題……《學文》的創刊，可以說是繼《新月》之後，代表了我們對文藝的主張和希望。(60)

---

(60) 葉公超：〈我與「學文」〉，《葉公超散文集》(臺北：洪範書店，一九七九年九月)，頁一九九至二〇〇。

從這段文字，可以知道《學文》根本是有意繼承《新月》的。葉公超更強調：「《學文》和《新月》的關係是分不開的。」[61]

《學文》月刊以詩爲主，排列方面，每一期均以詩排在最前面，然後才到理論、小說、戲劇和散文等，所以葉公超說：「《學文》對詩的重視也不亞於《新月》。」在《學文》發表詩作的，根本全是新月詩派的詩人。就以第一卷一期爲例，刊登的五首詩，分別是饒孟侃、孫洵侯、林徽音、孫毓棠和陳夢家的作品。除了這幾位外，在《學文》發表作品的，還有方令孺、聞一多、聞家駟、錢鍾書等，基本上都是新月派詩人。所以，我們說《學文》是《新月》的後繼刊物，完全是正確的。不過，就性質而言，《學文》可以說是介乎《新月》與《詩刊》之間的一種刊物。《新月》是綜合性雜誌，除了詩作外，各類文字也時見出現，且不限於文學或學術性文章；但《詩刊》則是純粹的新詩刊物。至於《學文》，既不是純粹刊登新詩，也不是綜合性的，而是以新詩爲主，其他文學類型爲副。

《學文》並沒有像《新月》一樣脫期，總是能夠在每月初出版，但因爲大家湊的錢用光了，只出了四期卽停刊。

至於朱維基主編的《詩篇》，我們知道的資料不多，只能從蒲風的敍述，略知一二：

---

[61] 同上，頁二〇一。

雖然徐志摩是死了（一九三一），新月的《詩刊》（季刊）只出了一期追悼號（一九三二），就壽終正寢。而事實上，一九三三年十一月出版的《詩篇》（朱維基主編）正是她的化身，不少小徐志摩在大批製造十四行格律詩。現實與他們的隔閡，只要你曉得了「九一八」「一二八」幾乎對他們是漠不相關，你就可以了解，基於他們的藝術至上的唯美主義，縱使他們也會描寫一些現實，這美化後的現象又多麼歪曲啊！㊷《詩篇》也如《學文》一樣，只出了四期，在翌年（一九三四）二月停刊。

九、結論

在分析過新月詩派的發展後，不難發覺根本不容易確定這個名稱的由來。一方面我們肯定了「新月社」和「新月社俱樂部」都不能在中國新詩史上佔到什麼地位，另一方面，《新月》月刊並不是一部純粹的新詩刊物，而新月書店也僅只一所普遍的書籍雜誌出版和發行所。至於那兩份純粹刊登新詩創作、譯作和評論的《詩鐫》和《詩刊》，則不是以「新月」爲名，所以，企圖確

㊷ 蒲風：〈五四到現在的中國詩壇鳥瞰〉，洪球（編）：《現代詩歌論文選》上編（上海：仿古書店，一九三六年六月），頁五六至五七。

實指出「新月詩派」這名稱是從某一雜誌或刊物而來，實在是有危險性的，原因是這樣做是忽略了文學流派的形成過程。

文學流派的形成，可能有很多種原因。簡單來說，最普遍的是有兩種情形出現：第一是一羣人自己發起組織一些會社，自己給自己定名，互相標榜、互相宣傳，另一則是他們本身沒有什麼嚴密的組織或會社，也沒有宣稱自己是屬於某一家某一派，但由於時常走在一起，討論學習，相互影響，氣息相近，逐漸形成一種比較統一的藝術風格。在別人眼中，也許只爲了方便識別的緣故，他們被歸納成一派，還會給他們加上一個名字。假如他們有刊物出版，這刊物的名稱往往會拿來套在這班人頭上，成了這一派的名稱。在新文學史中，這情形很普遍，「現代評論派」、「現代派」、「語絲派」等，都是在這情形下產生的。新月詩派的情形也是這樣。徐志摩雖然酷愛「新月」二字，但他從沒有自稱是「新月詩派」，另一方面，就是我們把這班詩人稱爲新月詩派，也不一定「顯爲把一切光榮(或罪過)全歸到徐志摩頭上」[63]。因爲卽使「聞一多推動格律詩運動，無論理論也好實踐也好，其功(或罪)比起徐志摩可說有過而無不及」[64]，但在促成「新月詩派」的形成方面，徐志摩實在居功至偉。況且，稱他們爲新月詩派，也不一定含有抑聞揚徐的意思。聞一多是新月詩派最重要的理論家及詩人，早已是不爭之論，此外，聞一多與「新

---

63 梁錫華：〈關於新月派〉，頁八九。

64 同上。

月」之名有關的地方，也不見得比徐志摩少；他參加過新月社俱樂部的聚餐，更負責過《新月》月刊的編輯工作。

嚴格來說，新月詩派可分爲兩期：第一期是《晨報詩鐫》時期，是這班詩人首次的聚集，地點在北平，以劉夢葦、聞一多和徐志摩爲首。這時候，他們很著重理論的建立，十一期的《詩鐫》發表了多篇有關詩論的文章。另一方面，在一起編《詩鐫》前，他們已是相當有名的詩人，例如徐志摩早在一九二三年底已開始發表新詩，第一部詩集《志摩的詩》也在一九二五年出版了，而聞一多更是在一九二〇年七月發表第一首新詩〈西岸〉，詩集《紅燭》也早在一九二三年九月出版；另外，劉夢葦和朱湘等都早有詩名。因此，各詩人本身都已有頗爲定型的風格，結果只有相互的影響而不見有摹仿的痕跡。但就物質條件而言，他們的情形卻不很好。在這段期間，他們沒有獨立的刊物，只能附在《晨報副鐫》上，而《詩鐫》的停刊，更令這次合作，暫時終結。

另一方面，新月詩派的第二期，即《新月》月刊及《詩刊》時期，地點已轉移到上海，前期的一部分詩人，有的已去世，有的已停筆，重點便集中在徐志摩身上。他在這時期提拔了不少新詩人，陳夢家、方瑋德和卞之琳都是經過徐志摩介紹而投稿在新月派刊物上的。他們大都是徐志摩和聞一多的學生，對徐、聞二人很是佩服，也特別留意他們的作品。此外，由於這批新詩人都是初出茅廬，自然沒有什麼個人風格，因此，他們受早期新月詩人，特別是徐志摩和聞一多的影響很大，甚至有時候可以見到有摹仿的痕跡，這令新月詩風進一步確立，新月詩派的地位更加鞏固。但另一方面，由於他們過於倚賴徐志摩，結果，在徐志摩空難逝世後，他們再無法支撐大局，《詩刊》只能再出一期卽告結束。

也談詩人朱湘之死

——姜穆先生〈探求朱湘的死因〉讀後

在朱湘生時，他是同濟慈一樣，受著批評家的唾罵、世人的冷淡；在今日他死後一周年時，他的詩名還是限於少數的讀者，他的詩文只有幾個友人記憶著，對於大衆，他的一生是一個神秘不可解的啞謎；因為他不能被了解，所以他得不到普遍的同情與慰慕，只有誤會。

——柳無忌：〈朱湘的十四行詩〉，一九三四年十二月

一

《文訊》雜誌三十九期上的〈詩人朱湘特輯〉，刊登了前輩學者姜穆先生所撰的〈探求朱湘的死因〉①。這是一篇很精采和深具啓發性的文章，很值得仔細研讀。姜先生除了從多方面探求

① 姜穆：〈探求朱湘的死因〉，《文訊》三十九期（一九八八年十二月），頁四七至五七。下面徵引本文時，只註出頁碼。

朱湘自沉的原因外，還正如雜誌的編輯所說：鋪敍了詩人的生命歷程。在這裏，筆者不避續貂之譏，也希望能夠提供一些所見到的材料以及粗淺的看法，嘗試進一步探討朱湘自沉這個「還是解不開的謎題」（頁四七）。

姜文探討朱湘自沉的原因，主要從兩方面入手。

第一是感情方面的問題。儘管姜先生開始的時候以趙景深在一九三四年一月發表的〈朱湘〉一文來否定朱湘與妻子劉霓君感情破裂，從而得出結論說「朱湘的自沉，與劉霓君的情感失和因素，至少已經減低了許多」（頁四八），但另一方面，文章又說到朱湘很可能是爲情所苦，以自沉求解脫，原因是詩人對於他的婚姻非常後悔，又說「他的婚姻是不美滿的」（頁五〇）。這似乎有點自相矛盾。我們在下文會詳細探討這個問題。

〈探求朱湘的死因〉一文很著重討論的另一點是朱湘的生計問題。在說明了朱湘自沉與妻子感情破裂關係不大後，姜先生說：「朱湘的自沉就只剩下窮得無以維生這個因素了。」（頁四八）此外，他又徵引了趙景深和蘇雪林描述朱湘來借錢的情況，說明了朱湘「眞的窮得到了無以維生的程度」；又說：「因爲這種窮困，扼殺了一位天才橫溢的詩人。」（頁五四）這看來十分簡單，但姜先生又進一步探討了弄得朱湘這樣貧窮的因由。

第一是涉及政治的，那就是所謂的「教授夫人赤色案」的問題。姜先生徵引了羅念生的〈憶詩人朱湘〉一文內有關的描述——劉霓君曾經得到一名中共地下黨員的幫助，結果被捕入獄，更導致「當時有禁令，各大專院校不得聘請朱湘教書」，而朱湘更要喬裝易名避難——不過，姜先生基本上是否定這個說法的（頁四九至五〇）。

其次，姜文也詳細討論到由於朱湘的性格而造成的問題。據姜先生說：朱湘的性格，是屬於「消極自卑下的傲慢狂狷」。文章說：朱湘是具有雙重性格的，一方面是傲慢狂狷，另一方面是完全喪失自信心，二者皆是自卑性格的發展。姜文還列舉了一些事實來證明朱湘傲慢狂狷的性格：一是抵制清華的點名制度而給開除學籍；二是在美國屢次轉校；三是離開安徽大學（頁五一至五二）。雖然姜先生並沒有明確的說出來，但在文章開首的時候，他說過朱湘「批評了胡適、徐志摩、聞一多等師輩的作品，而且批評得一文不值，因此開罪於這些一級大師，至他窮困時，未伸援手，在我看來，竟是這位天才自沉的間接原因之一。」（頁四七）這樣看來，傲慢狂狷的性格，也是朱湘自殺的原因之一了。

二

關於朱湘夫妻的感情問題，局外人其實是無法完全清楚知道的。不過，如果要探討朱湘自殺的原因，這似乎又是一個不能迴避的問題。

姜穆先生在文章裏懷疑朱湘夫妻的感情，論點主要有二：第一是朱湘在投江前留下在「吉和輪」上的一封信。由於那封信的內容從來沒有披露，姜先生便推算說：「要不是這封信與劉霓君的隱私有關，不然就與朱湘的名譽有關，否則不會沒有人引用這封信。」他的結論是：朱湘有可能是爲情所苦，自沉以求解脫（頁五〇）。他的第二個論點是朱湘的好友羅皚嵐曾經回憶說：朱湘的太太到北平同住期間，感情可能不很好；而且朱湘曾經對羅皚嵐及其他朋友訴說舊式婚姻的壞處（同上）。我們可以先看看這些論點。

首先，關於朱湘夾袍內的那封信。很明顯，姜穆先生的說法上不過是憑空的猜想。雖然我們不能完全否定這封信可能很重要，但卻不能因而推算說這封信的內容是涉及了朱湘的名譽或劉霓君的私隱。這實在是過於「大膽」的做法，筆者不能苟同。我們能不能說任何沒有公開的東西就是涉及私隱或名譽？既然我們誰也沒有看過這封信，便不能夠、也不應該胡亂猜想它的內容，特別是把它聯想到私隱的問題上去。必須說，這對於詩人的研究是毫無裨益的。而且，我們可以肯定的一點是：這封留在「吉和輪」上的信，絕不是朱湘的遺書，原因是趙景深那篇在一九三四年一月朱湘死後二十五天發表的〈朱湘〉一文裏，便淸楚的說過他寫那篇文章時還不知道有沒有遺書留下來②，可見夾袍裏的信並不是遺書，甚至有可能那只不過是很簡單的便條，是朱湘故意留下來，好讓別人能夠跟自己的家人聯絡上的，原因是劉霓君曾經說過：朱湘離開前曾說三天之內

② 趙景深：〈朱湘〉，《現代》三卷四期（一九三四年一月一日）；收趙景深：《文壇回憶》（重慶：重慶出版社，一九八五年十二月），頁一四〇。

便有信來，而「吉和」輪船公司賬房寫來的信也說是通過夾袍內的信「方知死者名朱子沅，內有貴處地名」③，據此推測，這封信裏不可能是涉及私隱或名譽的吧！

但話說回來，我們卻不能諱言說朱湘夫婦的感情一直都不很好。從朱湘生前的好友口裏，我們知道朱湘夫妻吵架的時候很不少。除了羅暟嵐外④，柳無忌也說過「他（朱湘）同妻子間的關係不甚完善，有時要鬧氣。」⑤羅念生更提過他們曾經爲了兒子將來的問題而動手打架⑥。而且，應該指出的是：他們吵架不單是在朱湘還沒有出國之前，就是在安徽大學教書的時候，他們還是經常發生爭執的，除了羅念生說過這點外⑦，就是詩人的兒子朱海士（小沅）的回憶錄裏也有同樣的記載⑧，蘇雪林更說過劉霓君曾對她說朱湘要求離婚⑨。

③ 同上，頁一三七至一三八。
④ 羅暟嵐：〈朱湘〉，《天津益世報．文學周刊》第二期（一九三四年三月十四日），收《二羅一柳憶朱湘》（北京：三聯書店，一九八五年四月），頁六。
⑤ 柳無忌：〈我所認識的子沅〉，《青年界》五卷二期（一九三四年二月），同上，頁三四。
⑥ 羅念生：〈給子沅〉，北平《晨報．詩與批評》附刊第十六號（一九三四年三月二日），同上，頁八〇。
⑦ 羅念生：〈憶詩人朱湘〉，《新文學史料》一九八二年三期（一九八二年八月二十二日），同上，頁一二五。
⑧ 朱海士（口述）、朱細林（筆錄）：〈詩人朱湘之死〉（續），《南北極》一七〇期（一九八四年七月十六日），頁六三。
⑨ 蘇雪林：〈我所見於詩人朱湘者〉，《武漢日報．現代文藝》第十七期（一九三五年六月七日），收蘇雪林：《青鳥集》（長沙：商務印書館，一九三八年七月），頁二四四。

另一方面，朱湘對於早婚，特別是舊式的婚姻，的確是深惡痛絕的。一九二六年九月四日，他寫給羅皚嵐的一封信便說過：

你且聽我這過來人的痛苦的呼聲：早婚是該剷除的，在任何條件，甚至於愛情之下！我更沉痛的叫出，牽頭式的婚姻是非人的，你如在此圈套之中，就得趕快掙脫，即使手握圈套的人是善意的，甚至愛你的！我便是已入圈內的犧牲；我的前途滿是荆棘，連我自己都不知道是個什麼結果呢！⑩

我們知道，朱湘與妻子劉霓君是指腹爲婚的，而朱湘結婚時只有二十歲，很明顯，他正是受了早婚及舊式婚姻之害，難怪有上面這些激烈沉痛的說話。

此外，朱湘的妻子霓君似乎是屬於多疑善妒的一類。羅皚嵐便說過她時常疑心朱湘有外遇⑪；就是朱湘寫給妻子的信裏也多次勸她不要多疑⑫。就現在所能見到的材料看，這情形出現過

⑩《朱湘書信二集》（合肥：安徽新華書店，一九八七年三月），頁二二八至二二九。

⑪ 羅皚嵐：〈讀「海外寄霓君」〉，《青年界》七卷四期（一九三五年），《二羅一柳憶朱湘》，頁一五。

⑫ 朱湘一九二八年八月十日給霓君信第三十五封，《朱湘書信二集》，頁五七；一九二八年十二月十四日第六十一封，同上，頁一〇二；一九二九年一月五日第六十五封，同上，頁一〇九；一九二九年一月二十五日第七十封，同上，頁一一八至一二一。

三次：一是朱湘還在清華唸書時，劉霓君接到了一封經由羅念生轉給朱湘的「情書」⑬；二是朱湘留學美國期間，一名女同學曾經在學校的刊物上寫詩相唱和⑭；三是劉霓君疑心朱湘與女房東有染⑮。不過，這並不能用來證明朱湘是爲情所困而自殺。第一，這些事件都是發生在朱湘讀書的時候，離開他沉江自殺有五、六年之久。第二，這些全都只是一些不必要的誤會，出自劉霓君的多疑，朱湘根本沒有把情感放在裏面，所以不可能是爲情所困。關於那封情書，羅念生便多次說過連朱湘自己也不知道究竟是誰寫的⑯。至於女同學以及女房東的事，朱湘曾經把這兩件事都寫信告訴了羅皚嵐⑰，可見他是問心無愧的。

其實，儘管他們夫妻時有吵鬧，但我們也不應妄下結論，說他們感情不好，朱湘爲情所困而自殺。只要我們隨便翻翻那些他寫給妻子的信，便可以見到他是多麼的深愛著妻子。在威斯康辛州與朱湘同住的柳無忌，也說他非常惦念妻子⑱。朱湘在自殺前的一段日子裏，四處游離浪蕩，

⑬ 羅念生：〈憶詩人朱湘〉，《二羅一柳憶朱湘》，頁一二三。
⑭ 同上，頁一二四。
⑮ 朱湘一九二九年二月七日寄霓君第七十二封，《朱湘書信二集》，頁一一三。
⑯ 《二羅一柳憶朱湘》，頁一二三。
⑰ 朱湘一九二九年四月十四日給羅皚嵐，《朱湘書信二集》，頁二四四至二四五。
⑱ 柳無忌：〈朱湘：詩人的詩人——爲瘂弦編「朱湘文選」作序〉，《二羅一柳憶朱湘》，頁四八。

捱窮吃苦，幾乎連最起碼的生活也談不上，那麼又怎可能會惹上緋聞，爲情所困而被迫走上自殺之路？況且，無論是蘇雪林或趙景深的文章裏，都詳細記述了劉霓君怎樣的四處奔跑，找尋丈夫⑲，我們能說他們的感情已經到了完全破裂，無法挽回的地步，以致朱湘要自殺嗎？

此外，姜文說到朱湘悔婚，從而證明他們夫妻感情不好、婚姻不美滿的觀點（頁五〇），也是有問題的。上引朱湘寫給羅皚嵐的信，其實是清楚說明了朱湘反對的是早婚以及盲婚。一方面這本來就是「五四」以後一般青年知識分子所認同的觀點，並沒有什麼特別的地方，另一方面，正如上面說過，朱湘很年輕便結了婚，而且他們是指腹爲婚的。不能否認，這段婚姻給朱湘帶來了很大的負累，他還沒有在清華畢業前，便已經生了小沅和小東，一家四口的生活過得很苦，詩人經常向人舉債。這都不能不說是早婚和盲婚帶給他的痛苦。他向羅皚嵐說婚姻對任何藝術都有害，也就是爲了這個緣故。

不過，反對早婚及盲婚並不等於是「根本反對婚姻」（頁五〇）。朱湘曾經寫過信給羅皚嵐，提出擇偶的理想條件⑳；在知悉羅皚嵐結婚後，他又寫信去祝賀㉑；他更和劉霓君爲清華的同學

---

⑲ 趙景深：〈朱湘〉，《文壇回憶》，頁一四四；趙景深：〈朱湘傳略〉，《新文學史料》一九八二年三期，同上，頁五七；蘇雪林：〈我所見於詩人朱湘者〉，《青鳥集》，頁二四一。

⑳ 朱湘一九二七年四月十五日給羅皚嵐信，《朱湘書信二集》，頁二二九至二三〇。

㉑ 朱湘一九二七年七月六日給羅皚嵐信，同上，頁二三二。

彭基相作媒人㉒，這些都是可以證明朱湘並不是排斥婚姻制度的。

此外，雖然他和劉霓君的婚姻是由父親安排的，但看來他並沒有認爲這段婚姻很不美滿。在「海外寄霓君」這一部「愛情日記」裏，除了「充滿了他對太太的熱情」外㉓，有一封還談到了他們這段由父母安排的婚姻：

> 像我們夫妻兩個是由父母配定，剛剛湊巧，配得很好。天下哪有這種巧事！㉔

這說明了他並不是對於自己的婚姻「非常後悔」(頁五〇)。

三

姜穆先生的文章很強調朱湘之死與他生活窮困有關，文章的第三節即以「被貧窮打倒的詩人」作標題(頁五三至五四)。誠然，朱湘在離開安徽大學後，一直再找不到教席，生活確很有問題。這點在蘇雪林以及趙景深的文章中有很詳盡的記述，姜文也有徵引過(頁五四)，這裏不

㉒ 朱湘一九二九年七月三十日給霓君信第一〇一封，同上，頁一五七至一五八。

㉓ 《二羅一柳憶朱湘》，頁一四。

㉔ 朱湘一九二九年五月二十二日給霓君信第八十九封，《朱湘書信二集》，頁一四四。

再贅述。不過，問題在於：究竟這「窮」的因素，在朱湘的自殺中是佔了多大的比重？

我們知道，儘管朱湘生於世家，祖父曾任道臺，父親進士出身，不過，在他十一歲那年，父親便去世了，家道中落，朱湘寄居在南京三哥的家裏，在其後的日子裏，朱湘的生活一直都很不好，就是在早年讀書的時候，捱餓吃窮的時候很多，而且還須經常告貸。這點在朱湘友人的回憶錄中有很多的記述，例如羅皚嵐便描述過他去國前的情況：

他這時要打發太太回南，又要置辦出洋的一切，經濟情形似乎很窘。他住的是一間五六人合住的大房間，房間裏只有床和桌子，東西也非常凌亂。他的桌上有幾片乾麵包和一些罐頭果子醬，看那樣子，連到外面吃飯的錢都不大夠。㉕

羅念生也回憶過朱湘在清華的時候「付不出膳費給廚司務，子潛〔孫大雨〕便把他的黑緞萬字花紋皮馬褂送進當舖，借錢給他支付伙食。」㉖此外，只要細讀一下他在美國留學時寫給妻子的信，便可以見到他是一直過著多麼窮困的日子。那時候，雖說他是公費留學生，可是，由於他已經有了沉重的家庭負擔——除了妻子外，長子小沅及女兒小東都已經出世——結果，在美國的兩年裏，他過的仍然是十分節儉的生活。在每月八十元的生活費中，朱湘省下了四十至六十元，

㉕ 羅皚嵐：〈朱湘〉，《二羅一柳憶朱湘》，頁七。
㉖ 〈憶詩人朱湘〉，同上，頁一一七。

寄回妻子去㉗。這裏徵引他一封寫給妻子的信：

> 妹妹，我想多省些錢，實在省不了，我身上衣服很少，有的幾件，有舊了的，有破了的，穿去上課，簡直是外國的叫化子，這對於中國體面實在大有妨害。如今又快到冬天，一切鞋襪都要添置。我昨天上街，本想配眼鏡照相的，但是先買了一雙鞋、一條皮帶、兩件襯衫等等就花了幾十塊，這還都是買的最便宜的貨色。如今是照相也照不了，配眼鏡也配不了。㉘

可是，這樣「窮」的生活，又能不能把朱湘難倒？羅念生在一篇回憶朱湘的文字裏寫道：

> 窮是我們那時共同的苦處。有時拿幾件破衣服去換栗子，噴香的栗子，一邊吃一邊談詩，那便是我們最快樂的時辰。㉙

這段說話正好顯示了詩人高貴的地方。儘管他是捱窮吃苦，但他是甘於淡薄的，只要能夠好好的讀詩寫詩，便能換來很大的快樂。事實上，在他寫給妻子的信裏，也同樣表現了這種思想。

㉗ 朱湘一九二八年四月二十五日給霓君信第十四封，《朱湘書信二集》，頁二六。

㉘ 朱湘一九二八年九月五日給霓君信第四十封，同上，頁六九。

㉙ 〈給子沅〉，《二羅一柳憶朱湘》，頁七九。

那些信裏雖然也經常提到他怎樣的節衣縮食，但卻沒有半點怨言，相反來說，他最快樂的時候，就是讀到一些好書，有東西發表㉚。事實上，詩人對金錢是毫不看重的，這點從他的書信裏可以看出來。例如他曾經責怪妻子託羅念生買東西，說「錢務必照數還他」㉛；又曾經勸妻子不要操勞，「掙些無用的錢財」㉜；此外，就是自己在捱窮的時候，他還是願意借錢給羅念生㉝。這種仗義疏財的品性，在朱湘兒子朱海士的回憶錄裏也有詳細的記述㉞。由此可見，金錢的問題，對於從小已經捱窮，「專咬菜根」㉟的朱湘來說，不應該是他自殺的主要因素。

姜穆先生在談到朱湘失業的問題時，也詳細的討論了兩點：一是所謂的「教授夫人赤色案」，二是朱湘的性格。關於「教授夫人赤色案」，姜先生基本上是採取否定的態度（頁四八至四九）。誠然，除了

㉚ 參朱湘一九二八年二月十六日給霓君信第二封，《朱湘書信二集》，頁五；一九二八年二月十七日給羅念生信，同上，頁二六〇。
㉛ 朱湘一九二八年二月二十一日給霓君信第三封，同上，頁六。
㉜ 朱湘一九二八年四月二十一日給霓君信第十三封，同上，頁二四。
㉝ 同上，頁二五。
㉞ 〈詩人朱湘之死〉（續），頁六三。
㉟ 朱湘認為「咬得菜根，百事可作」，所以他自小便專咬菜根。參朱湘：〈咬菜根〉，《中書集》（上海：生活書店，一九三七年五月），頁三八至四一。

當事人或有關的人的回憶外，我們現在手頭上的確沒有任何第一手資料來證明這件事的眞實性。不過，相反來說，我們今天似乎也沒有一些有力的證據來完全否定它的可能性。所以，任何的判斷或推測都是很危險的，筆者在這裏只想提供一些有關的資料及看法。

首先是朱湘長子朱海士（小沅）的回憶錄。姜文有一段說：「一起坐牢的是小沅，爲什麼小沅對被追捕的情形沒有記述，反而是小東有較淸晰的描寫呢？」（頁四九）這說法是有問題的。羅念生所引朱小東的回憶是說「朱湘因爲寫文章觸犯了當局，受到追捕」㊱，這裏有兩個值得注意的問題：一是朱小東說受到追捕的是父親朱湘，而不是哥哥小沅，因此，小沅的回憶錄沒有記述自己受到追捕是很合理的；二是小東的回憶錄所說的問題跟小沅回憶錄所說的「教授夫人赤色案」根本不同，前者的問題在於朱湘本身，是他寫了文章觸怒政府而被追捕；後者則是劉霓君在火車上接受了一名共產黨員的協助而受到牽連。二者似乎不應混爲一談。此外，朱小沅的回憶錄雖然沒有談到被追捕的問題，但卻詳細的描述了整件「赤色案」的始末，包括了被捕及坐牢的詳情㊲。在這裏，筆者想提出一個問題：究竟爲什麼朱小沅要花這麼多氣力來僞造這些細節來？

姜穆先生在他的文章裏又從常理去推測，認爲如果眞有其事，「中共的史家必然把這件事擴大來醜化國民政府，造成另一樁迫害知識分子的罪狀。」（頁四九）這論點看來很合理。但要指

㊱ 羅念生：〈憶詩人朱湘〉，《二羅一柳憶朱湘》，頁一二七。

㊲ 〈詩人朱湘之死〉（續完），《南北極》一七一期（一九八四年八月十六日），頁六七至六八。

出的是：即使劉霓君和朱小沅曾經因爲涉嫌與共產黨人有連繫而被捕入獄，但朱湘自己並不見得做過些什麼事情令中共對他特別垂青。的確，那些所謂「烈士作家」受到中共吹捧，他們在文學方面的成就遠不如朱湘，但關鍵在於他們在文學以外所做的事情，從中共的立場看來，卻是值得把他們捧高的，原因是這些「烈士作家」大多是共產黨員，且積極參加了政治活動，如集會、遊行、示威等，更利用文學來宣傳共產思想，創作大量的所謂「革命文學」，這些都是他們對中共的「貢獻」。但作爲一個純粹的文學家的朱湘，他的政治紀錄是完全空白的，加上他的文學思想是傾向於浪漫主義，他的詩作又極力追求形式格律，而且又勇於嘗試引進外國詩體，這都是不合中共文學史家口味的。況且，小沅和霓君的被捕和入獄（假定是眞有其事），客觀來說，應該只是一場誤會，並沒有什麼政治價值，絕對不可能因而令朱湘給中共史家提升到「進步」的「民主作家」的地步。此外，即使眞有其事，我們也實在懷疑究竟當時有多少人知道。如果知道的人本來已不多，中共的文學史家便更是無從知悉了。去年《聯合副刊》上曾刊登了一篇叫〈詩人朱湘及其遺族的悲劇〉的文章，淸楚寫出了朱湘後人在一九四九年以後所受到的不公平待遇。早在一九五四年，朱小沅已被迫參加「土改」，一九五六年更以「歷史反革命罪」被捕，判刑十五年；一九七八年逝世後至今，一直沒有得到平反㊳。換言之，朱湘的後人從來沒有機會把這件事說出

㊳ 朱細林：〈詩人朱湘及其遺族的悲劇〉，《聯合報·聯合副刊》，一九八八年五月七日，二三版。

來。這說明了兩點：一是為什麼中共史家從沒有提到這點；二是朱小沅實在沒有必要虛構這件事來，反正那也是起不了什麼作用。

不過，要補充的是：雖然朱小沅的回憶錄從來沒有在大陸公開發表，但似乎也有一些人看過。羅念生自然是其中一位讀者；此外，大陸一位研究朱湘的學者侯書良便曾經發表過一篇叫〈詩人朱湘之死縱橫談〉的文章，裏面大量徵引了朱小沅的回憶錄，而且又提到它的名字叫「父親的死」㊴。另一位研究朱湘的大陸學者錢光培也說過很早便看過這份回憶錄㊵。

羅念生在他的文章裏說：「以上這些事（朱小沅回憶錄裏有關『教授夫人赤色案』的記述）有待考證」㊶。這是很合理和正確的態度。但姜文轉述這句話時卻變成了「難怪羅念生說『待考』了」（頁四九），好像羅念生是否定了這個說法的樣子。必須指出，羅念生從前不知道這件事是極有可能的。原因是在朱湘自殺前的幾年裏，羅念生都是身在美國；一九二九至一九三三年間，他曾在俄亥俄州立大學、哥倫比亞大學及康奈爾大學念書，一九三三年秋又轉入雅典美國古典學院㊷，很明顯，他對於朱湘那幾年間的事不可能知道得太清楚。相反來說，在朱湘自美回國

㊴ 侯書良：〈詩人朱湘之死縱橫談〉，《文科教學》一九八二年四期（一九八二年十二月），頁二至三。

㊵ 錢光培：《現代詩人朱湘研究》（北京：北京燕山出版社，一九八七年十一月），頁一三二。

㊶ 《二羅一柳憶朱湘》，頁一二七。

㊷ 羅念生：〈前言〉，同上，頁一三。

的日子裏，與他最爲熟稔的應該是趙景深，他經常爲朱湘介紹稿件，朱湘也曾極力延攬他到安徽大學教書；就是在朱湘死後，趙景深也是很早便接到通知，趕到朱湘的家去協助辦理身後事㊸，所以，對於朱湘後期的生活，趙景深是知道得十分淸楚的。關於「教授夫人赤色案」，他的說法是：「霓君子沅坐牢的事曾有所聞」。這是出自他寫給羅念生的一封信，並由羅念生附在他自己的文章後面㊹。奇怪的是：姜文就是把這點迴避了。

話說回來，筆者並不是說「教授夫人赤色案」是一定眞有其事。而且，羅念生所引朱湘女兒朱小東的回憶錄的確有些問題。第一，她說朱湘因爲寫文章觸犯了當局，受到追捕。可是，在現在見到朱湘發表了的文章當中，似乎沒有什麼是帶有強烈的政治意味，會可能觸犯當局而受通緝。惟有一篇比較敏感的，是一九三三年九月在《青年界》四卷二期上發表的〈地方文學〉，文章這樣說：

> 即如「赤區」的實情，全國的人，哪一個不想知道？如其有文學作者，對於這一方面是有深切的認識的，能以用了公正、冷靜、暢達的文筆，寫出一些毫無「背景」的、納粹的文學作品來；那麼這些作品，它們不僅要成為文學上的，並且要成為社會上的珍貴的文獻。㊺

㊸ 趙景深：〈朱湘〉，《文壇回憶》，頁一三七。
㊹ 羅念生：〈憶詩人朱湘〉，⑥，《二羅一柳憶朱湘》，頁一三一。
㊺ 朱湘：〈地方文學〉，收《文學閒談》（臺北：洪範書店，一九七八年九月），頁一〇四。

不過，嚴格來說，雖然這篇文章提出了要創作反映「赤區」情況的作品，但無論如何也不至於說是會觸犯當局，甚至是因而受到追捕， 因爲文章所表現的思想，基本還是從文學的角度出發，他要求的也只不過是客觀、公正和冷靜的反映，這沒有什麼不妥當的地方。此外，朱小東的回憶錄說朱湘要化裝易名、四處躲避，這似乎不大可能。原因是朱湘離開安大後，曾四處探訪從前的友人，找尋工作。特別值得注意的是在一九三三年十月六日，他到天津南開大學訪柳無忌，更在當天下午爲南大英文學會演講㊻。上面說過，〈地方文學〉是在九月發表的，要是它眞的觸怒了當局，朱湘在這時候被通緝追捕，又怎可能作公開的演講活動？由此可見，朱小東的回憶錄是有問題的；不過，這並不能用來否定「教授夫人赤色案」的可能性，因爲正如上面所說，這是兩件不同的事。總而言之，我們現在所據的資料不足，不可能作出確切的判斷。

姜穆先生也討論了朱湘的性格問題。他認爲朱湘個性暴躁，批評別人時從不假以辭色，以致開罪了很多人，至他窮困時，別人不加援手，姜先生認爲這是朱湘自沉的間接原因之一。此外，姜先生又特別點出了三位朱湘開罪了的「一級大師」：胡適、徐志摩、聞一多（頁四七）。這個論點是否能夠成立？

朱湘個性剛烈，批評和開罪了很多人，這是事實，但把他的自殺跟批評胡適、徐志摩及聞一

㊻ 柳無忌：〈我所認識的子沅〉，《二羅一柳憶朱湘》，頁四一至四二。

多等拉上關係，卻是很有問題的。

在朱湘的著作中，批評了胡適的只有〈「嘗試集」〉一文。不能否認，裏面的確寫得很過火，例如文章最後的一句是：「『內容粗淺，藝術幼稚』，這是我試加在《嘗試集》上的八個字。」㊼這開罪了胡適是毫不奇怪的。不過，必須強調的一點是：這篇〈「嘗試集」〉是發表在一九二六年四月一日的《晨報副刊・詩鐫》第一期上面的。那時候，朱湘還沒有在清華畢業，更不要說到美國留學或在國內找尋教席了。把朱湘晚年潦倒的生活跟這硬扯上關係，是不適當的。

至於徐志摩，朱湘不喜歡，甚至看不起他，也是事實。他曾經寫過兩篇文章批評徐志摩的詩作，〈評徐君志摩的詩〉㊽尚算溫和，但那篇討論徐志摩第二個詩集《翡冷翠的一夜》的文章，措詞便強烈得多；他說讀到最後一首詩時「簡直要嘔出來」，又說徐志摩只有「浮淺」㊾。此外，在一篇叫〈劉夢葦與新詩形式運動〉的文章裏，他提到辦《詩鐫》的時候，「已經看透了那副刊的主筆徐志摩是一個假詩人，不過憑藉學閥的積勢以及讀衆的淺陋在那裏招搖」，還譏諷徐志摩寫別字（把「冷」字寫成了「泠」字）㊿。這些都是很嚴峻的攻擊。可是，如果我們說徐志

㊼ 朱湘：〈「嘗試集」〉，《晨報副刊・詩鐫》第一期（一九二六年四月一日），《中書集》，頁三六四。
㊽ 同上，頁二九八至三一七。
㊾ 同上，頁三九四至三九七。
㊿ 同上，頁三九〇至三九三。

摩因此而感到憤怒，致在朱湘窮困時不加援手，這不能不說是對徐志摩的了解不足。（姜文中還有一點錯誤的地方就是說徐志摩是「左聯」成員，頁四九。）從徐志摩友人的回憶文字裏，我們很容易便可以看得出徐志摩是一個生性豁達、不拘小節的眞正詩人[51]。自始至終，他都沒有對朱湘抱著敵意，相反來說，他是非常看重朱湘的。一九三〇年秋，徐志摩與陳夢家、方令孺、方瑋德等籌辦《詩刊》時，曾經在《新月》月刊上登了一篇預告，裏面羅列了他們的陣容，朱湘便是第一個提出來的名字，之後才是聞一多、孫大雨及饒孟侃等[52]；《詩刊》創刊後，第一期便有朱湘的詩作〈鏡子〉[53]。由此可見，我們不能說朱湘因爲批評了徐志摩而觸怒了他。事實上，徐志摩在一九三一年便遇空難喪生。那時候，朱湘還在安大教書，生活得很不錯，他更寫了一首十四行詩悼念徐志摩[54]。

聞一多的問題更是簡單。他是朱湘早年在清華的同學兼好友，二人曾經鬧翻過，也是事實。不過，姜穆先生徵引梁實秋所引聞一多說朱湘罵他的信，卻是寫於一九二六年四月（頁五六至五

---

[51] 關於徐志摩友人回憶徐志摩的文字，參秦賢次：《雲遊——徐志摩懷念集》（臺北：蘭亭書店，一九八六年四月十五日）。

[52] 徐志摩：〈預告〉，《新月》月刊三卷二期（一九三〇年十一月十日）。

[53] 《詩刊》第一期（一九三一年一月），收《朱湘詩集》（成都：四川文藝出版社，一九八七年一月），頁一九七。

[54] 《詩刊》第四期（一九三二年七月），同上，頁二五四。

七）。很明顯，這離開朱湘自殺的時間實在太遠，不能用來證明朱湘因開罪了聞一多，以致在窮困時未獲援手。事實上，他們二人後來是言歸於好的。在一封寫於一九二九年一月六日給妻子的信裏，他還在說：「同聞先生意見不對，我決不肯去再向他要好。」⑮但在四月十七日所寫的另一封信裏，他便提到得到聞一多的協助，推介他到武昌武漢大學當教授⑯。五月二十九日所寫的信更說：「從前我多次想著回國到底不曾回成，是因為仇人太多，怕謀不了生。如今聞先生他們感情又好了。多朋友幫忙，想必不會找不到事。」⑰六月十二日的信又談及與聞一多等人合作開辦書店的計畫⑱。這些都是顯示他們已經盡洗前嫌，聞一多也願意盡力幫忙他。此外，值得注意的還有一封聞一多在一九三〇年十一月寫給饒孟侃的信，這時候朱湘與饒孟侃一起在安大教書，聞一多的信說：

> 子沅故態復萌，令人擔憂。這人將來要鬧到如何結局？至於他對你的行為，你當然可以原諒。這人實在可憐，朋友既沒有辦法，只希望上帝救救他。但是，子離，你在他身邊一

⑮ 朱湘一九二九年一月六日給霓君信第六十六封，《朱湘書信二集》，頁一一〇。
⑯ 朱湘一九二九年四月十七日給霓君信第八十二封，同上，頁一三七。
⑰ 朱湘一九二九年四月二十九日給霓君信第八十四封，同上，頁一四一。
⑱ 朱湘一九二九年六月十二日給霓君信第九十四封，同上，頁一四九。

> 天，還是你的責任。他需要精神的調息、撫慰。你不當拒絕他這一點。[59]

字裏行間，對這位友人表現了無限的關懷。而且，朱湘的「汗漫遊」，也曾到過青島找聞一多，劉霓君帶著小沅四處找尋朱湘時，也在聞一多那裏住了一天[60]。在朱湘投河自殺後，聞一多在《青年界》紀念朱湘的專號上發表了一封哀悼信，信裏說：

> 子沅的末路實在太慘，誰知道他若繼續活著不比死去更要痛苦呢？[61]

這短短的兩句文字，表現了極大的悲慟，也表現了聞一多對這位不幸的故人的了解。

不能否認，朱湘生前確是開罪了不少人，姜先生說那是與他底「傲慢狂狷」的性格有關，這大抵是正確的。（雖然筆者不能同意將這種性格跟詩人的愛國精神及民族自尊拉在一起，頁五二。）不過，朱湘批評別人的時候，我們見到往往是從藝術及文學的角度出發，而不是針對個人的。例如上面引述他批評胡適和徐志摩等，都是從他們的作品入手。在這裏，我們沒有可能探究這些批評是否正確得宜，但可以肯定的一點是：他的態度是嚴肅的。既然他奉行了濟慈所說每行

---

[59] 聞一多一九三〇年十一月七日給饒孟侃信，《聞一多書信選集》（北京：人民文學出版社，一九八六年十月），頁二三三。

[60] 朱海士：〈詩人朱湘之死〉（續完），頁六九。

[61] 《青年界》五卷二期（一九三四年二月），卷首。

詩內要字字藏金的戒律㊷，那麼，對於那些他認爲並不是字字藏金的詩句猛力抨擊，也是很自然的事了。

相反來說，對於一些他認爲是好的詩人或詩作，朱湘是會大加讚賞的。例如他在很多地方推崇劉夢葦，說他是建立中國格律新詩的人㊸。此外，他還會推薦一些他本來是不認識的人，例如在一封寫給羅念生的信裏，他便稱讚了戴望舒，說他比起聞一多、郭沫若和劉夢葦毫不遜色㊹。那時候，朱湘剛從美國回來，與戴望舒並不認識，他欣賞這位詩人，便完全是因爲讀了他的作品吧！

此外，朱湘還樂於獎掖及積極幫忙別人。他經常爲別人看稿子和介紹出版。羅念生說過「在文學上你（朱湘）時常作人家的『Patron』㊺；現存他寫給羅皚嵐的幾封信，便大多是談論創作的，他還指導羅皚嵐去看些什麼書、怎樣去發表及出版作品等㊻。徐霞村第一次和朱湘見面時，便談了半個上午，全是朱湘在教他練習寫作和讀書的方法；過了幾天，徐霞村又把譯稿交給朱

㊷ 柳無忌：＜朱湘：詩人的詩人＞，《二羅一柳憶朱湘》，頁五五。
㊸ 朱湘：＜劉夢葦與新詩形式運動＞，《中書集》，頁三九〇至三九二。
㊹ 朱湘一九二九年十一月二日給羅念生信，《朱湘書信二集》，頁二八一。
㊺ 羅念生：＜給子沅＞，《二羅一柳憶朱湘》，頁八一。
㊻ 《朱湘書信二集》，頁二二八至二三〇。

湘，朱湘爲這份譯稿逐字逐句校閱，提出修改的意見，因此，徐霞村說：「朱湘成了我從事文藝工作的第一個指路人和啓蒙老師。」[67]這些都是我們在談到朱湘的性格時所不能忽略的。

其實，朱湘在最窮困潦倒的時候，是曾經得到了許多朋友的援手的。他那「汗漫遊」到過很多地方，探訪了不少人，包括趙景深、柳無忌、聞一多、徐霞村、顧鳳城和蘇雪林等，他們全都是很熱誠的招待他，慷慨的給予他幫忙，除了直接給他金錢外，還爲他想別的辦法來解決經濟上的困難，例如趙景深便盡量把他的詩文發表在自己主編的雜誌《青年界》上，還介紹他投稿到《自由談》、《讀書雜誌》、《新中華》及《現代》等[68]；顧鳳城也曾推薦他去編英文教科書[69]；就是曾經給他嘲諷過的蘇雪林，也嘗試爲他在武漢大學找一份教席[70]。我們還能夠說朱湘開罪人太多，以致沒有人願意幫忙嗎？

---

[67] 徐霞村：〈我所認識的朱湘〉，《新文學史料》一九八六年第一期（一九八六年二月二十二日），頁一一七。

[68] 趙景深：〈朱湘〉，《文壇回憶》，頁一四五。

[69] 顧鳳城：〈憶朱湘〉，《青年界》五卷二期，頁九六。

[70] 蘇雪林：〈我所見於詩人朱湘者〉，《青鳥集》，頁二四五。

四

既然上文否定了朱湘爲情所困而自殺，也指出了生活窮困並不是扼殺詩人生意的主要力量，那麼，究竟朱湘爲什麼會走上自沉的道路？筆者認爲這與他的理想幻滅很有關係。

上面說過，朱湘自幼已經是捱窮吃苦的，但這並沒有影響他向上奮鬥的努力。在沒有考進清華唸書前，他曾經到過靑年會學習英文；在清華的時候，雖然他已經背負著家庭的重擔子，但還是自費出版了兩期的《新文》月刊；留美期間，他節衣縮食，除了爲多省點錢寄回家去外，還希望將來能夠繼續寫作、辦雜誌、開書店。例如在一封寫給羅皚嵐的信上，他談到要堅持把《新文》辦下去，還估計五年後《新文》可以銷得五百份，再過五年，便可以完全以著譯謀生。他說：

> 我身受文人之厄難，將來年壯之時手頭寬餘，一定要開一書屋（文同書屋），拿重價收買稿集（好的，不是好銷的），覓妥人經理，凡託書屋代賣的書籍都要先經過我的選擇。我五年留國後免不了要敎點書以貼需文的所得，但至各書銷行到千份時，便每禮拜最多只作四時的演講。這便是我的計畫。[71]

---

[71] 朱湘一九二七年五月二十六日給羅皚嵐信，《朱湘書信二集》，頁一三一。

這便是他個人的理想，在別的信裏也是經常提到的。在回國之初，毫無疑問，他仍然是堅持著理想的，這主要表現在他在安徽大學主持外國文學系方面。他把自己從美國帶回來的部分書籍以及趙景深送給他的譯著，捐了給學校的圖書館；他還設法延聘趙景深、戴望舒和方光燾等人來校，雖然結果沒有成功，但也顯示了他的努力。此外，他不滿意學校不尊重他的意思，把「英文文學系」變成「英文學系」，裏面也包含著他的理想：把外國文學系定爲「英文文學系」，意思是要把眼光放遠些，在系裏除了要講英國本國的文學外，還要講用英文翻譯的世界文學；改成「英文學系」後，卻將講授課程限在英國文學裏了。正如錢光培在他的專著裏說：「這件事雖然也不太大，但同樣使他看到了：在這裏，要按他的理想辦事，是不可能的。……朱湘在回國前，用自己那種天眞的熱情和幻想吹起的一個肥皂泡……在現實生活的牆上，一碰就破滅了。」[72]

離開安徽大學後，朱湘開始他所謂的「汗漫遊」，四處找人幫忙，但始終找不到一份工作。我們在這裏先不論其中的原因，但可以想像得到的是：朱湘身心所受的打擊有多重！特別是他在漢口曾經給旅館扣留[73]，在上海也給輪船的茶房押著去找趙景深付船票[74]，這對於一個有理想有熱誠的詩人來說，都造成了無可補救的傷害。楊牧先生在〈留學生朱湘〉一文中說到：「我們不

---

[72] 錢光培：《現代詩人朱湘研究》，頁一一六。
[73] 蘇雪林：〈我所見於詩人朱湘者〉，《青鳥集》，頁二三九。
[74] 《文壇憶舊》，頁一四四。

了解的是，留學兩年間那麼苦的日子朱湘都撐過來了，爲什麼一旦回到他深愛的祖國以後，有霓君和孩子陪著，變成他自己講的『抱紅鳥』了，他反而崩潰下去，躍入冬天浩浩的江水？」[75]其實道理也很簡單：在他留美的時候，他有自己的理想及希望支持著。

關於朱湘的自殺，有一點是被人忽略了，而筆者卻覺得很有可能是一個很重要的因素，那就是他的健康問題。據劉霓君在朱湘死後告訴趙景深，朱湘當時是有腦充血病的[76]，而且病情似乎相當嚴重，影響了他的思想及行爲。朱湘自殺前的一段日子裏，行爲有點乖異，且時常與妻子吵架。關於這一點，報導得最爲詳盡的，應該是蘇雪林的〈我所見於詩人朱湘者〉。例如她說到朱湘來武漢大學找她，遇上了從前安徽大學的同事王撫五，「詩人神情之落寞，與談話之所答非所問使得撫五先生也覺得驚疑。」[77]柳無忌也回憶說朱湘在自殺前兩個月左右找他的時候，「在他強笑或沉思的當兒，我總覺得他有點異樣。」[78]此外，蘇雪林也從劉霓君口中知道朱湘對於家庭贍養，置之不問。筆者並不懷疑裏面的眞實性，事實上，他那時候四處流蕩，的確是沒有負起照顧家庭的責任。可是，當我們拿起《海外寄霓君》的時候，他那種熱情，那種對家庭、對妻兒負

---

[75] 楊牧：〈留學生朱湘〉，《海外寄霓君》（臺北：洪範書店，一九七七年八月），頁一七。

[76] 趙景深：〈朱湘〉，《文壇回憶》，頁一三八至一三九。

[77] 蘇雪林：〈我所見於詩人朱湘者〉，《青鳥集》，頁二四〇至二四一。

[78] 柳無忌：〈我所認識的子沅〉，《二羅一柳憶朱湘》，頁四一。

責的精神，又多麼的令人感動！這其中的轉變，除了是夫妻感情不如前外，是否也有可能與身體有關？

此外，蘇雪林的文章還提到朱湘幼子夭折的事。文章說：

朱夫人說當她和丈夫同住在安慶時，有一次她因事歸寧，寓中兒女託丈夫管理。某兒大病新癒，他每日强迫他吃香蕉一枚，孩子吃不下也要填鴨子似的填下去，不到幾天這斷乳未久的嬰兒竟得了消化不良的病而夭亡了。[79]

這就是說，朱湘應該對幼子夭折的事負責。當然，我們沒有理由懷疑蘇雪林的報導。不過，有幾點是可以提出來參考的：第一，朱湘是受過現代西方的高深教育的，他一直都很重視子女的健康問題，這點在他寫給妻子的信裏可以看得出來[80]。因此，假如當時他是身體健康、心智正常的話，似乎不可能做出強迫幼子吃香蕉這樣愚蠢的事，導致兒子死亡。所以，如果這是眞有其事的話，似乎我們也只能歸咎於他的腦充血病吧！第二，把幼子夭折的原因說成是朱湘強迫他吃香蕉，以致消化不良而病逝，只見於〈我所見於詩人朱湘者〉一文，其他地方都不見類似的描寫。

---

⑲ 〈我所見於詩人朱湘者〉，《青鳥集》，頁二四二。

⑳ 例如給霓君信第三十八封（一九二八年八月二十七日）、第五十九封（一九二八年十二月三日）、第六十三封（一九二八年十二月二十四日）等，《朱湘書信二集》，頁六五、九八及一〇四。

相反來說，別的地方都是說朱湘幼子因爲沒有奶吃而活活給餓死。必須指出，這並不是來自如姜穆先生所說的「外間的傳說」（頁五三）。最早報導這件事的是趙景深，他那篇在朱湘自沉後不久便發表的〈朱湘〉一文，姜穆先生也說過「當然可信程度極高」（頁四七至四八）。文章說：

他們在安慶所生的一個幼子，不到一歲，因為沒有奶吃哭了七天七夜，活活的餓死。㉛

我們在上面也分析過，朱湘自美返國的日子裏，與他最爲熟稔的，應該就是趙景深，我們實在沒有理由否定他的說法。此外，朱湘長子朱海士的回憶錄裏也清楚的寫著：「母親終於沒有奶給弟弟吃，他再吮吸不出一點溫暖的生命之泉，……小弟弟終於在母親的懷裏永遠的睡去。」㉜雖然幼弟逝世時，朱海士年紀也很小，但無論如何，他的說法怎也不能視爲「外間的傳說」吧！第三點應該指出的是：劉霓君沒有奶給幼子吃，也是很有可能的事。在朱湘留美期間，女兒小東便曾經沒有奶吃。一九二八年七月十日、七月二十三日、八月四日的幾封信裏，朱湘都提到小東沒有奶吃的事，而且還曾經疾言厲色的要霓君爲女兒僱奶媽㉝，既然這樣，霓君沒有奶給幼子吃，也不是完全沒有可能的了。

㉛ 《文壇回憶》，頁一四四。
㉜ 朱海士：〈詩人朱湘之死〉（續），頁六五。
㉝ 《朱湘書信二集》，頁五〇、五一、五五。

其實，朱湘對於這個夭折的幼子，是最爲深愛的。在他一封周月所拍的照片背後，朱湘寫下了一首詩，悼念愛子。這首詩從前沒有公開發表過，現將它錄在這裏，從而讓更多人知道朱湘對於幼子的夭亡是多麼的悲痛：

臨別悲念

今宵寒勝昨宵寒　只怕霜姿菊傲難
從見雲霞紅日出　風吹草木已摧殘
塔士吾兒生平最愛子與我無緣
痛心痛心深恨皖垣可憐吾兒夭
乎天乎天太不留情耶

五

詩人朱湘的名字，隨著長江的江水沉寂了差不多半個世紀。七十年代末，瘂弦先生編選出版了朱湘幾部重要的著作，這位薄命的詩人才算是初步的得到「復活」。到了今天，似乎留意朱湘的，開始多起來了，臺灣以及大陸都出現了一些研究朱湘的文章及專著，這是詩人、他的遺族以及新詩愛好者所應該感到高興和滿意的。但由於過去不少珍貴的資料一直跟詩人的名字被埋著，以致很多論著仍然很有問題，令人們對於這個本來已經是謎一樣的詩人增多了誤會和誤解。這似乎有稍加整理的需要。筆者撰寫本文，就是基於這樣的一個動機。

一九八八年二月

買辦資產階級的反動文學團體？

——中國大陸文學史裏的「新月派」

一

在中國新文學史裏，「新月派」是一個不受歡迎的名詞，我們只須隨便翻開在一九四九年以後在中國大陸出版的任何一本現代文學史，便可以證明這個說法了。除了王瑤一九五一年出版的《中國新文學史稿》以外①，幾乎所有的現代文學史著作，包括「四人幫」下臺以後陸續出版的很多種不同的新文學史，情形都是一樣，就是把「新月派」當作打擊的對象，放在《中國左翼作

①《中國新文學史稿》的第二編題爲〈左聯十年〉，裏面並沒有專節討論對「新月派」的「批判」，但其中第六章第四節是「思想鬥爭」，裏面出現了的第一個鬥爭對象便是「新月派」。王瑤：《中國新文學史稿》（北京：上海文藝出版社，一九八二年十一月新一版），上册，頁一八四至一八六。

家聯盟》或《左翼文藝運動》的一章裏面，題爲〈對新月派的鬪爭〉②，有的則冠上「買辦資產階級」的字眼③，有的甚至把它與「法西斯的『民族主義文藝運動』」放在一起，加上「對抗」、「批判」等字眼④，也有些文學史對「新月派」完全絕口不提，就好像「新月派」根本從來沒有存在過的樣子⑤。

我們不打算在這裏對「新月派」作一詳細及全面的評價，本文的重點是要檢討一下在大陸已出版的現代中國文學史裏對「新月派」的描述，看看其中遺漏以及欠缺公允的地方。

② 例如：劉綬松：《中國新文學史初稿》（北京：人民文學出版社，一九七九年新一版），上卷，頁二三三至二三九；七省（區）十七院校《中國現代文學史》編寫組：《中國現代文學史》（呼和浩特：內蒙古教育出版社，一九八〇年六月），上册，頁二四五至二五〇。

③ 丁易：《中國現代文學史略》（北京：作家出版社，一九五五年七月），頁九三至九五；林志浩：《中國現代文學史》（北京：中國人民大學出版社，一九七九年九月），上册，頁二五六至二六二。

④ 例如：唐弢（主編）：《中國現代文學史（二）》（北京：人民文學出版社，一九七九年十一月），頁二一二至三三二；田仲濟、孫昌熙（主編）：《中國現代文學史》（濟南：山東人民出版社，一九七九年八月），頁二〇九至二二一。

⑤ 例如馮光廉等主編的《中國現代文學史教程》便沒有介紹「新月派」的地方，只是在〈創作概述〉一章的「詩歌」一節裏討論徐志摩和聞一多時，提到了「新月詩派」。《中國現代文學史教程》（濟南：山東教育出版社，一九八四年四月），上册，頁二六七。

二

首先，我們應該指出，「新月派」不單在大陸出版的文學史著作裏是一個不受歡迎的名詞，似乎不少別的人對這個名詞都抱有保留的態度，其中最有代表性的就是被大陸的文學史痛罵爲代表「新月派」跟「左聯」鬥爭的梁實秋，自己也否定過「新月派」的存在。在一篇發表於一九六三年的文章裏，他說：

> 《新月》不過是近數十年來無數的刊物中之一，在三、四年的銷行之後便停刊了，並沒有甚麼特別值得稱述的。不過辦這雜誌的一伙人，常被人稱為「新月派」，好像是一個有組織的團體，好像是有甚麼共同的主張，其實這不是事實。我有時候也被人稱為「新月派」之一員，我覺得啼笑皆非。……胡適之先生曾不止一次的述說：「獅子老虎永遠是獨來獨往的，只有狐狸和狗才成羣結隊！」辦《新月》雜誌的一伙人，不屑於變狐變狗。「新月派」這一頂帽子是自命為左派的人所製造的，後來也就常被其他人所使用。⑥

⑥ 梁實秋：〈憶「新月」〉，《文星》十一卷三期（一九六三年一月一日），收陳子善（編）：《梁實秋文學回憶錄》（長沙：岳麓書社，一九八九年一月），頁一〇五。

就是在一九八〇年七月二日，他在一次訪問中，還是斬釘截鐵的說：「新月根本沒有派」⑦。此外，另一位同樣被認爲是「新月派」代表人物的聞一多，據說在一九三七年被臧克家問及爲什麼不繼續寫詩的時候，也大發牢騷，說出這樣的話來：

還寫什麼詩！「新月派」，「新月派」，給你把「帽子」一戴，甚麼也就不值一看了！⑧

究竟「新月派」有什麼不妥的地方，惹來了這許多的問題？

其實，上引梁實秋和聞一多的文字基本已指出了問題的癥結所在，那就是「新月派」是一頂來自左翼作家的「帽子」，而這頂帽子的由來，則是因爲二十年代末三十年代初他們一班人與左翼作家之間的矛盾和論爭，結果，在一九四九年以後大陸出版的文學史裏，「新月派」很自然會成爲一個反面的名詞，而且，這好像早已成了一個不爭的事實。藍棣之在一篇討論「新月詩派」的文章的開首，便清楚的說出了這個情況：

新月派這個名稱，是三十年代左翼作家在批評《新月》雜誌一羣作者時使用的，名稱本身

⑦ 林清玄：〈揭開歷史的「新月」〉，《中國時報》一九八〇年七月二十四日，第八版。

⑧ 臧克家：〈海——回憶一多先生〉，《文藝復興》三卷五期，《懷人集》（上海：上海文藝出版社，一九八〇年八月），頁一一一。

當然包含著批評。⑨

這解釋了爲甚麼在一般的文學史中「新月派」會出現在「左聯」的一章裏，成爲攻擊的目標。那麼，「新月派」和左翼作家的矛盾究竟在那裏？他們的「罪狀」是什麼？在下面，我們先從大陸一些較有代表性或影響較大的文學史著作裏綜合出「新月派」的「罪狀」來：

㈠「新月派」的前身是擁護帝國主義者和北洋軍閥的「現代評論派」，「新月派」繼承了「現代評論派」大肆宣傳英美資產階級自由主義的政治主張。

㈡「新月派」投靠和依附國民黨，是「反人民」、「反革命」的組織。

㈢「新月派」宣傳人性論，反對馬克思主義文藝理論，攻擊無產階級革命文學運動。⑩

關於第一點，「新月派」和「現代評論派」的關係的問題，應該首先指出的是：有些文學史是以魯迅的一番說話作爲依據，證明二者有非常密切的關係。魯迅的這段話出自他寫給章廷謙的一封信：

⑨ 藍棣之：〈論新月詩派的特徵及其文學史地位〉，《正統的與異端的》（杭州：浙江文藝出版社，一九八八年八月），頁一。

⑩ 參唐弢（主編）：《中國現代文學史（二）》，頁二二一；田仲濟、孫昌熙（主編）：《中國現代文學史》，頁二一三。

> 《新月》忽大而起勁，這是將代《現代評論》而起，為政府作「諍友」，因為《現代》曾為老段諍友，不能再露面也。⑪

其實，魯迅這段說話說得很含糊，是不是能夠從中理解為「新月」的前身就是「現代評論派」？這還是個值得商榷的問題，一些文學史以這段說話來證明二者的關係，確是有不妥當的地方，(我們無意在這裏討論為什麼魯迅的說話會給奉為金科玉律⑫，但如果我們從關心文學史的編寫問題出發，也就是文學史撰寫者應不應該以某些人的一兩句話作為支持其論點的主要證據，這點也是應該留意的。)我們要做的是看看二者可有什麼相似的地方。

薛綏之在一篇談「新月派」的文章裏指出，把「現代評論派」看成是「新月派」的前身是不符合歷史事實的⑬，他主要從新月社的成立日期、《新月》月刊和《現代評論》的創刊及停刊日期入手，證明二者並沒有前身後身的關係：

---

⑪ 魯迅一九二九年八月十七日致章廷謙的信，《魯迅全集》(北京：人民文學出版社，一九八一年)，卷十一，頁六八二；唐弢主編的文學史便徵引了這段文字，《中國現代文學史(二)》，頁二一。

⑫ 關於這問題，筆者曾在一九九二年四月九日由香港嶺南學院舉辦的第三屆現當代文學研討會上宣讀論文，題目叫〈魯迅永遠是對的嗎？——談神化魯迅的問題〉，收陳炳良(編)：《文學與表演藝術》(香港：三聯書店，一九九四年五月)，頁二〇四至二三五。

⑬ 薛綏之：〈關於「新月派」〉，《中國現代文學資料叢刊》第三輯(一九六三年十一月)，頁二三八。

《現代評論》於一九二四年十二月創刊於北京，一九二七年七月移至上海出版，至一九二八年底停刊。……《現代評論》創刊時，「新月社」已成立，《新月》月刊創刊近一年，《現代評論》始停刊。所以，不能說「現代評論派」是「新月派」的前身。⑭

但在同一段文字裏，他又說：

這一派（「現代評論派」）的人物有：王世杰、高一涵、胡適、陳西瀅、徐志摩、唐有壬等。胡適雖未參加《現代評論》的編輯，但事實上是這派人物的首領，這派人物和帝國主義——特別是美英帝國主義、北洋軍閥以及後來的國民黨反動派有密切的聯繫。「現代評論派」的階級性質和「新月派」相同，前者以談政治為主，兼談文學，後者以談文學為主，兼談政治，是胡適進行反無產階級革命和無產階級文學的兩塊地盤。⑮

薛綏之這兩段文字有點自相矛盾，一方面他否定了「現代評論派」是「新月派」的前身，另一方面又強調了二者相似之處。他否定「現代評論派」是「新月派」前身的時候，著眼點只是放在時間方面，而不顧二者的思想和活動，這做法是有問題的，此外，他以新月社的成立日期跟《現代

⑭ 同上，頁二四六。

⑮ 同上。

評論》創刊日期比較的做法，便是把新月社的成立視爲「新月派」形成的標記⑯，這做法也是不妥當的。

筆者曾在另一篇文章裏討論過新月社和「新月詩派」的關係，文章指出：新月社只是一個組織鬆散、原爲聯絡感情的聚餐會形式的俱樂部，文藝方面，最主要是推動戲劇活動（雖然間中也有朗誦詩歌），所以，「新月詩派」這名稱的由來，與新月社是沒有關係的⑰。但即就廣義的「新月派」來說，這樣的組織，就會是一般文學史裏所說的「新月派」嗎？我們可以徵引那篇文章的一段討論來說明這一點：

> 二者〔新月社及從新月社演變出來的新月社俱樂部〕均沒有甚麼大規模及較具影響文化活動，因此根本不可能在中國新文學史上佔什麼位置。……不少沒有參加新月社的如陳夢家、方瑋德等，也算是新月派，而參加了新月社的如林長民、林語堂等，卻不就屬於新月派。況且，新月社成立於一九二三年，新月社俱樂部成立於一九二四年，隨後的幾年內，新月派之名還沒有成立，可見新月派的名稱，並不是來自新月社。⑱

⑯ 事實上，在文章的開首，薛綏之便說過：「『新月派』的歷史，應從新月社算起。」同上，頁一二三八。

⑰ 王宏志：〈新月詩派的形成及歷史——新月詩派研究之一〉，見本書，頁一八二至一九一。

⑱ 同上，頁四九。

其實，要證明「新月派」和「現代評論派」的關係是否密切，應該看的是他們的思想和活動，如果我們接受薛綏之上面第二段文字的說法，便應該得出一個結論，說「現代評論派」和「新月派」的關係是非常密切的，原因是他說二者的階級性質相同。

但事實是不是這樣？筆者覺得瞿光熙爲針對薛綏之這篇文章而寫的〈新月社・新月派・新月書店〉裏面的有關觀點是比較客觀和正確的，他透過丁西林、沈從文的回憶，證明胡適跟「現代評論派」的關係是不深的，另外，雖然胡適在《現代評論》上也發表過文章，但這些文章「都是不痛不癢的」，而且，「胡適在《新月》中的言論與《現代評論》的主張也有差別」，所以很難說胡適在「現代評論派」佔了很重要的位置⑲；此外，瞿光熙還查閱了《現代評論》和《新月》的全部內容，比較二者的主要作者，得出的結論是只有胡適、徐志摩、沈從文、陳西瀅四人是在兩個刊物都發表作品，但他又馬上能夠證明陳西瀅在「新月派」中並沒有參加多少活動，也不佔多少位置⑳。所以，「新月派」和「現代評論派」其實沒有太大的相似之處，二者的關係是不密切的。

當然，我們還可以提問：即使「新月派」和「現代評論派」有密切的關係又怎樣？這會是影

⑲ 瞿光熙：〈新月社・新月派・新月書店〉，《中國現代文學史札記》（上海：上海文藝出版社，一九八四年一月），頁二六二至二六四。

⑳ 同上，頁二六四。

響我們評價一個文學團體的因素嗎？況且，一九八八年四月，北京曾舉辦過一個「魯迅與中國現代文化名人評價問題座談會」，討論了一些給魯迅罵過的人的評價問題，其中也包括了「現代評論派」的陳源和「新月派」的梁實秋，不少與會人士認爲應該擺脫過去的狹隘觀念，對這些人採取一種更客觀的態度，來作一個全面而公允的評價㉑，這應該也是文學史的撰寫者所要吸取的吧！

至於一般文學史對「新月派」的第二個指責，說它投靠國民黨政府，也是值得商榷的。我們今天可以看到很多在大陸發表和出版的文章和書刊，都說在三十年代「新月派」中人以及新月書店出版的書籍享有免予審查的優待，也有說他們的書從沒有受到查禁㉒。不能否認，較諸左翼文學作品或理論的書刊，「新月派」似乎是得到一點優待，但能不能說國民黨政府當時沒有給他們半點麻煩？我們可以先看看梁實秋的回憶：

最初是胡適之先生寫了一篇〈知難行亦不易〉，一篇〈新文化運動與國民黨〉。這兩篇文章，我們現在看來，大致是平實的，至少在態度方面是「善意的批評」，在文字方面也是

㉑ 參佘揚：〈魯迅研究大事記（一九八八—一九八九）〉，《魯迅研究年刊一九九〇年號》（北京：中國和平出版社，一九九〇年十月），頁一〇〇。參加這次座談會的人的發言，大都發表在《魯迅研究動態》一九八八年七期（一九八八年七月二十日）上。

㉒ 瞿光熙：〈新月社・新月派・新月書店〉，頁二七三。

溫和的，可是那時候有一股凌厲的政風，不知什麼人撰了「黨外無黨，黨內無派」的口號，只許信仰，不許批評。胡先生說：「上帝都可以批評，為什麼不可以批評一個人？」所以雖然他的許多朋友如丁轂音、熊克武、但懋辛都力勸他不可發表這些文章，並且進一步要當時作編輯的我來臨時把稿逕行抽出，胡先生還是堅決要發表。發表之後果然有了反響。我們感到切膚之痛的〔是〕《新月》被當局扣留不得外寄，這一措施延長到相當久的時候才撤銷。……我寫了一篇〈論思想統一〉，也是主張思想自由的。這時節羅隆基自海外歸來，一連串寫了好幾篇論人權的文章，鼓吹自由思想與個人主義，使得新月有了更濃厚的政治色彩，引起了更大的風波。㉓

這段文字其實已說出了當時「新月派」的處境，很明顯，他們並不是能夠完全倖免於難的。如梁實秋所說，那時候國民黨的政風是「黨外無黨，黨內無派」的，胡適、羅隆基以至梁實秋所提倡的民主人權思想——姑勿論那是從歐美舶來的資產階級自由主義的政治主張㉔——也是不可能容忍的。還需要指出的一點是，梁實秋這段文字是寫於六十年代初期，那時候的臺灣對二、三十年代文學還沒有解禁，思想管制仍然很厲害，梁實秋的說話很有可能沒有完全反映事實的眞相。

㉓ 梁實秋：〈憶「新月」〉，頁一一二至一一三。

㉔ 唐弢（主編）：《中國現代文學史（二）》，頁二一。

說到「新月派」中人對國民黨的「賣身投靠」，很多文學史都以羅隆基的〈我對黨務上的「盡情批評」〉㉕為批判對象，認為是響應蔣介石的號召，是「立意充當國民黨反動派清客和幫兇」的表態㉖。誠然，在這篇文章裏面，羅隆基先把蔣介石向全國報館發出的電報全文轉錄，且加上按語，說「很值得多讀幾遍」，又說「在這樣的年頭，讀得到這樣的電報，我們醉心思想言論自由的小民，自然是歡欣鼓舞」等㉗，這給說成了「新月派」投靠國民黨的罪狀。可是，有沒有那一本文學史比較具體的說出羅隆基那些「盡情批評」是怎樣的？為了塡補這方面的空白，我們在下面錄出這篇文章裏面的一些話：

一方面鼓吹民主民權，一方面實行一黨獨裁，採用這種方法的，只有中國的國民黨。這種方法，在政治思想上是否合邏輯，在政治手段上是否不矛盾，的確是個大問題。……國民黨天天拿民主民權來訓導我們小百姓，同時又拿專制獨裁來做政治上的榜樣。天天要小百姓看民治的標語，喊民權的口號，同時又要我們受專制獨裁的統治。授百姓的矛，希

㉕《新月》二卷八期（一九二九年十月十日），頁一至一五；本期《新月》實際出版日期應為一九三〇年二月三日，參王錦泉：〈「新月」月刊出版日期考〉，《活頁文史叢刊》七十五期（出版日期缺），頁一至一一。

㉖參唐弢（主編）：《中國現代文學史（二）》，頁二二一。

㉗《新月》二卷八期，頁一。

望百姓不攻其盾，小百姓做人就左右為難了。……

一黨獨裁實際上的嚴酷，國民黨又遠勝俄國的共產黨及義大利的法西斯黨。……

俄國及義大利如今是有憲法的國家，中國如今有憲法嗎？俄國人民及義大利人民，根據憲法，可以選舉，可以參加國政，中國的非國民黨黨員有這種權利嗎？……俄國有全蘇維埃大會，義大利有國會，中國會有這些嗎？……

如今，到了自己的國家來了，可以放膽討論國事嗎？可以公開批評國民黨的主義嗎？談談憲法，算是「反動」；談談人權，算是「人妖」。說句痛心話，我們小民，想要救國，無國可救；想要愛國，無國可愛。在「黨國」名詞底下，在「黨人治國」這名詞底下，我們的確是無罪的犯人、無國的流民了！……

這裏，我要忠告國民黨。黨員治國是政治思想上的倒車，是文官制度上的反動，是整理中國吏治的死路，是國民黨的黨義治國策略上的自殺。……

一面要做到黨外無黨，一面要做到黨內無派，結果，就逼迫一切不同思想及主張走到一條狹路上去了。如今，黨內無派，逼成一個改組派；黨外無黨，逼出許多革命黨來了。㉘

我們在上面曾經徵引魯迅批判「新月派」的一些話，說他們要做國民黨的「諍友」，看了羅隆基

㉘ 同上。

上面的文字後，我們是否能夠從正面去理解魯迅的說話？也就是說，他們不是要投靠國民黨，也不是要作反對派，而是眞眞正正的希望負起監督政府的責任。我們只要看看羅隆基在《新月》上發表的別的文章的題目，便可以進一步確定這點了：〈專家政治〉（二卷二期）；〈論人權〉（二卷五期）；〈告壓迫言論自由者〉（二卷六、七期合刊）；〈我們要甚麼樣的政治制度〉（二卷十二期）；〈論共產主義〉（三卷一期）；〈我們要財政管理權〉（三卷二期）；〈我的被捕的經過與反感〉（三卷三期）；〈對訓政時期約法的批評〉（三卷八期）；〈論中國的共產——爲共產問題忠告國民黨〉（三卷十期）；〈什麼是法治〉（三卷十一期）；〈告日本國民和中國的當局〉（三卷十二期）等等。這些文章中大部分的論點都很尖銳，矛頭直指向國民黨當時的腐敗政治，這絕不是大陸的文學史所說的「小罵大幫忙」。

除了羅隆基外，「新月派」中別的人也寫了一些文章，批評國民黨的統治。上引梁實秋的〈憶「新月」〉一文裏已提到他們寫了很多文章，向國民黨爭取人權，後來更由新月書店出版《人權論集》。除了爭取人權的文章外，他們有些人還探討了中國的政治制度以及它應走的道路，例如胡適的〈我們什麼時候才可有憲法？〉（二卷四期）和〈我們走那條路？〉（二卷十期）。當然，有著這樣的階級和教育背景的知識分子在當時肯定不會選擇共產主義，宣揚武裝革命，但他們所寫的文章又會是一心出賣自己，投靠權貴的人所寫得出來的嗎？卽使是一些大陸出版的政治史方面的著作，在批評胡適等的資產階級政治立場以後，也不得不承認「胡適人權派提

出『人權』與『法治』問題，是從不滿國民黨當局現狀出發的。」㉙

上面說過，梁實秋的〈憶「新月」〉中談到「新月派」中人因爲提出民主和人權的要求，結果惹來不少麻煩，另外我們也說過梁實秋說這些話時還是未能暢所欲言，事實上，「新月派」所受的壓迫是遠較一般在大陸出版的文學史所描繪的嚴重，或者應該說，這些文學史大部分都故意迴避了這個問題，倒是一些近年出版的政治史方面的著作還算能夠比較客觀的反映出事實的眞相，以下從其中的一本摘錄一兩段文字，讓更多讀者知道「新月派」當時的處境：

> 在「新月派」喊出「保障人權」、「確定法治」的口號之後，國民黨當局便從各方面對新月派加以壓制和打擊。國民黨當局一面利用御用文人組織圍剿，一面在出版發行上施加壓力，直至逮捕與《新月》有關的成員。國民黨御用文人潘公展、張振之、陶其情、王健民等，或在《民國日報》、《新生命》等報刊上發表文章，或在「紀念周」上演講，並在一九二九年十一月間，由國民黨中央宣傳部出版《評胡適反黨義近著》一書。他們給胡適和新月派戴上「反黨義」、「違反黨義」、「詆譭黨義」的帽子，攻擊它「反對革命的哲學理論」，「反對革命的政法理論」，「是信著歐美民治主義的謬說」。……

㉙ 參王金鋙：《中國現代資產階級民主運動史》（長春：吉林文史出版社，一九八五年九月），頁三二三。

羅隆基抨擊「約法」的文章，使國民黨當局惱羞成怒。於是，對《新月》月刊及羅隆基本人再次進行打擊。七月底，國民黨北平市「整委會」和天津市「整委會」分別發出「公函」聲言取締《新月》月刊。稱「查《新月》月刊發行以來，時常披露反對本黨言論。近於第八期中，竟載有詆譭約法、詬辱本黨之文字，跡近反動，亟應嚴行取締，以閑邪說，而正聽聞。」接著，國民黨當局便搜查新月書店北平分店，逮捕店員，沒收千餘份第八期《新月》月刊。……國民黨當局出於懼怕新月派發表言論與己不利，也為了恫嚇其他新月派的成員，使之就範，十一月四日，在上海吳淞公學逮捕了羅隆基，將他押送至僞上海市公安局審訊，罪名是所謂「言論反動，侮辱總理」，有「共產的嫌疑」。㉚

關於羅隆基的被捕入獄，他自己還寫了一篇叫《我的被捕的經過與反感》的文章，發表在《新月》月刊上，裏面除了報導他這次被捕的經過外，也對國民黨流露了很大的不滿，我們在這裏也來徵引其中的一段：

黨國的領袖們，我希望你們去查查各地的公安局，看裏面尚有多少無辜被拘的人民？查查各地的警察廳，看裏面尚有多少無辜被押的人民？再檢查各軍營、各衙門，看裏面有多少

㉚ 同上，頁三二一至三三二。

無辜受罪的人民？「反動」罪名，任意誣陷；「嫌疑」字眼，到處網羅，於是拘押，於是無期監禁，於是暗地槍殺。有錢有勢者，偶有保釋生機；無依無靠者，永無逃刑的活路。有冤莫白，舉國獄嘯；無辜被戮，遍地鬼哭。這就是如今的實況，這就是如今的民生！㉛

上面的討論，相信已能說出了一般大陸的文學史中有關「新月派」的批評的不公允處。在二、三十年代，他們所受的壓迫，雖然是不及左翼人士般嚴重，但說他們投靠國民黨，充當國民黨的羽翼，也是不正確的。

既然這樣，我們又應該怎樣的去理解「新月派」中人的政治態度？比較合理的解釋是把他們對政治的關心看作傳統中國知識分子的「學而優則仕」的思想，儘管他們接受了西方思想，且提倡新文化、新文學運動，但他們其實都具備了傳統儒家那種憂國憂民、兼濟天下的思想。他們留學英美，完全信奉了西方的自由主義思想，所以他們講人權平等，要求憲法和政制改革，他們並不一定要依附國民黨，但那時候他們別無選擇，但到了三十年代後期，羅隆基在積極從政的時候，並不是加入國民黨，也沒有投靠共產黨，而是另起爐灶，先組織國家社會黨，後又與別的民主黨派合組中國民主政團同盟，擔任宣傳部長。值得一提的是中國民主政團同盟另一主要成員，也是著名的「七君子」之一的王造時，也曾經常在《新月》月刊上發表政論文字，矛頭同樣是指

㉛ 《新月》三卷三期（出版日期缺），頁一〇。

向當時國民黨的腐敗統治的㉜。

「新月派」這種西方自由主義思想不單反映在政治方面，而且也反映在他們的文學活動上。在這裏，我們可以帶出一般文學史對「新月派」的第三個指責：反對無產階級革命文學運動。

在批判「新月派」攻擊無產階級革命文學運動的時候，幾乎所有的現代文學史都徵引《新月》月刊創刊號上的創刊辭〈「新月」的態度〉以及梁實秋與魯迅論爭的文字，我們實在有必要去仔細看看這些文字。

據梁實秋回憶，〈「新月」的態度〉是《新月》月刊的同人經商議後由徐志摩執筆的㉝。這篇文章最受攻擊的地方，在於裏面所表露「新月派」中人對當時文壇的不滿，他們說那時候是「個混亂的年頭，一切價值的標準，是顛倒了的」，「這時代是變態、是病態，不是常態」，他們還把思想比作一個市場，裏面有十幾種「不正當的營業」，包括了：感傷派、頹廢派、唯美派、功利派、訓世派、攻擊派、偏激派、纖巧派、淫穢派、熱狂派、稗販派、標語派和主義派。

㉜ 例如王造時在《新月》上便發表〈中國問題的物質背景〉（三卷四期）、〈中國社會原來如此〉（三卷五、六期）、〈昨日中國的政治〉（三卷九期）、〈三千年來一大變局〉（三卷十期）、〈由「眞命天子」到「流氓皇帝」〉（三卷十一期）及〈政黨的分析〉（三卷十二期）等。

㉝ 梁實秋：〈「新月」前後〉，《聯合報副刊》一九七七年十月十四日，收陳子善：《梁實秋文學回憶錄》，頁一二六。

他們提出了兩個文學的原則：「尊嚴」和「健康」㉞。

這篇文章一向被理解爲「新月派」對左翼作家的進攻，大部分大陸出版的文學史都說徐志摩所開列的十三種派別，用意在攻擊革命文學；必須指出，這樣的觀點不單出現在大陸的文學史裏，就是香港和臺灣的學者也有相類的見解，例如臺灣專門研究「白璧德主義在中國」的侯健便說過這樣的話：

> 這十三種流派當中，部分是創造社當初的特質，即感傷、頹廢、唯美，或由創造社分出的「新才子」，如張資平、郁達夫，和上海的禮拜六與鴛鴦蝴蝶派，其餘功利、訓世、攻擊、偏激、熱狂、稗販、標語、主義等，顯然都是革命文學的倡導者的特質。㉟

毫無疑問，「新月派」是反對革命文學的，同時，我們也應該承認，他們是借〈「新月」的態度〉來攻擊革命文學，可是，當我們說〈「新月」的態度〉列出十三種傾向是攻擊了革命文學運動的時候，是不是也等於承認了革命文學是存在這些（或其中的一部分）特點？我們是不是可以更具體的說，這些不單是革命文學的特點，而且應該說很多都是它們的缺點？否則，左翼作家們

㉞ 〈「新月」的態度〉，《新月》月刊一卷一期（一九二九年三月十日）。
㉟ 侯健：〈革命文學的前因與實際〉，《從文學革命到革命文學》（臺北：中外文學月刊社，一九七四年十二月），頁一二三。

也不會把〈「新月」的態度〉視爲一種攻擊了。

一九二八年，創造社、太陽社的成員推動革命文學，由於很多主觀和客觀的因素，那時候的革命文學運動存在很多問題，我們在這裏不詳細全面評價整個革命文學運動，只會簡單的點出兩個主要問題：

第一，提倡革命文學的行列中，創造社的新成員如馮乃超、李初梨等，受了日本「福本主義」的影響，其中比較嚴重的是「福本主義」中的「分離結合」理論，他們排斥所有別的作家，就是魯迅也成了攻擊的對象；另一方面，一些革命文學家，特別是太陽社的成員，受了中共黨中央瞿秋白左傾路線影響，也採取一種激進的態度，錢杏邨攻擊魯迅的《阿Q正傳》就是這些影響的具體表現。毫無疑問，革命文學運動是以一種論爭的形式出現的。

第二，革命文學家過分強調作品的思想性，忽視或輕視作品的藝術性，以致作品內充滿了口號標語。

必須強調，上面所提的兩點，大陸的文學史都已經指出來了㊱，但問題卻是，〈「新月」的態度〉裏所指出思想界裏的十三流派中，正好就是這兩個主要缺點的具體表現，例如攻擊派、偏激派和熱狂派可不就是革命文學家過分強調文學運動的戰鬪性所帶來的缺點？而功利派、稗販

㊱ 參唐弢（主編）：《中國現代文學史（二）》，頁六至八；劉綬松：《中國新文學史初稿》，上卷，頁一九六至一九七。

派、標語派和主義派則正是革命文學家只顧作品思想內容，忽略技巧的結果，換句話說，〈「新月」的態度〉絕對不是無的放矢的。

在二十年代末三十年代初，革命文學家把《新月》月刊上這篇〈創刊辭〉視爲挑戰，奮起還擊，是可以理解的；可是，在幾十年後出版的文學史裏，爲什麼還是要一面倒的把「新月派」罵倒？爲什麼不能肯定〈「新月」的態度〉也有正確的地方？既然這些文學史已經承認革命文學家和革命文學運動有過一些缺點，而且還高度讚揚魯迅能夠及時提出批評和正確的意見，爲什麼不能也承認「新月派」在當時已能把這些缺點指出來了？魯迅在一九二九年批評革命文學家們不肯面對現實，「歡迎喜鵲，憎厭梟鳴」㊲，看來這也是大部分文學史編寫者的通病！

此外，我們還應該指出，〈「新月」的態度〉批判了的還有別的文學派別，感傷派、頹廢派、唯美派、纖巧派和淫穢派等都是與革命文學派無關的，很明顯，「新月派」並沒有專門針對革命文學派的意思，他們攻擊革命文學，是出於對整個文壇的不滿，而且，他們所不滿意的其中一些派別，同時也是革命文學派所需要打倒的，從這個角度看來，「新月派」和革命文學派也有接近的地方。

不能否認，梁實秋確是寫了不少文章批評革命文學運動，他確是從根本的否定革命文學和普

㊲ 魯迅：〈太平歌訣〉，《魯迅全集》，卷四，頁一〇四。

羅文學，他不承認人性有階級性，更不同意文學有階級性，因而跟革命文學作家以至剛轉向馬列主義不久的魯迅打起筆戰來。我們不打算在這裏評價梁實秋的文藝思想，也不會深入討論他跟革命文學陣營的論爭㊳，但應該強調的是梁實秋在〈憶「新月」〉一文裏所點出的一個事實，那就是眞正寫過文章批評革命文學的，其實只有梁實秋一人：

> 以我個人而論，我當時的文藝思想是趨向於傳統的穩健的一派，我接受五四運動的革新的主張，但是我也頗受哈佛大學教授白璧德的影響，並不同情過度的浪漫的傾向。同時我對於當時上海叫囂最力的「普羅文學運動」也不以為然。我自己覺得我是處於左右兩面之間。我批評普羅文學運動，我也批評了魯迅，這些文字發表在《新月》上，但是這只是我個人的意見，我並不代表新月。我是獨力作戰，《新月》的朋友並沒有一個人挺身出來支持我，《新月》雜誌上除了我寫的文字之外沒有一篇接觸到普羅文學。㊴

㊳ 關於梁實秋的文藝思想，可參看侯健：〈革命文學的前因與實際〉及〈梁實秋與新月及其思想與主張〉，《從文學革命到革命文學》，頁九五至一三八及一三九至一八八；另外，馬立安・高利克 (Marian Galik) 也有專文討論梁實秋的新人文主義思想："Liang Shih-ch'iu and Chinese New Humanism"(〈梁實秋與中國新人文主義〉), *The Genesis of Modern Chinese Literary Criticism* (《現代中國文學批評的誕生》) (London: Curzon Press, 1980), pp. 285-307.

㊴ 梁實秋：〈憶「新月」〉，頁一〇九。

我們只要翻翻《新月》月刊的目錄㊵，便能夠證實梁實秋的說法是眞確的了，因此，儘管梁實秋確是「新月派」的主力，但我們是否又應該毫無保留的同意一般文學史的做法，把梁實秋和「新月派」等同起來，給人一種感覺就好像整個「新月派」都曾跟革命文學派和魯迅有過論爭的樣子？

此外，我們是不是應該更全面的看梁實秋對待普羅文學的態度？一九八九年大陸一位學者新發現了梁實秋的三篇佚文，裏面提供非常有用的材料，可以讓我們更清楚看到作爲一位「正直的學者」對待文學——包括普羅文學——的嚴謹態度㊶。這三篇佚文似乎沒有得到很多人的重視，在這裏，我們也簡略的覆述一下裏面的觀點。

第一篇佚文叫〈文藝自由〉，發表於一九三三年十月二十八日的天津《益世報》副刊《文學周刊》。這篇文章是針對南京國民黨政府那時候所拍發的「中央擬定一種文學實施計畫」的專電而寫成的，這計畫包括要申禁普羅文學書籍，梁實秋認爲「這是當局的愚昧之又一表現」，他說：「凡以政治力量或其他方式的暴力來壓迫文藝的企圖，我反對。」「普羅文學含有多量的宣

㊵ 秦賢次曾編有〈「新月」月刊編目〉，《當代文學史料研究叢刊》第一輯，頁六九至九九。

㊶ 參劉麗華：〈從新發現的三篇佚文看梁實秋對「普羅文學」的態度〉，《魯迅研究動態》一九八九年五、六期合刊（一九八九年五月二十日），頁五九至六三；下文討論梁實秋的三篇佚文，全是參考這篇文章的。這點必須在此聲明，並向劉麗華致謝。

傳作用，自無庸諱。可是左翼他們自己近來也默默地進步了不少。知道文學（不管普羅不普羅）是必須要具備一些藝術條件的，對於眞正愛好文學的人，文壇上添出了一批普羅文學，這是該加歡迎的事。」此外，關於普羅文學的理論，他也承認「它的以唯物史觀爲基礎的藝術論有許多點是顚撲不滅的眞理，並且是文藝批評家所不容忽視的新貢獻。」㊷

第三篇佚文〈談上海查禁雜誌事件〉（發表於一九三六年十二月十六日《學生與國家》）也是針對國民黨當時的查禁圖書行動，文章說：

> 第一，政府不應該以「反動」的罪名輕輕的加在人民的出版物上。……第二，人民不犯法，使不應該受任何勢力剝削其自由。人民是否犯法，應由司法機關依法審理，……行政機關不能任意侵犯人民的自由。……第三，當局者在國難如此嚴重時期對一切愛國分子應該力持寬大，人民批評政府，不能算是反動……，只有法西斯蒂的國家才只要人民服從而不准人民思想。第四，這些刊物裏有幾種是純文藝刊物，尤其沒有查禁之必要，若說這些文藝刊物的思想左傾，則或者是事實，但左傾不算罪狀，現在青年思想左傾，乃明顯的事實，其原因乃國內外刺戟太大，使得他們不得不左。……只有思想能糾正思想，理論能克服理論，一切外在的強制力量在文藝界、思想界是沒有用的。㊸

㊷ 同上，頁五九至六〇。
㊸ 同上，頁六〇。

第三篇佚文發表於一九三五年三月十一日北京《世界日報》副刊《文學周刊》上，題爲〈對於民族主義文學的要求〉，裏面談到國民黨的「文化剿匪」，梁實秋說：

共產黨可否用一個「匪」字來包括乾淨是一個問題，我並不要討論。普羅文學可否也算是一種「匪」也是一個問題，我也並不要討論，我只是覺得，剿匪而剿到文化上來，文化似乎根本的就變成武事了，不論是「官」軍勝，或是「匪」勝，都沒有什麼文化可言了。文化這東西不是剿得的。……文壇上是很廣大的，並不像是一個擂臺，只能由一個人霸佔著，……文學永遠不能成為清一色。㊹

也許不用多加按語，已能清楚看到梁實秋當時對待文學、普羅文學以至國民黨文藝政策的態度了，這跟大陸的文學史普遍的說法可不是有很大的出入嗎？

以上算是簡單的整理一下一般大陸出版的文學史裏有關「新月派」的描述的一些主要問題，爲了節省篇幅，一些較次要的錯漏也暫且放下㊺，可是，我們是不是只須利用上面的討論成果去修正一下現有的文學史中有關「新月派」的部分便算了事？也就是說，是不是只要說清楚「新月派」跟「現代評論派」的關係可不密切、說清楚「新月派」也受過國民黨政府的壓迫、說清楚只

㊹ 同上。

有梁實秋一人跟魯迅和革命文學派爭論，與整個「新月派」無關，便是一本理想的文學史所需要交代的一切？「新月派」作爲一個文學團體或派別是不是沒有別的東西應該在文學史著作裏描述一下的？

三

撰寫文學史其中一個很大的困難是取捨的問題，究竟應該寫那些作家的那些作品？這其實也涉及了怎樣寫的問題，編寫者準備以什麼的標準去寫一部文學史會決定了他取捨的標準。比方說，現有絕大部分大陸出版的現代文學史都是以狹隘政治的標準出發，所以寫進去的很多都是政

㊺ 例如絕大多數的文學史都說梁實秋是北京新月社的主要成員，（參唐弢（主編）：《中國現代文學史（二）》，頁二一；劉綬松：《中國新文學史初稿》，上卷，頁二二四。）這是不正確的。事實上，新月社在北京成立的時候，梁實秋還在美國留學，至一九二六年才回國。此外，在新月社成立的時候，他跟創造社的成員是很接近的，例如他的〈「冬夜」評論〉便曾得過郭沫若的讚賞，他自滬赴美（一九二三年八月），創造社的成員還親到浦東送行；另外，他曾在創造社的刊物上發表過不少文章，最後的一篇是一九二六年六月的《創造》月刊四期的〈拜倫與浪漫主義（續完）〉，那時候，郭沫若已發表過〈革命與文學〉，而同期的《創造》月刊上也有成仿吾的〈革命文學和它的永遠性〉、蔣光慈的〈十月革命與俄羅斯文學〉。

治和思想鬥爭方面的東西，結果，「新月派」便給放進「左聯」的一章裏，成為批判鬥爭的對象。可是，毫無疑問，「新月派」是一個文學團體或派別，在編寫現代文學史的時候，是不是也應該考慮一下別類的寫法，比較集中的討論「新月派」成員的文學活動，分析他們作品裏的藝術特色和技巧，注意他們在文學方面的影響和貢獻，梳理出一個較全面和完整的圖畫來？

侯健曾經分析過「新月派」的人的身分以及他們在現代中國所扮演的角色：

> 在民國以來的歷史裏，新月曾扮演過不同的角色，恰可以從它的成員看出來：徐志摩、聞一多、饒孟侃、潘光旦、梁實秋、葉公超、胡適、余上沅、邵洵美、羅隆基，此外還有劉英士、陳源和他的夫人凌叔華，以及沈從文等。其中徐、聞、饒、邵是詩人，余上沅是中國新戲劇的開山人物之一，梁、葉和陳都是專攻文學的，潘、羅與劉是社會科學家，胡適則是「有歷史癖」的哲學家，卻又興趣廣泛到一切人文與社會科學。除了沈從文是土生土長的小說家以外，……⑯

這段有關「新月派」成員專業的述說，大抵是正確的，其中除了社會科學、哲學、歷史等外，其餘有可能在文學史專著裏討論的包括了新詩、戲劇、文學批評和小說這幾方面。當然，我們不可

⑯ 侯健：〈梁實秋與新月及其思想與主張〉，《從文學革命到革命文學》，頁一四〇。

能要求每一部文學史都深入討論「新月派」成員在這方面的成就，原因是各方面的成就不一，有的在現代文學發展史裏產生過很重要的影響，有的則沒有什麼具體的成績，不值得浪費筆墨；而在談論一個派別的成績時，很重要的一點是：著眼點應放在究竟他們有沒有形成了一個體系，跟別的有顯著的分別，在「新月派」的討論，符合了這個要求的最少有兩方面，一是他們所提倡的新戲劇運動，一是他們在新詩方面的成就。

在深入探討「新月派」在這兩方面的成就前，我們先談談爲什麼別的方面不值得寫在文學史裏。先以小說爲例，侯健提過沈從文。毫無疑問，沈從文是一位有傑出成就、且有獨特風格的小說家，他描寫的湘西風情以及他所運用的抒情手法，都使他在中國現代小說史上佔有重要的位置。此外，他也確是在「新月派」體系的雜誌刊物上——主要是《新月》月刊——發表小說，而且，他更可以說是《新月》月刊上發表最多小說的作家。但必須強調，這只不過是沈從文個人的成就，而不能說是「新月派」在小說方面的成就，原因是在《新月》月刊等刊物上發表小說的人並不多，除了沈從文外，似乎只有凌叔華在《新月》上較多的發表小說，另外，王魯彥、何其芳以至何家槐等也在《新月》上發表過兩三篇小說。可是，他們發表小說的數量不多，而更重要的是他們並沒有形成一個比較統一的風格，也就是說，根本沒有形成一個叫「新月派」的小說流派。在這情形下，我們不能同意丁易所編寫的《中國現代文學史略》把沈從文的小說創作說成是代表「新月派」的㊼。另外，葉公超和梁實秋在八十年代也曾主編出版過一本《新月小說選》

㊽，共收小說三十一篇；作者方面，除了我們在上引過的沈從文、凌叔華、何家槐以外，其餘的有些雖也給認定為「新月派」成員，如陳西瀅（只收有一篇〈成功〉）、徐志摩（〈璫女士〉及〈家德〉）、林徽音（〈窘〉）和饒孟侃（〈螺獅谷〉）等，但他們都不是以小說聞名，而別的比較有名的作家（小說家）如靳以、廢名、盧隱和胡山源等，無論是他們自己或別人（包括一般的文學史家）都沒有把他們看成是屬於「新月派」的，這就是因為他們並沒有什麼共通的地方。即使葉公超為這部小說選所作的序言，也不能歸納出一些比較具體的特點出來㊾。

除了小說以外，散文也有類似的情況。應該承認，散文在《新月》月刊也佔了相當重要的位置，月刊每期都發表有三數篇散文，因此，相對而言，葉公超和梁實秋所主編的《新月散文選》

㊼ 丁易：《中國現代文學史略》，頁二八八至二九〇。

㊽ 葉公超、梁實秋主編：《新月小說選》（澳門：離龍出版社，一九八〇年六月）。

㊾ 例如他只說過這樣的話：

說到青年人對於舊社會的壓力與傳統約束的反抗態度，在當時是非常普遍的，也當然會成為極普遍的小說題材，然而在《新月》以外的文學刊物中所表現的，和《新月》的都大大不同；一般說來《新月》的小說作者，表現得比較溫和，具有理性，他們大都只把它當作表現當代生活的素材，《新月》作者中很少有人會相信，文學是批評乃至改革社會的手段；因為他們深信真正要從事於社會改造，應有其他更佳途徑。

同上，頁三。

的出現，似乎較爲合理㊿。可是，如果要確實指出一個「新月派」的散文風格或特點來，也仍然不很容易。梁實秋自己爲這本散文選所撰寫的〈導言〉，便說明了這問題：

常有人使用「新月派」一語，好像那是一個什麼幫派。其實，如果有文字登載在《新月》上的作者便是屬於新月派，那麼這一派的分子也就太複雜了。請看這一部《新月散文選》，其中作者就包括了胡適、徐志摩、豈明、廢明、郁達夫、陳西瀅、葉公超、沈從文、季羡林……等。誰能說這些人屬於那一個派？㊿¹

毫無疑問，胡適跟徐志摩的散文風格是大異其趣的，而郁達夫跟廢名的也很不同，我們又怎能輕易的把他們都歸爲一派？因此，文學史裏不寫「新月派」的小說或散文是很合理的。

但戲劇和新詩方面的情形卻很不同，「新月派」的成員不單在這方面有突出的成績，而且由於他們能夠提出一些比較具體的見解和系統化的理論，更能夠把這些理論付諸嘗試實踐，因而做出比較一致的風格，我們可以說，他們眞的能夠自成一派，產生重要的影響。

我們先談談「新月派」的「國劇運動」，在這問題上，以「新月派」作博士論文題目的董保

㊿ 葉公超、梁實秋主編：《新月散文選》（澳門：雕龍出版社，一九八〇年六月）。另外，王孫亦編有《新月散文十八家》（上海：上海文藝出版社，一九八九年十一月）。

㊿¹ 同上，頁一至二。

中曾經發表過一篇文章，叫〈新月派與現代中國戲劇〉[52]，裏面有很詳細的討論和分析，其中的論述也可以說明爲什麼我們認爲「新月派」的國劇運動是值得在文學史裏討論一下。

首先是「新月派」提倡中國戲劇的活動。

其實，一九二四年在北京成立的新月社本來便是很重視戲劇的了。徐志摩在一封寫於一九二五年三月十四日給新月社朋友的信裏說過這樣的話：

> 我們當初想望的是甚麼呢？當然只是書獃子的夢想！我們想做戲，我們想集合幾個人的力量，自編戲自演，要得的請人來看，要不得的反正自己好玩。[53]

就我們現在所知，他們在泰戈爾訪華期間演出了泰戈爾的兩幕劇《契玦臘》（Chitra），另外，「自己好玩」的有由陸小曼排演的《尼姑思凡》[54]。但正如董保中所說，徐志摩和陳源等對戲劇

---

52 《中外文學》六卷五期（一九七七年十月一日），頁二八至五二，收董保中：《文學‧政治‧自由》（臺北：爾雅出版社，一九七八年四月），頁六九至一〇〇。董保中的博士論文題目叫"The Search for Order and Form: The Crescent Moon Society and the Literary Movement of Modern China, 1928-1933"（〈秩序和形式的追求：新月社及現代中國的文學活動，1928-1935〉）(Claremont Graduate School and University Centre, 1971)。

53 〈歐遊漫錄‧第一函給新月〉，《晨報副鐫》一九二五年四月二日。

54 陳西瀅：〈關於「新月社」——覆董保中先生的一封信〉，《傳記文學》十八卷四期（一九七一年四月一日），頁二三至二四。

是熱心有餘，卻缺乏專門的訓練和知識，待到一九二五年夏季，聞一多、余上沅及趙太侔等從美國回來，「新月派」的戲劇活動才開始新的一頁㊺。

由於篇幅關係，我們不在這裏詳細討論「新月派」的戲劇活動，但值得簡單的報告一下有幾點：一、他們回國不久，即馬上加入了北京藝專，聞一多任藝專的教務長，余上沅任戲劇教授，趙太侔任戲劇系主任；二、成立中國戲劇社，社員包括余上沅、聞一多、張嘉鑄、趙太侔、梁實秋、陳源、宋春舫等，其目的主要是成立小劇院；三、一九二六年六月，他們在《晨報副鐫》上創辦《劇刊》，共出版十五期。四、他們發表不少討論國劇的文章，後由余上沅編輯，新月書店出版爲《國劇運動》一書，是這方面的第一本專著㊻。

活動以外，更重要的是他們的理論，原因是他們所提出改革中國戲劇的理論，跟當時所流行的很不相同。這可分幾方面來說㊼：第一，自「五四」運動以來，人們都否定中國傳統的戲劇，說它並沒有存在的價值，有害於世道人心，但「新月派」卻認爲中國傳統戲劇有很大的價值，且有改進的可能。第二，人們在否定中國傳統戲劇的同時，都把西洋戲劇放到很高的位置，認爲只

㊺ 〈新月派與現代中國戲劇〉，頁七八。

㊻ 余上沅（編）：《國劇運動》（上海：新月書店，一九二七年）。

㊼ 這裏有關「新月派」戲劇運動理論的討論，主要參考董保中的〈新月派與現代中國戲劇〉，《文學・政治・自由》，頁七八至九七。

有西洋戲劇才是人類精神的表現，他們極力鼓吹以西方戲劇爲模範的中國新劇。但「新月派」等人卻強調未來的中國新劇應當是中國與西方戲劇的有機結合，既不是西方的，也不是中國傳統的，而是具有與這兩種都不相同的獨特性。第三，自「五四」以來提倡話劇活動的人都把話劇看作改良社會的工具，他們只重視作品的思想內容，忽略了它的藝術性，結果便是輸入了易卜生主義和產生了大量的問題劇。對於這現象，「新月派」是極爲不滿的，他們視之爲「戲劇的歧途」，聞一多就寫過一篇文章來批判這情況：

近代戲劇是碰巧走到中國來的。他們介紹了一位社會改造家——易卜生。碰巧易卜生曾經用寫劇本的方法宣傳過思想，於是要易卜生來，就不能不請他的「問題戲」。……從此我們彷彿說思想是戲劇的第一個條件。不信，你看後來介紹蕭伯納，介紹王爾德，介紹哈夫曼，介紹高斯俄綏……那一次不是注重思想，那一次介紹真的是戲劇的藝術？……現在我們也許覺悟了，現在我們也許知道便是易卜生的戲劇，除了改造社會，也還有一種更純潔的——藝術的價值。……現在得到了兩種教訓。第一，這幾年我們在劇本上所得的收成，差不多都是些稗子，缺少動作，缺少結構，缺少戲劇性。充其量不過是些能讀不能演的 closet drama 罷了。第二，因為把思想當作劇本，又把劇本當作戲劇，所以縱然有了能演的劇本，也不知怎樣在舞臺上表現了。……

……藝術最高的目的，是要達到「純形」pure form 的境地，可是文學離這種境地遠著了。……你可知道戲劇為什麼不能達到「純形」的涅槃世界嗎？那都是害在文學的手裏。……甚麼道德問題、哲學問題、社會問題……都要黏上來了。問題黏的愈多，純形的藝術愈少。……就講思想這個東西，本來同「純形」是風馬牛不相及的，但是那一件文藝，完全脫離了思想，就能夠站得穩呢？文字本是思想的符號，文學既用了文字作工具，要完全脫離思想，自然辦不到。但是文學專靠思想出風頭，可真沒出息了。……你儘管為你的思想寫戲，你寫出來的，恐怕總只有思想，沒有戲。……你看我們這幾年來所得的劇本裏，不是沒有問題、哲理、教訓、牢騷，但是它禁不起表演，……為思想寫戲，戲當然沒有，思想也表現不出。……若是僅僅把屈原、聶政、卓文君、許多的古人拉起來，叫他們講了一大堆社會主義、德謨克拉西、或是婦女解放問題，就可以叫做戲，甚至叫做詩劇，老實說，這種戲，我寧可不要。㊿

上文說過，這些理論跟「五四」以來一般人的觀點很不同，正如董保中所說，它代表了「新月

㊿ 聞一多：〈戲劇的歧途〉，《聞一多全集》（上海：開明書店，一九四八年），第三集，丁，頁二七一至二七四。

派」對文化藝術上的一個共同觀念，就是「一種平衡、中和、抑制及道德與藝術良心的合協」，也是在全盤西化與保守復古的戲劇論爭之間所代表的第三種方向[59]。這其實也已經點出了「新月派」的戲劇運動應該在文學史中佔一地位的原因了。

同樣地，與當時主流思潮迥異，也就是具有創新特點的，是「新月派」的新詩理論。在「新月派」出現以前，中國詩壇的主流是屬於自由詩派的，但「新月派」提倡新詩格律，造成了很大的影響。關於「新月派」的新詩格律理論，一來是已有很多人談論過了[60]，二是我們很容易便可以從聞一多的〈詩的格律〉一文中看出來[61]，所以不在這裏贅述了。我們打算在這裏強調的是「新月派」的詩歌理論所造成的影響，從而檢視一下現在的現代文學史對「新月派」在新詩方面的貢獻的評價是否公正，同時看看有沒有修正的必要。

---

[59] 《新月派與現代中國戲劇》，頁九七至一〇〇。

[60] 關於聞一多的詩歌格律理論，可參看下面的幾篇文章：卞之琳：〈談詩歌的格律問題〉，《文學評論》一九五九年二期（一九五九年四月二十五日），頁七九至八三；卞之琳：〈雕蟲紀歷（1930-1958）自序〉，《新文學史料》第三期（一九七九年五月），頁二二一至二三二；董楚平：〈從聞一多的「死水」談到新格律詩問題〉，《文學評論》一九六一年四期（一九六一年八月十四日）。另外，筆者的碩士論文也曾有專章討論「新月詩派」的格律理論，參王宏志：〈新月詩派研究〉（哲學碩士論文，香港大學，一九八一年），頁一九三至二八八。

[61] 《聞一多全集》第三集，丁，頁二四五至二五三。

要說明「新月派」的詩歌理論所造成的影響，我們可以先徵引朱自清在一九三五年爲《中國新文學大系》第八集《詩集》所寫的〈導言〉裏面的一段說話：

他們真研究，真試驗，每周有詩會，或討論，或誦讀。梁實秋氏說：「這是第一次一夥人聚集起來試驗作新詩」。雖然只出了十一號，留下的影響卻很大——那時候大家都做格律詩，有些從前極不顧形式的，也上起規矩來了。「方塊詩」、「豆腐乾詩」等等名字，可看出這時期的風氣。㊷

儘管朱自清在這篇〈序言〉裏談到新詩的流派時，只用了「格律詩派」來概括整批倡議新詩格律的詩人㊸，但其實「新月派」在新詩方面的成就和影響，早已使他們在文學史裏贏得了一個專有的稱號：「新月詩派」。就筆者所見，最早有「新月詩派」一詞出現的，是穆木天在一九三四年

㊷ 〈導言〉，《中國新文學大系》(上海：良友圖書公司，一九三五年)，第八集，頁六。

㊸ 朱自清說：

若要強立名目，這十年的詩壇理論就不妨分爲三派：自由詩派、格律詩派、象徵詩派。同上，頁八。至於其中的原因，筆者曾經在一篇文章中解釋過：一、《中國新文學大系》所收集展示的是一九一七至一九二七十年間的文學成果，一九二七年以前，「新月詩派」一名還沒有成立；二、朱自清在〈導言〉裏所討論的格律詩人，除「新月派」的聞一多和徐志摩外，還有劉半農和陸志韋，他們都不是屬於「新月派」的。參王宏志：〈新月詩派的形成及歷史——新月詩派研究之一〉，見本書，頁一七九至一八〇。

五月二十三日至六月六日所寫的〈徐志摩論——他的思想和藝術〉⑭，而相信是第一篇專門討論「新月詩派」的文章，則是由一名叫石靈的所寫的，發表於一九三七年的〈新月詩派〉⑮，另外，有人爲了證明「新月詩派」在中國新詩史上的影響，曾經作過這樣的統計：

朱自清先生選編的《中國新文學大系．詩集》入選的五十九家詩人中，作品被選錄得最多的是聞一多，其次是徐志摩。一九三六年倫敦出版的《中國現代詩選》，所選十五家詩人中新月詩人佔八家之多。《文學》雜誌一九三七年一月揭載〈我最喜歡的一首新詩〉的讀者徵稿，二十一人中有九人答覆的是新月詩人的詩作。當時出版的四部中國現代文學史和新詩史都把新月詩派或新月詩人放在重要的位置上加以評述。從二十年代到四十年代，研究新月詩派四大詩人聞一多、徐志摩、朱湘、陳夢家的專題論文篇數不下半百。⑯

這裏所指的幾部中國現代文學史是錢基博的《現代中國文學史》、陳炳坤的《最近三十年中國文

⑭ 穆木天說：「而代表中間的，則是『新月』詩派的最大的詩人徐志摩了」，《文學》三卷一號（一九三四年七月一日），頁一三。

⑮ 石靈：〈新月詩派〉，《文學》八卷一號（一九三七年一月），頁一二五至一三七。

⑯ 陳山：〈論新月詩派在新詩史發展中的歷史地位〉，《中國現代文學研究叢刊》一九八二年第一期（一九八二年五月），頁一二八。

學史》和王哲甫的《中國新文學運動史》，而那部新詩史則是草川朱雨的《中國新詩壇的昨日今日和明日》⑥⑦，另外，我們還可以再舉出一部文學史，那是一九四三年出版李一鳴的《中國新文學史講話》，它說得更清楚：

二十年代的四大詩人中，有三人是屬於新月詩派的。⑥⑧

要指出的是：這裏所提到的文學史著作，都是在四九年以前出版的。但一九四九年以後大陸出版的文學史又怎樣？在這裏，我們作一個粗略的檢查。

在四九年後大陸第一本重要的文學史著作——王瑤的《中國新文學史稿》——裏面，雖然沒有用上「新月詩派」的名稱，但可以說是與「新月詩派」有關的討論有兩部分，先是在第一編裏有一節「形式的追求」，裏面提到《詩鐫》的詩人也不少，另外在第二編裏還闢有專節討論「新月派」的詩作，稱爲「前夜的歌」，雖然論述略嫌簡略，但能以超過一頁的篇幅討論到「新月詩派」後期重要的詩人陳夢家⑥⑨，這是後來的文學史所無法企及的，原因是王瑤以後絕大部分現代文學史裏，根本沒有在任何地方討論過「新月詩派」。即以曾經翻譯成英文的丁易的《中國現代

⑥⑦ 同上。
⑥⑧ 李一鳴：《中國新文學史講話》（上海：世界書局，一九四三年十一月），頁六四。
⑥⑨ 王瑤：《中國新文學史稿》，頁二二二至二二三。

文學史略》為例，有關「新月派」的創作的討論，是放在「沒落的資產階級文學流派」的一節裏的——這已代表了態度上的改變，而裏面討論到的詩人只有徐志摩一人，聞一多、朱湘、陳夢家等都完全沒有提及(70)，這樣的論述方式，在後來的文學史裏不斷重複著，如劉綬松的《中國新文學史初稿》便是把「新月派」和「現代派」歸於「兩股逆流」一節，把徐志摩和陳夢家批判了一下便算完事(71)。

「文革」以後，情況沒有半點改善，唐弢所主編的三冊本《中國現代文學史》，只在第一冊的第五章〈「五四」——第一次國內革命戰爭時期的文學創作（二）〉第二節「語絲等社團流派和聞一多等人的創作」裏面找到有關聞一多、徐志摩和朱湘的討論，其中以聞一多的討論最多，但有關朱湘的部分只有一段約三百字的簡單討論，除此以外便什麼也沒有了。這樣的描寫是沒有反映出歷史的眞相的，「新月詩派」後期一些比較重要的詩人如陳夢家、方瑋德等是完全沒有在這套文學史裏任何地方出現的，連《新月詩選》也沒有提及(72)。必須指出，這一套現代文學史是教育部統一組織編寫的高等學校中文系教材，它有一定的代表性及權威性自不待言，更重要的是，它出版於「文革」以後（一九七九年），從理論上看來，它應該已是擺脫了極左思想的影

---

(70) 丁易：《中國現代文學史略》，頁二八八至二八九。

(71) 《中國新文學史初稿》，上卷，頁三〇三至三〇五。

(72) 《中國現代文學史（一）》（北京：人民文學出版社，一九七九年六月），頁二一一至二一七。

響，但看來情形卻不是這樣，而且，這做法還不算最極端，有些文學史乾脆對「新月派」隻字不提⑬。

在這情形下，從一九四九年以後大陸出版的文學史裏，我們所能見到的，是一個給左翼作家批判了的「新月派」，一個跟「法西斯的『民族主義文藝派』」相差不遠的反動組織，所著重批判的只是他們一班人的思想和政治活動，但除此以外，他們在文學方面的活動又怎樣？創作方面又可有什麼成就？這些本來是文學史應該交代處理的問題都付諸闕如，一些不少人理解爲「新月詩人」的作家如聞一多、徐志摩、朱湘等，只能以個別作家的身分出現（或是完全沒有在文學史裏出現），但整個的「新月詩派」的理論、活動及興衰情形是怎樣的？這派別裏可有別的詩人？他們的創作情況怎樣？可有什麼共通的地方？這些問題都沒法在這些文學史裏找到答案。「新月詩派」就好像是不曾存在過似的⑭。

在設定了「新月派」是一個代表資產階級的反動組織的前提下，以個別作家爲討論目標的安

⑬ 如田仲濟、孫昌熙：《中國現代文學史》（濟南：山東人民出版社，一九七九年八月）只有「聞一多及其詩集《紅燭》、《死水》」一節，頁九六至九九。

⑭ 當然也有例外的情形，我們可以舉出一兩本文學史，裏面闢有「新月詩派」一節：孫中田等主編：《中國現代文學史》（瀋陽：遼寧人民出版社，一九八四年五月），頁一〇二至一〇八；孫中田（主編）：《中國現代文學史》（北京：高等教育出版社，一九八八年十月），上冊，頁一二〇至一二八。

排，在下筆評價作家時是方便得多了，原因是文學史家不須考慮某位作家跟「反動」的「新月派」的關係，我們可以聞一多的評價問題爲例。不少四十年代以前出版的文學史著作和論文裏，聞一多都是給視作爲「新月詩派」的代表詩人，這原是無可爭議的：「新月詩派」被稱爲「格律派」、他們的詩作被譏爲「豆腐乾詩」，全都是因爲聞一多提出的那一套詩歌理論所致，就是徐志摩也說過他自己深受聞一多的影響⑮。可是，爲了要褒揚昆明時代的聞一多的「戰士」功績，人們便不願意把他和「資產階級」的「新月派」扯上任何關係，這作法很普遍，不單在文學史裏有這情況的出現，就是一些討論聞一多的文章也試圖把聞一多和「新月詩派」的關係打掉⑯。毫無疑問，這是出於一種非文學性和非學術性的考慮，在撰寫文學史時，這樣的干擾是應該剔除的。

四

上文討論了「新月派」在大陸文學史裏的描述，處理了兩個重要的問題：一是思想方面的問

⑮ 〈「猛虎集」序文〉，蔣復璁、梁實秋編：《徐志摩全集》（臺北：傳記文學出版社，一九六九年一月），第六卷，頁三四五。

⑯ 例如：張勁：〈聞一多與「新月派」辨析〉，收余嘉華、熊朝雋主編：《聞一多研究文集》（昆明：雲南教育出版社，一九九〇年十一月），頁二二八至二四一。

題，包括了它的政治立場等，一是「新月派」的文學活動和創作。關於前者，我們在上文花了不少篇幅來指出大陸文學史裏面的一些錯誤和對「新月派」不公平的地方，這多少帶點爲「新月派」「平反」的意思，但其實一個更基本的問題是：究竟是否應該在文學史裏討論思想的問題？這也還是有值得商榷之處的，不少人——包括唐弢——都認爲文學史不是思想史、政治史，所應重點描述的是文學方面的問題，而不是思想和政治鬪爭的問題⑺。可是，我們在上面已經指出，在「新月派」的討論裏，這剛好是倒了過來：大陸的文學史用了大量的篇幅來討論對「新月派」的思想批判，卻很少談到他們的創作。這是很有問題的，我們可以看看一首「羣衆歌謠」：

日頭落山心莫慌，夜裏冒日有月光，
月光明哩有星子，星子落哩天大光。⑻

難道我們眞的認爲這樣的一首歌謠在文學性藝術性方面是超過了「新月派」詩人的作品？又或是它在現代中國文學史裏所產生的影響，大於「新月派」的詩歌理論？爲甚麼這一類歌謠可以在大

⑺ 唐弢：〈關於中國現代文學史的編寫問題〉，北京師範大學中文系現代文學教研室編：《現代文學論集》（北京：北京師範大學出版社，一九八四年二月），頁六；唐弢：〈關於重寫文學史〉，《求是》一九九〇年二期（一九九〇年一月十六日），頁二七。

⑻ 〈日頭落山心莫慌〉，引自唐弢（主編）：《中國現代文學史（二）》，頁二三九。

部分的中國現代文學史裏佔去這麼多的篇幅⑲，而「新月詩派」就像應該消聲匿跡似的？

一九九二年四月

⑲ 例如唐弢主編的《中國現代文學史》便有一節共十一頁討論這樣的羣衆歌謠，同上，頁二二四至二三四。

打破公論 挑戰權威

——論大陸一九八八年的「重寫文學史」運動

一

一九八八年七月，上海出版的《上海文論》開闢了一個叫「重寫文學史」的專欄，由復旦大學中文系的陳思和及華東師範大學中文系的王曉明主持，這個專欄每期都有一至兩頁的「主持人的話」，二人以對話的形式稍爲述說一下他們對重寫文學史的意見以及介紹在該期「重寫文學史」專欄上發表的文章，這些文章數量並不多，每期大約只有兩三篇，主要是對一些重要作家、作品或文學思潮和現象重新分析評審，例如首先出現在這個專欄的兩篇文章，就是討論了兩位四九年以後在中國大陸備受推崇的作家趙樹理和柳青①，而別的在這個專欄討論過的作家還有丁玲

① 戴光中：〈關於「趙樹理方向」的再認識〉，《上海文論》一九八八年第四期（一九八八年七月二十日），頁一三至一七、六二；宋炳輝：〈「柳青現象」的啓示〉，同上，頁五至一二、六九。

②、胡風③、茅盾④、何其芳⑤、郭小川⑥、郭沫若⑦和聞一多⑧等，一些文學流派和文學界現象如鴛鴦蝴蝶派⑨、左翼文學運動中的宗派主義⑩，以至俄國理論家別林斯基、車爾尼雪夫斯基和杜勃羅留波夫在中國大陸批評界的地位等⑪，也在重評之列；另外，在結束這個「重寫文學

② 王雪瑛：〈論丁玲的小說創作〉，《上海文論》一九八八年第五期（一九八八年九月二十日），頁二一至二九。

③ 陳思和：〈胡風文學理論的遺產〉，《上海文論》一九八八年第六期（一九八八年十一月二十日），頁五至一四。

④ 藍棣之：〈一份高級形式的社會文件——重評「子夜」〉，《上海文論》一九八九年第三期（一九八九年五月二十日），頁四八至五三；徐循華：〈對中國現當代長篇小說的一個形式考察——關於「子夜」模式〉，同上，頁五四至五九。

⑤ 王彬彬：〈良知的限度——作爲一種文化現象的何其芳文學道路批判〉，《上海文論》一九八九年第四期（一九八九年七月二十日），頁一五至二四。

⑥ 周志宏、周德芳：〈「戰士詩人」的創作悲劇——郭小川詩歌新論〉，同上，頁二五至二九。

⑦ 李振聲：〈歷史與自我：深隱在「女神」詩境中的一種困境〉，《上海文論》一九八九年第五期（一九八九年九月二十日），頁一六至二〇。

⑧ 喻大翔：〈論聞一多早期詩歌的狹隘性及其文化根源〉，同上，頁二一至二九及三六。

⑨ 范伯羣：〈對鴛鴦蝴蝶——「禮拜六」派評價之反思〉，《上海文論》一九八九年第一期（一九八九年一月二十日），頁三〇至三七。

⑩ 沈永寶：〈革命文學運動中的宗派〉，同上，頁二一至二九、四一。

⑪ 夏中義：〈別、車、杜在當代中國的命運〉，《上海文論》一九八八年第五期，頁四至一九。

史」專欄前，他們還特別出了一個專輯，王曉明和陳思和發表了一篇較長的〈關於「重寫文學史」專欄的對話〉，同時還邀請了近十位學者就「重寫文學史」的問題發表意見⑫。

《上海文論》這次開闢「重寫文學史」的專欄，時間並不算長，一共只是出了九期，還不及一年半便須「收盤」，但他們所引起的反響卻很大，除了在北京鏡泊湖舉行過一次規模不小的「中國文學史討論會」外⑬，一些學術性刊物如《中國現代文學研究叢刊》等上面，都有人發表文章討論這個問題，事實上，《中國現代文學研究叢刊》也差不多在這個時候推出了「名著重讀」專欄，可以說是對《上海文論》的「重寫文學史」專欄一種支持和回應。另外，上海復旦大學中文系與《上海文論》更計畫在一九八九年暑期舉辦「重寫文學史」講習研討班⑭，還有一些人似乎也受到啓發，開始討論重寫古代文學史、中國近代史、中國音樂史等問題⑮，而作為中共

⑫《上海文論》一九八九年第六期（一九八九年十一月二十日），頁四至九；另外，在該期上發表了文章的還有：趙園：〈也說「重寫」〉，頁三一至三三；王富仁：〈關於「重寫文學史」的幾點感想〉，頁三三至三五；吳亮：〈對文學史和重寫文學史的懷疑〉，頁三五至三八；丁亞平：〈重寫與超越〉，頁三八至四〇。

⑬參〈懷疑·批判·重寫——「中國文學史研究」筆談〉，《文藝報》一九八八年九月二十四日，三版。

⑭上海復旦大學中文系、《上海文論》編輯部：〈「重寫文學史」講習研討班（會議）計畫〉，《上海文論》一九八九年第三期，頁四六。

⑮參楊燕迪：〈在突破中尋找自身——上海音樂學院「音樂沙龍」首次活動〉，《中國音樂報》一九八九年三月十七日。

黨中央理論性機關刊物的《求是》（前身是《紅旗》），也特約了林志浩撰文來「端正指導思想」⑯（同時被「邀請」寫文章的還有唐弢，但他發表出來的文章跟林志浩的很不一樣），甚至香港中文大學的中國文化研究所也曾在一九九〇年十二月一日召開過「如何看待文學史」座談會，還在它的《二十一世紀》上出版過一次專輯⑰，一九九一年，在海外復刊出版的《今天》更重新推出「重寫文學史」專欄⑱，可見「重寫文學史」運動的影響是不容忽視的。本文會深入探討這次近年中國大陸現、當代文學研究界比較轟動而重要的學術運動，由於在外面一般不容易看到有關的文章，這裏會盡量利用原始的資料，把它自己的「史」梳理出來（弄清楚它的來龍去

⑯ 唐弢：〈關於重寫文學史〉，《求是》一九九〇年第二期（一九九〇年一月六日），頁二七至二九；林志浩：〈重寫文學史要端正指導思想〉，同上，頁三〇至三六及四七。

⑰ 在該專輯上發表文章的有：嚴家炎：〈文學史觀漫議〉，《二十一世紀》第四期（一九九一年四月），頁一三七至一三九；王建元：〈倒過來寫的文學史〉，同上，頁一四〇至一四二；殷國明：〈重寫文學史論題〉，同上，頁一四三至一四五。

⑱ 《今天》一九九一年三、四期合刊（出版日期缺）；上面發表的文章有王曉明：〈一份雜誌和一個「社團」：論「五四」文學傳統〉，頁九四至一一四；另外，在接著的一期上，也發表了「重寫文學史」的兩篇文章：劉禾：〈文本、批評與民族國家文學：「生死場」的啓示〉，《今天》一九九二年第一期（出版日期缺），頁一六四至一七九；王德威：〈荒謬的喜劇：重讀「駱駝祥子」〉，同上，頁一八〇至一八七。

脈、發展以至「下場」），也會詳細討論它的主要發起人的見解、支持者的聲音以及反對的意見等，希望能找出這次運動的眞正意義。

二

在這一節裏，我們會首先深入介紹「重寫文學史」的倡議者所提出的理論和觀點。

簡單來說，這次重寫文學史的對象，主要是傳統所說的現當代中國文學，他們對現有的現當代文學史感到不滿意，希望能寫出一些跟過去很不同的文學史來。

我們先看「重寫文學史」這個題目本身。從現在所見到的材料看，似乎很多人對於「重寫」這兩個字是不滿意的，陳思和在專欄的收盤時說：

> 我記得最初對這個提法有分歧的意見的，是「重寫」的提法不妥，最好是用「另寫」「改寫」，也有認為應該提「修改文學史」。⑲

王曉明和陳思和自己看來對這個詞也很敏感，顯然他們是經過深思熟慮才提出來的，在第一次的

⑲ 陳思和、王曉明：〈關於「重寫文學史」專欄的對話〉，《上海文論》一九八九年第六期（一九八九年十一月二十日），頁四。

〈主持人的話〉裏，他們已小心翼翼的解釋這個詞的意思：

在正常情況下，文學史研究本來是不可能互相「複寫」的，因為每個研究者對具體作品的感受不同。只要真正是從自己的閱讀體驗出發，那就不管你是否自覺到，你必然只能夠「重寫」文學史。⑳

這是使他們的命題合理化的方法，他們開宗明義的說，「重寫文學史」根本沒有甚麼特別的地方，而是正常學術研究的部分，「每一個研究者對文學史的描述都只能是一次『重寫』」㉑。這在我們外面的讀者看來，是很合理正確的說法，任何人每次去寫文學史——甚至是寫任何學術論文——的時候，只要我們希望這本文學史或這篇論文有自己的價值，根本便會是一個「重寫」的過程：我們為甚麼要重述一些別人已經早提過的見解？陳思和甚至指出，即使這樣的「重寫」隱含著對過去的文學史的不滿，也是絕對正常的：

在我們面前有一本以前的文學史，我們對它不滿意，所以要修正、補充、發展前人的著

⑳ 陳思和、王曉明：〈主持人的話〉，《上海文論》一九八八年第四期，頁四。

㉑ 陳思和：〈關於「重寫文學史」〉，《文學評論家》一九八九年第二期，收陳思和：《筆走龍蛇》（臺北：業強出版社，一九九一年一月），頁七九。

作，也有些地方需要推倒重來，這也是正常的。每一個人在寫文學史著作時，他的潛意識裏總是隱藏著對前人著作的不滿意，這樣才能寫出表達自己見解的書來。如果對前人的書都全盤接受，那就如你〔王曉明〕過去所說的，是抄寫，或複寫。㉒

又說：

當然「重寫」還有另一種比較狹義的理解，我不想否認，它包含著我們對過去那種統一的文學模式的不滿和企圖更新的意思。㉓

可是，這裏所指的是「正常情況」，如果遇到了不正常的情況又怎樣？王曉明兩次闡述過其中的意思：

由於閱讀時的主觀差異，我們對作品的每一次評價實際上都是「重新評價」：從這個意義上講，其實是不存在「重新」評價作品的問題的，因為你本來就不可能不「重新」評價。但是，很長一個時期以來現當代文學研究卻使這個本來不應該成為問題的問題成了問題，而且是一個很大的問題。只要略略翻閱幾本文學史著作就可以看出，凡是比較重要的作

㉒ 陳思和、王曉明：〈關於「重寫文學史」專欄的對話〉，頁四至五。
㉓ 《筆走龍蛇》，頁七九。

家、作品和文學理論評價，都是驚人的相似，不但他們的文學史地位相同，而且在歸納他們成就的時候也總是幾句相同的斷語。㉔

實際上，文學史是不存在「重寫」的問題的，因為你本來就無法「複寫」……當然，說文學史不可能複寫，這只是從學術的角度而言，倘若摻進了別的因素，那情形自然又不同了。從五十年代中期開始，現代文學史研究當中的複寫現象就分明越來越多，複寫的精度也越來越高，不但文學史的整體框架，就連對作家作品的具體評價，也常都是大同小異，甚至字句都差不多。㉕

這就是說，由於過去人們所做的，只是一直不斷的在複寫文學史，也根本沒有嘗試過去寫出一本與別不同的文學史來，以致他們這一次不得不提出「重寫」的口號，強調這「重」字，意思是要人們停止複寫的行為，陳思和以下的一段說話便清楚說出了這個意思：

針對這樣一種非科學的思維定勢（指自五十年代以來形成了的一種編寫文學史的思維方式），我們要改變它就只能強調「重寫」，強調從我開始，從零開始，而不是某種修修補

㉔ 陳思和、王曉明：〈主持人的話〉，《上海文論》一九八八年五期，頁二〇。
㉕ 王曉明：〈關於「重寫文學史」〉，《文滙報》一九八八年七月二十六日。

補的「改寫」。㉖

這些引文裏所提到「統一的文學模式」，所謂的陳陳相因的做法，可以更具體的理解爲文學史研究中的固定的思維模式，但更重要的還是要追尋這做法背後的問題，也就是說，是甚麼東西造成這統一模式的出現？我們在上面徵引王曉明對複寫問題的看法時曾見他提到「別的因素」的摻入㉗，這「別的因素」又是甚麼？

王曉明在一篇文章中談到複寫的問題時說，這些複寫「是以某個公式爲底本的」，而這個公式根本與文學沒有甚麼關係㉘。他沒有馬上說出這公式是甚麼，但在別的地方，他跟陳思和便很清楚的把這個公式點出來，這就是所謂的庸俗的社會學傾向，簡單說來就是政治的干預。這種排除政治干預的要求，可以說是「重寫文學史」運動的第一個理論點。

首先，必須澄清而且加以強調的一點，是提倡「重寫文學史」的人從沒有說過要完全把政治從文學史研究中剔除出來，相反來說，他們在分析過已出版的現代中國文學史的發展歷史後，得出的結論是一直以來的文學史都是教科書式的文學史（這其中的問題，下文會再討論），「就中

㉖《筆走龍蛇》，頁七八。
㉗王曉明：〈關於「重寫文學史」〉，《文滙報》一九八八年七月二十六日。
㉘王曉明：〈重寫文學史〉，《文滙報》一九八八年七月六日。

國現代文學史的教科書來說，政治標準必然要講」，原因是這種具備了雙重性質——教學與科研——的文學史著作，反映了中共建國初期的意識形態，因而具有鮮明的目的和嚴格的內容規定㉙。此外，即就研究方面來說，他們也不完全反對政治學的介入：

中國現代文學既然是中國現代歷史的一個組成部分，大家就都可以拿它來作自己的研究材料，你文學史家可以用，思想史家可以用，我政治學家當然也可以用。倘若嚴格地從政治理論出發來研究中國現代作家作品，那這樣的研究也自有其政治學上的價值，這是沒有問題的。㉚

他們同意「中國五四以來的新文學運動本身是與政治現實鬪爭分不開」㉛，更願意承認在過去他們自己的論著裏也從來就沒有排斥或迴避過政治：這是一種十分開放客觀的態度，完全是從一種學術的立場出發的。

那麼，他們反對的又是甚麼？他們反對的是以政治作唯一的評價標準。陳思和在一次「主持人的話」裏解釋了他們的立場：

㉙ 陳思和、王曉明：〈關於「重寫文學史」專欄的對話〉，頁五。
㉚ 同上，頁六。
㉛ 同上，頁八。

本專欄反思的對象，是長期以來支配我們文學史研究的一種流行觀點，卽那種僅僅以庸俗社會學和狹隘的而非廣義的政治標準來衡量一切文學現象，並以此來代替或排斥藝術審美評價的史論觀。毋庸諱言，這種史論觀正是在五十年代後期的極左的政治和學術氛圍裏，逐步登峰造極，最後走向自己的反面的。「重寫文學史」，也正是在這樣一個前提下，對以往的文學現象進行反思和重評。㉜

這個觀點在《上海文論》把「重寫文學史」專欄收盤時陳思和和王曉明的一次「對話」裏說得更清楚肯定：

〔王〕自從五十年代中期開始，隨著極左思潮的影響逐漸加深，這種注重政治標準的做法也逐漸發展到了一種畸形的地步，就是簡單地把中國現代文學史看作是一部在文學方面的政治思想鬪爭史，形成了按照政治標準將作家「排座次」的評判習慣。在這種情形下，政治理論成了唯一的出發點……

〔陳〕我們過去讀的文學史，特別是在五十年代中期以來日益嚴重的「左」的路線影響下寫成的文學史，大都以文學領域的政治思想鬪爭為主要線索和脈絡，而把文學的審美功能

㉜〈主持人的話〉，《上海文論》一九八九年五期，頁三〇。

和審美標準放在從屬面、甚至是可有可無的位置上。由五十年代中期到文革，這個「文學史」的空白越來越多，不要說許多在歷次政治運動中被迫害的作家以及他們的作品遭到禁止，而且許多地區性文學也無法研究。㉝

這兩段文字都說過去的文學史受了極左思潮的影響，以致最後變成一種跟學術完全無關的活動。但爲甚麼從前撰寫文學史的時候總要跟政治路線扯上關係？他們也曾嘗試去解釋其中的原因，那就是文學史跟教學的緊密聯繫。

陳思和在一次學術座談會上指出，現代文學史一直以來都給人擡舉到一個過高的位置，與古典文學相比肩，他認爲這是不正確的，因爲從實際的情況看，現代文學只能算是一種斷代文學，從屬於中國文學史之下，過去把它的地位提高，是出於「五十年代初期革命傳統教育的政治需要」。可是，由於具備了這種前提，「對現代文學史的編寫與研究，從一開始就帶有教科書的特徵」，具備了這個特徵帶來了很嚴重的後果，那就是「它不但受制於教育大綱的總方針，也必須受制於對整個現代史的認識」㉞，嚴重的影響了學術研究的客觀性和自由創造精神，陳思和對這現象是非常悲觀的，他認爲「教科書式的專制與科學的自由探索精神的衝突幾乎是一種宿命」，

㉝ 陳思和、王曉明：〈關於「重寫文學史」專欄的對話〉，頁五。
㉞ 《筆走龍蛇》，頁七九。

他在一篇措詞比較強硬的文章中徵引了馬克思的說法，謂「教科書總是最集中地體現統治者的利益和願望，以一種思想文化的霸權面目出現，使與論一律，進而達到思想的鉗制」㉟，回到中國的情況，他憤憤地說：

> 正是因為這樣的教科書才像變戲法似的隨著政治運動一次又一次地編造文學史的神話，也正是這樣的教科書才會把沈從文、徐志摩、周作人、錢鍾書、張愛玲等一大批優秀作家作品推進民族遺忘的深淵，使之不再在文學史上留下痕跡。㊱

他認為這種「以論代史」的方式——也就是「用極左的政治觀點來編造和篡改文學史」，是「把現代文學史看作政治教育工具的必然結果」㊲。在對這些官方的、教科書式的文學史強烈不滿的情形下，他們提出了「重寫文學史」的口號，陳思和說得很清楚：

> 「重寫文學史」的提出，就是要求改變這種文化專制的局面，希望恢復文學史研究應有的

㉟ 陳思和：〈一本文學史的構想——「插圖本二十世紀中國文學史」總序〉，陳國球（編）：《中國文學史的省思》（香港：三聯書店，一九九三年六月），頁五一。

㊱ 同上。

㊲ 陳思和：《筆走龍蛇》，頁八〇。

科學態度，以自由的個性的多元的學術研究來取代僅止一種的官方聲音。㊳

又說：

「重寫文學史」首先要解決的，不是要在現有的現代文學史著作行列裏再多幾種新的文學史，也不是在現有的文學史基礎上再立幾個作家的專論，而是要改變這門學科原有的性質，使之從從屬於整個革命史傳統教育狀態下擺脫出來，成為一門獨立的、審美的文學史學科。㊴

這裏帶出了以審美的角度去研究現代中國文學的問題，很明顯，他們把這角度視作「重寫文學史」的重點所在：

「重寫文學史」，原則上是以審美的標準來重新評價過去的名家名作以及各種文學現象。㊵

上面說過，他們不反對以政治學的角度去研究現代文學，但他們也再三指出，這可不能用來代替

㊳ 陳思和：〈一本文學史的構想〉，頁五二。
㊴ 《筆走龍蛇》，頁七八。
㊵ 同上，頁八八。

從文學角度出發的文學史研究，因爲中國現代文學除了有政治的側面外，還有藝術的側面，而且，「這個作爲藝術的側面應該是中國現代文學史研究的主體部分」㊶，原因是「對一個優秀的作家來說，他在文學上所構成的成就，不在於他寫甚麼，更要緊的是他怎麼寫的，也就是他怎麼運用他特殊的藝術感覺和語言能力來表述，並完成他對人生、對社會的總體感受。」㊷因此，他們要求從文學的角度來進行研究，這樣，文學史家便是以一種審美的分析方法，述說對作家作品的藝術感受，他們提出「重寫文學史」，就是要「把文學史研究從那種僅僅以政治思想理論爲出發點的狹隘的研究思路中解脫出來」㊸，他們要對原來現代文學史上的各種結論提出質疑，這種質疑，就是「對過去把政治作爲唯一標準研究文學史的結果的懷疑」㊹，他們所追求的「是爲了倡導一種在審美標準下自由爭鳴的風氣，以改變過去政治標準下的大一統學風」，原因是「有許多在政治社會的劃一標準下無可爭議的現象，在審美的標準下也許會出現熱烈討論的話題」㊺。爲甚麼會這樣？陳思和解釋說：

㊶ 陳思和、王曉明：〈關於「重寫文學史」專欄的對話〉，頁六。
㊷ 《筆走龍蛇》，頁八七。
㊸ 〈關於「重寫文學史」專欄的對話〉，頁七。
㊹ 同上。
㊺ 同上。

審美是一種主觀性很强的活動，審美不可能有絶對一致的標準，卽便是被公衆所公認的藝術傑作，每個鑒賞者的體會、感受也決不會相同，這種種細微的差異都有可能導致個體的、多元的文學史研究的出現。㊻

從這點引伸出來的，就是文學史研究必須是個人的活動，因此，他們大力提倡由個人去編寫文學史㊼。這也是「重寫文學史」倡議者的另一個重要見解。

與此相關的是「歷史主義」的問題，這看來是他們沒法迴避的，由於他們強調從研究者自身開始，以個人的藝術感受出發，重新評價作家作品，結果便給人一種感覺，好像是過分強調了「當代性」，而缺少了歷史主義意識。不少人認爲：「對文學史上的許多現象，文學作品的價値，應該把它們放到當時的歷史環境下，確認它們在當時起過的進步作用，由此來肯定它們在文學史上的地位。」㊽王曉明和陳思和不完全同意這一點，他們並不認爲「站在今天的認識水平上對歷史現象作重新評價就是反對歷史主義」，原因是人們總是用批判的眼光去看歷史，這本來就是符合歷史主義的，這涉及了撰寫歷史（包括文學史）的主觀性問題。陳思和指出，歷史學是一種思

㊻ 陳思和：《筆走龍蛇》，頁八八。
㊼ 陳思和：〈要有個人寫的文學史〉，《文藝報》一九八八年九月二十四日，版三。
㊽ 陳思和、王曉明：〈關於「重寫文學史」專欄的對話〉，頁八。

想，是通過對歷史材料的編排和解釋來體現歷史學家的主觀世界，而每一個歷史學家都是從一個特定的視角去編修和解釋歷史材料的[49]，「要完全復原過去的歷史現象，在邏輯上是不可能的。因此，那些我們以爲是客觀歷史的東西，實際上都只是前人對歷史的主觀理解」[50]，他們強調，一部文學史是「寫」出來的，而不是「編」出來的，其中最重要的是研究者的「史識」[51]，因爲越是重要的文學現象，在不同的文學史家裏的差別也越大。王曉明曾經指出過一般人對文學史的誤解：

> 人們常用「公允」和「客觀」之類的字眼來稱讚文學史著作，這其實是一種誤解，文學史家並不能做到真正的公允和客觀。在某種意義上，文學史著作的價值恰恰在於它的獨特性，在於以這種獨特性為先導的深刻性。[52]

又說：

> 這客觀的文學歷史究竟是怎樣的，誰也不能夠知道，即便有誰自稱他已經知道，只要他一

[49] 陳思和：〈一本文學史的構想〉，頁五四。
[50] 陳思和、王曉明：〈關於「重寫文學史」專欄的對話〉，頁九。
[51] 陳思和：《筆走龍蛇》，頁七七。
[52] 王曉明：〈重寫文學史〉，《文匯報》一九八八年七月六日。

說，就還是變成了主觀的描述，不具備客觀的性質了。所以，嚴格說起來，「文學史」的涵義只有一個，那就是人們對文學歷史的主觀的描述。㊼

在這種理解下，王曉明、陳思和等呼籲要有個人寫的文學史，還有一層更深的意義，那就是這文學史只是出於這個撰寫者個人的理解及選擇，毫無半點意思去作為一個新的權威，即使陳思和或王曉明自已寫出一、二種文學史，「也只能是爭鳴中的一種個人意見，而決不是、也不可能是『重寫』的樣板，文學史本該就沒有樣板。」㊽其實，提出「重寫文學史」，本來就是要打破公論，打破文學史裏的樣板。這點我們在下面還會作進一步的討論。

三

在大陸最近出版的一本叫《新時期文藝論爭輯要》的書裏，收錄了一些有關「重寫文學史」的文章㊾，裏面有一篇題為〈關於「重寫文學史」的討論綜述〉、但卻以大批判的手法寫成，一

㊼ 王曉明：〈從萬壽寺到鏡泊湖〉，頁三七。

㊽ 陳思和：《筆走龍蛇》，頁八八。

㊾ 陸梅林、盛同（主編）：《新時期文藝論爭輯要》（重慶：重慶出版社，一九九一年十月），頁一七四五至一八七七。

點也不屬於客觀報導的文章，該文的作者認爲，「重寫文學史」運動是一股資產階級的文藝思潮，而從後推波助瀾的是劉再復和李澤厚。文章說：

> 到了一九八五年掀起「文藝觀念文藝方法更新」的熱潮時，劉再復則適應文藝新潮的需要，對「重寫文學史」這股潛流從理論上作了有力的呼應和引導，賦與了它更多的理論色彩。……
>
> 此外，李澤厚也為「重寫文學史」口號的出臺起了推波助瀾的作用。他在《中國現代思想史論》一書中提出的「救亡壓倒啓蒙」說，便為重寫中國現代文學史提供了深層次的、社會政治的理論根據。……
>
> 李澤厚和劉再復就從中國現代文學政治史論上，從文藝理論上作了「重寫文學史」的催生。[56]

爲甚麼這篇文章的作者要說「重寫文學史」口號的提出是基於一種資產階級思想、爲甚麼他要說這跟資產階級自由化思潮的泛濫有關、爲甚麼他要說「重寫文學史」的理論根據來自劉再復和李澤厚、「重寫文學史」的要求跟資產階級自由化思潮有甚麼關係、跟劉再復、李澤厚又有甚麼關

---

[56] 梅剛：〈關於「重寫文學史」的討論綜述〉，同上，頁一八六七至一八六八。

係等問題，我們在下文會再深入討論，可是，應該首先指出來的，是提出「重寫文學史」的學者所要求的，其實跟八十年代初期以來一班學者有關撰寫文學史的討論是相當接近的。這點是我們要深入了解這次運動的意義是所不能忽略的。

在大陸絕大部分學者看來，八十年代初期是一個「撥亂反正」的時代，這主要是指他們要從「四人幫」的極左路線解放出來。很多文章都指出，極左思想使現代文學研究受了很大的傷害，在「文革」期間出版的現代文學史裏，我們只能見到「魯迅走在『金光大道』」上[57]。可是，「文革」以前的情況又怎樣？一九四九至一九六六年間出版的文學史可完全沒有受左傾的思想影響？北大教授嚴家炎曾經簡略的談過中國現代文學史著作的一種「發展」：

> 建國初年王瑤同志的文學史，寫到的作家、用到的史料是比較多的。到劉綬松同志一九五六年出版的文學史，就對胡適、胡風採取否定的態度，而對周文、彭柏山、路翎、魯藜、綠原等作家則完全不提。一九五八年以後出版的現代文學史，丁玲、艾青、馮雪峰、姚雪垠、秦兆陽、黃谷柳等幾十名作家都突然失蹤（偶有保留者，也都冠以「丁玲批判」、「艾青批判」字樣）。到文化大革命前的一九六四年，連夏衍、陽翰笙、邵荃麟、瞿白音

[57] 參陳思和、王曉明：〈關於「重寫文學史」專欄的對話〉，頁五。《金光大道》是浩然所寫的小說，意思是說，「文革」期間，文學史裏能夠寫的唯一「正面人物」就只有魯迅和浩然兩個人。

> 等作家也都受到公開批判，於是現代文學中可講的作家作品就寥寥無幾了。林彪、「四人幫」這些野心家、陰謀家篡權期間，事情更發展到登峰造極的地步。[58]

也就是說，從五十年代中期開始，文學史的撰寫已受到干預，學術研究沒有眞正的自由，作家沒有得到公正的評價，卻跟一連串的當代政治運動掛鉤——五十年代初期批判胡適和清算胡風，五十年代後期反右傾運動清算了丁玲、馮雪峰等人——這跟「四人幫」是沒有關係的。

一九七八年十二月中共召開了十一屆三中全會以後，由於當時的黨領導人強調肅清「極左」思想，學術研究得到較大的自由，學者們也可以得到一個短暫的喘息機會，上面所提到八十年代初現代文學研究新趨向的探討以及對文學史撰寫方法的討論，就是在這形勢下提出來的。可以想像，學者們在八十年代初所要積極去做的，便是把政治的干預除去，因此，那時候便出現了有關文藝和政治的關係的討論[59]，不少人對於文藝必須從屬於政治的說法表示懷疑，甚至有人提出文藝應該跟政治完全脫離，這就是所謂的「淡化政治」。

從七十年代末、八十年代初開始，中國大陸很多學者確實已開始提出以新的觀點和方法來研究現代文學，更有不少人認眞考慮中國現代文學史的撰寫問題。其中一篇很重要的文章，是唐弢

---

58 同上。

59 參〈關於文藝與政治〉，余世謙等（主編）：《新時期文藝學論爭資料（一九七六年至一九八五年）》（上海：復旦大學出版社，一九八八年五月），上冊，頁一至四〇。

在一九八二年發表的〈關於中國現代文學史的編寫問題〉，那原來是爲北京師範大學所舉辦的一個現代文學教師進修班的專題演講，在這篇文章裏，唐弢除了談到他自己在主編那套三册本的《現代中國文學史》的時候所遇到的問題和得到的經驗外，更提出了很多編寫文學史的重要觀點⑩。此外，個人撰寫了一九四九年以後第一本新文學史的王瑤，也曾在一次中國現代文學研究會的學術討論會上宣讀了長文〈關於中國現代文學研究工作的隨想〉⑪，他們二人也參加了《文藝報》在一九八三年舉辦的一次「關於現代文學研究問題的探討」座談會，和別的人一起探討了文學史寫作的問題⑫。除了《文藝報》以外，中國大陸研究現代文學最重要的刊物《中國現代文學研究叢刊》也在一九八三至八四年間開闢了一個專欄「如何開創中國現代文學研究和教學的新局面」，發表了十數篇文章。我們看過「重寫文學史」的理論，再回頭看看八十年代初期一些來自也許是王曉明、陳思和的老師輩——我們在這裏比較集中討論的是唐弢、王瑤和嚴家炎——有關

⑩〈關於中國現代文學史的編寫問題〉，收北京師範大學中文系現代文學教研室編：《現代文學論集》(北京：北京師範大學出版社，一九八四年二月)，頁一至二四。

⑪王瑤：〈關於中國現代文學研究工作的隨想〉，《中國現代文學研究叢刊》一九八〇年第四輯（一九八〇年十二月），頁一至二四。

⑫〈關於現代文學研究問題的探討（在本刊召開的座談會上的部分發言）〉，《文藝報》一九八三年八期（一九八三年八月七日），頁一一至二五。唐弢的發言名爲〈既要開放，又要堅持原則〉，頁一一至一二；王瑤的發言是〈研究問題要有歷史感〉，頁一二至一四。

文學史撰寫方法的論述，不難發覺其中有很多接近的地方。

我們在上一節裏首先指出，提出「重寫文學史」的原因，在於過去太多人在「複寫」文學史。其實，在八十年代初期，人們討論現代文學研究的時候，也有些文章談到類似複寫的問題。唐弢在他的演講裏說：

> 魯迅在給許廣平的信裏曾說，如果他寫文學史，可以講出一些別人沒有講過的東西來。這一點也很重要。我以為文學史應該多種多樣。現在的幾本文學史大同小異，連章節安排差不多都一樣。如果要我個人寫文學史，我就不同意現在這種寫法。[63]

別的人也說：

> 目前流行的現代文學史，就其體例和結構言之，大同小異，大都是以作家作品為單元。[64]

有人甚至認爲「文革」以後出版的文學史的情況也是一樣：

> 這一批文學史究竟都是在舊作的基礎上增刪而成的，加上當時的歷史環境與今日有所不

---

[63] 〈關於中國現代文學史的編寫問題〉，頁二。

[64] 劉獻彪、周建基：〈幾點想法〉，《中國現代文學研究叢刊》一九八〇年第四輯，頁四二。

同，所以，便處處露出修補的痕跡和新舊交替的徵象。65

由此可見，對於原有文學史那種陳陳相因的做法的不滿，不只限於提倡「重寫文學史」的兩位學者，八十年代初期已有人指出了其中的流弊了。至於王曉明、陳思和等所非常關心的政治問題，當時更曾經是大談特談的。

儘管唐弢爲教育部所主編的三册本《中國現代文學史》並沒有能夠怎樣的擺脫政治的影響（這裏面有著很多因素）66，但他在八十年代初所論述政治和文學關係的看法卻是很開明的。在上面談到的〈關於中國現代文學史的編寫問題〉裏，他說要講的第一個問題便是文學史與政治的問題，他連續兩次說了這樣的話：

文學史就應該是文學史，而不是甚麼文藝運動史、政治鬥爭史，也不是甚麼思想鬥爭史。總之，文學史應該首先是文學史，不應該是政治運動史，不應該是文藝鬥爭史。67

---

65 吳福輝：〈提倡個人編寫文學史〉，《中國現代文學研究叢刊》一九八四年第一期（一九八四年三月），頁四四。

66 參王宏志：〈主觀願望與客觀環境之間——談唐弢的文學史觀和他主編的「中國現代文學史」〉，見本書，頁三五五至三八三。

67 〈關於中國現代文學史的編寫問題〉，頁六及八。

除了唐弢以外，不少人也提出相近的說法，王瑤甚至所用的字眼也很接近：

> 文學史不能以文學運動為主，尤其不能以政治運動為主。……文學史不同於文藝思想史。[68]

應該指出，無論是唐弢還是王瑤，他們在討論文學史裏是否應該加入思想或政治性的描述時，始終都是以文學作品爲大前提的。王瑤說：

> 我們也不能避開不講文藝運動，因為它確實對創作有影響，有時甚至是促使文學面貌發生根本變化的巨大影響。……重要的是文學史不能僅從政治的角度來考察文藝運動，而必須著眼於某一運動對創作所產生的實際影響，看它是促進了還是阻礙了文學創作的向前發展，或者根本沒起甚麼作用。……文學史不同於文藝思想史，它講思想鬭爭是為了說明馬列主義文藝思想如何在文學戰線上佔領了陣地以及它如何影響創作的，因此必須考察和分析這種影響。[69]

唐弢的態度更是開放一點，他說：

---

[68] 王瑤：〈關於中國現代文學研究工作的隨想〉，頁一二。

[69] 同上。

我們這部書〔三冊本《中國現代文學史》〕正好存在這個問題。對文藝運動和思想鬥爭，寫得太多。對「左聯」寫那麼多是應該的，它當時對文學發展起了作用，但那也應該從文學作品中去看出來，說明它曾經提倡過甚麼，有甚麼收穫，而不光是政治運動和鬥爭。

現在寫文學史都要寫每個作家的思想發展，好像成了規律，我想不一定個個作家都這樣寫。要寫也應該從他的作品裏去分析他當時的思想，後期作品裏的思想比前期有甚麼不同，抛開了作品談甚麼思想發展？……寫作家的思想應寫與作品有關係的，不要懸空講思想發展。⑳

也就是說，文學史裏不一定不能寫有關政治思想的東西，但寫的時候也應該以創作爲討論的對象，否則便很有可能拿政治來作爲衡量一切的標準，也就是以政治裁判代替文學批評，而這種政治裁判還是根據某一歷史時期的政治氣候來作出的。這在八十年代初期已給批判了：

〔過去〕對作家作品的評價，往往只用作品中是否有「階級觀點」和「指出了出路沒有」等公式去硬套，以此來評論一個作家在文學史上的地位與作用。如有本文學史對冰心、老舍等作家，認為他們的作品，沒有「階級觀點」，沒有「指出出路」。如認為老舍的《駱

⑳〈關於中國現代文學史的編寫問題〉，頁八。

駝祥子》最後的結局是暗淡的、悲慘的等等。這樣做的結果，就不可能不抹煞一大批在文學史上有過影響的作家。……往往是，政治上好的，對他的作品則大加渲染；政治上差一點的，對他的作品則輕描淡寫。如果在政治上犯了錯誤，則連他過去的歷史也一概予以否定。⑪

人們重新思考文學史的撰寫方法的時候，在一種痛定思痛的情況下，都強烈要求除去政治的干預，我們徵引一兩段有關的論述：

許多人不是「政治第一」，而是「政治唯一」，因為胡適、徐志摩、周作人後來政治上不好，就把他們以前的作品也否定掉了。國外說我們不提則已，一提就把他們當作靶子打。這值得我們文學史家們考慮，徐志摩的詩，周作人和梁實秋的散文，也有好的。……我們一度就是這樣不實事求是地分析問題，都是「政治唯一」，所以把文學史上政治上犯過錯誤，或政治上不太好，過去寫過一些好作品的作家，都否定了，不提了，這是不對的。政治上後來變了，以前的長處就完全不算，能這樣嗎？⑫

⑪ 劉獻彪、周建基：〈幾點想法〉，頁四八。
⑫ 〈關於中國現代文學史的編寫問題〉，頁九。

文學史既以創作成果為主要研究對象，因此對作家的評價也主要是看他的作品的成就和貢獻，不能牽扯到作家的其他許多方面。……我們當然應該注意到他的多方面的社會實踐作為研究他的作品的背景和參考，但我們研究和評價他的成就的主要依據是他的作品，而不是他在各種運動中的表現。他在文藝運動或論爭中的活動當然會反映出他的文藝思想的某些觀點，這些觀點當然也會對它的作品產生影響，但我們仍然不能以他的主張或觀點來代替他的作品的分析和評價。……文學史只能根據作品在客觀上所反映的思想傾向和藝術成就來評價，而不能根據作者在政治運動中的表現來評價。我們作出的評價無論是否正確或允當，它是一個可以討論的學術問題，與政治結論是完全不同的。⑬

唐弢等原來也討論過作家作品的藝術性的問題，他不主張把一些只有宣傳意義、藝術性不足的作品寫進文學史裏，「要寫就得寫確實是有文學特色、有藝術性的」，他舉出了抗戰時期的「街頭詩」和「活報劇」，認爲都只是有宣傳作用，卻沒有多大文學價值的，甚至「天安門詩」也只是政治宣傳詩罷了。他要求以藝術的觀點來重新評價一些原來被認爲政治思想或歷史不夠「正確」的作家，諸如王統照、沈從文、戴望舒、錢鍾書以至徐志摩、周作人、梁實秋等，另外是要把一些因政治因素而給與了過高評價的作家——如蔣光慈等放回合適的位置去⑭。

⑬ 王瑤：〈關於中國現代文學研究工作的隨想〉，頁一三至一四。
⑭ 〈關於中國現代文學史的編寫問題〉，頁九至一四。

甚至要有個人寫的文學史的提法，也是在八十年代初已提出來了。吳福輝一九八三年在《中國現代文學研究叢刊》上曾經發表過一篇文章，題目便叫做〈提倡個人編寫文學史〉，他在文章中比較了集體編寫和個人編寫文學史的不同之處：

集體編寫時，每個執筆者所想的，主要不是如何表現自己的真知卓見（不被公認的學術研究成果，是很難寫進集體負責的書裏去的），而要去盡量符合統一的要求和體例。寫作，成了追求一種平均數值，個性日少，經院氣味愈重。個人著述卻不然，它容易形成鮮明的特色。可以自成一家之言，體例上也能夠別具一格，而為任何其他同類著作所不能替代。這就是因為個人編寫可以有自己獨立的史家眼光。⑮

這說法跟陳思和在一九八八年的說法也是很接近的。

在這一節裏，我們看過八十年代初期一些文學史家對於撰寫現代文學史的意見。不難發覺，他們很多觀點，跟幾年後王曉明、陳思和在倡議「重寫文學史」時的論調是很接近的，有的甚至可以說是完全一致的。筆者在另一篇專門討論唐弢的文學史觀和他的《中國現代文學史》的文章裏，曾提出過這樣的觀點：

⑮ 吳福輝：〈提倡個人編寫文學史〉，頁四四至四七。

假如唐弢在編寫該書時能夠照著文章〔〈關於中國現代文學史的編寫問題〉〕中的觀點去做，一九八八年的「重寫文學史」運動也許不一定會出現，原因是它很可能在很大的程度上已經滿足了那些年輕學者的要求。⑯

這當然只是一個假設，但既然二者的觀點這麼接近，我們很容易便會產生以下的疑問來：

第一，為甚麼倡議「重寫文學史」的年輕學者沒有特別提到八十年代初期唐弢等對文學史研究的意見，或者更具體的說，為甚麼他們不以前輩學者的意見作理論根據或支柱？

第二，為甚麼八十年代初期提出與「重寫文學史」理論相接近的意見時，在整體上並沒有引起甚麼反響？

第三，為甚麼一九八八年提出「重寫文學史」時會惹來這許多支持和反對的聲音，而最後更導致中共官方的禁制？

四

首先，我們應該澄清一下，陳思和、王曉明並不是完全沒有提及八十年代初以來現代文學研

---

⑯ 參王宏志：〈主觀願望與客觀環境之間——談唐弢的文學史觀和他主編的「中國現代文學史」〉，見本書，頁三五七。

究的新路向以及因此帶來的正面影響。他們曾經多次強調「重寫文學史」的工作是在更早的時候便開始了。在一處地方，陳思和指出：提出「重寫文學史」，是「在近十年來學術研究發展中必然會發生」的結果，又說：「從大背景上說，這一發展變化正是文學史研究領域堅持了十一屆三中全會路線的結果」⑦⑦，爲甚麼他要特別提到中共的三中全會，我們在下面會再討論，但如果我們從最單純及正面的角度去理解陳思和的說話，那自然是指這次會議後官方在思想管制方面採取一種比較開放和容忍的態度，因而爲學術研究提供了有利的條件，學者能夠和較前願意提出新穎的見解，爲一九八八年的「重寫文學史」運動鋪好了路。但他們具體所指的又是甚麼？

不能否認，王曉明、陳思和等對八十年代初期老一輩的學者有關現代文學史研究的討論是不大重視的，在現在可以見到的文章中，他們都沒有提到這些論文，相反來說，他們經常論及的有兩方面，一是資料的整理，二是一批年輕學者的嶄新研究成果。

應該指出，提出「重寫文學史」口號的年輕學者對於資料的整理也是很重視的。他們對於社會科學院文學所等單位聯合編撰的兩套資料集《中國現代文學史資料匯編》及《中國當代文學研究資料》很是推崇，除了形容這是一項「規模巨大、內容繁複」的工程外，更有這樣的說法：

通過這次實踐，原來政治教科書式的文學史所整合的體系被打破了，大量資料收集不但開

⑦⑦ 陳思和、王曉明：〈關於「重寫文學史」專欄的對話〉，《上海文論》一九八九年六期，頁七。

拓了人們的學術視野，也樹立起一種不同於過去的觀點的研究標準。⑱

這種學術不是技術性的，它包含了一場從思維方法到具體研究的革命，即是用實證的方法來修正原先由於政治偏見而對文學史所作的篡改和歪曲。這種工作本身已經為今天「重寫文學史」的提出鋪下了道路。⑲

除了資料的整合外，他們也非常重視一班年輕學者的成績，陳思和提到的名字包括趙園、陳平原、藍棣之、凌宇、應國靖、王富仁、李輝、錢理羣及朱文華等⑳，他們大都是編寫過現代文學史的老一輩學者王瑤、唐弢和李何林的學生，王曉明等認爲，這批年輕學者的工作很重要，「不但產生了對具體作家作品作出新的闡釋的熱情，也自然而然地產生了重新整合現代文學史的要求」㉑。換言之，他們也把這些研究成績視爲「重寫文學史」的準備工作，但反過來說，他們並不怎樣的理會這些年輕學者的老師們在八十年代初期有關編寫現代文學史的意見。

在芸芸研究成果中，他們特別強調了北京大學錢理羣、黃子平和陳平原在一九八五年五月北京萬壽寺召開的「中國現代文學研究創新座談會」裏提出的「打通」現、當代中國文學的構思，

⑱ 同上。

⑲ 《筆走龍蛇》，頁八〇。

⑳ 同上。

㉑ 陳思和、王曉明：〈關於「重寫文學史」專欄的對話〉，《上海文論》一九八九年六期，頁七。

也就是建立「二十世紀中國文學」的理念。王曉明回想那時候的情況時說：

> 但在當時，我卻和許多同行一樣受到了强烈的震動。就是今天，一回想起一九八四年的深秋，我在未名湖畔聽錢理羣介紹他們三人的初步設想時的興奮心情，我都覺得彷彿就是昨天才發生的事情，歷歷如在眼前。[82]

他們是很願意把這理念跟「重寫文學史」口號的提出連繫起來，例如陳思和便說過：「一九八五年學術界討論『二十世紀文學』就是一個標誌，重寫文學史是順理成章提出來的」[83]，而王曉明在一篇爲《中國新時期文學理論大系．二十世紀中國文學研究卷》所寫的〈導言〉中，更把萬壽寺和鏡泊湖的兩次座談會緊扣起來——他的這篇文章便叫做〈從萬壽寺到鏡泊湖〉[84]；而在《上海文論》的一篇〈主持人的話〉中，他說得更清楚：「三年以前〔一九八五年〕就已經有人鄭重地拉開了『重寫文學史』的序幕！」[85]

---

[82] 王曉明：〈從萬壽寺到鏡泊湖——關於「二十世紀中國文學」研究〉，《文藝研究》一九八九年三期（一九八一年五月二十一日），頁三五。

[83] 〈關於「重寫文學史」專欄的對話〉，頁七。

[84] 〈從萬壽寺到鏡泊湖〉，頁三五至四一。

[85] 〈主持人的話〉，《上海文論》一九八八年六期，頁四。

究竟這「二十世紀中國文學」的觀念有甚麼地方贏得「重寫文學史」專欄的兩位主持人的重視，願意將這「發明權」拱手出讓？

就現在所見到的資料看，這個「二十世紀中國文學」的構思已醞釀很久，第一次正式提出來的就是萬壽寺的那次座談會。那時候，錢理羣是北京大學中文系的副教授，黃子平則是那裏的助教，而陳平原還是博士研究生。除了在座談會上公開提出這構思外，他們還在一九八五年第五期的《文學評論》上發表了三人聯署的〈論「二十世紀中國文學」〉，跟著，《讀書》雜誌又連載了他們三人有關這「二十世紀中國文學」觀念的「三人談」，這篇文章和這些「三人談」後來由人民文學出版社出版，名爲《「二十世紀中國文學」三人談》㊱，此外，北京大學還在中文系教授兼現代文學教研室主任孫玉石的主持下，在一九八六年舉辦了兩次座談會，出席的第一次座談會的有北大中文系主任嚴家炎、文學研究所所長謝冕以及當代文學教研室主任張鍾等，而第二次的座談會加入了中文系教授王瑤，還有日本的學者竹內實、丸山昇和伊藤虎丸，另外是臨時加入的芝加哥大學教授李歐梵㊲，這也可以證明錢理羣他們所提出的新的「二十世紀中國文學」觀念在一九八六年已引起了普遍的關注。

㊱ 黃子平、陳平原、錢理羣：〈論「二十世紀中國文學」〉（北京：人民文學出版社，一九八八年九月）。

㊲ 孫玉石、嚴家炎等：〈關於「二十世紀中國文學」的兩次座談〉，《當代作家評論》一九八九年五期（一九八九年九月二十五日），頁九七至一〇九。

由於篇幅關係，我們不在這裏詳細討論錢理羣他們的理論和觀點，簡單來說，這個「二十世紀中國文學」的觀念，主要有兩個論點：第一，他們取消了以近代文學、現代文學和當代文學的分界，代之以一個二十世紀中國文學的觀念，「要把二十世紀中國文學作爲一個不可分割的有機整體來把握」；第二，二十世紀中國文學是一種「走向『世界文學』的中國文學；以『改造民族的靈魂』爲總主題的文學；以『悲涼』爲基本核心的現代美感特徵；由文學語言結構表現出來的藝術思維的現代化過程。」⑧⑧

我們也不打算詳細探究和評估這些論點是否正確，這不是寫作本文的意圖，在這裏，我們只須看看它們有什麼地方吸引著「重寫文學史」專欄的兩位主持人。

王曉明在一期「主持人的話」中，說過這樣的話：

> 倘說在今天，「重寫文學史」的努力已經滙成了一股相當有力的潮流，這股潮流的源頭，卻是在那個座談會〔指萬壽寺的「中國現代文學研究創新座談會」〕上初步形成的。正是在那會議上，我們第一次看清了打破文學史研究的既成格局的重要意義。⑧⑨

這裏說得很清楚，提出「二十世紀中國文學」的新概念，值得特別留意的不一定是這概念的理論

⑧⑧　〈論「二十世紀中國文學」〉，頁一至二。

⑧⑨　《上海文論》一九八八年六期，頁四。

本身，它眞正重要的意義其實是在於「打破文學史研究的既成格局」。那麼，這「文學史研究的既成格局」是甚麼？他們又以甚麼來打破這格局？

驟眼看來，「二十世紀中國文學」概念首先打破的「文學史研究的既成格局」，就是取消了傳統以來把晚淸至今天的文學劃分成近代文學、現代文學和當代文學三大範疇的做法。但應該指出的是：打通現當代文學的構思其實並不是始於黃子平等人。一篇評論一九八〇年中國現代文學研究情況的文章便有過以下的報導：

一九八〇年出現的一種新的動向，是不少研究者把現代文學和當代文學結合在一起，把「五四」以來六十年當作一個整體來考察。⑨⓪

對於這現象的出現，有人提出以下的解釋：

在這〔一九八〇年〕前後，隨著「撥亂反正」的深入和研究新局面的出現，研究者開始重新思考文學史的一些現象，「史」的意識有所增加，所以一些具體問題往往涉及到文學史的整體問題。比如當時關於趙樹理及其代表的「山藥蛋派」的討論、關於孫犁及其代表的

⑨⓪ 張建勇、辛宇：〈一九八〇年中國現代文學研究述評〉，《中國文學研究年鑑（一九八〇年）》（北京：中國社會科學出版社，一九八二年十月），頁九四。

「荷花淀派」的討論，都涉及到對於跨代作家如何評價的問題，由此提出了關於「現代文學」與「當代文學」的關係問題。(91)

解決這些問題，就是把現當代文學結合在一起，事實上，在該年海南師專召開的現代文學學術討論會上，就有提出貫通現當代「六十年文學」的主張，據說，「結合後來的發展，從六十年文學的整體來研究現代文學，對於歷史上一些事作的是非功過，以及其他許多有關的問題都可以作出更確切的分析和更充分的評價。」(92)

近代文學方面，一九八二年也有人提出現代文學與近代文學的聯繫問題。陳學超首先倡議了「關於建立中國近代百年文學史研究格局的設想」，他的設想是要「將鴉片戰爭以後八十年的文學史和『五四』以後三十年的文學史格局結合起來，建立『中國近百年文學史』」(93)，跟著，邢

---

(91) 程金城：〈關於中國現代文學史的起訖時間與歷史分期問題——中國現代文學史「陳案新說」概述之一〉，《社會科學》一九九〇年四期，收《中國現代、當代文學研究（複印報刊資料）》一九九〇年第十一期（出版日期缺），頁二一。

(92) 張建勇、辛宇：〈一九八〇年中國現代文學研究述評〉，頁九五。

(93) 陳學超：〈關於建立中國近代百年文學史研究格局的設想〉，《中國現代文學研究叢刊》一九八三年第三期（一九八三年九月），頁一三。該文原發表於陝西省會科學院內部刊物《理論研究》一九八二年第十一期。

鐵華在一九八四年也發表文章，指出中國現代文學實「開源於一八九四年中日甲午戰爭，『五四』並非它的發端。如果從一八九四到一九四九年可以作為中國現代文學的完整的一段，那麼它就成了五十五年而不是三十年。」⑭

既然這樣，為甚麼王曉明和陳思和對黃子平等的「二十世紀中國文學」的觀念特別推崇？其實，儘管表面看來，大家都是提出要抹去近、現、當代文學的人為界限，但黃子平等與別的人所提的卻有本質上的差異。上面談到一九八〇年的時候一些人也曾建議要取消以一九四九年作為現、當代文學的分界，但他們的動機大抵是為了要照顧一些跨代作家的評價問題，例如唐弢在上引過的一篇文章裏便說過這樣的話：

現在大家都從「五四」講到建國。我們是不是將來要改，我看很可能改。因為現代文學和當代文學是一碼事，現在國外就看作一碼子事。但起點不同，一般歐洲人從一九〇一年開始，就是從二十世紀開始。後來有些專家到中國來，他們慢慢地也接受了我們的看法，覺得從「五四」開始有道理。但下限還是到現在為止，無所謂當代。我們現在下限到開國為止，就有些問題。建國以後新起來的作家好辦，但從「五四」開始的一些老作家，比如巴

⑭ 邢鐵華：〈中國現代文學之背影——論發端〉，《蘇州大學學報》，引自程金城：《關於中國現代文學史的起訖時間與歷史分期問題》，頁二二。

金、老舍、冰心等人，就把他們腰斬了，他們建國以後有很大發展，而我們現在就那樣結束了，這不是辦法。你要講他後來作品，還得另外寫部書。我的想法，很可能將來還是要連起來的。㊾

不能否認，這也有實際上的需要，但可以肯定的是，那時候不少人的考慮還是政治出發，這從《中國文學研究年鑑》上的文章中可看出來：

> 把「五四」以來六十年當作一個整體來考察，即聯繫著社會主義革命時期的文學實踐，分析評價新民主主義革命時期的一些文學問題。㊿

又說：

> 中國現代文學，就其本身而言，前後不過三十多年的歷史。然而，無論是「五四」文學革命，還是三十年代的無產階級革命文學運動，或者是延安文藝座談會以後的工農兵方向，它們的歷史意義遠遠超過了三十年的範圍，對於直到今天的文學工作始終發生著深刻的影

㊾ 〈關於中國現代文學史的編寫問題〉，頁六至七。

㊿ 張建勇、辛宇：〈一九八〇年中國現代文學研究述評〉，頁九四。

響。⑰

另一方面，錢理羣等人的著眼點卻很不同，儘管他們沒有明確地說出來，但讀過他們的〈論「二十世紀中國文學」〉和「三人談」的，很容易便可以看出他們是努力的嘗試去打破過去中國現當代文學研究中的政治框架，事實上，在文章的結尾處，他們說過這樣的話：

「二十世紀中國文學」這一概念首先意味著文學史從社會政治史的簡單比附中獨立出來。⑱

兩位北大副教授洪子誠和張鍾在上面提過的第一次座談會上便淸楚的把這個重點說出來：

我只讀過〈論「二十世紀中國文學」〉，……可以說是提供了一種新的文學史理論和研究方法，有突破性進展。把研究的立足點從「政治」深入到「文化」，過去爭論不休的一些問題變得不甚重要了。……强調文學的獨立性，努力把文學史從政治史的附庸中解放出來，這一點文章貫徹得較好。⑲

⑰ 同上，頁九五。
⑱ 〈論「二十世紀中國文學」〉，頁二五。
⑲ 孫玉石、嚴家炎等：〈關於「二十世紀中國文學」的兩次座談〉，頁九九。

整個文學研究的格局正發生大變化，老錢他們的文章反映了這一點。把本世紀中國文學放在世界背景下來考察，一下子把思路打開；從注重政治轉移到文化，也很有眼光。⑽

而座談會的主持人孫玉石也出有類似的說法：

在一九八五年這個「方法」年裏，〈論「二十世紀中國文學」〉無疑是重頭文章，可能引起很深的思考。首先，打破了近、現、當代文學的觀念，從中西文化接觸點來考察文學的嬗變，得出一些新的結論。……其次，過去習慣於强調文學與政治鬪爭的關係，現在大膽突出自身發展規律。⑾

很明顯，錢理羣等提出「二十世紀中國文學」的觀念，打破一九四九年作爲現當代文學的分界，最重要的地方在於除掉政治的影響，因爲一九四九年原來只不過是政治上的分界，與文學史是沒有多大關係的。這點提出「重寫文學史」的兩位學者也是多次指出過了，他們對於這原來的劃分方法是極爲不滿的，例如王曉明不只一次的提到現當代文學之間長期存在著「一道非學術的障

⑽ 同上，頁一〇〇。
⑾ 同上，頁九九。

壁」[102]，而陳思和則稱之爲「人爲界限」[103]。

但錢理羣等人的眞正貢獻，卻在於兩方面，一是打破定論，二是衝開缺口。以一九四九年作爲現當代文學的分界，只不過是學術研究上很多很多政治干預所做成的許多公論的其中一種，先從這裏入手，就有可能淸除別的政治干預，推翻別的公論，這才是提出「重寫文學史」的人對「二十世紀中國文學」觀念大力推崇的眞正原因。陳思和這樣的理解「二十世紀中國文學」理念的功用：

> 打破了二十世紀以來近、現、當代文學之間的人為界限，使二十世紀文學作為一塊整體，來進行重新認識和評價，這種打通近、現、當代文學的工作，決不是一種兩大或三大時間塊的機械拼湊，它是一種新的整合，促使原有的許多學術定論（也包括剛剛從撥亂反正中建立起來的新的價值標準）都發生了動搖。原來局部研究、個別研究中被認為是偉大無比，或者美好無比的文學現象和優秀作品，一旦置於整體的文學發展背景中，就顯出了它們內在的局限和時代留在它們身上的缺陷性。[104]

[102] 〈從萬壽寺到鏡泊湖〉，頁三五。

[103] 陳思和：《筆走龍蛇》，頁八三。

[104] 同上，頁八三至八四。

至於衝開缺口方面，王曉明這段文字便說得很清楚：

> 一般說來，在一個發展正常的學科領域裏，你要確立一個新的研究課題，並不是很難的事情；如果你未能就這個課題展開深入的研究，獲得足以啓示人心的成果，單是確立新課題這件事本身，也並不會對整個學科的研究格局產生多大的影響。可是，如果這個學科領域深受某種外力的壓制，基本的研究格局長時期僵滯不變，那情形就完全不同了。各種各樣的新的學術思想，就好像是早春時候江中的暖流，在冰層下面到處衝撞，只要有誰率先融坍一個缺口，四近的暖流就都會聚攏過來，迅速地分割和吞沒周圍的冰層。的確可以這麼說，正是中國現代文學研究的長期停滯，賦與了「二十世紀中國文學」的新課題格外重大的意義。[105]

這段文字很有意思，除了說明了提出「二十世紀中國文學」這理念的意義外，但其實也預示了「重寫文學史」在中國大陸的命運：先是「二十世紀文學」這股暖流率先融坍了的冰層缺口，「重寫文學史」就是在這個缺口湧出來的其中一股暖流，這本來不怎麼「可怕」，可怕的是「四近的暖流就都會聚攏過來，迅速地分割和吞沒周圍的冰層」！一九八九年中國大陸酷寒的天氣把

[105] 〈從萬壽寺到鏡泊湖〉，頁三五。

冰塊重新聚合起來，一切暖流又給壓在厚厚的冰層下面，「重寫文學史」變成一個離經叛道的口號，非學術的干擾又一次強加在學術活動上面來。

五

陳思和在一篇寫於一九八八年底的文章裏說了這樣的話：

我想各種不同意見的爭論還會進一步深入下去。這對於繁榮文學史研究，活躍學術討論氣氛，刺激後學進一步解放思想，推動整個學術進步，有百利而無一弊。但是在中國，學術爭論通常難以逾越兩大障礙，一是非學術因素的干擾，二是望文生義的誤解。目前我們還沒有遇到前一種障礙，但後一種誤解是難以避免的。⑯

這段深刻而意味深長的說話，不是久經大陸學術界的風風雨雨的人不能說出來的，它裏面明顯的隱藏著一層憂慮。也許是不幸言中，也許是陳思和的感覺太敏銳，又也許是他對大陸的情況理解得透徹，儘管他們在開始的時候已敬告讀者，「無論你持甚麼意見，都希望商榷者能夠以實事求是的科學態度來參加討論。我們的民族吃夠了那種『大批判』式的惡劣文風的苦頭，實在不願看

---

⑯《筆走龍蛇》，頁七六。

到它某一天在學術領域裏重又露面」⑩，「非學術因素的干擾」結果也是「難以避免的」。這對於倡議「重寫文學史」的學者來說是一個不幸的悲劇：由學術出發，最後落得非學術性的批判，難怪王曉明在最後一次專欄的對話時，一開始便說了這樣的話來：

這本來是一項有明確的專業範圍的學術活動，但從我們這個專欄開辦以來，由於新聞媒介的報導和社會上各種讀者的關注，它竟然成了文學理論界的一個熱門話題，而且對「重寫文學史」這個提法本身，也產生了一些非學術的歧義，至少在我個人看來，我們當初這個提法的理解，和後來一些討論者對它的理解，是有很多差異的。⑱

當然，我們不是說所有對於「重寫文學史」運動的批評都是包含了政治的動機，應該指出的是：差不多在他們的專欄開始不久，便有很多人撰文討論這個新課題，其中不乏支持的意見，而反對的聲音中也有些是出於「望文生義的誤解」，但從純學術學理方面出發的討論也很不少。在這一節裏，我們會看看這些學術的和非學術的、善意的和非善意的討論。

先討論「重寫」這兩個字。上面說過，很多人對這兩個字很有意見，另外提出了「另寫」、

⑩　〈主持人的話〉，《上海文論》一九八八年第五期，頁三〇。
⑱　陳思和、王曉明：〈關於「重寫文學史」專欄的對話〉，頁四。

「改寫」、「修改」等字眼⑩。爲甚麼會這樣？從好的方面著眼，可以說有些人覺得反正每次撰寫文學史都不能避免地是一次重寫，所以沒有必要去強調它。關於這點，上文討論「重寫文學史」的理論時已觸及到了，王曉明等認爲過去編寫文學史的思維模式太根深蒂固了，不強調「重寫」便無法把這模式改變過來；但也有些人覺得原來的文學史問題不算太嚴重，有些地方是可以保留的，只須稍爲修改一下便可以了，這是觀點與角度的問題，倒無須勉強。但當時還有第三種看法，卻十分嚴重，更迫使王曉明等不得不多次出來答辯，那就是以爲他們要建立新的霸權。這便帶有政治的色彩了。

吳方在一篇文章裏提到劉心武建議用「另寫」一詞時說：「他〔劉心武〕的意思大概是希望，寫文學史最好不再發生『打擂臺』式的『你上我下』、『非此卽彼』的場面。」⑪把「重寫」視爲建立新霸權的原因，在於人們覺得過去在嚴重的政治干擾下，「文學史家」根據當時政治形勢和需要對文學史現象任意「重寫」，結果，人們對「重寫」二字存有戒心，以爲這是另一次大規模的扭曲行動。這是屬於一位可能自己曾經親身感受過政治迫害的作家的看法，他的出發點是善意的，而且可以說跟王曉明等倡議「重寫文學史」的原意相差不太遠，那就是對於過去的

---

⑩ 參姜靜楠：〈「重寫文學史」的現象〉，《中國現代文學研究叢刊》一九八九年第二期（一九八九年五月），頁一四七。

⑪ 吳方：〈總把新桃換舊符——「重寫文學史」一瞥〉，《文藝報》一九八九年一月十四日，版三。

政治性重寫感到厭倦和憎惡，這點是可以理解的。可是，如果因爲過去不愉快的經驗而變成驚弓之鳥，否定一切看來相似但其實可能實質上有差異的活動，便是有點矯枉過正、庸人自擾了，而更大的問題是很容易給人藉口，去壓止任何新的活動。王曉明所提供的一個解釋很有意思：

> 大概正是因為以往的現代文學研究中只出現過這種政治性的「重寫」，有些人才會習慣性地認為，你在今天提倡重寫文學史，就說明你的政治立場發生了變化，是要用一種新的政治理論框架來取代原有的框架，因此，很自然就會斷定你是在政治上離經叛道，甚至會產生那種要對「重寫文學史」進行政治批判的熱情。⑪

在上文，我們已清楚指出，王曉明以及其他倡議或支持重寫文學史的人，都沒有要在短時間內寫出一本文學史來的願望，更沒有要以自己所寫的文學史作爲一個新的權威的野心，因此，劉心武等的顧慮，只能算是對王曉明等人的意見的一種誤解，並沒有眞正觸及他們理論的核心，更不要說能夠否定他們的理論了。

其實，陳思和及王曉明所寫的理論文字不算太多，眞正離經叛道的見解更可說少之又少——最少，我們在上面已證明了他們很多意見跟八十年代初期一些老資格的文學史家所說的話沒有多

---

⑪ 陳思和、王曉明：〈關於「重寫文學史」專欄的對話〉，頁五；又可參陳思和：《筆走龍蛇》，頁八四。

大分別，似乎眞正觸怒了中共官方的，主要是他們所發的幾篇嘗試「重寫」的文章。可以這樣說，八十年代初期，人們在討論現代文學史的研究方法時，基本也只是隨便的說說，沒有甚麼具體的行動——如上面所說，唐弢一方面提出了開明的構想，另一方面卻爲教育部編寫了符合官方要求的文學史教學用書，但「重寫文學史」是眞正的亮出旗幟，實實在在的「捋起袖管」，企圖打破一些中共官方建立了的「公論」。在這裏，我們要先行分析一下這些文章，從而找出他們「罪該萬死」的原因。

首先，我們應該指出的是，除了代表官方的聲音外，對於《上海文論》上發表的重寫文章，確是有不少人感到不滿意，但他們所不滿的並不是觀點或具體論述上的問題，而是覺得這些文章沒有能達到「重寫文學史」的地步——其中特別不滿的是那個「史」字的部分，原因是這些文章只是對個別作家、作品或文學現象的重新評價。吳方的說話很有代表性（這是指他對於《上海文論》上的文章的看法，而不是說他個人對這些文章有強烈的不滿）：

由於强調「重寫」的主體性、當代性和學科具體性（如審美層次上的再闡發），其所謂「重寫」，準確地說，還只是對若干新文學史例、現象的重評、重估。這裏所說的「文學史」也還不是一個整體性、系統性的敍述，它是指文學領域曾客觀存在的史實、史象（如作家、作品、思潮），現在由今日的批評者對它們進行重新評估和解釋，不外「名著重讀」、

「舊題重談」的意思。⑫

對於這種意見以至由此而衍生的指責，王曉明等是承認的，他們知道有些同行覺得這些文章都是在作「微觀」研究，「太缺乏那種『史』的宏觀氣勢」，但他們也能提供一個合理和具說服力的解釋。

毫無疑問，倡議「重寫文學史」的兩位年輕學者，最後的願望還是希望能見到「一些正面提出的對新文學歷史的宏觀構想的文章」，而不僅僅是滿足於個別作家作品的重評，但他們又指出，在現階段要馬上拿出一部新的文學史來是沒可能的，現在所能造的只是一種廓清的工作，也就是要先來糾正過去的一些「公論」。他們承認「這種帶有『撥亂反正』性質的工作並不具備長遠的學術價值」（筆者仍認爲這價值和貢獻是很大的），但卻是「無法繞開的前提」，原因是「如果不能盡快地清除這些阻礙，現當代文學研究恐怕很難眞正回到學術的軌道上來，『重寫文學史』也就會成爲一句空話。所以，我們仍然要特別提出『重新』評價作家作品的問題，並且把它作爲本欄關注的一個重要方面。」⑬

本來，重新評價作家作品，是沒有可能提出任何理由來反對的，即使中共官方——只要他們

⑫ 吳方：〈總把新桃換舊符——「重寫文學史」一瞥〉，版三。
⑬ 〈主持人的話〉，《上海文論》一九八九年第二期，頁八〇。

還打扮著開放的外貌——也不容易提出反對的理由來，但問題是怎樣的重評？重評的對象是誰？在中共官方的眼中，有些東西是不能重評的；即使是能夠重評的，那重評的價準也是必須認可的，這就是林志浩爲《求是》所寫的「指導性」文章說，在新的局面下，人們不滿意原來的文學史，要求重新評估和編寫，是很自然的，但「問題在於怎樣應該重寫」⑭？而另一篇也是充滿官方口吻的文章，更是一連串的提出幾個問題：

文學史何嘗不可以重寫！問題是為甚麼重寫？怎樣重寫？實現這種重寫的坐標和指向在哪裏？進行這種重寫的必要性到底有多大？⑮

另一篇文章的說法更有趣：

一個人要按照自己的觀點和方式，去寫個人著名的文學史，當然是可以的，但那不能叫做「重寫文學史」，而只是不同的作者、不同版本的文學史。這樣的文學史盡可以有不同的觀點、內容、方法和角度，但因其不妨礙正宗的文學史的存在，所以作者可以見仁見智，

⑭ 林志浩：〈重寫文學史要端正指導思想〉，頁三〇。

⑮ 艾斐：〈求異思維與求實精神——關於「重寫文學史」的質疑與隨想〉，《理論與創作》一九八九年第五期（一九八九年九月二十五日），頁一一。

讀者也可以從多種版本的文學史的比較中，權衡得失、鑑別優劣。[116]

「重寫文學史」專欄的問題，在於嘗試去重寫一些不能重寫的對象，而且所用的標準又遠遠超出官方所能容忍的範圍，也就妨礙了「正宗的文學史的存在」，大批判似乎是無可避免的了。

先談對象的問題。最先出現在「重寫文學史」專欄被重評的兩位作家是趙樹理和柳青。一直以來，這兩位作家很受到重視，在文學史裏的地位很高，原因是他們自始至終都緊緊的追隨著中共的革命文藝路線。關於趙樹理，我們可以隨便徵引一下一部中共教育部委託編寫的《中國當代文學史初稿》的幾句評論：

> 趙樹理是毛澤東同志〈在延安文藝座談會上的講話〉發表以後，認真實踐文藝為工農兵服務這一方針最有成績的作家之一。……
>
> 趙樹理是一位來自人民的作家。他的一生是堅持為人民大衆創作的一生。從年輕時代起，他因深感到「五四」以來新文藝「還只能在知識分子中間流行」而萌生了以文藝為廣大農民服務的願望，並努力提倡通俗文藝。毛澤東同志〈在延安文藝座談會上的講話〉發表後，趙樹理在創作中努力加以實踐，取得了卓著的成績。在社會主義革命時期，他堅定地

---

[116] 同上，頁一二一。

站在無產階級立場上，堅持社會主義原則，繼續描寫我國農村偉大的歷史變革，揭示生活的矛盾；進一步探索文藝的民族化、羣衆化問題，努力做到為中國老百姓喜見樂聞。趙樹理為繁榮社會主義文藝作出了出色的貢獻。⑪

這段文字已說明了我們在上面所說的有些作家是不容隨便重寫的意思。但讓我們看看戴光中怎樣的重評趙樹理：

當中國的歷史翻開全新的一頁，由動亂的戰爭年代進入到和平建設時期時，「趙樹理方向」就漸漸地不合時宜了。在這個時候還要一味地堅持它「邁進」，自然就會妨礙甚至扭曲當代文學的正常發展。……

趙樹理的小說，尤其是中後期作品，常常使富有教養的藝術家微笑搖頭，被精於鑑賞的審美家視為「小兒科」，已很難再在讀者心中激起長久的興趣。⑱

至於柳青，據原來的一些《中國當代文學史》說，他是「同革命一道前進的有著豐富革命實踐經驗的作家，他的創作總是跳動著革命的脈搏」，他最著名的作品《創業史》，寫的是五十年代的

---

⑪ 《中國當代文學史初稿》（北京：人民文學出版社，一九八〇年十二月），上册，頁二七九至二八一。

⑱ 戴光中：〈關於「趙樹理方向」的再認識〉，頁一四。

農業合作化運動[119]。但宋炳輝卻從這所謂「扎根於農村生活」裏看到別的東西：

> 卽使像柳青這樣長期扎根於農村生活，力圖忠於生活的作家，也只能在「先驗」的理論框架的規範中面對生活……作家在這裏已經失了獨立自主性。而創作主體性的喪失就必然導致作品中人物主體性的喪失，於是人物服務主題，事件演繹主題，主題證明政治理論的千真萬確，九九歸一跟我走。自覺的文學在這裏就成為聽話的文學。[120]

我們不在這裏討論這兩篇文章的論點是否正確，這會涉及筆者對趙樹理和柳青這兩位作家的看法問題，不可能在有限的篇幅中交代得清楚，但從這幾段引文，我們不難看出，這兩篇文章所顯示出來的，確是像王曉明等所說，以一個跟傳統完全不同的標準——審美的標準來重評這兩位作家，得出不同的結論是可以預料的了。

除了趙樹理和柳青外，「當代作家」給重評了的還有郭小川，「現代作家」方面有丁玲、郭沫若和茅盾等，而屬於「跨代」的有所謂「思想進步、藝術退步」的「何其芳現象」，但可以歸納出來的共通點是：這些文章所重寫的，差不多全都是因爲政治原因而在文學史著作裏得到很高的評價，他們代表了一條「光輝的革命傳統」——丁玲、郭沫若和茅盾都是「左聯」裏面最有成

---

[119]《中國當代文學史初稿》，上册，頁三一八。

[120] 宋炳輝：〈「柳青現象」的啓示——重評長篇小說「創業史」〉，頁一一一。

就的作家，而何其芳更是延安時期以後其中一位緊緊追隨著周揚的重要理論家，他們的「正統性」、「正確性」都是不用懷疑的，但《上海文論》的作者們卻是要把他們放在審美的標準來測試，結果是推翻了一向所給與他們過高的評價。

還有人把矛頭直接指向左翼文學運動本身。沈永寶的《革命文學運動中的宗派主義》重寫的主要是「左聯」的內部矛盾，這毫無疑問是一個大膽的嘗試，「中國左翼作家聯盟」——除了在「文革」期間——一直在中國現代文學史裏佔著最重要的位置，且得到過毛澤東的親自讚揚，可是「左聯」內部眞的沒有問題麼？卽就現在所能見到的材料看，我們在外面的讀者學者也可以知道這個由中共親自監管指揮的文學團體，是充滿了內部矛盾和人事糾紛的，其中不少問題也有人撰文論述了⑫。但沈永寶的文章在中國大陸卻是破天荒的。我們可以看看專欄的主持人怎樣介紹這篇文章：

那些口口聲聲維護大一統，容不得半點異見的人，那些以統一為名，要別人都臣服自己，慣於黨同伐異的人，他們本身是不是也構成了一種宗派主義呢？沈永寶同志正是通過對三十年代革命文學運動的宗派主義傾向的分析，對這一點作了刨根問底式的深究。⑫

---

⑫ 參王宏志：《思想激流下的中國命運——魯迅與「左聯」》（臺北：風雲時代出版社，一九九一年九月）。

⑫ 〈主持人的話〉，《上海文論》一九八九年第一期，頁二〇。

正由於他們「重寫」的目標大都是左翼文學運動中的重要成員，也都是爲左翼文藝立下過汗馬功勞的大將，所以都是特別敏感，不容隨便否定的，因此，他們便得到這樣的一條罪名：

> 所謂「重寫文學史」，在很大程度上，就是要用所謂的「新潮」觀點和一己之偏見去重評以前的作家和以前的文學，所以「重寫」的實質，是對革命文學和革命作家的扭曲、貶低和否抑。……
>
> 「重寫文學史」的實質，是要對以丁玲、周立波、趙樹理、柳青等為代表的革命文學實踐、革命文學思想、革命文學道路和革命文學業績，加以曲解和否抑，並以所謂的「新潮」文學觀點、所謂的「現代」文學意識和一己的狹隘偏頗之論以代之。這將為文民所不受，這亦將為歷史所不容！[123]

不過，假如他們僅止於討論這些作家的作品藝術性的問題，也許受到的批評會輕得多，但他們實際上是觸及了一個很敏感的問題，就是文學與政治關係的問題，或更具體的說，應不應該把文學作爲服務政治、表現政治思想的工具，重評這幾位政治意識強烈的作家的文章，呈現出來給讀者思考的都是這個問題，而《上海文論》的這批作者的立場是明顯的：

---

[123] 艾斐：〈求異思維與求實精神——關於「重寫文學史」的質疑與隨想〉，頁一三及一七。

她〔丁玲〕似乎只能把自己的情緒和情感暗暗地植入政治性的主題，曲折地抒發自己的情懷。可讓人擔心的是，帶著如此沉重的精神負荷，她將如何通過那座窄狹的藝術之橋？……那裏面〔《太陽照在桑乾河上》〕簡直看不到丁玲自己的獨特感受，只有那一個純粹政治性的主題……丁玲幾乎完全喪失了她的藝術個性，包括她作為一個女作家的那些獨特的稟賦。⑫④

作為詩人，「最重要的工作就是思考這個時代」；作為戰士，則又必須完全遵照命令行事，不容許有自己的獨立思考。這個矛盾曾經使郭小川產生過困惑，感到過痛苦，由於種種原因，最後，他還是放棄了詩人應當擁有的對生活進行獨立思考、獨立判斷的權利，走上了一條為當時屬於壓倒性優勢的社會思潮、文學思潮所認可的道路。郭小川成了一個「精良的戰士」（《自己的志願》）——他所理解的那個本來意義上的戰士，卻失去了優秀詩人必須具備的思想家的最可寶貴的品格。⑫⑤

而更重要的，是無可避免的觸及毛澤東的文藝思想及政策，原因是這些被重評的作者都可說是貫徹執行了毛澤東的〈在延安文藝座談會上的講話〉。對於這篇深深影響了中國大陸幾十年文藝活

---

⑫④ 王雪瑛：〈論丁玲的小說創作〉，頁二五至二八。

⑫⑤ 周志宏、周德芳：〈「戰士詩人」的創作悲劇——郭小川詩歌新論〉，頁二一七。

動的文章，不少人都藉這次「重寫文學史」口號的提出來表示不滿。戴光中在重評趙樹理時談到了「民間文藝」的問題，他徵引了郭沫若的一段說話，說他原來是看不起民間文藝的，直到讀了毛澤東的〈講話〉才「啓了蒙」，漸漸重視民間文藝，戴光中諷刺的說：

> 這真是一個微妙的說明，無論從哪個角度理解都很恰當，我們的許多作家的確都是在自覺或不自覺地，衷心或違心地按照這種精神進行思考和行動。但是，過去的弊端不正是在這裏嗎？[126]

而一篇探討「思想進步、創作退步」的「何其芳現象」的文章更是具體的討論了〈講話〉對創作帶來的負面影響：

> 在宣傳〈講話〉、黨的文藝政策和各種批判性的文章裏，總是體現在作為宣傳者、批判者的嚴峻。這類文章是缺乏創造性的，嚴峻中夾雜著生硬枯燥，久而久之他自己〔何其芳〕也覺得是一個負擔。……

「思想進步、創作退步」的「何其芳現象」是發生在跨現、當兩代文學史的老作家身上的

---

[126] 戴光中：〈關於「趙樹理方向」的再認識〉，頁一七。

一個普遍現象。這是「文藝為政治服務」在三十年文學史上的失敗性結果。[127]除了這幾篇文章外，一篇原來擬在《上海文論》上發表，但後來改在《文學評論》上刊出的夏中義的〈歷史無可避諱〉，更是把矛頭直接指向毛澤東，抨擊他自〈在延安文藝座談會的講話〉以來的文藝政策[128]，這便碰痛了那些衞「道」之士，惹來了軒然大波。在文學和政治的問題上，我們可以看看林志浩出來端正思想的說法：

文學為政治服務，革命文學為革命政治服務，這個口號，是在二十年代提出的。到了四十年代，毛澤東同志進一步從理論上作了明確的闡說。它反映了現代文學的傳統和使命，在歷史上起過積極作用。……

關於文學與政治的關係，人們必須明確：目前黨的文藝政策是科學的，不用文藝為政治服務、文藝從屬於政治的提法，不是否認文藝本身具有政治傾向性，而是同時强調文藝不能脫離政治，文藝工作者一定要堅持正確的政治方向。[129]

---

[127] 應雄：〈二元理論、雙重遺產：何其芳現象〉，《文學評論》一九八八年第六期（一九八八年十一月十五日），頁二三至二六。

[128] 夏中義：〈歷史無可避諱〉，《文學評論》一九八九年第四期（一九八九年七月十五日），頁五至二〇。

[129] 林志浩：〈重寫文學史要端正指導思想〉，頁三一。

他們拿出來的「上方寶劍」——很不幸，跟「文革」時期的相差不遠——是毛澤東思想：〈在延安文藝座談會上的講話〉。一篇批判應雄有關「何其芳現象」的文章，暗示作者企圖徹底否定〈講話〉、全部否定毛澤東文藝思想⑬，而一篇批駁重評柳青的文章，更清楚地提出了嚴峻的指控：「重評」柳青，就是反對毛澤東：

文章作者也籠統、抽象地說了幾句柳青的才能、細節描寫的生動性，說了些他認為這位「農民作家」，「永遠聽黨的話，忠心政治」和「忠心生活」的矛盾，但意在指出：一切過失的根源在他忠實地幾十年如一日地堅持走毛澤東同志〈在延安文藝座談會上的講話〉所指引的道路。……明白了：文章作者批判柳青、指責《創業史》的根本意圖在於徹底否定〈講話〉、全部否定毛澤東文藝思想。……這位作者選擇柳青作為否定毛澤東文藝思想的靶子，倒是用了心的。……

當然，我無意說柳青同志和他的《創業史》是完美無缺的，絕不是這樣。我只認為：為了否定〈講話〉，否定毛澤東文藝思想，否定革命文藝運動的歷史，倡言非政治、非典型

---

⑬ 陳尚哲：〈也論何其芳現象——與應雄同志商討〉，《文藝理論與批評》一九八九年第五期，《文藝理論（複印報刊資料）》一九八〇年第十二期（出版日期缺），頁九五。

化，脫離生活、脫離人民羣衆的傾向是錯誤的。⑬①

有趣的是，任何一篇批判「重寫文學史」的文章，都沒有對毛時安重寫姚文元表示不滿，即使重評聞一多和鴛鴦蝴蝶派的文章，也沒有受過甚麼攻擊。這現象不是說明了很多問題嗎？

但諷刺而又痛苦的是，在受到非學術的政治批判後，「重寫文學史」的學者得要從政治方面尋找證據，來支持他們選擇以審美標準來爲進行文學史研究：

從十一屆三中全會到現在，隨著冤假錯案的平反昭雪與政治路線的撥亂反正，文學史的這個方面的內容又越來越多，內容的擴大必然帶來新的矛盾，按照原來的體系框架無法解釋以及正確評價這一切文學史內容，它無法自圓其說。⑬②

陳思和另一段文字說得更明顯：

重寫文學史是順理成章提出來的。從大背景上說，這一發展變化正是文學史研究領域堅持了十一屆三中全會路線的結果。試想一下，沒有肯定思想解放路線，怎麼可能衝破原來左

⑬① 江曉天：〈也談柳青和「創業史」〉，《文藝理論與批評》一九九〇年第一期，錄自陸梅林、盛同：《新時期文藝論爭輯要》，頁一八三二至一八三四。

⑬② 陳思和、王曉明：〈關於「重寫文學史」專欄的對話〉，頁五至六。

的僵化教條的思想路線，在政治教科書式的文學史以外確立新的審美批評標準？怎麼可能為那許多遭誣陷、遭迫害的作家作品恢復名譽和重新評價？我們只要是用向前看的立場觀點，滿腔熱情地肯定二中全會的思想路線，而不是用倒退到文革甚至倒退到五十年代中期的眼光來審視這十年現代文學研究工作的發展，就很可以理解我們現在所走的這一步。⑬³

《上海文論》的其中一位編輯毛時安，同樣是借助了政治力量來爲他們推出「重寫文學史」專欄辯護，他在專欄收盤的時候寫了一篇叫〈不斷深化對文學史的認識〉的文章，裏面便徵引了十一屆三中全會的公報裏面幾句推動改革的話來支持重寫行動：

一個黨，一個國家，一個民族，如果一切從根本出發，思想僵化，那它就不能前進，它的生機就停止了，就要亡黨亡國。⑬⁴

他更很聰明的點出十一屆三中全會對毛澤東晚年的批評，既然「這些產生過重大社會影響的政治歷史人物、事件，都能重新認識並『重寫』在黨的決議中，那麼，對於文學史中的作品、作家、和文學，有什麼可以拒絕重寫的理由呢？」⑬⁵這是一個很好的對應策略，但又不禁令人想起上面

⑬³ 同上，頁七。
⑬⁴ 毛時安：〈不斷深化對文學史的認識〉，《上海文論》一九八九年第六期，頁七六。
⑬⁵ 同上。

提過夏中義在一篇論述毛澤東文藝思想的文章裏的一段話：

新潮文論恰恰是以探尋文藝的審美本性為天職的，它邁出的第一步就是要把文藝從政治腰帶上解下來。這就是說，新潮文論的起步意味著對毛澤東文藝思想重估時期的到來。這必須借重「思想解放」這一偉大歷史背景。這是學術與政治的二律背反：一方面新潮文論致力於文論不依附於政治；但另一方面，倡導藝術獨立的新潮文論本身卻又不得不仰賴政治開放。結果，愈是執著於文藝的審美本性，就愈使新潮文論介入政治紛爭。⑬⑥

但問題的癥結在於「只許州官放火，不准百姓點燈」，儘管王曉明、毛時安運用了很好的策略，「重寫文學史」也不能逃過批判的命運。

在批判「重寫文學史」的時候，中共官方將它與資產階級自由化掛鉤，我們姑且徵引幾段這方面的文字：

〔重寫文學史〕有些文章的觀點，卻很離奇，有的還反映了資產階級自由化思潮的侵蝕。

……可是資產階級自由化思潮卻利用黨對文藝政策的調整，片面强調文學就是文學，强調它的審美功能、內部規律，否認它也是一種社會意識，否認它與政治的這樣或那樣的聯

---

⑬⑥〈歷史無可避諱〉，頁一八至一九。

繫，或者把審美功能與認識功能、教育功能等對立起來。有人主張「根據藝術的獨創性、完整性、協調性、生動性、深刻性等文學的標準，而不是根據真實性、思想性等非文學的標準」來重寫中國現代文學史。這真是異想天開！⑬⁷

到了一九八八年，伴隨著資產階級自由化思潮的氾濫，「重寫文學史」的口號便在《上海文論》上出臺了。……我們感到這種情況〔提出重寫文學史〕不是孤立的、偶然的現象，是與前一期資產階級自由化思潮的氾濫有著緊密聯繫的。⑬⁸

近幾年來，在資產階級自由化思潮氾濫的影響下，「重寫中國現代文學史」的呼聲，南北呼應，相當熱鬧。上海更是一個不甘寂寞的地方，《上海文論》曾為此特闢專欄。⑬⁹有些人在「重寫文學史」口號下，系統地、有步驟地、全面地貶低和否定革命的、進步的、左翼的文學傳統，否定根據地和解放區的文學運動，否定以魯迅為代表的新文化驍將，而對資產階級的、右翼的、甚至是極端反動的作家和作品，卻百般美化、擡高，以至放到「正宗」的地位。⑭⁰

⑬⁷ 林志浩：〈重寫文學史要端正指導思想〉，頁三〇及三二。
⑬⁸ 梅剛：〈關於「重寫文學史」的討論綜述〉，頁一八六八及一八七六。
⑬⁹ 董學文：〈必須反對文藝理論上的資產階級自由化傾向〉，《光明日報》一九八九年七月五日。
⑭⁰ 史莽：〈「左聯」花甲隨想〉，《文藝理論與批評》一九九〇年第四期，錄自《新時期文藝論爭輯要》，頁一八五八。

> 現在他們大肆叫喊要重寫文學史，就是要打倒社會主義文學史，樹立資產階級文學史，把中國的社會主義文學史引導到資產階級軌道上去。[141]

> 現在有人打著重寫文學史的旗號，違背歷史主義，跟隨西方資產階級學者的思想觀點，力圖否定這些革命作家〔指魯迅、郭沫若、茅盾等〕，而又大肆吹捧不革命乃至反革命的資產階級作家，這種現象難道不值得人們加以嚴重的注意嗎？[142]

而一九九〇年中中國當代文學研究會所舉行的一次常務理事擴大會，也談到了八十年代中期以來資產階級自由化思潮的氾濫，在當代文學研究中帶來了偏頗，其中的一項表現便是「重寫文學史」[143]。這解釋了爲什麼他們會把劉再復和李澤厚的主張視爲「重寫文學史」的理論根據，也同時讓我們明白爲什麼「重寫文學史」受到這麼嚴重的批判，因爲，據他們說：「現在黨中央已經明確指出，反對資產階級自由化是長期的任務，我們要堅持不懈地把這場鬥爭進行到底。」[144]

其實，即使撇開政治的歧見不談，僅從理論的角度出發，也不難看到「重寫文學史」的理論家跟官方的理論家在這個問題上是不容易協調的，原因是二者對於文學史——特別是歷史——的

---

[141] 劉白羽：〈必須認清資產階級自由化的危害性〉，《光明日報》一九八九年七月十四日。

[142] 張炯：〈大力推進馬克思主義的文學研究和批評〉，《光明日報》一九八九年八月一日，版三。

[143] 〈中國當代文學研究會正視對研究工作的問題的清理〉，《文藝報》一九九〇年九月二十九日，版一。

[144] 梅剛：〈關於「重寫文學史」的討論綜述〉，頁一八七七。

概念存在著很大的差異。

我們在上面曾經指出，倡議「重寫文學史」的學者主張由個人去寫文學史，這個要求背後的論據，在於他們認爲文學史（以至別的歷史）是可以根據史家自己的史識，基於某一特定的標準，對一些歷史材料整理論述，因此，他們相信不同的文學史家寫同一時期的文學史，得出來的文學史是會很不相同的。他們強調文學史著作裏的獨特性，卻不同意有可能有一個所謂客觀、公允的文學史著作。就是在這種認識下，他們認爲文學史是沒有「公論」可言的、是可以重寫的，而且也應該重寫。這是陳思和、王曉明等的文學史觀，而他們也強調，卽使他們寫出一部文學史來，那也「僅僅是個人的文學史，我也不認爲這本書是無可挑剔的，或者代表著眞理」。這種觀點在當時有不少人是同意附和的[145]。

但代表中共官方的看法又怎樣？簡單來說，他們相信文學史以及一切的歷史都有客觀的一面，有所謂「文學的眞實情況」、「歷史事實」等，在這情形下，只要他們認爲現行的文學史沒有違反這些事實（這當然是可以商榷的），便沒有重寫的必要。這論點是立足於一個假設，就是歷史可以有一種「客觀的」、「科學的」描述。艾斐便申明了這種立場：

---

[145] 參丁亞平：〈「文學史」的歷史探詢〉，《中國文化報》一九八九年四月九日，版三；汪暉：〈「史」的含義是什麼？〉，《文藝報》一九八八年九月二十四日，版三。

> 歷史，就是過去的事實，文學史，就是過去的文學的事實。文學史的撰寫者的主要的，甚至可以說是唯一的任務，就在於真實地再現過去的文學的事實的基本時代面貌和主體美學形態。這也就是說，文學史的編修者在其工作的全過程中，都必須回到相應的歷史範疇中去，用歷史唯物主義的觀點和辯證的方法，對「過去的文學的事實」施以全面的、客觀的科學和美學考察，並以考察的結果中得出符合歷史事實的結論來。[146]

這原不是沒有心平氣和討論的餘地，可是，當涉及了統治者權威的時候，便遠非學術研究所能負載的了。

六

由於大陸的政治氣候在一九八九年迅速逆轉，「重寫文學史」運動被匆匆的壓下去，我們今天不但看不見一本以個人藝術審美標準重寫成的文學史著作，就是那幾篇重評一些作家作品的文章也給批駁得體無完膚。究竟它在中國文學研究以至整個文學文化思潮會造成什麼影響？我們只能測想推度。但無論如何，倡議和著手嘗試重寫文學史的大陸學者，他們那種打破公論、挑戰權

---

[146] 艾斐：〈求異思維與求實精神——關於「重寫文學史」的質疑與隨想〉，頁一一至一二。

威的勇氣，正是學術研究裏最可寶貴的，這顯示了大陸學術界潛藏的力量，也預示了他們將來會創造傑出的成就。我們期待著更多向那些借助非學術勢力而暫時建立起來的所謂「權威」的挑戰！

在結束本文前，我在這裏徵引王曉明在談到「二十世紀中國文學觀念」的提出時的感受，這也可以說是筆者對「重寫文學史」口號的提出的感受：

> 也許人們會感到悲哀：僅僅提出一個新的研究課題，便能引發如此衆多的連鎖反應，甚至改變整個學科的研究格局，這究竟說明了甚麼？[147]

眞的，這究竟說明了什麼？

一九九二年十月

---

[147] 王曉明：〈從萬壽寺到鏡泊湖〉，頁三六。

主觀願望與客觀環境之間

——唐弢的文學史觀和他主編的《中國現代文學史》

一

一九八八年七月，《上海文論》由復旦大學的陳思和及華東師大的王曉明主持，開闢了一個叫「重寫文學史」的專欄，上面除了有〈主持人的話〉外，還發表了好幾篇重新評價個別作家作品以至一些文學現象的文章，其中有些觀點很有創意，部分作者更著意衝破一九四九年以來某些既定或欽定的觀點，也有闖進了所謂的「研究禁區」的文章。雖然這個專欄維持不了多久——一九八九年十一月這個專欄便「收盤」了，但所引起的反響卻很大，很多報刊雜誌上都有人撰文討論這問題，支持和反對的聲音也不少，算是近年來中國現代文學研究界最熱鬧的一次運動。

其實，「重寫文學史」專欄草草收場，是受了政治的壓力的。本來，在自由的學術環境裏，任何嚴肅的學術觀點都應該是可以接受和得到尊重的，也根本不應有甚麼既定的觀點。但一九八九年以後，中國大陸的政治氣候逆轉，「重寫文學史」運動所提倡的開放思想，被視爲離經叛道，屬於「資產階級自由化」，變成批判的對象，除了專欄被迫停刊外，中共中央理論性指導刊物《求是》（前身爲《紅旗》）特別邀約林志浩寫了一篇文章，題目叫〈重寫文學史要端正指導思想〉，開宗明義說：「這裏有個指導思想問題，就是必須堅持馬克思主義。」①顯然是代表了官方的立場。但值得注意的是在這篇文章前面，還有一篇由唐弢所寫的〈關於重寫文學史〉（以下簡稱〈重寫〉），儘管我們相信裏面也有「遵命」的成分在內，但唐弢所表達的意見確是沒有林志浩的那麼「左」，不單沒有反對重寫文學史，有些觀點對於提出重寫文學史的人來說還是很有參考價值的②。

此外，早在一九八二年，唐弢已發表過一篇長文〈關於中國現代文學史的編寫問題〉（以下簡稱〈編寫〉）③，這篇文章很多地方都討論了他自己在主編那套一九七九—八〇年人民文學出版社出版的三冊本《中國現代文學史》（以下簡稱《文學史》）的時候所遇到的問題和得到的經

① 《求是》一九九〇年第二期（一九九〇年一月六日），頁三〇。
② 唐弢：〈關於重寫文學史〉，同上，頁二七至二九。下文再引用該文時，只在文中註明頁碼，不另加註。
③ 〈關於中國現代文學史的編寫問題〉，收北京師範大學中文系現代文學教研室編：《現代文學論集》（北京：北京師範大學出版社，一九八四年二月），頁一至二四。下文再引用該文時，只在文中註明頁碼，不另加註。

驗④，但更大部分是談到他心目中理想的文學史編寫方法，裏面有不少觀點是非常有意思的，不單跟一九八九年他在《求是》上評論「重寫文學史」時的意見大抵接近，甚至跟提出要求重寫文學史的人也有很多共通之處。

但令人感到遺憾的是，唐弢自己似乎沒法把自己的想法付諸實踐，無論在整個架構、寫法及觀點上，三册本的《文學史》都跟他在那篇長文中所說的相差甚遠。事實上，假如唐弢在編寫該書時能夠照著文章中的觀點去做，一九八八年的「重寫文學史」運動也許不一定會出現，原因是它很可能在很大的程度上已經滿足了那些年輕學者的要求，可惜的是：在政治的重壓下，主觀願望始終只能是一個遙遠的理想。

爲了更好的突現政治力量過去對中國現代文學史編寫的干擾，我們在下文裏會討論唐弢在上述兩篇文章中的觀點，拿來跟「重寫文學史」理論家們的比較，然後再與三册本的《文學史》對照一下，這樣也許更能進一步證明擺脫政治干擾的學術活動是多麼的重要，「重寫文學史」的需要又是多麼的迫切。

④ 唐弢主編：《中國現代文學史》第一至三册（北京：人民文學出版社，一九七九年六月、一九七九年十一月、一九八〇年十二月）。下文再引用該書時，只在文中註明頁碼，不另加註。

二

爲了節省篇幅關係，這裏不打算詳細及全面討論「重寫文學史」的理論，但顯然易見，既然這些年輕學者提出了「重寫」的要求，一個簡單的理解就是他們對原有的文學史很不滿意，這點「重寫文學史」專欄的兩位主持人是不憚開宗明義地說出來的。例如陳思和便說過：

「重寫」還有另一種比較狹義的理解，我不想否認，它包含著我們對過去那種統一的文學模式的不滿和企圖更新的意思。⑤

究竟原有的文學史有甚麼地方令這些年輕的學者感到不滿？簡單來說，他們最不滿意的，是在過去的文學研究裏出現了嚴重的政治干預。王曉明曾經抱怨人們由於長期受到一些陳規陋習的影響，養成一種思想上的惰性，「就是那種庸俗的『政治決定論』，總是用政治標尺直接去丈量新文學的歷史」⑥，陳思和把這歸咎於自五十年代以來中國

⑤ 〈關於「重寫文學史」〉，《文學評論家》一九八九年第二期，收陳思和：《筆走龍蛇》（臺北：業強出版社，一九九一年一月），頁七九。

⑥ 王曉明：〈關於「重寫文學史」〉，《文滙報》，一九八八年七月二十六日。

大陸教育上的政治需要，新文學史的編寫和研究帶有教科書的特徵，「與半個多世紀來的政治鬪爭聯繫在一起」⑦，「因爲正是這樣的教科書才像變戲法似的隨著政治運動一次又一次地編造文學史的神話」⑧。

在編寫文學史的過程裏，把文學和政治分開，似乎是「重寫文學史」時候第一個需要解決的問題。在這個對待文學史的基本立場上，唐弢與「重寫文學史」派是接近的。

在〈編寫〉裏面，唐弢說他要講的第一個問題，就是文學史與政治的問題。毫無疑問，他所採取的態度是十分開明的。他連續兩次說這樣的話：

> 文學史就應該是文學史，而不是甚麼文藝運動史、政治鬪爭史，也不是甚麼思想鬪爭史。（頁六）
>
> 總之，文學史應該首先是文學史，不應該是政治運動史，不應該是文藝鬪爭史。（頁八）

這觀點在〈重寫〉中完全是重複了，甚至字眼上也極爲相近：

> 文學史就得為文學史，它談的是文學，是從思想上藝術上對文學作品的分析和敘述，而不

---

⑦ 陳思和：《筆走龍蛇》，頁七九。

⑧ 陳思和：〈一本文學史的構想——「插圖本二十世紀中國文學史」總序〉，收陳國球（編）：《中國文學史的省思》，頁五一。

是思想鬪爭史，更不是政治運動史。（頁二七）

事實上，除了這基本的態度外，一些基於這個大原則出發，涉及細節上的考慮，他們也是有共通或接近的見解。

在「重寫文學史」專欄主持人的眼中，橫遭政治嚴重干擾的文學史研究，首先出現的第一個問題，是以一九四九年十月一日作爲劃分「現代」和「當代」文學的時間界限，王曉明不只一次的提到現當代文學之間長期存在著「一道非學術的障壁」⑨，而陳思和則稱之爲「人爲界限」⑩。這樣的做法，「上不銜接近代社會轉型的文化特徵，下不聯繫當代文學的流變，橫向上又缺乏對世界文學關係的改變，這樣等於扼殺了這門學科本身的生命力。」⑪

相反來說，他們對於一九八五年在北京萬壽寺裏舉行的「中國現代文學研究創新座談會」中錢理羣、黃子平和陳平原所提出的「二十世紀中國文學」的觀念（這個觀念其中一個理論「要把二十世紀中國文學作爲一個不可分割的有機整體來把握」）很是推崇⑫，王曉明便說過他們三人

⑨ 王曉明：〈關於「重寫文學史」〉，《文滙報》一九八八年七月二十六日。
⑩ 陳思和：《筆走龍蛇》，頁八三。
⑪ 陳思和：〈一本文學史的構想——「挿圖本二十世紀中國文學史」總序〉，頁六二。
⑫ 黃子平、陳平原、錢理羣：〈論「二十世紀中國文學」〉，《二十世紀中國文學三人談》（北京：人民文學出版社，一九八八年九月），頁一。

是「文學史理論的反思的首倡者」，而那次座談會更是文學史理論反思的「這股大潮的最初的源頭」⑬。

其實，提出抹掉現、當代文學的分界的，並不是始於錢理羣等人。一篇評論一九八〇年中國現代文學研究情況的文章有以下的報導：

一九八〇年出現的一種新的動向，是不少研究者開始把現代文學和當代文學結合在一起，把「五四」以來的六〇年當作一個整體來考察，卽聯繫著社會主義革命時期的文學實踐，分析評價新民主主義革命時期的一些文學問題。⑭

而唐弢也許就是其中一位首先提出這種做法的人，在〈編寫〉一文中，他談到這現、當代分期的問題：

現在大家都從「五四」講到建國。我們是不是將來要改，我看很可能改。因為現代文學和當代文學是一碼事；現在國外就看作一碼子事。但起點不同，一般歐洲人從一九〇一年開

⑬ 王曉明：〈從萬壽寺到鏡泊湖——關於「二十世紀中國文學」研究〉，《文藝研究》一九八九年第三期（一九八九年五月二十一日），頁三七。

⑭ 張建勇、辛宇：〈現代文學研究述評〉，《中國文學研究年鑑（一九八一）》（上海：中國社會科學出版社，一九八二年十月），頁九四。

始，就是從二十世紀開始。後來有些專家到中國來，他們慢慢地也接受了我們的看法，覺得從「五四」開始有道理。但下限還是到現在為止，無所謂當代。我們現在下限到開國為止，就有些問題。建國以後新起來的作家好辦，但從「五四」開始的一些老作家，比如巴金、老舍、冰心等人，就把他們腰斬了，他們建國以後有很大發展，而我們現在就那樣結束了，這不是辦法。你要講他後來作品，還得另外寫部書。我的想法，很可能將來還是要連起來的。另外，國外有些還要更提早，從清朝末年開始，把清末一些作家都放進裏面，《官場現形記》、《二十年目睹之怪現狀》、《孽海花》，都放在中國現代文學裏邊講。（頁六至七）

應該指出：這樣的要求跟「二十世紀中國文學」的觀念其實只有「形似」，二者在實質上是有分歧的；唐弢和別的人要求抹去現、當代文學的界線，很大的原因是爲了方便評價一些所謂的跨代作家，而「二十世紀中國文學」的觀念，則是出於一種文化上的考慮，從中西文化接觸點來考察文學的嬗變，而將一九四九年的界線視爲人爲的、非學術性的障壁。

強調政治標準，更嚴重的後果是摒棄了藝術審美評價的標準。「重寫文學史」專欄的主持人強調：儘管他們不是要完全排斥政治的因素，但文學應該首先是文學，不應被置在功利基礎的束縛中。由於過去把政治思想鬪爭看成是主要的研究線索和脈絡，結果就是「把文學的審美功能和審美標準放在從屬面、甚至是可有可無的位置上」，一方面是文學史的空白越來越多，許多在歷次政治運動中被迫害的作家和作品遭到禁止，許多地區性文學無法研究⑮，另一方面是「人爲地製造出一種所謂主流、支流和逆流的假象」⑯，過分高度評價一些政治思想「正確」，但藝術水平偏低的作家和作品。王曉明等都說不是要在短時間內拿出一本新的文學史來，更不是要以一個新的權威來代替舊的權威，他們所希望做到的是「澄清以往文學史研究中的那些混淆和錯覺，把文學史研究從那種僅僅以政治思想理論爲出發點的狹隘的研究思路中解脫出來。」⑰他們所追求的「是爲了倡導一種在審美標準下自由爭鳴的風氣，以改變過去政治標準下的大一統學風」，原因是「有許多在政治社會的劃一標準下無可爭議的現象，在審美的標準下也許會出現熱烈討論的話題」⑱。

就是在這樣的前提下，他們發了幾篇重新評價一些作家作品的文章，著眼點是放在政治與審美之間的矛盾，例如第一期的專輯便發表了評論兩位都是政治掛帥、因而長久得到很高評價的作

⑮ 陳思和、王曉明：〈關於「重寫文學史」專欄的對話〉，《上海文論》一九八九年第六期（一九八九年十一月二十日），頁五。

⑯ 陳思和：〈一本文學史的構想——「插圖本二十世紀中國文學史」總序〉，頁六十。

⑰ 陳思和、王曉明：〈關於「重寫文學史」專欄的對話〉，頁七。

⑱ 陳思和：《筆走龍蛇》，頁八八。

家趙樹理和柳青⑲，後來各期陸續發表的，還有藍棣之稱〈子夜〉爲「高級形式的社會文件」的文章⑳，也有探討思想進步、藝術退步的「何其芳現象」的論文㉑，以及以楊沫的〈青春之歌〉來評價革命歷史題材創作的局限等等㉒。

在傳統（一九四九年以來建立的傳統）的標準看來，這些文章的部分觀點，確有離經叛道的地方，但其實以審美的標準來評論文學作品和作家，唐弢也曾詳細的討論過。作家方面，唐弢認爲「寫文學史，寫誰不寫誰，的確是一門很大的學問」，儘管他批評夏志清的《中國現代小說史》，但他同意夏志清「好的文學史要發現新的作家和作品」的說法。（〈編寫〉，頁四至五）

至於所用的標準，他說：

---

⑲ 戴光中：〈關於「趙樹理方向」的再認識〉，《上海文論》一九八八年四期（一九八八年七月二十日），頁一三至一七、六二；宋炳輝：〈「柳青現象」的啓示〉，同上，頁五至一二、六九。

⑳ 藍棣之：〈一份高級形式的社會文件——重評「子夜」〉，《上海文論》一九八九年第三期（一九八九年五月二十日），頁四八至五三。

㉑ 王彬彬：〈良知的限度——作爲一種文化現象的何其芳文學道路批判〉，《上海文論》一九八九年第四期（一九八九年七月二十日），頁一五至二四。

㉒ 楊樸：〈林花謝了春紅，太匆匆——由「青春之歌」再評價看革命歷史題材創作的局限〉，《上海文論》一九八九年第二期（一九八九年三月二十日），頁八一至八八。

選擇真有代表性、典型性，能說明問題，藝術上真有成就的作家，通過他們，把中國現代文學史的發展輪廓和規律反映出來，那就可以了。（頁八）

他還指出：一部好的文學史，「正面的作家要進去，反面的作家也要進去」。（〈編寫〉，頁一二）同樣地，這觀點在〈重寫〉裏也是重複了：

就我個人而言，我贊成文學史家視野放得開闊一些，凡是現代文學（新文學）範圍以內的，只要藝術水準夠得上，可以左、中、右作家都寫，決不能過去一樣，將一部文學史寫成左翼文學史。其實沒有右，沒有中，怎麼顯得出左呢？這正如沒有左，沒有中，也顯不出右一樣。（〈重寫〉，頁二七至二八）

當然，他這裏所說的「正面」和「反面」、所謂的「左、中、右」，也是從政治方面出發，但到底也是願意考慮作家作品的藝術性，而不是一面倒的否定或抹殺了一大批的作家。

對於原有的文學史把很多篇幅花在分析作家的思想發展，唐弢是不以爲然的。他指出：「我想不一定個個作家都這樣寫。要寫也應該從他的作品裏去分析他當時的思想，後期作品裏的思想比前期有甚麼不同，離開了作品談甚麼思想發展？」他強調說：卽使是要寫作家的思想，也應寫與作品有關的，不要懸空寫思想發展。（〈編寫〉，頁八）

同樣地，對於作品，他也是不主張把一些只有宣傳意義、藝術性不足的作品寫在文學史裏，「要寫就得寫確實是有文學特色、有藝術性的」，他舉出了抗戰時期的「街頭詩」和「活報劇」，都只有宣傳作用，卻沒有文學特色、藝術性不足，甚至「天安門詩」也只是政治宣傳詩罷了。強調藝術性，壓低政治的影響，可以給作家作品一個公平的位置。理想的文學史對傳統的文學史會有兩方面的修正：第一，是重新評價一些因爲其政治思想或歷史不夠「正確」的作家，唐弢舉出了王統照、沈從文、戴望舒、錢鍾書以至徐志摩、周作人、梁實秋等；（頁九及頁一三至一四）第二，是可以把一些因政治因素而給與了過高的評價的作家放回合適的位置，這方面的例子有蔣光慈。（頁一一）

上面說過，否定政治一尊的做法，以審美的標準來衡量作品，可以對一些文學作品或現象產生多樣化的討論，在這情形下，便可能出現不同樣貌的文學史。這確是提出「重寫文學史」的學者的願望。他們對於一九四九年以來出版的很多文學史感到不滿，是因爲這些文學史是在一種固定的思維模式下一次又一次的「覆寫」，但如果從審美的角度出發，「每個鑒賞者的體會、感受也決不會相同，這種種細微的差異都可能導致個體的、多元的文學史研究的出現」㉓，因此，「只要眞正是從自己的閱讀體驗出發，那就不管你是否自覺到，你必然只能夠『重寫』文學史。」㉔

㉓ 陳思和：《筆走龍蛇》，頁八八。
㉔ 〈主持人的話〉，《上海文論》一九八八年第四期（一九八八年七月二十日），頁四。

在〈編寫〉裏面，唐弢也觸及到這問題。雖然他沒有強調以審美的標準來寫出各種各樣的文學史，但他也是認爲文學史是應該多樣化的。他說：

魯迅在給許廣平的信裏曾說，他如果寫文學史，可以講出一些別人沒有講過的東西來。這一點也很重要。我以為文學史應該多種多樣。現在的幾本文學史大同小異，連章節安排差不多都一樣。如果要我個人寫文學史，我就不同意現在這種寫法。（頁二）

値得注意的是：在談到學術流派的時候，他突然說出這樣的話：

我認為學生也可以搞文藝社團，三、五人在一起研究研究，那還是個鍛鍊，不是資產階級思想自由化。我們要提倡藝術風格多種多樣，藝術上千萬不要搞一言堂，一花獨放。（頁二一）

這段說話本來與編寫文學史的關係不大，但看來也是有感而發的；而在〈重寫〉裏，他更多次清楚的說出要有多樣化的文學史：

我贊成重寫文學史，首先認為文學史可以有多種多樣的寫法，不應當也不必要定於一尊。……文學史就得是文學史，它旣是文學又是史，真正寫出了文學衍變過程和發展面貌的歷史。

從這個總的原則出發，那就可以發揮所長，各行其是，而不拘泥於一格了。有的可以編年，有的可以依類；有的可以博采衆長，總結成果，反映學術研究上公認的已有的論點；有的可以獨抒己見，成一家言，說出某些別人尚未想到的新意。（頁二七）

我贊成重寫文學史，並且認為只要是真正文學史，不妨有多種多樣的寫法；讀者是多層次的，需要多層次的詳簡不同的文學史，因此更可以有多種多樣的寫法。（頁二八）

三

在上一節裏，我們分析了在編寫文學史方法的理論上，唐弢與提出「重寫文學史」的要求與一些年輕學者原來是有很多共通的地方的。但實踐方面又怎樣？毫無疑問，他所主編的《中國現代文學史》是不能讓這些年輕學者感到滿意的，否則他們也不會在幾年後提出「重寫文學史」的要求。那麼，問題出在那裏？他們的分歧又在甚麼地方？

必須指出的一點是：唐弢主編的這一套《中國現代文學史》在性質上有兩點是令這些年輕學者不滿的，第一是這套書原是用來作爲學校的教材；第二，這套文學史是集體撰寫成的。

第一，關於教科書的問題。

儘管陳思和等說過他們是願意甚至希望看見各種各樣的文學史，但在不少地方，他們都流露了對一種文學史的不滿：教科書式的文學史，原因是教科書式的文學史「不但受制於教育大綱的總方針，也必須受制於對整個現代史的認識」㉕，對於這點，陳思和憤憤的說：

教科書總是最集中地體現統治者的利益和願望，以一種思想文化的霸權面目出現，使輿論一律，進而達到思想的箝制。……因為正是這樣的教科書才像變戲法似的隨著政治運動一次又一次地編造文學史的神話。㉖

可是，唐弢的《文學史》卻正正是一本教科書式的文學史，我們甚至可以肯定的說：它和統治者的關係是非常密切的，它的〈前言〉的第一句是：

本書係教育部統一組織編寫的高等學校中文系教材。（頁一）

不難想像，在不少人心目中，一本由教育部統一組織編寫的文學史是有著先天的缺陷，那就是必須配合官方的意識形態，而「教科書式的專制與科學的自由探索精神的衝突幾乎是一種宿命」㉗，這可不是唐弢或任何人所能改變的，結果，《文學史》在很大程度上是以官方的意識形態或

㉕ 陳思和：《筆走龍蛇》，頁七九。
㉖ 陳思和：〈一本文學史的構想——「插圖本二十世紀中國文學史」總序〉，頁五一。
㉗ 同上。

政治要求來作評價作家作品的標準，嚴重一點的說：它是在政治的干預下寫出來的，儘管這些政治標準可能比「文革」時期開明得多。

要證實這一點，我們可以先看一看唐弢就一些日本學者對《文學史》所提的意見而作出的回應。在〈編寫〉的開首，他說他曾經把《文學史》寄了給一些日本學者，他們批評說撰寫人的思想不夠解放，在「左聯」解散和「兩個口號」等問題上「講得模模糊糊，沒有說出眞相，不敢講眞話」，唐弢答辯說：

我有些問題沒有講是有的，我們卻沒有講假話。中央提出對過去的事情講得粗一些。對兩個口號的爭論，就是講得粗一點。這個問題，講是當然可以講清楚的，但一講細，牽扯到許多黨內黨外問題。將來是可以講清楚的，現在最好是不講或少講。(頁一)

這段說話說明了很多問題，也能證明上引陳思和所說教科書式的文學史只能配合統治者意識形態的話是多麼正確：一些本來可以說得很清楚的問題因爲中央的指令而不能講或者需要含糊其辭，這根本跟講假話沒有多大分別，對嚴格的學術研究來說，是絕對不能接受的。除了「左聯」的解散及「兩個口號」論爭的問題外，沒有講的眞話肯定還有很多，這裏不可能一一臚列分析，但只要看過上引唐弢自己的表白，便可以看出這問題是多麼的嚴重。

我們還可以從另一個角度來看這個問題，相信更能展示其嚴重性。上引唐弢的答辯中提到中央對「兩個口號」問題的指示，這點筆者也曾略有所聞。一九七八至七九年間，大陸一些院校舉行了研討會，深入探討「左聯」後期的內部矛盾及「兩個口號」論爭等問題㉘，但正如唐弢所說，這些討論「牽扯到許多黨內黨外問題」——這其實也主要是人的問題，諸如當時已獲平反的周揚等人在三十年代對左翼文壇的領導問題和功過等——結果，中共黨中央下達指令，停止這些討論。《文學史》相信也是在這情形下被迫對這些問題「講得粗一些」。但必須指出：《文學史》最初籌劃是在一九六一年，一九六四年完成全書的討論稿，跟著由於「文革」的來臨，至一九七八年才重新恢復編寫組，對原稿進行修改，最後在一九七九年出版成今天的樣子。我們可以想像一下，假如這套文學史是在六十年代中出版，它又會是甚麼樣子？當然我們可以說：今天見到的《文學史》，受到的政治干預比在六十年代出版時會受到的干預是少得多了，但這只是跟政治氣候的改變有關。可以這樣理解，假如有些人認為《文學史》比從前一般的文學史開放公正一點㉙，那

㉘ 參《甘肅師大學報》一九七八年二期（一九七八年五月十五日），頁二至二六；《文學評論》一九七八年五期（一九七八年十月二十五日），頁七至三六；《遼寧師大學報》一九七八年第二期及第三期（出版日期缺），頁二至六六及頁六〇至六八。

㉙ 例如劉獻彪便說過《文學史》是「粉碎『四人幫』以後出版的一部具有較高學術水平的《中國現代文學史》著作」，它的優點在於「詳細佔有第一手資料」、「經過認真的研究」和「在寫法上十分注意客觀的敍述」，參劉獻彪：〈中國現代文學史研究的檢討——讀有關中國現代文學史著作的札記〉，《學習與探索》一九八一年三期，載《中國現代當代文學研究（複印報刊資料）》一九八一年十一期（出版日期缺），頁八至九。

是因爲政治氣候相對來說是比較從前（如五十年代後期以至六十年代和「文革」時期）開放的緣故，而編寫該書的指導思想——也就是更重要的文學史觀問題——在本質上是沒有改變的。

在政治的干預和影響下寫成的《文學史》，存在著不少問題，我們在這裏只能舉出和簡略分析幾個比較明顯的缺點。

第一，分期的問題。我們在上面徵引過唐弢的說法，認爲以一九四九年作現當代文學分界的做法需要取消，但《文學史》仍沿用了這種分界方法，第一册以《「五四」文學革命及其發展》開始，而最後一册的結束語則爲《第一次全國文代大會的召開》，也就是一九四九年七月的事，一些所謂跨代作家也全被腰斬了，更不要說對二十世紀文學有一個整體的理解。

此外，《文學史》還以政治的分期——三次國內革命戰爭時期——來把「五四」至一九四九的三十年分成三個階段。這種分期方法在政治方面是否完全合理，也有可商榷的地方，把它硬套到文學方面來，問題可能更大，除非我們能證明魯迅在一九二七年寫的東西跟他在一九二八年寫的截然不同，又或是能解釋聞一多早期的愛情詩跟第一次國內革命戰爭的關係。正如一位論者所說：「文學史是一種藝術專業史，有自己的專業特點，不能以政治標籤一貼了事。」㉚

第二個很容易看到的問題，就是以作家的思想作主導。《文學史》爲三個重要的作家闢專

㉚ 唐湜：〈關於中國現代文學史的一些看法與設想〉，《上海文論》一九八九年一期（一九八九年一月二十日），頁一八。

章：魯迅、郭沫若和茅盾。我們暫不討論這做法是否有問題，但令人感到困惑的，就是這三個作家的專章的第一節都是「思想發展」，毫無疑問，思想問題比作品和它的藝術性更重要。

在《文學史》裏，以作家作品的思想性來肯定或否定作家的情形很多，隨手拈來下面的一兩個例子：

胡適詩作以說理或即物感興居多。無論是寫蝴蝶的孤單（〈蝴蝶〉）、鴿子的如意（〈鴿子〉）、烏鴉的狂傲（〈老鴉〉），實際上都寄託著一個個人主義者在不同境遇中的幾種不同情懷。……《嘗試集》中的詩，思想內容大多很淺。……所有這一切，都說明了胡適早期雖然參加了新文化運動和文學革命，但反封建精神較為微薄，而與帝國主義者卻有千絲萬縷的聯繫。他在新詩領域內所進行的活動，除文學形式上的「改良」而外，思想可取者是並不多的。（第一冊，頁一六九）

〔徐志摩〕一九二八年以後寫的《猛虎集》，則更發展到污衊革命、辱罵無產階級文學運動、美化黑暗現實、歌頌空虛與死亡的地步。作為中國資產階級在文學上的一個代言人，徐志摩由最初幻想實現英美式制度，而後在人民力量發展的情況下懼怕革命並進而反對革命，最後至於頹唐消沉。（第一冊，頁二一六）

作為一種流派構成當時詩歌發展中逆流的，有以李金髮為代表的象徵派。他們接受法國象

徵詩派的影響，講求感官的享受與刺激，重視刹那間的幻覺。（第一册，頁二一七）

這跟唐弢自己在〈編寫〉中所說的很不一樣。他本來就談過徐志摩、胡適等人的評價問題：

許多人不是「政治第一」，而是「政治唯一」。因為胡適、徐志摩、周作人後來政治不好，就把他們以前的作品也否定掉了。國外說我們不提則已，一提就把他們當作靶子打。這值得我們文學史家考慮，徐志摩的詩，周作人和梁實秋的散文，也有好的。……所以把文學史上政治上犯過錯誤，或政治上不太好，過去寫過一些好作品的作家，都否定了，不提了，這是不對的。政治上後來變了，以前的長處就完全不算，能這樣嗎？（頁九）

《文學史》裏更普遍的做法是把大量作家拒諸門外。我們當然也同意倡議「重寫文學史」的人所說的文學史不是封神榜㉛，但給遺漏的作家也實在是太多了。有人統計過，《文學史》第一册提到的作家有四十八人㉜，雖然這可能比從前的文學史爲多，但所欠的仍然爲數不少，其中有些是很重要，且非常有特色及貢獻的，例如三册的《文學史》也不見提到林語堂、梁實秋的散文，錢鍾書、張愛玲的小說等；有些則是僅僅提到他的名字，沒有充分的討論，如沈從文、朱湘

㉛ 張中：〈文學史不是「封神榜」〉，《文藝報》，一九八八年九月二十四日，版三。

㉜ 徐瑞岳：〈試評幾部新編「中國現代文學史」〉，《羣衆論叢》一九八一年六期，載《中國現代當代文學研究（複印報刊資料）》一九八一年二三期（出版日期缺），頁四。

等。這不能說是由於受到篇幅的限制，例如大部分作品藝術水平都不高的蔣光慈㉝，卻有專節討論，花上了近八頁的篇幅（第二册，頁一九六至二〇三）；同樣，創作的質量都不高的柔石、胡也頻和殷夫也是闢有專節，更甚的是一些羣衆歌謠也因爲它們的思想意識「正確」而得到垂青，佔去不少篇幅（第二册，頁二二四至二三四），從這點我們可以見到，很多作家被拒諸門外，也是因爲《文學史》的編寫者以政治作爲評定作家的首要標準。

正由於編寫《文學史》的指導思想仍然是以政治爲中心，結果，它只能成爲一部政治運動史或文藝思想鬪爭史，這點唐弢自己是承認的，他以《文學史》中有關「左聯」的部分來說明這一點：

㉝ 就是唐弢也說過：

他〔蔣光慈〕的最初的幾篇是比較差的，概念化，只有最後那部《田野的風》（原名《咆哮了的土地》），他死了以後才出單行本，比較好，最初在刊物上連載時也有影響。認眞講起來，藝術性很高、政治也不錯的作品的確比較少。（〈編寫〉，頁一一）

夏濟安那篇討論蔣光慈的長文除了說明他藝術性的不足外，也指出了蔣光慈的作品在五十年代初期在中國大陸也不是很受推崇的。參 T. A. Hsia, "The Phenomenon of Chiang Kuang-tz'u," *The Gate of Darkness: Studies on the Leftiest Literary Movement in China* (Seattle & London: University of Washington, 1968), pp. 55-100.

> 文學史應該首先是文學史，不應該是政治運動史，不應該是文藝鬥爭史。我們這部書正好存在這個問題。對文藝運動和思想鬥爭寫得太多。對「左聯」寫那麼多是應該的，它當時對文學發展起了作用，但那也應該從文學作品中去看出來，說明它曾經提倡過甚麼，有甚麼收穫，而不光是政治運動和鬥爭。(〈編寫〉，頁八)

「左聯」的部分是不是應該「寫那麼多」是別一個問題，但《文學史》這一章的主要缺點，在於它只是重點的討論了文藝鬥爭的問題，其中的幾個分節分別是〈文化革命的深入和中國左翼作家聯盟的成立〉、〈對「新月派」和法西斯「民族主義文藝運動」的鬥爭〉、〈對「自由人」、「第三種人」的批判〉、〈文藝大衆化運動〉、〈瞿秋白和馬克思主義文藝理論在中國進一步傳播〉和〈民族危機的加深和文藝界抗日統一戰線的初步形成〉，眞正討論作家作品的，卻流爲次要的部分，這便跟唐弢自己所說文學史不應該是政治思想史的說法相矛盾了。其實，不單是有關「左聯」的一章犯上這毛病，《文學史》裏別的章節的問題也同樣嚴重，例如談「五四」文學革命的其中一節是「對復古派的鬥爭和新文學統一戰線的分化」、談抗戰文藝也有「在民族解放旗幟下的文藝運動與思想鬥爭」、討論〈在延安文藝座談會上的講話〉時也有一節叫「革命形勢的發展和文藝界的整風」，都是把文藝運動和思想鬥爭放在重要的地位，我們基本可以說：整部《文學史》都是這個樣子，只是「左聯」一節問題最爲嚴重罷了。

在這情形下，《文學史》只能跟過去別的現代文學史沒有多大的分別。在這裏，我們可以帶出《文學史》另一個可能引起「重寫文學史」的倡議者不滿的地方，那就是：它是一本集體的創作。

當然，集體創作原來也有優點，集思廣益，利用各撰寫者的專長，互相補足，對於處理像中國現代文學史這樣大範圍的課題，確有便利的地方，尤其是涉及一些比較冷門的題目，如《文學史》的〈前言〉末段特別提到的少數民族文學，便不是一般人都一定會涉獵到的。但另一方面，假如我們要求以審美的標準來撰寫文學史，集體創作便很有問題，有沒有可能找出一個大家都認同和接受的審美標準？「重寫文學史」的倡議者重視的是文學史的「個人色彩」㉞，陳思和說過：

> 我們現在需要的，不再是多一本兩本新的現代文學史的教材書，而是把它作為一門獨立的科學，對它作出純屬個人的價值判斷和審美判斷。我們現在所缺的，正是個人寫的文學史，它必須顯現出個人對文學史的獨特看法。㉟

唐弢也談過這個獨特見解的問題，在〈編寫〉中他一方面說過「一部文學史要有自己的風格」

㉞ 王曉明：〈關於「重寫文學史」〉。

㉟ 陳思和：《筆走龍蛇》，頁七八。

（頁一三），但另一方面，他也不得不承認《文學史》是缺乏了創新的觀點，但他似乎更願意把這委過於這部著作的性質，也就是在於它要作爲教材，必須「吸收已有的成果」：

要吸收已有的成果。就是要把現代文學研究中已有的成果接受和反映出來，有些看法當時還不成熟，沒有得到大家的承認，就不放進去，作為教材，這也許是必要的，但產生副作用，就是把許多新的很好的見解排除在這本書之外了。（頁二）

一方面同樣以政治前提作爲評價作家作品的標準，另一方面是集體創作，這兩個先天性的缺憾，給《文學史》造成幾乎可以說是無可補救的損害：它缺乏了嶄新的個人觀點，或者更具體一點的說，《文學史》在很大程度上只能做到對過去的文學史一種「覆寫」，最多也只不過是「修修補補的『改寫』」㊱。

要證實這個說法，同樣也是一點都不困難，只要把它跟別的早一點出版的現代文學史著作比較一下便可以了。限於篇幅，我們不可能把這些相同之處一一羅列出來，這裏只借助一位評論家在談到七十年代末八十年代初出版的幾種現代文學史時的一段話顯出一個比較明顯的「雷同」來：

看一看各種版本的現代文學史，論述一些作家所佔用的篇幅幾乎如出一轍。都是魯迅、郭

㊱ 同上。

老各佔兩章，茅盾先生獨佔一章，彷彿其他人就再沒有開設專章的資格了。傳統的習慣又總是把「巴〔金〕、老〔舍〕、曹〔禺〕」强行放到一章來加以評述，而不管他們的思想、經歷、作品的內容和風格有哪些特點和差異。㊲而《文學史》就是有這樣的安排：魯迅佔兩章（第一册，頁八一至一三二；第二册，頁七九至一二九），郭沫若（第一册，頁一三四至一六五）、茅盾各一章（第二册，頁一三〇至一六一），巴金、老舍、曹禺也是給放在同一章內（第二册，頁一六二至一九五）。這基本而不很合理的架構也無法擺脫，也很難期望《文學史》在別的地方有重要的突破了。

四

上面一節算是討論了《文學史》的一些基本問題，也許會給人一種感覺，就好像它是一無是處、乏善可陳的樣子。其實，《文學史》也可不是完全沒有優點，隨手舉出一個就是唐弢自己也談過的使用原始資料的做法，這確是能夠糾正很多人云亦云的錯誤，他自己談到郭沫若〈匪徒

㊲〈試評幾部新編「中國現代文學史」〉，頁五。

頌〉一詩的修改㊳，就是實事求是的做法，值得大加讚揚。此外，能夠大量參考徵引原始資料，毫無疑問是國內學者優勝的地方，可以說，《文學史》確是能夠充分利用和發揮了這個優點。

但同樣不能否認的，是《文學史》確是存在了很多缺點，問題的癥結在於政治的干預，這除了因爲它是教育部統一籌劃的緣故外，作爲編者的唐弢，似乎也應負上一些責任。在〈編寫〉中，我們可以看到他對政治形勢特別敏感，也顯出很願意配合的態度，除了上面討論過他對日本學者的責難的答辯的例子外，我們也可再看另一個例子——有關夏志清的《中國現代小說史》。

很明顯，唐弢對夏志清的這本書是很有意見的，他說夏志清「從美國軍事部門拿了錢，搞了材料。他開宗明義第一句話，就說：『我是反共的』」（頁四），可是，爲甚麼他又不公開批評這本小說史？唐弢的解釋是「最重要的還是寫出正面的好的文學史，來抵消錯誤的影響」。這說法很對。但他馬上又談到他一次做法：

當然，有一些文章反駁也是需要的。去年我到香港就作了這個工作，當然我作的很隱晦，

㊳ 據唐弢說，郭沫若最初發表〈匪徒頌〉時，把馬克思和華盛頓、克倫威爾放在一起，分不清無產階級與資產階級。後來，他自已把這部分修改了。唐弢說：

給當前的讀者閱讀，修改是必要的，要考慮思想影響。但文學史卻不行，如果只看解放後出版的《郭沫若文集》，那就會覺得郭沫若當時的思想就很了不起，這就不是歷史。歷史得根據原始的作品，講當時的情況。作者修改了，我們就加註。（〈編寫〉，頁二）

沒有點夏志清的名。因為當時的目的是要多團結一些人。（頁四至五）

這也就是把學術研究跟政治形勢和需要掛鉤，我們不禁問，假如當時不是在搞統戰，他的發言可不是完全別個樣子？學術的獨立性和客觀性那裏去了？

但我們是不應深責唐弢和大部分國內的文學史家的，他們自有很多難言之隱。以唐弢爲例，他的文學史觀大抵說得上是開明和開放的，但他主編的書卻完全沒法把這些理論付諸實踐。在〈編寫〉中，他多次忍不住的說「如果我個人寫文學史」就會怎樣：

> 我以為文學史應該多種多樣。現在的幾本文學史大同小異，連章節安排差不多都一樣。如果要我個人寫文學史，我就不同意現在這種寫法。（頁二）
>
> 我說我們可以有多種文學史，我個人要寫，就寫一家言，寫我自己藝術欣賞標準。（頁五）
>
> 我想寫一部一家言的，按我的愛好來寫，可以少談我不喜歡的，這樣才能夠發現許多新的問題和新的作家、作品。（頁五）
>
> 寫文學史，我個人歷來認為應該嚴格，如果我寫現代文學史，寫五十個作家差不多了，選擇真有代表性、典型性，能說明問題，藝術上真有成就的作家，通過他們，把中國現代文學史的發展輪廓和規律反映出來，那就可以了。（頁八）

在本文的第一節裏，我們曾經說過，假如唐弢能依著自己的意願去撰寫一部現代中國文學史，一九八八年的「重寫文學史」運動也許不會出現，這不是說唐弢一定能夠寫出一本完全令人滿意的文學史來，而是說如果唐弢能依隨自己的意願去寫文學史，他也就是能夠成功地擺脫政治和別的非學術性方面的考慮和制肘。這意味著一種眞正的學術自由的出現。在這時候，不單是唐弢，就是別的學者也可以依隨自己的意願去撰寫文學史，我們便可以有很多不同形式內容風格的文學史，也根本不會有重寫不重寫的問題。可是，在中國大陸現在的形勢裏，連提出「重寫」的要求也不容許，更不要說依隨自己的意願去寫文學史了。對於唐弢或別的從事學術研究的學者來說，不能暢所欲言、做自己想做的事情，確是非常痛苦和可悲的，但正如文章的開首說：在政治的重壓下，主觀願望始終只能是一個遙遠的理想罷了。

一九九二年一月

後記

完成這篇文章的初稿後，聽到唐弢先生病逝的消息，心中起了一種難名的惆悵。我跟唐先生在英國劍橋和倫敦會長談了好幾次，那是一九八二年七月的事情了。那時候，我向他請教了許多有關三十年代左翼文學運動的問題，他毫不吝嗇地告訴我一些他也許不大願意在公開場合透露的情況，在我心中是一直非常感激的。在這裏我不得不把這份感激之情說出來，同時，還希望能強調一點，就是這篇談他所主編的文學史的文章，並沒有絲毫對這位長者不敬的意思，我只是惋惜他在政治的壓力下，始終未能把理想付諸實踐，寫出一部我們更願意細讀的現代中國文學史來。

「左聯」研究的幾個問題

最近讀到北京魯迅博物館陳漱渝在紀念「左聯」成立六十週年學術研討會上的發言〈關於左聯的隨想〉，很受啓發①。筆者在一九八一年到英國倫敦大學亞非學院唸博士學位，研究課題就是「左聯」②。在閱讀過大量有關「左聯」的資料及文章後，也有一些感想，希望在這裏提出來，就正於大家。

① 陳漱渝：〈關於左聯的隨想〉，《魯迅研究月刊》一九九〇年第五期（一九九〇年五月二十日），頁一二至一五。

② 論文題目爲〈「左聯十年」：上海左翼文學運動，一九二七至一九三六〉（"'The Left League Decade': Left-wing Literary Movement in Shanghai, 1927-1936"〔Ph.D. dissertation, University of London, 1986〕）；曼徹斯特大學出版社最近將該論文出版成書，書名爲《上海的政治與文學：中國左翼作家聯盟研究，一九三〇至一九三六》（*Politics and Literature in Shanghai: The Chinese League of Left Wing Writers, 1930-1936*〔Manchester: Manchester University Press, 1991〕）。

衆所周知，「左聯」表面上是一個作家的組合，但同時又是在共產黨的領導下，直接或間接參與了很多政治活動的組織，在當時有所謂「第二黨」的稱號。因此，我們在討論「左聯」的時候，可以從兩方面入手：文學方面的和政治方面的。應該指出，這兩種不同的性質有時候是相輔相成的，但有時候卻帶來負面的影響。這在下面再有交代，現在先看看作爲作家組織的「左聯」這個問題。

陳漱渝在他的文章裏面討論了「左聯」時期左翼作家的創作問題，並回答了臺灣政治大學國際關係研究中心中國大陸組研究員周玉山博士所提出的「挑戰性」問題：究竟能不能整理出一套足以傳世的「左聯」作品選來？他的答案是肯定的。他舉出了魯迅的雜文、茅盾的〈子夜〉、瞿秋白的〈「魯迅雜感選集」序言〉，以至〈義勇軍進行曲〉等。我不打算在這裏討論究竟這些作品是否足以傳世，這不是三言兩語可以說得清楚；況且，究竟什麼才是傳世之作？這也有一定的主觀性。但即使很客觀的看，一個有六年歷史、幾百名成員的「作家」組織，在創作方面，是否應該可以產生比今天所見到的更好的成績來？我們又是否願意滿足於只有魯迅、茅盾等幾個在「左聯」成立以前早已成名的作家？這跟全部盟員的數目又是否不成比例？我在這裏指出這些問題，並不是囿於政治的偏見。必須指出，就是在三十年代，即使是在左翼作家的陣營裏，也經常討論創作不振、沒有偉大作品出現的原因。我們今天討論「左聯」的成就，這些是不能迴避的問題。在這裏，我們可以帶出要討論的第二個問題：政治對「左聯」的影響。

關於政治方面的影響，可以從很多方面入手。「左聯」是一個深具政治性的團體，這點是無容置疑的；從它的綱領，以至它六年裏的幾乎每一項活動，都跟當時的左翼政治運動緊密掛鉤；可以說，這政治的生命是「左聯」存在的最大意義——「左聯」最後給解散，也就是因爲政治環境改變了，它原來的政治使命不再存在的緣故。雖然有些學者很不滿意「左聯」的濃厚政治色彩③，但客觀來說，這並沒有甚麼不妥的地方，因爲這只不過是「左聯」的發起人和領導人所選擇的路向。說「左聯」的政治色彩過濃，那麼，國民黨在三十年代所支持的「民族主義文藝運動」不是也一樣嗎？二者都是各有自己的政治目的，同時也是希望透過文藝作品和文藝運動來達到這目的，「左聯」只不過在組織上是比較嚴密，成員和活動比較多，而目標也比較明確罷了，這不應成爲詬病或攻擊的原因。

---

③ 例如A．泰戈爾（A. Tagore）便說過「左聯」的理論綱領令人感到「吃驚」（"astonishing"），大部分只談「無產階級的解放，少談文藝」，《現代中國的文藝論爭，一九一八至一九三七》（*Literary Debates in Modern China, 1918-1937*〔Tokyo: Centre for East Asian Cultural Studies, 1967〕），頁一一五至一一六；另外，夏濟安教授又說過：「文藝」不是他們〔左聯〕主要關注的東西，他們的作品完全是爲了階級鬥爭，爲了「血光的」、「生死存亡的」、「全人類的解放而戰鬥」。《黑暗的閘門》（*The Gate of Darkness*〔Seattle: University of Washington Press, 1961〕），頁一〇一。

但具備這樣清晰明確的政治目標，對「左聯」作爲一個文藝團體，卻肯定產生了影響，最基本的就是盟員的問題。平心而論，在「左聯」幾百名盟員中，那時候能夠稱得上是作家的有幾人？不要說很多盟員連小學也沒有唸完，就是所謂的「左聯五烈士」——馮鏗、殷夫、柔白、胡也頻、李偉森，在海外漢學界便曾經有人爭議過究竟他們算不算得上是作家④。反過來說，中國三十年代已經成名的作家裏，加入了「左聯」的比例又有多少？我想不能說是很大吧！姑勿論是一些作家自己不願意加入「左聯」，還是「左聯」不願意接受他們作盟員，但假如「左聯」成立的原意是要在文藝界裏建立一個廣泛的統一戰線團體，這不能不說是它失敗的證明。

由此，我們不難看出，在當時的環境裏，具備明確的政治鬪爭目標，但同時又希望能夠建立廣泛統一戰線，二者基本是矛盾的。儘管經過了一九二八年的「革命文學論爭」，左翼文學運動已經引起了很多人的注意，但它仍是沒有得到普遍的支持，加上當時國民黨的鎭壓和反宣傳，不少作家對激烈的左翼文學運動確是望而卻步的。我們可以中國著作者協會爲例，它本來沒有提出

---

④ 法蘭兹米高（Franz Micheal）說「左聯五烈士」中只有一人配稱爲作家，而夏濟安則說其中四人可算得上是作家。《黑暗的閘門》，頁vii及二○六；但尼爾亨特（Neale Hunter）在他的博士論文中曾駁斥了這些觀點，說五烈士全都稱得上是作家，〈中國左翼作家聯盟，上海，一九三○至一九三六〉（"The Chinese League of Left-wing Writers, Shanghai, 1930-1936"〔Ph. D. dissertation, Australian National University, 1973〕），頁一五四至一七四。

強烈的政治要求，因此在最初的時候確曾吸引了一些「左翼」以外的作家出席它的成立大會，爲建立一個比較廣泛的作家團體立下了基礎。但它後來卻沒有開展甚麼活動，不少作家也沒有給吸納到「左聯」裏，這是甚麼緣故呢？錢杏邨曾經提出過一個解釋：一些左翼作家在它的成立大會上發表了一些過於激烈的言論，把一些作家嚇跑了⑤。這也說明了政治對「左聯」所產生的影響。

此外，「左聯」盟員還直接參與了很多政治活動，諸如遊行、示威、飛行集會、派傳單、貼標語等。這在很多盟員的回憶錄中有十分詳細的描述。這些活動很危險，隨時有被捕的可能，自然不是一些上了年紀的老作家所能參加的。我們知道，不要說魯迅，就是茅盾等，在當時也是採取一種「自由主義」，不去參加這些活動⑥。積極參與政治活動的便只有一些年輕的盟員了。很明顯，這是「左聯」的領導人所須面對的抉擇：一是堅持「左聯」是一個作家組織，盟員必須是成名的作家；一是暫時放下「作家」的要求，招攬一些在當時還沒有「作家」資格的盟員。由於「左聯」具備強烈的政治使命，那時候根本沒有別的選擇。結果，不少盟員在加入「左聯」時都不是甚麼作家，更不要說能夠寫出足以傳世的作品了。事實上，從「左聯」現存的文件看，「左

---

⑤ 吳泰昌：〈阿英憶左聯〉，《新文學史料》一九八〇年第二期（一九八〇年二月二十二日），頁一四。

⑥ 茅盾：〈「左聯」前期〉，《我走過的道路》（中）（北京：人民文學出版社，一九八四年五月），頁一五三。

聯」當時的領導人確是願意把入盟的資格降低，好能招收更多年輕積極的成員：「左聯」內部刊物《秘書處消息》第一期上的〈關於新盟員加入的補充決議〉，談到入盟資格時，對於一些「抱著堅決的意志欲加入左聯而尙未具有充分的左聯的盟員資格者」，他們只要求這些人先「加入文研或其他左聯領導的文學團體，和左聯經常發生密切的關係，過相當時期再行正式加入」⑦，可沒有要求這些未及資格的人寫出一些作品來，這明顯是爲了達到政治目的而作的遷就，也是政治對「左聯」的影響，同時也是「左聯」受到批評的原因。

但話說回來，我們也不能說「左聯」故意低貶文藝。儘管很多盟員在最初加入「左聯」時確還沒有具備作家的資格，但不少人後來眞的能夠成爲很優秀出色的作家。沙汀、艾蕪、張天翼、李輝英、何家槐、葉紫、廖沫沙等，當時也只是初露頭角，而後來寫出了很多不錯的作品來。「左聯」的理論綱領便強調了利用文藝來協助推動政治活動，而在成立大會上決議建立的四個研究會：馬克思主義研究會、國際文化研究會、文藝大衆化研究會、漫畫研究會，都是與文藝文化有關；此外，從盟員的回憶錄及「左聯」的文件看，「左聯」後來還陸續的成立了類似的研究會及委員會，推動文藝活動；而盟員最基本的活動：參加小組會議，很多時候便是討論文藝問題或作品。這對一些年輕的盟員有很積極的作用，是協助他們走上文學道路的一個十分有利因素。此

⑦ 《秘書處消息》第一期（一九三二年三月十五日），錄自《中國現代文藝資料叢刊》第五期（一九八〇年十二月），頁二三。

外，「左聯」和它的外圍組織出版了很多刊物，如《北斗》、《文學》、《文學月報》等，也爲這些年輕人提供了發表作品的陣地。如果沒有「左聯」的組織，這些一點名氣也沒有、且還很稚嫩的年輕人，在當時物質環境惡劣的情況下，根本沒有發表作品的機會，他們的創作天份也許就給埋沒了。這點也是討論「左聯」盟員的文學成就時所不應忽視的。

政治對「左聯」的文學活動的另一個影響，是在文藝大衆化的問題上。「左聯」重視大衆文藝，早在它的成立前夕，一班左翼作家便曾經召開過座談會，討論文藝大衆化的問題。「左聯」成立大會上決定成立的文藝大衆化委員會以及後來成立的大衆化工作委員會，還有一九三二年在瞿秋白領導下再度進行的大規模討論，都證明了文藝大衆化的課題在「左聯」裏佔了很重要的位置。當時的態度大致可分成兩種：一是由作家創作一些通俗淺易的作品給工農大衆看；二是培養工農大衆作家，讓他們自己來創作。這不同的觀點造成了瞿秋白和茅盾的一場論爭⑧。其實，這沒有對或錯的問題，二者是可以同時存在，且是相輔相成的：首先由作家去進行創作，利用通俗淺易的作品去教育羣衆，羣衆中便可以產生出一些作家來，創造自己的大衆文學。但無論如何，文藝大衆化運動確是包含了深厚的政治意義。不過，由於部分「左聯」理論家在當時採取了過於偏激的立場，作品的文學性受到嚴重的影響。例如郭沫若便說過：「大衆文藝的標語應該是無產

⑧ 茅盾：〈文藝大衆化的討論及其他〉，《我走過的道路》（中），頁一五五。

文藝的通俗，通俗到不成文藝都可以」⑨；夏衍也說過：「工人農人的大衆，正在需要黑麵包的時候，我們難道將一點甜餅乾送給少數人就行了嗎？」⑩結果便產生了一些跟一九二八年所謂革命文學一樣的作品，只有口號和標語，文學技巧卻完全談不上。在這問題上，魯迅是能夠比較照顧實際的情況，他曾經說過：

> 但讀者也應該有相當的程度。首先是識字，其次是有普通的大體的知識，而思想和情感，須大抵達到相當的水平線。否則，和文藝即不能發生關係。若文藝設法俯就，就很容易流為迎合大衆，媚悅大衆。迎合和媚悅，是不會於大衆有益的。……
>
> 倘若此刻就要全部大衆化，只是空談。⑪

但當時眞正理解魯迅的話的人並不多，這對於「左聯」時期的創作造成了負面的影響。假如「左聯」的理論家能夠稍爲擺脫一下政治的影響，多強調文學的獨特性，那麼，「左聯」盟員的創作也許可以取得更好的成績。

---

⑨ 〈新興大衆文藝的認識〉，《大衆文藝》二卷四期，錄自丁易編：《大衆文藝論集》（北京：北京師範大學出版部，一九五一年七月），頁四六。
⑩ 〈所謂大衆化的問題〉，同上，頁四〇。
⑪ 〈文藝的大衆化〉，《魯迅全集》（北京：人民文學出版社，一九八一年），卷七，頁三四九。

至於政治方面，「左聯」研究這課題上也有幾點是值得注意的。

首先，也是最重要的，就是要廓清共產黨對「左聯」起了甚麼的領導作用。長久以來，我們看到大陸無數文章，都充分肯定「左聯」是由中共所領導的，但具體的領導是怎樣？似乎沒有說得很清楚。就現在所見到的資料看，在組織上，中共是透過「文委」來領導「左聯」的，「文委」的書記一般也是「左聯」的黨團書記。可是，在那時候的政治形勢裏，這種運作又是否能夠每天正常出現？這是一個很值得探究的問題。我很同意陳漱渝所說的黨中央「基本上沒有直接過問左聯的工作」的說法，過去在大陸這是沒有很多人願意或膽敢說出來的，但這卻應該是接近事實的。「左聯十年」（也稱「左翼十年」，一九二七至一九三六）以論爭開始，以論爭結束，「左聯」後期內部出現的矛盾和分裂，不就是正好說明了「左聯」並沒有從中共那裏得到明確清晰的指示嗎？

我們可以較仔細的看看這個問題。一九二八年初，左翼作家在革命文學問題上對魯迅發動猛烈的攻擊，儘管海外及臺灣一些學者認爲這次論爭是由中共中央發動⑫，但從今天見到的材料看，我們可以肯定說這完全是自發的行動，與中共的指示毫無關係。一九二八年底一九二九年初，左翼作家停止對魯迅的攻擊，並著手籌組「左聯」，這轉變才是來自中共的指示。從「左

⑫ 例如：鄭學稼：《魯迅正傳》（臺北：時報文化事業公司，一九七八年七月），頁一九五至一九六；金達凱：〈三十年代的郭沫若〉，《復興岡學報》二十四期（一九八〇年九月二十日），頁一〇二。

聯」盟員的回憶錄，我們知道這時候李富春及潘漢年等曾與陽翰笙、夏衍、馮雪峰等談話，明確指令停止對魯迅的攻擊。這可以聯繫到當時的政治形勢。一九二七年底，中共剛經歷了國民黨的清黨，元氣大傷；跟著在瞿秋白的領導下，在全國發動「秋收起義」，所造成的傷亡又進一步打擊了自己的實力。這時候中共黨中央根本沒有餘暇去照顧文化方面的問題；正好就是在這時候上海的左翼作家自發地向魯迅發動攻擊。但到了一九二八年底一九二九年初，中共開始重新站穩陣腳，比較能夠積極的去管文化的事情，一九二九年秋「文委」的成立便是很好的證明；而「左聯」就是在「文委」的指導下成立的。「左聯」在前期（一九三〇至一九三三）似乎得到較多的指示，內部出現的問題較少，但到了後期，中共在上海的機關遭破壞，國民黨對中共根據地發動五次大規模的圍剿，中共中央被迫踏上長征，這使到上海的左翼作家再次失去具體的領導。結果，「左聯」後期內部出現分裂，一九三六年的「兩個口號」論爭，更是左翼作家陣營內出現兩種對中共新統一戰線政策的不同反應。假如他們當時能夠得到更明確的指示，這種同一陣營內的論爭大抵是可以避免的。

由此可見，中共對「左聯」的領導是很重要的，但由於當時的政治環境，他們根本不能為「左聯」提供很多具體的指示或援助，這對「左聯」造成了嚴重的影響，也是「左聯」犯上嚴重錯誤的主要原因，畢竟當時實際領導「左聯」的人，那時候大都只有二十來歲，在三十年代的惡劣環境下領導這個龐大而複雜的組織，沒有得到具體的指示，又怎可能不犯上錯誤？

其實，單單著重於研究共產黨的政治和歷史，並不能全面理解「左聯」以及三十年代的左翼文化運動的發展。當時整個中國的政治形勢，特別是國民黨的統治及政策，對「左聯」肯定有很大的影響。長久以來，大陸方面的「左聯」研究只是集中於「左聯」本身，但一直威脅著「左聯」的國民黨統治，似乎沒有得到應有的重視。陳漱渝的文章中提到上海魯迅紀念館王錫榮在「左聯」紀念研討會上的發言，呼籲大家開展「左聯」對立面的研究，這點是很重要的。早在三十年代魯迅已經批評過一些左翼作家及評論家對於對手一無所知，同樣地，要深入理解「左聯」這個重要的作家組織，便不能不先深入了解國民黨在三十年代的統治，特別是它的文藝文化政策，更是需要重點研究的。一直以來，我們只知道國民黨支持了民族主義文學運動，但具體的情況是怎樣？除了民族主義文學以外，可還有沒有別的文化政策，針對左翼文藝運動？例如他們的書刊審查制度、他們資助出版的書刊等。我們在外面研究「左聯」的，很希望能夠多見到像王錫榮那篇討論文化「圍剿」口號的論文那樣的文章，使我們明白到當時文化圍剿的一些情況⑬。即使像顏雄在《魯迅研究資料》第十二輯上那篇披露《社會日報》上有關魯迅「萬言書」的材料，雖然不算得上是對立面研究（是否可以姑且稱為「左聯」的外緣研究？），但對於「左聯」研

⑬ 王錫榮：〈「汗血」與「文化圍剿」——文化「圍剿」口號探源〉，《魯迅研究月刊》一九九〇年第一期，頁二三至二六。

究，也是很有幫助的⑭。

此外，國民黨的對日政策——「先安內後攘外」，在當時也引起了很多人的不滿，轉而支持共產黨⑮。事實上，日本的侵略，間接上是幫助了左翼政治以至文化運動的。除了上述的原因外，還有是日本對國民黨的統治所造成的壓力，使他們無法集中火力對付共產黨。舉例說，國民黨所發動的第三次圍剿，便是因爲「九一八事變」而被迫提早結束，而一九三二年初的「一二八」事件更迫使第四次圍剿行動延遲至該年年底才展開。

由此可見，國際政治形勢也影響了「左聯」的命運。日本以外，蘇聯——更準確的說，共產國際——對國際政治形勢的觀察，也產生了重要的影響。陳漱渝的文章正確的指出了「左聯」對民族主義文學批判犯上了左傾的毛病，但這種左傾的思想是從那裏來的？毫無疑問是受了蘇聯的影響。蘇聯自建國以來，一直覺得受到資本主義國家的威脅，就是日本的對華侵略，也被看成是進攻蘇聯的前奏，這種思想淸楚反映在「左聯」對民族主義文學的論戰裏。正如陳漱渝所說，就是魯迅也不能擺脫這思想。這種左傾的觀點毫無疑問帶來了一些對「左聯」自身不利的影響，最

---

⑭ 顏雄：〈魯迅的「萬言長文」與「社會日報」〉，《魯迅研究資料》第十二輯（一九八三年五月），頁一八九至二二〇。

⑮ 參夏衍：〈「左聯」成立前後〉，《左聯回憶錄》（北京：中國社會科學出版社，一九八二年五月），頁三五。

起碼是削弱了那些文章的說服力，這不也是證明了國際政治形勢對「左聯」的影響是值得深入研究的嗎？

更明顯的一個例子是「左聯」的解散及「兩個口號」論爭。衆所周知，解散「左聯」的指令是來自中共駐莫斯科代表王明，而他這個決定則是遵循共產國際七大的決議，推行新的由上至下的統戰策略。在上海的「左聯」領導人願意接受這個指令，顯示他們把共產國際的決定放在「左聯」本身之上，這是可以理解的；正如上面說過，「左聯」是一個深具政治色彩的組織，從這事件看，它的存在價值就似乎是緊緊繫於國際政治形勢。除了這兩個較明顯的例子外，我們在研究「左聯」時，是否應該找出其他可能的影響？我們又怎可能把中國的整個左翼文化運動孤立起來，說它與國際政治形勢無關？

事實上，除了政治形勢具有左右中國的左翼文化運動發展的可能外，世界經濟狀況也是一個重要的因素。一九三〇年的世界經濟大衰退，對不少帝國主義國家造成了嚴重的打擊。這些國家的經濟困難以及由此帶來的內部問題，暫時舒緩了它們對中國的壓迫，中國的民族經濟暫時得到喘息的機會，這或多或少對左翼政治及文化運動起了積極作用。此外，外國資本主義國家的困境，在當時確實引起了中國左翼作家的注意。在「左聯」不少的決議及文件中，都經常提到世界經濟的問題，可見這在中國左翼作家心目中是佔了重要的位置，認爲對左翼文化運動有一定的宣傳價值及作用。

世界政治經濟以外，世界各地的文學文化運動及思潮，也應該是研究和參考的對象。舉例說，討論莫斯科國際革命作家聯盟的文章實在太少了，但它和「左聯」的關係是極其密切的。「左聯」是它的中國支部，蕭三便曾經代表過「左聯」出席它在蘇聯烏克蘭首都哈爾夫召開的第二次世界革命文學大會，更被選爲它的主席團成員；它出版的《國際文學》幾乎每一期都有報導中國文壇，特別是左翼文化運動的文章，甚至曾經刊登過「左聯」寄來的通信，也有蕭三討論中國革命文學運動和紀念魯迅的文章。這些都是必須深入探討的。

蘇聯以外，別的國家的文學運動跟中國左翼文學運動的關係也是很重要的。現在較受重視的是日本的左翼文學運動，這是可以理解的，日本跟中國的關係確是非常密切，從「福本主義」對革命文學家的影響，到「納普」以至其他日共作家如小林多喜二等，另外更重要的當然是「左聯」的東京分盟，不少「左聯」的重要材料都是在日本發現的，這些都是值得研究的課題。但其他的也有探討的必要。筆者最近曾與一位研究三十年代加拿大左翼文學運動的加拿大學者討論三十年代國際左翼文學運動的發展⑯。據她說，加拿大的左翼作家曾在他們的文章中談到中國的作家如魯迅等。這在過去一直是沒有人提及的。但這卻是有助於了解「左聯」的國際關係，甚至是

⑯ 該加拿大學者名Sandra Hutchison博士，她的博士論文將由加拿大多倫多大學出版社出版，書名爲《被背棄的一代：三十年代加拿大的文學及社會問題》(*The Betrayed Generation: Literature and Social Concern in Canada in the 1930s*)。

它在國際左翼文學史上的地位。

至於「左聯」本身，儘管已經發表的研究文章多不勝數，但尚待解決的問題還不少。正如陳漱渝所說，現在還是欠缺了一本好的「左聯」史。我們知道，很多「左聯」盟員都寫了回憶錄，這些原是最重要的研究材料，可以解決很多疑難。可是，這些回憶錄裏面相互矛盾的地方很多，帶來了額外的難題。舉例說，夏衍那篇〈一些早該忘卻而未能忘卻的往事〉，據說一口氣惹來幾十個問題，引起討論的文章也有幾十篇。這是什麼緣故？爲什麼本來應該可以幫助解決問題的有用材料，竟變成了研究的負累？當然，回憶幾十年前的往事，印象模糊了，記憶不清楚是很正常的，但最壞的是這些回憶有時候也似乎涉及了「政治」的問題——幾十年前「左聯」裏面一些盟員之間的「政治」。我們一方面不得不懷疑這些老盟員的動機，但另一方面也希望他們在下筆寫回憶錄時能更謹愼，剔除一些於事無益的人爲因素，爲研究者提供眞正有用的資料。更重要的是研究者在使用這些材料時要加倍小心，採取一種分析求證的態度。

說到人的問題，這也是談「左聯」時所不能迴避的。「左聯」後期出現了嚴重的人事分裂，特別是魯迅與一些實際領導「左聯」的人如周揚等人的關係，確是應該深入研究的。比方說，一九三二年對待「自由人」和「第三種人」的態度、一九三六年對新的統一戰線政策，左翼陣營內存在了不同的意見；而從一九三四年開始，魯迅在私人信件中對一些「左聯」領導人流露不滿之情，這些都是歷史的客觀事實，不能迴避、也不應迴避。我們今天應該做的是抱一種實事求是的態度，一方面承認這些矛盾確實存在，另一方面是要找出這些矛盾的根源，看那些眞的是人的問題，問題出在那裏；那些是涉及政策或原則的，是誰追隨了誰的路線，是誰犯了錯誤，原因在那裏等。

在這裏，我希望利用一九三六年的「兩個口號」論爭來簡略說明一下上面所提的一點。毋容否認，這是左翼陣營內的一場論戰，裏面涉及了人事的問題，是「左聯」後期內部一些人事矛盾所帶來的不良後果，也是論戰雙方都不能不負上部分責任的——即使魯迅也不例外，從不少「左聯」盟員的回憶錄看，他確曾拒絕過跟周揚、夏衍等見面。而「國防文學」派那種強烈的宗派主義思想，更是早在一九三六年便給魯迅批判過了；這「人」的因素是討論「兩個口號」論爭時所不能不提的。但另一方面，這場論爭其實更涉及了理論的問題：究竟「國防文學」派是否眞的存有右傾的思想？魯迅是否代表了毛澤東的正確路線？什麼才是正確的路線？共產國際的影響怎樣？周揚、夏衍等人的領導出了什麼問題？馮雪峰、胡風等在這場論爭中扮演了什麼角色？應負什麼的責任？這些都不是在本文內三言兩語所能解決的問題⑰。事實上，八十年代初期，大陸便曾經熱烈的討論過這個問題，不少學報期刊也發表了很多文章。可是，據說這場本來是有益有建

⑰ 關於筆者這方面的意見，參〈魯迅與左聯的解散及兩個口號論爭〉，《香港大學中文系集刊第二——香港大學中文系成立六十週年紀念專號》（一九八七年），頁二三五至二四六，收王宏志：《思想激流下的中國命運——魯迅與「左聯」》（臺北：風雲時代出版社，一九九一年九月），頁九七至一四〇。

設性的討論給壓下去了，聽到這消息的時候很感不快，爲什麼有關幾十年前文學運動的學術討論還是有著禁忌？還是不能採取一種百花齊放的態度？其實，卽使討論的結果是大部分人都相信周揚的「國防文學」口號具有「右傾」的思想成分又怎樣？我們應該探討一下這些所謂「右傾」思想的根源，是他們自然而然產生的嗎？還是受了王明的影響？受了王明的影響其實也不是犯了什麼過錯，一九三五、三六年間，中共黨員完全不受王明影響的有幾人？自一九三一年六屆四中全會以來，王明便取得黨中央的領導權，後來又轉往莫斯科，任中共駐共產國際代表團團長，成爲共產國際領導人之一，特別是參與制定中國革命方針的政策；身爲中共黨員的周揚，緊密追隨王明路線，不單是沒有犯錯，而且是必須和正確的；另一方面，周揚他們那時候沒有執行毛澤東的政策也是無可厚非的，一九七八年四月，他在一次訪問中解釋了其中的原因：

> 那時候只知道毛主席是位革命領袖，但對毛主席的思想不但根本不懂，在上海也看不到，特別在上海的黨組織被破壞以後，更不容易看到根據地和毛主席的東西。所以只是看蘇聯，看共產國際。那時蘇聯和共產國際的材料在上海可以找得到。⑱

既然「右傾」的思想根源是來自王明，那麼，卽使周揚等「國防文學」派可能是表現了「右傾」

⑱ 趙浩生：〈周揚笑談歷史功過〉，《新文學史料》第二期（一九七九年二月），頁二三二。

的思想，也不應深受責備吧！爲什麼還要害怕把眞相說出來？

總而言之，「左聯」是一個非常複雜的研究課題，上面所提到的只不過是其中一些較明顯的三兩個問題，但它在現代中國文學、文化、以至政治等方面都產生過重要的影響，是不能忽視的。我們今天重新評價這個組織，毫無疑問是比從前容易得多，資料較前多了，而態度也開放了，很希望國內外的學者能在這些有利的基礎下將「左聯」研究再向前推進，擺脫一些無謂的人事因素，發掘更多的資料，取得更理想的成績，寫出一本眞眞正正不囿於狹隘的政治框架的「左聯」史來。

翻譯與政治

——有關嚴復的翻譯的幾個問題

一九三一年十二月，領導上海左翼文藝界的瞿秋白，在一封給魯迅討論翻譯的信裏把嚴復揪了出來痛罵一頓：

> 嚴幾道的翻譯，不用說了。他是：
>
> 譯須信雅達，
>
> 文必夏殷周。
>
> 其實，他是用一個「雅」字打消了「信」和「達」。最近商務還翻印《嚴譯名著》，我不知道這是「是何居心」！這簡直是拿中國的民衆和青年來開玩笑。古文的文言怎麼能夠譯得「信」，對於現在的將來的大衆讀者，怎麼能夠「達」！①

①〈關於翻譯的通信〉，《魯迅全集》（北京：人民文學出版社，一九八一年），卷四，頁三七二。

先不說嚴復的原意是不是要用一個「雅」字打消了「信」和「達」，瞿秋白這段話實在很有問題：他的弊病在於以自己的政治標準加於嚴復上。我們知道，瞿秋白自中共六屆四中全會（一九三一年七月）被王明排斥於黨中央以外後，即把精力放在文藝界，領導「中國左翼作家聯盟」（簡稱「左聯」）。「左聯」這個組織的政治性很強，經常發動反國民黨政府的活動如遊行示威、派發傳單等。在文藝方面，他們最積極推動的是文藝大衆化運動，就是要為知識水平較低的普羅大衆創造文學。我們這裏不會討論這做法的正確性，但問題在於我們可不可以向嚴復提出這樣的要求。在十九世紀末動筆翻譯《天演論》的嚴復，不用「古文的文言」，能用些什麼工具？他下筆的時候，又怎麼可能會考慮到二十世紀三十年代的「現在的將來的大衆讀者」？當時全心全意推動大衆文藝運動的瞿秋白，把幾十年前的嚴復痛罵，說他沒有「為人民服務」，這跟一九二八年錢杏邨罵魯迅的阿Q早已死去的做法是如出一轍的②，都同樣是以自己的政治標準加在別人的身上。

當然，我們不是說談翻譯的時候不能談政治，事實上，很多人從事翻譯或討論翻譯時都有一個很強烈的政治動機，最明顯的例子就是「左聯」的成員——包括瞿秋白自己和魯迅——在三十年代大量翻譯蘇聯和日本左翼文學家和理論家的作品，嚴復也不例外，他從事翻譯也是和政治緊

② 錢杏邨：〈死去了的阿Q時代〉，《太陽月刊》第三期，收中國社會科學院文學研究所現代文學研究室：《「革命文學」論爭資料匯編》（北京：人民文學出版社，一九八一年一月），頁一九三。

緊扣著的。在這篇短文裏，我們會看看嚴復從事翻譯的政治動機，也會探討一下政治因素對他的翻譯的影響。

儘管人們今天提起嚴復這名字的時候，大都只會想起翻譯家嚴復，而忽略了他作為一個思想家、政治家在近代中國史上的影響和貢獻。其實，在他翻譯和出版《天演論》前，他已經在天津《直報》上發表了很多重要論文〈論世變之亟〉、〈原強〉、〈原強續篇〉、〈辟韓〉及〈救亡決論〉等，都是鼓吹維新變法、救亡圖強的。其後，他更贊助梁啓超在上海創辦《時務報》，與王修植、夏曾佑等在天津創辦《國聞報》，繼續宣揚維新思想。一八九八年，他更曾獲光緒召見，詢問對變法的意見。由於篇幅關係，我們不可能在這裏探討嚴復的維新變法思想，但從上面簡單的介紹，便可以知道他跟晚清的維新派是有著非常密切的關係的。

據一本嚴復的年譜說他開始翻譯《天演論》，是在甲午之戰後（「和議始成，府君大受刺激，自是專力於翻譯著述」）③。在給友人張元濟的信中，嚴復清楚說出了從事翻譯的意圖：

> 復自客秋以來，仰觀天時，俯察人事，但覺一無可為。然終謂民智不開，則守舊、維新，兩無一可。即使朝廷今日不行一事，抑所為皆非，但令在野之人，與找後生英俊，洞識中

③ 嚴璩：〈侯官嚴先生年譜〉，錄自王栻編：《嚴復集》（北京：中華書局，一九八六年一月），頁一五四八。

西實情者日多一日，則炎黃種類未必遂至淪胥，卽不幸暫被羈縻亡國，亦得有復蘇之一日也。所以屛萬緣，惟以譯書自課。④

又說：

復今者勤苦譯書，羌無所為，不過閔同國之人於新理過於蒙昧，發願立誓，勉而為之。極知力微道遠，生事奪其時日；然使前數書得轉漢文，僕死不朽矣。⑤

說得很清楚明白，他完全是爲了開民智而從事翻譯的。這樣的翻譯動機，在晚清很流行，特別是在主張變法自強的維新派人中，便時常強調了翻譯的實際作用，例如嚴復的好朋友梁啓超便說過這樣的話：

泰東西諸國，其盛强果何自耶。泰西格致性理之學，源於希臘；法律政治之學，源於羅馬。歐洲諸國各以其國之今文，譯希臘羅馬之古籍；譯成各書，立於學官，列於科目，擧國習之，得以神明其法，損益其制，故文明之效，極於今日。……大彼得躬游列國，盡收其書，譯為俄文，以敎其民，俄强至今。今日本書會，凡西人致用之籍，靡不有譯本，故

④ 嚴復一九〇一年給張元濟信，同上，頁五二五。
⑤ 同上。

其變法灼見本源，一發即中，遂成雄國。⑥

而他的另一位好友林紓也有類似的說法：「吾謂欲開民智，必立學堂；學堂功緩，不如立會演說；演說又不易舉，終之唯有譯書。」⑦

這樣的政治動機，對嚴復的翻譯造成幾方面的影響：

第一，翻譯的選材。

我們知道，晚清的另一位「翻譯」家林紓，由於不懂外文，所以不能自己挑選作品來翻譯（應該指出：其實林紓一直都沒有從事過翻譯，他做的只是筆錄，實際負起了翻譯的職責的，是他的口述合作者——用今天的話來說，他做的叫「視譯」），但嚴復的情況卻不同，他精通外文，完全能夠按照自己的喜好和標準來選擇原著。例如一九〇三年出版他所翻譯斯賓塞（Herbert Spencer）的《羣學肄言》（*Study of Sociology*），便是他自己在一八八一年讀過這本書後，「輒歎得未曾有」、「以爲其書實兼《大學》、《中庸》精義，而出之以翔實，以格致誠正爲治

---

⑥ 梁啓超：〈論譯書〉，錄自陳玉剛編：《中國翻譯文學史稿》（北京：中國對外翻譯出版公司，一九八九年八月），頁四一。

⑦ 林紓：〈「譯林」序〉，錄自陳平原、夏曉虹編：《二十世紀中國小說理論資料》，第一卷（一八九七至一九一六）（北京：北京大學出版社，一九八九年三月），頁二六。

平根本矣」⑧，佩服之餘而把它譯出來的。

在數目而言，嚴復所譯的書並不多，商務印書館出版的《嚴譯名著叢書》，只共收八種，但他挑選這八種著作來翻，政治的動機很是明顯，原因是這八種著作都是對當時的維新自強運動很有幫助。即以他所翻譯最早出版的《原富》爲例，他便說過翻譯這本書的原因，在於「其中所指斥當軸之迷謬，多吾國言財政者之所同然，所謂從其後而鞭之」，又說裏面「英法諸國舊日所用典章，多所纂引，足資考鏡」⑨。至於那著名的《天演論》的價值，早在出版的時候吳汝綸便指出過了：

> 蓋謂赫胥黎氏以人持天，以人治之日新，衞其種族之說，其義富、其辭危，使讀焉者怵焉知變，於國論殆有助乎。⑩

又說：

> 執事之譯此書，蓋傷吾土之不競，懼炎黃數千年之種族，將無以自存，而惕惕焉欲進之以

⑧ 嚴復：〈譯餘贅語〉，《羣學肄言》（上海：商務印書館，一九三一年），頁二至三。
⑨ 嚴復：〈「原富」例言〉，《原富》（上海：商務印書館，一九三一年），頁二至三。
⑩ 吳汝綸：〈吳序〉，《天演論》，《嚴復集》，頁一三一八。

人治也。本執事忠憤所發，特借赫胥黎之書，用為主文譎諫之資而已。⑪

嚴復自己也在自序裏說了這樣的話：

> 赫胥黎氏此書之旨，本以救斯賓塞任天為治之末流，其中所論，與吾古人有甚合者，且於自強保種之事，反複三致意焉。夏日如年，聊為迻譯，有以多符空言，無裨實政相稽者，則固不佞所不恤也。⑫

正如不少論者所說，嚴復的翻譯其實是具備了現實的歷史意義。既然這樣，他的譯作是否「成功」，便不在於它們是否能夠做到我們今天所說的「忠實」、「通順」或其他什麼的標準，而在於能否在維新自強的運動中發揮作用，也就是把一些對中國當時的改革有幫助的訊息帶給那些足以左右維新運動的讀者。

這裏觸及到嚴復的讀者對象問題，由此而產生的另一個問題就是他的翻譯標準。

其實，上文已指出過，抱有類似的政治動機來從事翻譯的，不只嚴復一人，梁啓超也強調過翻譯能對中國讀者起啓蒙的功用。可是，梁啓超卻曾經批評過嚴復的翻譯過於典雅艱深，讀者不

---

⑪ 吳汝綸：〈答嚴幼陵丁酉二月初七日〉，同上，頁一五六〇。

⑫ 同上，頁一三二一。

易理解明白。爲什麼會這樣？這就是因爲他們二人所預設的讀者對象不同的緣故。

先看梁啓超對嚴復的批評：

嚴氏於西學中學皆為我國第一流人物，此書〔《原富》〕復經數年之心力，屢易其稿，然後出世，其精善更何待言。但吾輩所猶有憾者，其文筆太務淵雅，刻意摹仿先秦文體，非多讀古書之人，一繙殆難索解，夫文界之宜革命久矣。況此等學理邃賾之書，非以流暢之筆行之，安能使學僮受其益乎？著譯之業，將以播文明思想於國民也，非為藏山不朽之名譽也。文人積習，吾不能為賢者諱。⑬

很明顯，梁啓超的譯文讀者對象是一般國民以至「學僮」，而「非多讀古書之人」，所以嚴譯行文淵雅，是不適合的。對於這項勸諭，嚴復曾經回信答辯，最廣爲人徵引的是以下的一段話：

若徒為近俗之辭，以取便市井鄉僻之不學，此於文界乃所謂陵遲，非革命也。且不佞之所從事者，學理邃賾之書也，非以餉學僮而望其受益也，吾譯正以待多讀中國古書之人。使其目未睹中國之古書，而欲稗販吾譯者，此其過在讀者，而譯者不任受責也。⑭

⑬ 梁啓超：〈介紹新著「原富」〉，錄自牛仰山、孫鴻霓編：《嚴復研究資料》（福州：海峽文藝出版社，一九九〇年一月），頁二六七。

⑭ 嚴復：〈與梁任公論所譯「原富」書〉，同上，頁一二四。

他接著還說他不是不希望「播文明思想於國民」，但也應該清楚分辨讀者，不可能照顧每一個不同背景的人：

> 夫著譯之業，何一非以播文明思想於國民？第其為之也，功候有深淺，境地有等差，不可混而一之也。慕藏山不朽之名譽，所不必也。苟然為之，言龐意纖，使其文之行於時，若蜉蝣旦暮之已化，此報館之文章，亦大雅之所諱也。故曰：聲之眇者不可同於衆人之耳，形之美者不可混於世俗之目，辭之衍者不可回於庸夫之聽。非不欲其喻諸人人也，勢不可耳。⑮

這段說話今天肯定會受到批判，但放在晚清的政治或思潮環境，則不能算是太不合理。嚴復清楚肯定的說出他從事翻譯，是爲了一班士大夫以至當時的統治階級。正如大陸不少文章說，嚴復畢竟只是屬於資產階級改良派，他是沒有把「普羅大衆」放在心內的。王佐良便分析過嚴復的讀者對象：

> 這些人足以左右大局，然而卻保守成性，對外來事物有深刻的疑懼；只是在多次敗於外夷之手以後，才勉强轉向西方，但也無非是尋求一種足以立刻解決中國的某些實際困難的速

⑮ 同上。

效方法而已。⑯

這樣的讀者對象，也影響了他的翻譯方法。要將一些可能不是馬上便可以解決中國的一些實際困難的外國的新思想傳達給這些人，其困難是可想而知的。

衆所周知，嚴復在〈「天演論」譯例言〉裏提出了「譯事三難，信、達、雅」。儘管誰也不能否認這短短的一句話對中國翻譯界產生了極重大的影響，但也有很多人對這句話極爲不滿。由於篇幅的關係，我們不可能在這裏詳細分析嚴復的意思，但毫無疑問，在「信、達、雅」三個字中，最惹人反感的應該是個「雅」字，上引瞿秋白的一段話便是一個例子。

不能否認，嚴復在〈「天演論」譯例言〉裏確曾說過翻譯時要用「漢以前字法句法」，這樣做可以「達易」，也能造到「雅」的效果。這點今天看來是不可思議的，但如果我們能從歷史的角度看這個問題，便不會覺得有什麼不妥之處了。正如一位論者所說：「在他拿起《天演論》來翻譯的時候，除了『之乎者也』的古文以外，他還能有什麼別的文字工具？」⑰這點我們在上面也約略提過了。談到古文，在清代，「天下文章，其在桐城乎」。嚴復受業於吳汝綸，吳汝綸往

⑯ 王佐良：〈嚴復的用心〉，錄自王栻：《論嚴復與嚴譯名著》(北京：商務印書館，一九八二年六月)，頁二六。

⑰ 沈蘇儒：〈論「信、達、雅」〉，收羅新璋：《翻譯論集》(北京：商務印書館，一九八四年五月)，頁九四二。

往被稱爲桐城最後一個大家，嚴復古文深受桐城影響。桐城古文義法溯源於唐宋八大家。換言之，嚴復以「漢以前字法句法」作翻譯，實在是與桐城古文義法有關，而且也是一個很普通的要求，在當時根本沒有人感到訝異，或是覺得有什麼不妥的地方。

上面說過，嚴復從事翻譯是抱有強烈的政治動機，他心中的讀者對象是一班多讀古書之人，爲了能夠取悅這些足以影響維新運動的朝廷大臣，他強調用「漢以前字法句法」，強調「雅」的效果，便是很有需要的了。有人曾經以「苦藥」和「糖衣」的比喻來說明這問題：

> 但他〔嚴復〕又認識到這些書對於那些仍在中古的夢鄉裏酣睡的人是多麼難以下咽的苦藥，因此他在上面塗了糖衣，這糖衣就是士大夫們所心折的漢以前的古雅文體。雅，乃是嚴復的招徠術。⑱

另一方面，魯迅在三十年代曾爲嚴復這個做法作過一個解釋：

> 最好懂的自然是《天演論》，桐城氣息十足，連字的平仄也都留心。搖頭晃腦的讀起來，真是音節鏗鏘，使人不自覺其頭暈。這一點竟感動了桐城派老頭子吳汝綸，不禁說是「足與周秦諸子相上下」了。

---

⑱王佐良：〈嚴復的用心〉，頁二六。

那麼，他為什麼要幹這一手把戲呢？答案是：那時的留學生沒有現在這麼闊氣，社會上大抵以為西洋人只會做機器——尤其是自鳴鐘——留學生只會講鬼子話，所以算不了「士」人的。因此他便來鏗鏘一下子，鏗鏘得吳汝綸也肯給他作序，這一序，別的生意也就源源而來了。⑲

如果我們不把魯迅所說的「生意」解作什麼賺錢的事業，而把這段說話理解爲嚴復借助漂亮的散文來提高自己的地位，又從而提高自己對維新運動以至整個晚清政壇的影響，這段解釋便很合理了。毫無疑問，嚴復的譯文確是贏得了桐城古文大家吳汝綸的稱頌，在爲他的《天演論》所寫的序言裏，吳汝綸說：「文如幾道，可與言譯書矣。」又說：「嚴子一文之，而其書駸駸與晚周諸子相上下」⑳，這確是很高的評價，也使他聲名鵲起。從這個角度看，嚴復在翻譯中追求「雅」，也是出於政治的考慮了。

嚴復的翻譯中還有一個現象，也可以說是與政治有關的，那就是借用中國傳統中固有的詞句及概念來解釋一些外國思想中的新概念，例如他曾以《易經》及《春秋》來比附邏輯，以「內籀法」作歸納法，以「外籀法」作演繹法：

⑲ 魯迅：〈關於翻譯的通信〉，頁三八〇至三八一。

⑳ 吳汝綸：〈吳序〉，《嚴復集》，頁一三一八。

內籀云者，察其曲而知其全者也，執其微以會其通者也；外籀云者，據公理以斷衆事者也，設定數以逆未然者也。乃推卷起曰：有是哉！是固吾《易》《春秋》之學也。遷所謂本隱之顯者，外籀也；所謂推見至隱者，內籀也，其言若詔之矣。二者卽物窮理之最要途術也。㉑

類似的做法還有很多，下面再徵引一兩個例子：

夫西學之最為切實，而執其例可以御蕃變者，名、數、質、力四者之學是已。而吾《易》則名數以為經，質力以為緯，而合而名之曰《易》。㉒

竊謂其書〔《羣學肄言》〕實兼《大學》《中庸》精義，而出之以翔實，以格致誠正為治平根本矣。㉓

謂計學創於斯密，此阿好之言也。……中國自三古以還，若《大學》、若《周官》、若《管子》、《孟子》、若《史記》之〈平准書〉〈貨殖列傳〉、《漢書》之〈食貨志〉、桓寬之《鹽鐵論》、降至唐之杜佑、宋之王安石，雖未立本幹，循條發葉，不得謂於理財

㉑ 嚴復：〈自序〉，同上，頁一三二一。
㉒ 同上。
㉓ 嚴復：〈譯餘贅語〉，《羣學肄言》，頁二至三。

之義無所發明。㉔

這樣的做法，有人解釋爲嚴復沒有數典忘祖之弊，只是一面介紹西學，一面發揮國故㉕。但其實仔細看來，他這種做法也完全是出於政治的動機，心中仍是念念不忘那些多讀中國古書之人，一方面是方便向這樣的人解釋一些外國思想及概念；二是能夠使一些頑固派接受這些新思想。正如上面說過，這是當時很流行的做法。一位學者在解釋「達」的含義時便提出過這樣的論點：

> 嚴復同他的一些同時代的人一樣，認為西方哲學、社會科學、甚至自然科學中的一些原理，同中國古人之理皆合，或可互相印證。如他以為牛頓動力之學、赫胥黎之天演說，皆合《易經》乾坤之義。因此，他自然得出了「精理微言，用漢以前字法句法，則為達易」的結論。㉖

這看來是另一類的「糖衣」罷了。

嚴譯中最明顯表現它的政治動機的，就是嚴復經常加入不少按語，將原著的思想加以發揮，特別是聯繫到中國的情況上去，在〈「原富」譯事例言〉中，他說過：

㉔ 嚴復：〈「原富」例言〉，頁一至二。

㉕ 賀麟：〈嚴復的翻譯〉，載《論嚴復與嚴譯名著》，頁三二。

㉖ 沈蘇儒：〈論「信、達、雅」〉，頁九四三。

夫計學者，切而言之，則關於中國之貧富，遠而論之，則繫乎黃種之盛衰，故不佞每見斯密之言，於時事有關合者，或於己見有所棖觸，輒為案論，丁寧反複，不自覺其言之長，而辭之激也。㉗

在翻譯這部亞當・斯密的著作中，嚴復下了大量的按語，討論了中國社會經濟發展前途的問題。在翻譯孟德斯鳩的《法意》時，他也說：「其言往往中吾要害，見吾國所以不振之由學者不可不留意也」，而他在裏面的按語更是深入探討了中國的法治問題，批評了中國封建專制統治下的黑暗㉘。也是爲了節省篇幅起見，這裏也只舉出這一兩個例子，但我們只須隨意翻翻嚴復的翻譯，便可以見到更多的這樣的按語了。

自然，我們今天很容易便可以隨手找到很多例子，證明嚴復的翻譯不夠忠實。他對原著的大量改動，所作出的種種「經營」，往往過於大膽，時常把原文刪改，也有根據他自己的判斷重新安排章節，而「所引喻設譬，多用己意更易」等，這都不符合我們今天對忠實的要求，也是嚴復的譯作爲人詬病之處。不過，在責備的同時，我們還應該探討一下其中背後的原因，找出嚴復的

㉗ 嚴復：〈「原富」例言〉，頁一至二。
㉘ 參王汝丰：〈嚴復思想試探——嚴復之翻譯及其思想之初步試探〉，《論嚴復與嚴譯名著》，頁七三至八〇。

動機。但其實，這些都是出於照顧讀者的做法，至於爲甚麼他要這樣刻意的去照顧讀者，那就是因爲政治的緣故，有了政治的動機，爲了符合政治的要求，「謹合原文與否，所不論也。」㉙

一九九二年二月

㉙ 嚴復：〈譯者自序〉，《名學淺說》（上海：商務印書館，一九三一年），頁一。

後記

這裏所收錄的文章都是在最近五、六年內寫成的，大抵環繞著一個主題：現代中國文學與政治的關係，這反映了我近幾年的研究興趣及方向。

七十年代末在香港大學中文系修讀碩士學位時，論文題目是〈新月詩派研究〉，著眼點在於這班詩人對於完美的藝術境地的追求，因此，大部分的篇幅都用於討論新月詩派的詩歌理論和實踐，雖然有時候無可避免地觸及一些政治問題，例如討論中國大陸的評論家及文學史家怎樣評價和「批判」這個「資產階級」文學團體等，但究竟這不是那篇論文的重點所在。

完成碩士學位後，赴英攻讀博士學位時，最初原擬探討三十年代另一個重要詩派：現代詩派，但由於當時倫敦大學已有一位研究生正在專門研究戴望舒（他的中文名字叫利大英，很快便成了我極要好的朋友，他在現代中國文學研究上成績斐然，現任教於芝加哥大學），我選上了另一個題目：中國左翼作家聯盟。這是一個有趣的改變：從「右」到「左」。

要理解中國左翼作家聯盟這個「文學團體」，必須對現代中國的政治和歷史有所認識，就是這樣，這幾年我便是處身於「文學與政治之間」了。

無論是文學還是政治的研究，資料是很重要的部分。可是，很多時候，我會向自己提出這樣的一個問題來：面對著相同的資料，爲什麼我看到的跟中國大陸的學者，甚至臺灣的學者會有這麼大的分別？這問題有著一種警惕的作用，我必須不斷告誡自己：千萬不要爲了先驗的結論而扭曲了資料。

但是，絕對的客觀是不可能的，我們各人都有著自己沉重的包袱，影響著我們對事物的理解和看法，因此，我們都應該盡可能培養一種學術的量度，容納不同的觀點。

但不能忍受的是故意的扭曲。這裏好幾篇文章，都是對一些故意的扭曲的「平反」，例如魯迅研究、新月派的評價以及唐弢的文學史等，都是希望能以一個自己認爲比較客觀的態度，就自己所能見到的資料，畫出一個我自己在這個時候相信可能是比較接近「事實」的圖像來。這差不多可以說是我寫這本書的所有文章時的基本態度。

從主題上來劃分，這裏的文章可以分成三大組：魯迅研究、文學史、新月派；另外還有兩三篇不同主題的文章，但正如上面所說，它們都環繞著文學與政治關係的問題。〈代序〉可視爲一篇總論，開始時野心頗大，希望能勾勒出整個所謂近現代時期裏文學與政治相互交涉影響的形勢，但寫來漸覺力不從心，這篇長達三萬字的代序實在未如理想。

還有一點是不吐不快的。〈給政治扭曲了的魯迅研究〉和唐弢的〈文學史觀〉兩篇文章，最初在香港三聯書店的一套叢書發表時，據說因爲裏面的字眼在「政治」（！）上太敏感，竟給人大筆改動了。我事前絕不知情，更不要說看過「修訂稿」了。幸好有關唐弢的那一篇，因爲得到主編的陳國球博士及時相告，還來得及提出抗議，對「修訂稿」稍作修訂。但整件事對我來說不能不說是有點意外，甚至可說是打擊：竟發生在香港！不用說，這裏所收的是原來的版本。

魯迅曾經給瞿秋白寫過一幅對聯：「人生得一知己足矣，斯世當以同懷視之」。從前讀魯迅的作品時，往往感到自己很幸運，能夠生於一個與魯迅不同的時代——畢竟中國和中國人都比以前進步多了。此外，在「知己」的問題上，我也比魯迅幸運：我的知己不只一個！除了上面提到的利大英外，還有上海華東師範大學中文系教授、「重寫文學史」運動裏的主角之一王曉明，他跟陳思和（上海復旦大學中文系教授）及陳子善（華東師大副教授），都是我一見如故的好朋友，這幾年多次飛到上海，爲的就是要過與他們聊天的癮，而本書裏面的好幾篇文章，都曾經請他們過目，得到很多精彩的意見。「天涯若比鄰」啊！

同樣有著「天涯若比鄰」的感覺的，還有政大的周玉山兄。坦白說，有時候有點害怕寫信給他，因爲他實在幫了太多忙，從找資料到發文章，到介紹出版……結果，我的每封信差不多都只能是滿紙謝語。這一次，就跟上一本書《思想激流下的中國命運》一樣，也是周兄介紹出版的，感激之情，也不知怎樣表達了。

還有好幾位對我日常生活以至學術生命有非常重要幫助的朋友：香港中文大學英文系的王建

元博士、陳清僑博士，香港科技大學人文學部的陳國球博士，香港大學英文系的陸鏡光博士以及新加坡國立大學中文系的容世誠博士。他們的鼓勵、鞭策和幫忙，是我奮力向前的助力，我希望能在這裏表達至誠的謝意。

當然還有讀者們。在這個高度商業化的社會，願意花錢去買和願意花時間去讀學術著作的人，實在越來越少，因此，對於本書的讀者，我是極爲感激的；但容許我提出另一個要求，就是希望讀過這些小文章的讀者，能多提批評的意見，對於作者來說，這會是很大的支持和鼓勵。

滄海書刊書目（二）

國學類

先秦諸子繫年	錢　穆　著
朱子學提綱	錢　穆　著
莊子篡箋	錢　穆　著
論語新解	錢　穆　著
周官之成書及其反映的文化與時代新考	金春峯　著
尚書學術（上）（中）（下）	李振興　著

哲學類

哲學十大問題	鄔昆如　著
哲學淺論	張　康　譯
哲學智慧的尋求	何秀煌　著
哲學的智慧與歷史的聰明	何秀煌　著
文化、哲學與方法	何秀煌　著
人性記號與文明——語言・邏輯與記號世界	何秀煌　著
邏輯與設基法	劉福增　著
知識・邏輯・科學哲學	林正弘　著
現代藝術哲學	孫　旗　譯
現代美學及其他	趙天儀　著
中國現代化的哲學省思 ——「傳統」與「現代」理性結合	成中英　著
不以規矩不能成方圓	劉君燦　著
恕道與大同	張起鈞　著
現代存在思想家	項退結　著
中國思想通俗講話	錢　穆　著
中國哲學史話	吳怡、張起鈞　著
中國百位哲學家	黎建球　著
中國人的路	項退結　著
中國哲學之路	項退結　著
中國人性論	臺大哲學系主編
中國管理哲學	曾仕強　著
孔子學說探微	林義正　著

心學的現代詮釋	姜允明　著
中庸誠的哲學	吳　怡　著
中庸形上思想	高柏園　著
儒學的常與變	蔡仁厚　著
智慧的老子	張起鈞　著
老子的哲學	王邦雄　著
當代西方哲學與方法論	臺大哲學系主編
人性尊嚴的存在背景	項退結編著
理解的命運	殷　鼎　著
馬克斯·謝勒三論	阿弗德·休慈原著、江日新　譯
懷海德哲學	楊士毅　著
洛克悟性哲學	蔡信安　著
伽利略·波柏·科學說明	林正弘　著
儒家與現代中國	韋政通　著
思想的貧困	韋政通　著
近代思想史散論	龔鵬程　著
魏晉清談	唐翼明　著
中國哲學的生命和方法	吳　怡　著
孟學的現代意義	王支洪　著
孟學思想史論（卷一）	黃俊傑　著
莊老通辨	錢　穆　著
墨家哲學	蔡仁厚　著
柏拉圖三論	程石泉　著
倫理學釋論	陳　特　著
儒道論集	吳　光　著

宗教類

圓滿生命的實現（布施波羅密）	陳柏達　著
薝蔔林·外集	陳慧劍　著
維摩詰經今譯	陳慧劍譯註
龍樹與中觀哲學	楊惠南　著
公案禪語	吳　怡　著
禪學講話	芝峯法師　譯
禪骨詩心集	巴壺天　著
中國禪宗史	關世謙　著
魏晉南北朝時期的道教	湯一介　著

佛學論著　周中一 著
當代佛教思想展望　楊惠南 著
臺灣佛教文化的新動向　江燦騰 著
釋迦牟尼與原始佛教　于凌波 著
唯識學綱要　于凌波 著

社會科學類

中華文化十二講　錢穆 著
民族與文化　錢穆 著
楚文化研究　文崇一 著
中國古文化　文崇一 著
社會、文化和知識分子　葉啟政 著
儒學傳統與文化創新　黃俊傑 著
歷史轉捩點上的反思　韋政通 著
中國人的價值觀　文崇一 著
紅樓夢與中國舊家庭　薩孟武 著
社會學與中國研究　蔡文輝 著
比較社會學　蔡文輝 著
我國社會的變遷與發展　朱岑樓主編
三十年來我國人文社會科學之回顧與展望　賴澤涵 編
社會學的滋味　蕭新煌 著
臺灣的社區權力結構　文崇一 著
臺灣居民的休閒生活　文崇一 著
臺灣的工業化與社會變遷　文崇一 著
臺灣社會的變遷與秩序(政治篇)(社會文化篇)　文崇一 著
臺灣的社會發展　席汝楫 著
透視大陸　政治大學新聞研究所主編
憲法論衡　荊知仁 著
周禮的政治思想　周世輔、周文湘 著
儒家政論衍義　薩孟武 著
制度化的社會邏輯　葉啟政 著
臺灣社會的人文迷思　葉啟政 著
臺灣與美國的社會問題　蔡文輝、蕭新煌主編
教育叢談　上官業佑 著
不疑不懼　王洪鈞 著
自由憲政與民主轉型　周陽山 著

蘇東巨變與兩岸互動	周陽山 著
鄉村發展的理論與實際	蔡宏進 著
戰後臺灣的教育與思想	黃俊傑 著

史地類

國史新論	錢　穆 著
秦漢史	錢　穆 著
秦漢史論稿	邢義田 著
宋史論集	陳學霖 著
中國人的故事	夏雨人 著
明朝酒文化	王春瑜 著
歷史圈外	朱　桂 著
當代佛門人物	陳慧劍編著
弘一大師傳	陳慧劍 著
杜魚庵學佛荒史	陳慧劍 著
蘇曼殊大師新傳	劉心皇 著
近代中國人物漫譚	王覺源 著
近代中國人物漫譚續集	王覺源 著
魯迅這個人	劉心皇 著
沈從文傳	凌　宇 著
三十年代作家論	姜　穆 著
三十年代作家論續集	姜　穆 著
當代臺灣作家論	何　欣 著
師友風義	鄭彥棻 著
見賢集	鄭彥棻 著
思齊集	鄭彥棻 著
懷聖集	鄭彥棻 著
周世輔回憶錄	周世輔 著
三生有幸	吳相湘 著
孤兒心影錄	張國柱 著
我這半生	毛振翔 著
我是依然苦鬪人	毛振翔 著
八十憶雙親、師友雜憶（合刊）	錢　穆 著

語文類

訓詁通論	吳孟復 著

入聲字箋論	陳慧劍 著
翻譯偶語	黃文範 著
翻譯新語	黃文範 著
中文排列方式析論	司琦 著
杜詩品評	楊慧傑 著
詩中的李白	楊慧傑 著
寒山子研究	陳慧劍 著
司空圖新論	王潤華 著
詩情與幽境——唐代文人的園林生活	侯迺慧 著
歐陽修詩本義研究	裴普賢 著
品詩吟詩	邱燮友 著
談詩錄	方祖燊 著
情趣詩話	楊光治 著
歌鼓湘靈——楚詩詞藝術欣賞	李元洛 著
中國文學鑑賞舉隅	黃慶萱、許家鶯 著
中國文學縱橫論	黃維樑 著
古典今論	唐翼明 著
亭林詩考索	潘重規 著
浮士德研究	劉安雲 譯
蘇忍尼辛選集	李辰冬 譯
文學欣賞的靈魂	劉述先 著
小說創作論	羅盤 著
借鏡與類比	何冠驥 著
情愛與文學	周伯乃 著
鏡花水月	陳國球 著
文學因緣	鄭樹森 著
解構批評論集	廖炳惠 著
世界短篇文學名著欣賞	蕭傳文 著
細讀現代小說	張素貞 著
續讀現代小說	張素貞 著
現代詩學	蕭蕭 著
詩美學	李元洛 著
詩人之燈——詩的欣賞與評論	羅青 著
詩學析論	張春榮 著
修辭散步	張春榮 著
橫看成嶺側成峯	文曉村 著

大陸文藝新探	周玉山 著
大陸文藝論衡	周玉山 著
大陸當代文學掃描	葉穉英 著
走出傷痕——大陸新時期小說探論	張子樟 著
大陸新時期小說論	張放 著
兒童文學	葉詠琍 著
兒童成長與文學	葉詠琍 著
累廬聲氣集	姜超嶽 著
林下生涯	姜超嶽 著
青　春	葉蟬貞 著
牧場的情思	張媛媛 著
萍踪憶語	賴景瑚 著
現實的探索	陳銘磻 編
一縷新綠	柴扉 著
金排附	鍾延豪 著
放　鷹	吳錦發 著
黃巢殺人八百萬	宋澤萊 著
泥土的香味	彭瑞金 著
燈下燈	蕭蕭 著
陽關千唱	陳煌 著
種　籽	向陽 著
無緣廟	陳艷秋 著
鄉　事	林清玄 著
余忠雄的春天	鍾鐵民 著
吳煦斌小說集	吳煦斌 著
卡薩爾斯之琴	葉石濤 著
青囊夜燈	許振江 著
我永遠年輕	唐文標 著
思想起	陌上塵 著
心酸記	李喬 著
孤獨園	林蒼鬱 著
離　訣	林蒼鬱 著
托塔少年	林文欽 編
北美情逅	卜貴美 著
日本歷史之旅	李希聖 著
孤寂中的廻響	洛夫 著

火天使	趙衛民 著
無塵的鏡子	張默 著
關心茶——中國哲學的心	吳怡 著
放眼天下	陳新雄 著
生活健康	卜鍾元 著
文化的春天	王保雲 著
思光詩選	勞思光 著
靜思手札	黑野 著
狡兔歲月	黃和英 著
老樹春深曾著花	畢璞 著
列寧格勒十日記	潘重規 著
文學與歷史——胡秋原選集第一卷	胡秋原 著
晚學齋文集	黃錦鋐 著
古代文學探驪集	郭丹 著
山水的約定	葉維廉 著
在天願作比翼鳥——歷代文人愛情詩詞曲三百首	李元洛 輯注

美術類

音樂與我	趙琴 著
爐邊閒話	李抱忱 著
琴臺碎語	黃友棣 著
音樂隨筆	趙琴 著
樂林蓽露	黃友棣 著
樂谷鳴泉	黃友棣 著
樂韻飄香	黃友棣 著
弘一大師歌曲集	錢仁康 編
立體造型基本設計	張長傑 著
工藝材料	李鈞棫 著
裝飾工藝	張長傑 著
現代工學與安全	劉其偉 著
人體工藝概論	張長傑 著
藤竹工	張長傑 著
石膏工藝	李鈞棫 著
色彩基礎	何耀宗 著
當代藝術采風	王保雲 著

都市計畫概論　王紀鯤 著
建築設計方法　陳政雄 著
建築鋼屋架結構設計　王萬雄 著
古典與象徵的界限
——法國象徵主義畫家莫侯及其詩人寓意畫　李明明 著

滄海美術叢書

五月與東方——中國美術現代化運動在戰後臺灣之發展（1945～1970）　蕭瓊瑞 著
中國繪畫思想史　高木森 著
藝術史學的基礎　曾堉、葉劉天增 譯
唐畫詩中看　王伯敏 著